A TENTAÇÃO DE LILA & ETHAN

ELE É TUDO O QUE ELA JAMAIS HAVIA ESPERADO...

Da autora best-seller do *The New York Times*
Jessica Sorensen

A TENTAÇÃO DE LILA & ETHAN

ELE É TUDO O QUE ELA JAMAIS HAVIA ESPERADO...

Tradução
Karla Lima

Título original: *The Temptation of Lila & Ethan*

Copyright © 2013 by Jessica Sorensen

1ª edição — Agosto de 2015

Grafia atualizada segundo o Acordo Ortográfico da Língua Portuguesa de 1990,
que entrou em vigor no Brasil em 2009

Editor e Publisher
Luiz Fernando Emediato

Diretora Editorial
Fernanda Emediato

Produtora Editorial e Gráfica
Priscila Hernandez

Assistente Editorial
Adriana Carvalho

Assistente de Arte
Nathalia Pinheiro

Capa
Marcela Badolatto | Studio Mandragora

Projeto Gráfico e Diagramação
Ilustrarte Design e Produção Editorial

Revisão
Juliana Amato
Marcia Benjamim

Dados Internacionais de Catalogação na Publicação (CIP)
(Câmara Brasileira Do Livro, SP, Brasil)

Sorensen, Jessica
A tentação de Lila e Ethan: ele é tudo o que ela jamais havia esperado /
Jessica Sorensen ; tradução Karla Lima. -- São Paulo : Geração Editorial, 2014.
Título original: The temptation of Lila and Ethan.
ISBN 978-85-8130-275-1

1. Ficção norte-americana I. Título.

14-11600 CDD-813

Índices para catálogo sistemático:
1. Ficção : Literatura norte-americana 813

GERAÇÃO EDITORIAL

Rua Gomes Freire, 225 – Lapa
CEP: 05075-010 – São Paulo – SP
Telefax: (+ 55 11) 3256-4444
E-mail: geracaoeditorial@geracaoeditorial.com.br
www.geracaoeditorial.com.br

Impresso no Brasil
Printed in Brazil

Agradecimentos

Um enorme muito obrigada à minha agente Erica Silverman, e à minha editora Amy Pierpont. Serei eternamente grata pela ajuda e pelas contribuições.

À minha família, obrigada por me apoiarem em meu sonho. Vocês são maravilhosos.

Meu infinito agradecimento a todos que lerem este livro.

Prólogo

Lila

Beleza. Vaidade. Perfeição. Três palavras que a minha mãe adora. Significam mais para ela do que o marido, as filhas e a vida. Se ela não tivesse esses atributos, preferiria estar morta. Se eu não tivesse esses atributos, ela me repudiaria. Ser impecável. Brilhar luminosamente. Nunca, jamais, fazer algo abaixo da excelência. Essas são as regras dela e a vaidade que constituem a minha vida. E o meu pai não é melhor. Na verdade, acho que ele pode ser até pior, porque, mesmo com beleza, perfeição e excelência, eu nunca sou boa o bastante.

A necessidade constante de ser perfeita, o tempo todo, me oprime e me faz sentir esmagada. Às vezes, posso jurar que a minha casa se encolhe e se expande, que suas paredes se aproximam e depois recuam. Quando estou sozinha, o espaço parece exageradamente grande, com excesso de cômodos, excesso de paredes. Porém, quando os meus pais também estão, é como se eu não tivesse espaço suficiente, quase como se eu não pudesse respirar, mesmo estando do lado oposto da casa.

Talvez seja porque estou sempre fazendo alguma coisa errada e eles estejam sempre me lembrando das minhas falhas indesculpáveis. Ou eu não estou fazendo o suficiente para agradá-los ou não estou fazendo as coisas bem o bastante. Há sempre regras a seguir. Sente-se ereta. Não ande curvada. Não abra a boca a menos que alguém fale com você antes. Não estrague tudo. Seja perfeita. Esteja bonita. Nós temos expectativas e padrões sob os quais levar a vida. Devemos ser perfeitos por fora, independentemente do que exista por dentro. Eu me sinto exausta com esse monte de regras. Tenho catorze anos e só o que desejo é me divertir uma vez na vida, não usar conjuntos de blusa com casaquinho nem calças e vestidos de marca; não me preocupar se o meu cabelo está sedoso e brilhante, se a minha pele está imaculada. Se eu pudesse, cortaria o cabelo e tingiria de alguma cor selvagem, como ruivo flamejante, ou faria mechas pretas. Usaria delineador grosso e batom vermelho. Eu faria qualquer coisa, desde que refletisse a pessoa que eu realmente sou. Só que, no momento, eu não sei quem é essa pessoa. Só conheço o "eu" que a minha mãe criou.

Estou ficando cansada disso. Não quero me preocupar com o que as pessoas vão pensar sobre a minha família. Não quero precisar me sentar numa mesa para vinte pessoas quando somos apenas três. Não quero ser forçada a comer uma comida que parece que ainda não foi preparada. Não quero ter de encarar mais um jantar em que vão listar cada uma das coisas erradas que fiz. Quero que eles simplesmente me deixem ser eu mesma e talvez, quem sabe, digam que me amam. Não quero sentir que estou sempre estragando tudo. Quero me sentir amada. Quero mesmo.

— Lila Summers – minha mãe diz, com a voz cortante e o dedo erguido. — Não se apoie sobre a mesa. Isso vai comprometer sua postura e atrapalhar seu crescimento. Ou, pior, vai criar uma corcunda em suas costas. Imagine como você ficaria horrível.

Soltando um suspiro, endireito os ombros e estufo o peito, e continuo a empurrar a comida de um lado para outro, usando os meus talheres de prata.

A tentação de Lila e Ethan

— Sim, *mãe*.

Ela me lança um olhar de reprovação, contrariada por meu tom desrespeitoso. Ela acabou de passar por uma de suas habituais sessões de botox, e seu rosto parece congelado no lugar; nada se mexe, nada se enruga e nem revela o menor traço de uma emoção qualquer. Por outro lado, é assim que a minha mãe é, com ou sem tratamento de botox. Demonstrar sentimento é demonstrar fraqueza, algo que o meu pai e a minha mãe desprezam, juntamente com cometer falhas, obter resultados medianos e enxovalhar o nome da família, algo que eu faço com frequência.

— Mas não parece só um tiquinho bobo... – eu começo sabendo que estou me arriscando. O meu pai detesta quando nós questionamos as regras, mas às vezes não consigo manter a boca fechada, porque eu a mantenho fechada vezes demais. — Não posso me apoiar nem um pouco, já que estamos só nós, aqui?

— Talvez devêssemos servir-lhe o jantar em uma mesa só para ela – diz meu pai, dando uma mordida no aspargo. — Você sabe como me sinto a respeito de distrações enquanto estou comendo.

Ele sempre está de péssimo humor, mas hoje está especial. Ele precisou ir com a minha mãe a uma reunião com o diretor da escola porque ontem fui flagrada cabulando. Não foi nada demais. Só perdi a aula de ginástica, mas eles foram chamados, e a simples ida até lá causou vergonha ao meu pai, um fato que ele relembrou repetidas vezes, no carro, ao longo do caminho de volta.

— Ela nunca faz nada direito – ele disse à minha mãe, enquanto dirigia para casa. — Estou tão aborrecido e cansado de todo esse drama. Ou ela se endireita ou vai embora.

Ele disse isso como se eu fosse um cachorro ou algum objeto descartável.

A minha mãe continua a me encarar do outro lado da mesa, me avisando para manter a boca fechada, pois o meu pai não está com disposição para discussões – como se alguma vez ele estivesse. Ela tem olhos azuis e cabelos loiros idênticos aos meus, mas os dela começaram a ficar grisalhos e por isso ela os tinge a cada poucas semanas, para que as raízes não apareçam. Vai à manicure, não veste nada além de estilistas famosos e seu armário de sapatos é maior do que a casa de muita gente. Ela aprecia vinhos caros e, claro, seus remédios. Rezo a Deus para não ser como a minha mãe quando crescer, mas, se ela conseguir o que deseja, vou acabar me casando com o filho de alguma família importante, apesar de não nos amarmos. "Amor é uma coisa tola. O amor não vai lhe trazer felicidade", ela sempre diz. Foi assim que a minha mãe e o meu pai se conheceram, e provavelmente o motivo pelo qual eles se sentam em pontas opostas da mesa de jantar e nunca fazem contato visual. Às vezes eu me pergunto como é que fui concebida, já que nunca os vi se beijando.

O telefone do meu pai toca no bolso da camisa. Ele o desliza para fora e olha para a tela. Hesita e silencia o aparelho, devolvendo-o para o bolso.

— Quem era? – Minha mãe pergunta, apesar de já saber. Todos nós sabemos. Até as empregadas.

— Negócios – ele murmura, e enche a boca de aspargos.

"Negócios" é a amante de vinte e quatro anos dele. A minha mãe sabe, mas nunca vai falar com ele a respeito. Eu a ouvi conversando com a mãe dela sobre isso e as duas concordaram que era um sacrifício que ela fazia em troca de sua vida luxuosa. A minha mãe agiu como se não fosse grande coisa, mas eu percebi o tom magoado na voz dela na hora, assim como agora percebo a agitação em seus olhos. Acho que isso a faz sentir como se estivesse perdendo a beleza e a juventude, uma vez que está ficando mais velha, mais grisalha, e as rugas já começam a aparecer.

— Bem, você poderia, por favor, pedir aos negócios que não telefonem durante as refeições? – Ela espeta o garfo no frango. — E Lila, vou avisá-la mais uma vez. Sente-se direito ou você vai para o quarto sem jantar. Você vai acabar corcunda e então ninguém a desejará.

— Eu realmente acho que deveríamos reconsiderar mandá-la para aquele colégio interno em Nova York para onde você mandou Abby – o meu pai diz, sem olhar para mim. Ele ajeita a gravata e dá mais uma garfada. — Deveríamos mandá-la, mesmo. Eu não quero mais ter de me preocupar com a educação dela. É muito drama. Não tenho paciência para isso.

— Ora, Douglas. Eu não acho que precisamos mandá-la para tão longe – minha mãe responde, deixando que a ligação da amante caia no esquecimento com a mesma facilidade com a qual ela toma suas pílulas a cada manhã.

É quase a mesma conversa que eles mantêm todas as noites. O meu pai diz "Vamos mandá-la embora", ao que a minha mãe responde "Ora, Douglas".

— Ela vem se envolvendo em problemas demais – o meu pai contorce o rosto e corta o frango. — Falta à escola para ir fazer compras e se mistura com pessoas que não estão à altura de nossos padrões. Suas notas são no máximo medianas e ela não tem nenhum mérito além de ser bonita. Eu encontrei Fort Allman por acaso, outro dia. O filho dele acabou de ser aceito na Universidade de Yale – ele põe o frango na boca e o mastiga completamente antes de voltar a falar. — O que nós temos para mostrar, Julie? Duas filhas, uma das quais já foi internada duas vezes para desintoxicação, e outra que provavelmente acabará grávida antes do fim de seu primeiro ano na faculdade. Ela precisa de algum tipo de orientação.

— Eu não vou ficar grávida – argumento, enquanto me sinto encolher e meus ombros se curvam. — Eu nem tenho namorado ainda. Nada sério, pelo menos.

— Ela é namoradeira demais – ele fala por cima do que estou dizendo, e há desprezo em sua voz, como se ele tivesse vergonha de quem eu sou. — Ela está revelando ser igualzinha a Abby, e não quero mais uma desse tipo em nossa casa. Quero algo de que possa me orgulhar, e o internato talvez consiga corrigir as atitudes dela, se é que já não é tarde demais.

Parece que estou ficando sem espaço para respirar e que as paredes estão se fechando, prontas para me fazer em pedaços. Meus ombros caem ainda mais para dentro, até que fico curvada como uma bola.

— Ela vai se transformar em alguém de quem você possa ter orgulho, vou me certificar disso. Prometo – ela diz, com uma voz tímida, enquanto arruma os legumes no prato de porcelana. — Ela só precisa de um pouco mais de disciplina.

— E se ela não se transformar? – Ele pergunta. — E então?

Ela não responde e corta o frango em tiras fininhas, e eu ouço a faca raspando o prato.

O meu pai olha para mim e seus olhos castanhos estão frios; o queixo, duro; a expressão, inabalável.

— Na idade dela, eu já sabia qual faculdade iria cursar, onde iria trabalhar, e até ajudava meu pai no escritório três vezes por semana. E ela, o que conquistou? Uma boa aparência? Um bom guarda-roupas? Tornar-se parecida com você, Julie? Não vejo como isso poderá ser benéfico para o futuro dela. A menos que ela encontre alguém para desposá-la, o que, a esta altura, eu lhe asseguro que ninguém vai querer – ele diz isso com tanta arrogância e tão cheio de si. — Ela precisa começar a se concentrar menos em rapazes e roupas e mais na escola e em trabalho. Precisa parar de estragar tudo e de meter os pés pelas mãos e, até que isso aconteça, eu não a quero nesta casa.

Eu digo a mim mesma para respirar, que as paredes não estão se fechando e que eu não vou ser feita em pedacinhos. Que os sentimentos me apunhalando por dentro são apenas sentimentos e que um dia eu não vou me sentir tão desprezível. Que um dia eu vou me sentir amada. Que o meu pai está apenas sendo ele mesmo, tal como o pai dele foi com ele (eu sei, porque vi). A minha irmã, Abby, me garante que existe todo um mundo lá fora, muito além de pais, dinheiro, expectativas e vaidade. Um mundo onde você pode ser você mesmo, onde você é livre para ser quem quiser, seja lá o que isso for. Ela diz que é livre agora, e que essa é a experiência mais maravilhosamente incrível, apesar de algumas escolhas de vida e de sua moradia serem menos do que perfeitas.

— Douglas, eu realmente acho – minha mãe começa, mas meu pai a interrompe, erguendo a mão para fazê-la se calar.

— Você me assegurou, quando decidimos ter filhos, que eu não teria de lidar com eles – meu pai diz, a voz fria como gelo. — Você disse que *você* tomaria conta das crianças e que eu só precisaria focar no trabalho. Mas agora estou aqui, com a filha número dois, e ela está me dando tantas dores de cabeça quanto a filha número um. Não foi nisto que concordei em me envolver.

Por alguma razão, imaginei o meu pai no dia de seu casamento, rabiscando um contrato que dizia que ele não seria obrigado a lidar com os filhos caso a minha mãe decidisse tê-los.

— Vou melhorar – arrisco-me a dizer. — Prometo, eu vou tentar.

— Você vai *tentar* – o meu pai solta uma risada baixa e zombeteira enquanto pousa o garfo no prato. — Julie, ela precisa ir para o colégio interno. Vai ser bom para ela.

Ele não está falando comigo. Ele raramente fala. Eu não sou boa o suficiente para que ele me dirija a palavra.

— Muito bem, vamos mandá-la – minha mãe diz, de repente, com o queixo apontado para baixo. — Será a primeira coisa que farei na segunda-feira.

— O quê? – Sei que não devo elevar a voz à mesa de jantar, mas esta vez tem que ser considerada uma exceção. Eu empurro o prato para a frente e apoio as mãos na mesa. — Vocês não podem fazer isso. Eu não vou a lugar nenhum!

Meu pai entrelaça as mãos sobre a mesa e finalmente fala comigo.

— Você vai fazer o que eu quiser. Você é minha filha, carrega meu sobrenome e, portanto, vai agir como eu quero que aja, e vai para onde eu a mandar ir. E se eu digo que você vai para um colégio interno, você vai.

Parece não haver nenhum espaço entre as paredes, a mesa e eu. Serei esmagada entre elas se não sair daqui. Empurro a cadeira para trás. Sei que não devo me comportar desse jeito, mas não consigo impedir.

— E os meus amigos? E a escola? E a minha vida aqui? Eu não posso simplesmente largar tudo isso para trás!

— Seus amigos não são apropriados para você – minha mãe diz. — Eles a fazem perder aula e se envolver em problemas.

— Não fazem, não! – Protesto. — Eu mal fiz qualquer coisa, e o pouco que fiz é normal para uma adolescente.

— Sente-se – meu pai ordena. — Você não vai se levantar até que tenha terminado de jantar.

Balançando a cabeça, eu me afasto da mesa.

— Mas que droga!

Eu explodi desse jeito pouquíssimas vezes, e todas resultaram em punição: um longo sermão sobre como eu sou insignificante para esta família.

Ele encara minha mãe.

— Dê um jeito em sua filha.

Ela rapidamente se põe de pé, colocando as mãos sobre a toalha de linho branco.

— Lila...

Saio correndo da sala de jantar em direção à escada, mas no último segundo viro para o saguão de entrada, a passos largos, ansiosa para escapar deste inferno de lugar, tal como fez a minha irmã Abby. Quero fugir deles. Desaparecer. Ela costumava fazer isso a toda hora, até que um dia eles a mandaram embora e ela nunca mais voltou.

Ouço a minha mãe gritar e seus saltos baterem no piso de mármore enquanto ela vem atrás de mim.

— Lila Summers, não se atreva a sair desta casa!

Eu escancaro a porta e sou envolvida pelo calor e pela luz do sol. O alarme da casa dispara, mas eu não volto para desligar. Acelero em direção à entrada de carros e insiro o código para abrir o portão. Quero fugir deles e das regras deles. Não posso ir para o colégio interno, eu tenho uma vida aqui. Tenho amigos que se importam comigo e sem Steph, Janie e Cindy eu não teria ninguém. Ficaria sozinha.

Essa ideia é assustadora e o medo despeja um jato de adrenalina que percorre todo o meu corpo. As minhas pernas e os meus braços me transportam depressa quarteirão abaixo. Não paro de correr até chegar a um ponto de ônibus, alguns quilômetros depois, onde a vizinhança muda de enormes mansões excêntricas para subúrbios mais comuns e menos atraentes. Eu só andei de ônibus uma vez, mas acho que consigo, e neste momento não tenho mesmo escolha. Não estou com o meu celular, então posso ou andar a esmo por aí, ou voltar para casa, ou tomar o ônibus até a casa da minha irmã e ficar lá por um tempo. Do bolso de trás da calça, tiro uma nota de vinte dólares. Então me sento no banco e fico à espera do ônibus que passa na rua principal da cidade.

Demora um pouco até que ele chegue e fico surpresa por minha mãe não ter aparecido até a hora em que embarco, apesar de ser bastante implausível que ela se arrisque por essas bandas. Tento fingir que não é nada demais, embora seja. Estou contente que ela não tenha surgido e eu não precise escutar seu sermão. Mas se eu admitir a verdade para mim mesma, a dolorosa e horrenda verdade, eu desejaria que ela tivesse aparecido, sim, pois isso significaria que talvez ela se importasse comigo o suficiente para sair à minha procura.

O trajeto dura uma eternidade, e o assento no qual estou tem um cheiro engraçado, como o de meias sujas misturado com um aroma floral exageradamente forte. E o ônibus está cheio, também, e algumas pessoas são bem estranhas. Como o cara sentado de frente para mim, que fica sugando os lábios e me encarando. Seus cadarços estão desamarrados, sua calça *jeans* está furada e ele parece apenas um pouco mais velho do que eu. Ele não é feio, mas as cicatrizes e leves marcas de espinha na pele levariam a minha mãe a imediatamente considerá-lo indigno das melhores coisas da vida. Só as pessoas bonitas merecem ser ricas. (Certa vez eu realmente a ouvi dizer isso para a minha avó, durante um de seus encontros emotivos regados a bebida.)

— Ô, tem um trocado aí? – Ele pergunta, deslizando para a ponta do banco e esfregando o maxilar não barbeado.

Balanço a cabeça e viro os joelhos em direção à parede.

— Não.

— Certeza? – Ele olha para os bolsos da minha calça enquanto continua sugando os lábios.

— Sim, tenho certeza – eu me espremo ainda mais contra a janela e ele continua me encarando como um desequilibrado mental.

— Você é uma gostosa, sabia? – Ele pergunta, e por um segundo me sinto lisonjeada, mas de um jeito desconfortável. — Você está perdida ou algo assim? – Ele me sonda, e, quando não respondo, coloca a mão no meu joelho. — Se você quiser, eu te ajudo a encontrar o caminho de volta para casa.

— Não encoste em mim – digo, discretamente, meu pulso se acelerando conforme ele vai subindo a mão pela minha perna.

— Por quê, docinho? – Ele pergunta, chegando à minha coxa. — Está tudo bem, você sabe.

Eu não me mexo imediatamente. Leva um minuto até que eu consiga organizar a confusão na minha cabeça, porque ela e meu corpo estão dizendo duas coisas diferentes. Não é como se nenhum cara jamais tivesse encostado em mim antes, mas por algum motivo a mão deste me faz sentir especial. Contato humano, pele com pele. Odeio ter tanta fome de contato e o toque dele traz uma pequena alegria, o que me faz sentir envergonhada e suja, mas, ao mesmo tempo, desejada. E eu raramente me sinto desejada.

Reunindo coragem, faço um movimento rápido e tiro sua mão da minha perna. Ele começa a rir, mas não me diz mais nada e finalmente sai do ônibus, comentando para ninguém em particular que, se eu o acompanhasse, ele me mostraria o que é diversão de verdade.

Eu relaxo um pouco depois que ele se vai e tento me manter focada na paisagem lá fora, conforme o ônibus avança por ruas e mais ruas, o sol se aproximando do horizonte até sumir por completo. Durante quase todo o percurso, meu reflexo na janela me encara de volta: olhos de um azul profundo, cabelo loiro na altura dos ombros e uma pele tão suave que todo mundo pensa que uso maquiagem, mas não uso. Beleza. A todo momento me dizem que eu a possuo e as pessoas parecem ter inveja disso; entretanto, a beleza nunca me traz o que eu quero. Amor. Afeição. Sentir-me completa por dentro, ao invés de tão vazia.

Já está escuro quando chego ao meu destino e a temperatura caiu. O bairro onde a minha irmã mora também não ajuda. Fica em uma região degradada e tem muita gente perambulando para cima e para baixo nas calçadas cobertas de lixo. Há um homem desmaiado no banco do ponto de ônibus, e uma roda de caras em pé na frente de um edifício abandonado, cujas janelas foram fechadas com tábuas. Um deles repara em mim quando desembarco do ônibus e cutuca o amigo ao lado, dizendo algo em voz baixa. Ambos me encaram e não gosto da expressão em seus rostos, nem do fato de serem três vezes maiores do que eu.

Viro à direita, apesar de o apartamento da minha irmã ser à esquerda, só para evitar de passar por eles. Mantenho a cabeça baixa, tentando esconder o rosto, porque, como a experiência já provou, minha aparência pode me causar problemas.

— Ei, tá indo aonde, gatinha? – Um deles grita, enquanto me segue com os olhos. — Volta aqui e brinca com a gente.

A tentação de Lila e Ethan

Sigo adiante e não diminuo o ritmo até ter dobrado duas esquinas do quarteirão, praticamente fazendo uma volta em forma de U. Afinal chego a uma parte mais tranquila da calçada, junto a um ferro-velho cercado por um alambrado. Continuo caminhando rápido e de cabeça baixa até alcançar o prédio da minha irmã, alguns quarteirões adiante.

Eu me lembro de como fiquei chocada quando a visitei pela primeira vez. Abby tinha acabado de ser expulsa do colégio interno por posse de droga e o meu pai não permitiu que ela voltasse para casa e nem lhe deu nenhum tipo de ajuda financeira. Ela havia saído de casa como uma linguaruda respondona, meio rebelde de vez em quando, mas nada mais grave. Quando voltou, estava emudecida e viciada em drogas e mal agia como a irmã de quem eu me lembrava. Este era o único lugar que ela podia pagar, e vou admitir que é horrível. A maioria das janelas do edifício de três andares ou está quebrada ou fechada com tábuas, e há pessoas dormindo nas escadas. A minha mãe chama isto de pardieiro habitado por gente desprezível e indesejável e afirma que nunca, jamais, virá visitar a minha irmã. Consigo chegar ao andar da Abby sem arranjar confusão com as pessoas dormindo nas escadas nem com a mulher berrando baixarias para o homem que mora em frente ao apartamento dela, do outro lado do corredor. Preciso bater cinco vezes até que a minha irmã abra a porta e, assim que a vejo, sei que está toda contente, viajando de droga.

— Ei, Lila – ela me cumprimenta, zonza, piscando os olhos azuis. — A que devo a honra da sua presença aqui?

Ela está usando uma malha cinza pesada e exageradamente grande e *shorts*, algo que a minha mãe a rejeitaria por vestir, embora eu ache que ela já a rejeitou mesmo, de modo que não faz diferença.

— Oi – eu aceno de um jeito idiota, me sentindo desconfortável.

Ela abre mais a porta para que eu possa entrar.

— Aposto que foi o papai – ela brinca, com desprezo, fechando a porta atrás de mim. — Ele deve ter mandado você aqui para dar uma espiada em mim e ter certeza de que a querida filha dele está bem, e não morta em uma vala por aí.

— Só preciso de um lugar para clarear as ideias – respondo.

Tomo um longo fôlego enquanto giro sobre os calcanhares e absorvo o lugar, que é do tamanho do saguão de entrada da minha casa. O ar cheira a fumaça e meio que a lixo, e há estranhos vasos de vidro por todo canto e muitas garrafas de bebida.

— Eles não sabem que estou aqui – informo, olhando para ela.

Penso em lhe dar um abraço, porque realmente preciso de um, agora, mas ela parece muito frágil, como se pudesse se desfazer em pedaços se eu a apertasse forte demais. Ela está tão diferente desde a última vez que a vi, e só faz seis meses. O cabelo loiro está oleoso e escorrido, os poros estão enormes e ela tem na pele umas marcas que parecem espinhas muito cutucadas. Seus lábios estão ressecados e com algumas perebas. Ela perdeu peso e isso não é nada bom, já que Abby é muito magra, para começo de conversa.

Ela pisca para mim e se encaminha para um sofá, esfarrapado e coberto com uma manta xadrez, que ocupa quase a sala inteira.

— Você pode sentar, se quiser – oferece, enquanto ela mesma se joga no sofá.

Eu limpo umas migalhas da almofada e me sento. Sobre a mesa de centro há um estranho bulbo de lâmpada decorado com grafismos coloridos, e eu o pego.

— O que é isto? Arte?

A tentação de Lila e Ethan

— Não toque – ela me repreende, dando uma palmadinha para afastar a minha mão. — Isso não é arte, Lila.

— Oh, desculpa – começo a me arrepender de ter vindo para cá, já que ela não parece muito feliz em me ver e está totalmente aérea. — Talvez seja melhor eu ir embora – vou me levantar, mas ela agarra o meu braço e me puxa para trás.

— Não, não vai – ela suspira. — É só que... – Ela coça a cabeça e cutuca a pele do rosto. — Eu não sei por que você está aqui, especialmente a mamãe tendo deixado muito claro que a família iria me rejeitar.

— Eu nunca iria rejeitar você – digo, lembrando-me de como antigamente tínhamos um bom relacionamento, antes do colégio interno e do vício dela. — É só... É que... Papai está me mandando para o internato – desabafo de uma vez. — O mesmo para onde você foi.

Ela fica em silêncio por um momento, olhando fixamente para o bulbo da lâmpada sobre a mesa de centro.

— Por quê? O que aconteceu?

Faço uma expressão culpada:

— Fui pega cabulando aula.

Ela balança a cabeça com expressão de desagrado.

— O papai é tão filho da puta. É como se você nunca pudesse estragar nada. Nem uma vez, mesmo se for uma coisa sem importância. E se você mete os pés pelas mãos... Você simplesmente deixa de existir para ele.

Eu não discordo dela. Na verdade, venho me sentindo inexistente na maior parte da vida.

— O que devo fazer?

Ela dá de ombros.

— Não há muito que você possa fazer. Não até completar dezoito anos e poder sair da maldita casa dos nossos pais.

Eu me afundo no sofá e olho para um cartaz colorido na parede, com a foto de uma guitarra.

— Quão ruim é?

Ela apanha um isqueiro e alcança o bulbo decorado na mesa.

— Quão ruim é o quê?

— O colégio interno – completo, observando-a com curiosidade.

O que ela está fazendo? Quem é essa pessoa sentada ao meu lado? Eu mal a reconheço.

Ela ergue o bulbo até a boca.

— Nem um pouco pior do que estar em casa.

Ela acende o isqueiro e começa a passar a chama pelo vidro. Eu não faço ideia do que ela está fazendo, mas sinto como se devesse desviar o olhar. Então desvio.

— Então eu consigo aguentar? – Encaro o corredor escuro que leva a uma porta coberta por fios de contas. — Quer dizer, ir para lá. Não vai ser tão ruim, certo?

Ela ri de um jeito esquisito, meio fungado, e em seguida tem um acesso de tosse.

— Tudo depende do quanto você acha sua vida em casa maravilhosa.

— Não é tão ruim – digo, mas a mentira arranha a minha garganta.

Ela ri, fungando de novo.

— Ah, Lila, não se engane. Nossa vida em casa é uma merda, baseada em mentiras para os olhos do público. Para todo mundo, parecemos a família perfeita, mas, por dentro, a portas fechadas, vivemos numa concha vazia. Nada de abraços. Nada de beijos. Nada de afeto. Uma mãe que é um zumbi sem emoção, obcecada por beleza e dinheiro. E um pai ausente que nos odeia e tem prazer em dizer isso o tempo todo, apenas

A tentação de Lila e Ethan

para sabermos o quanto o irritamos apenas por existirmos – ela tosse de novo, mais alto, até que algo sobe à sua boca e ela cospe no chão. — É como se ele quisesse nos fazer sentir tão infelizes quanto o pai dele o tornou.

Eu finalmente olho de volta em sua direção e ela está devolvendo o bulbo à mesa. Noto que o ar está um pouco enfumaçado.

— O que é isto? – Pergunto, apontando.

— Vamos torcer para que você nunca descubra. Vamos continuar torcendo para que você tenha uma espécie de vida de arco-íris e luz do sol, em vez disto.

— Mas pensei que você tinha dito que as coisas são melhores aqui fora. Que você se sentia mais livre.

— Eu me sinto mais livre – ela boceja, as pálpebras pesadas. — Mas não desejo esta versão de liberdade para você.

— Mas, se você não gosta, por que faz?

— Porque me faz feliz e torna as coisas escuras do mundo menos escuras – ela joga o isqueiro na mesa, considerando alguma coisa, então vira os joelhos em direção ao sofá e o rosto para mim. — Você quer um conselho de irmã?

— Hum... – Dou uma espiada ao redor do apartamento, que, tenho uma boa dose de certeza, está repleto de parafernália de drogas. — Acho que sim.

— *Viva* sua vida, Lila, viva do jeito que *você* quer viver, e não como quer o papai ou qualquer outra pessoa – ela pega o isqueiro da mesa de novo, seus olhos ainda mais pesados, e começa a falar de um jeito alheado, parecendo zonza e soando bem pouco coerente. — E, se você acabar mesmo no internato, mantenha distância dos encrenqueiros, dos caras de aparência rústica e selvagem e dos perigosos. Eles podem fazer você se sentir viva e amada, fazer você achar que a vida até significa alguma coisa. Mas eles só querem te usar, e vão te arrastar para o inferno junto com eles. Eles não te amam de verdade, Lila. Não amam. O amor sequer existe, apesar de você desejar muito o contrário.

Eu me pergunto por que ela está me falando tudo isso.

— Hum... Tá.

Abby não explica mais nada e este é o fim da nossa conversa. Ela se levanta e começa a limpar a casa como um robô movido a açúcar e cafeína. Eu fico lá sentada observando, desejando saber como ela chegou a este ponto, tão feia e destruída, tão imunda e confusa. Será por causa de um cara? Um cara que ela amava? É por isso que ela falou aquilo sobre o amor?

Uma semana depois eu parto para o colégio interno com suas palavras de sabedoria como uma sombra na minha mente – estão lá, porém fracas. O problema é que ela se esqueceu de me alertar contra os caras que parecem perfeitos quando vistos de fora, os que são charmosos, aparentemente irrepreensíveis, que fazem você se sentir amada pela primeira vez. Ela se esqueceu de me falar sobre a ilusão do amor e da escuridão que vem com ela. E que, quando essa ilusão acaba, as paredes se fecham sobre você, te esmagam, e você fica se sentindo mais desamada e desprezível do que se sentia antes.

Ethan

Estou sentado à mesa da cozinha, cercado de lixo, de garrafas de bebida e de bitucas de cigarro no que provavelmente é a pior casa da vizinhança, o que quer dizer muita coisa, já que há uma porção de casas de merda nessas redondezas. Está escuro lá fora e o cara que é dono daqui decidiu embarcar na onda *hippie* dos anos 1960 e decorar o lugar todo com luminárias de lava. Ele também instalou luz negra, então a casa tem aquele brilho meio assombrado e o dente de todo mundo é estupidamente branco.

Um ano atrás eu era um cara comum, ia à escola e tirava notas decentes. Agora eu sou quase um aluno desistente de dezessete anos sentado na casa de um drogado, incerto sobre como cheguei aqui. Sinto como se estivesse mergulhando verticalmente da beira de um precipício, saindo com um bando de gente que mal reconheço e que parece não se importar com nada além de se drogar e falar sobre como a vida deles é difícil.

No começo, a queda era meio que divertida e fácil, especialmente por desligar os meus pensamentos; eles me deixam louco. Mas daí a coisa toda começou a se aproximar da base rochosa e agora eu me sinto prestes a me espatifar contra as pedras. Eu não quero me envolver a esta profundidade. Não só porque odeio agulhas. Quer dizer, posso suportar, em certa medida, desde que elas estejam no corpo de outra pessoa, não no meu. Isso deveria ser suficiente para me manter longe de situações como esta; entretanto, aqui estou, observando enquanto um cara se pica bem na minha frente, por nenhum outro motivo além de me sentir curioso e não conseguir encontrar uma boa razão para levantar e sair. Além do mais, tem a London, minha única fraqueza neste mundo, por mais que eu queira negar. London é a pessoa por quem faço escolhas idiotas, mesmo quando sei que são escolhas idiotas. Ela é a razão pela qual eu quebro a minha regra sobre não namorar.

O dono da casa dá uns petelecos na agulha e aponta a extremidade para o antebraço. Ele abre e fecha a mão algumas vezes, fazendo o pulso latejar, então fecha o punho mais uma vez antes de se espetar, fazendo com que a agulha deslize sob a pele, profundamente, para dentro da veia. Estremeço conforme os músculos dele se retesam. Ele puxa a agulha para fora e a atira na mesa em frente, perto de uma colher. Ele se joga para trás na cadeira da cozinha e deixa escapar um gemido que me arrepia de verdade.

— E é assim que se viaja, seus bundões – ele diz, com os olhos revirando para trás. — A sensação é... – Mas a consciência dele não está mais ali, e sua cabeça pende de lado.

Eu estou tentando entender por que ainda estou aqui. Sei por que *vim* para cá. Por causa da London. Eu a conheci quase um ano atrás. Ela estava muito bêbada em uma festa onde eu também estava, e precisava de uma carona para casa. De algum jeito, acabou virando responsabilidade minha. No começo eu fiquei puto e fiz questão de ser muito grosso durante o caminho. Mas daí ela começou a chorar a tal ponto que pensei que fosse desmaiar, então encostei a caminhonete, e ela imediatamente saiu correndo em direção a um campo que havia do nosso lado.

— Você só pode estar de brincadeira comigo – resmunguei, estacionando a caminhonete direito.

Eu nunca lidei muito bem com choro, e por um momento considerei a possibilidade de deixar London correr e se perder na escuridão. Depois de ponderar seriamente como eu estava sendo escroto, não pude simplesmente abandoná-la. Xingando e bufando, saí da caminhonete e corri atrás, e a encontrei chorando no meio do campo.

— Olha, não sei qual é o problema, mas eu preciso mesmo te levar para casa – eu falei, parado na frente dela, esforçando-me para manter a calma. Estava ficando tarde, o céu já meio cinzento, e eu queria ter tempo de voltar para a festa. — Então será que você poderia, por favor, fazer a gentileza de voltar para a caminhonete?

Ela balançou a cabeça e abraçou os joelhos com mais força.

A tentação de Lila e Ethan

— Só me larga aqui.

— Pode acreditar que estou realmente pensando nisso.

— Que bom – ela enterrou o rosto entre os joelhos. — Eu não quero... – A voz sumiu enquanto ela secava os olhos.

Fiquei parado ali no meio da grama seca tentando descobrir como diabos me comportar, se eu deveria fazer perguntas ou manter a boca fechada. Estava quase indo embora quando ela começou a soluçar, um soluço meio engasgado, como se estivesse hiperventilando. De repente me veio a lembrança de quando eu tinha oito anos e o meu pai entrou em uma fase em que me espancava a cada vez que seus analgésicos acabavam, e eu costumava me encolher como uma bola e soluçar. Não era nada tão dramático e só durou, sei lá, um ano; mesmo assim, na época, me enchia o saco.

Apesar de eu não ter ideia de por que a London estava chorando, senti uma onda de simpatia por ela, porque era óbvio que alguma coisa estava acontecendo.

— Ei, você está bem? – Eu me agachei na frente dela. — Quer que eu te leve para outro lugar, em vez de ir para casa?

As lágrimas pararam e quando ela olhou na minha direção estava com uma expressão cínica, o que me surpreendeu totalmente.

— Tipo onde? Sua casa? Para você trepar comigo?

— Não – fiquei de pé e dei um passo para trás, porque a menina era absurdamente intensa. — Eu só estava tentando ajudar. Só isso. Mas se você vai agir feito uma cretina eu te deixo aí sentada chorando.

Os olhos dela permaneceram fixos em mim enquanto ela se pôs de pé, e a tristeza gradualmente se transformou em questionamento, conforme seu olhar percorria o meu corpo de alto a baixo.

— Você é um babaca.

— Obrigado.

Dei a resposta sem ligar a mínima. Não era a primeira vez que me chamavam daquilo. Na verdade, eu já tinha sido xingado de coisa muito pior.

— Se você quer mesmo me ajudar – ela disse, agarrando a minha mão –, pare de falar.

Antes que eu pudesse responder, ela me arrastou de volta para a caminhonete no acostamento da estrada. Eu achei que ela iria desabafar, botar para fora a alma e o coração ou algo assim, mas em lugar disso nós subimos para a cabine e ela tirou um baseado do sutiã. Fumamos e, quando terminamos, ela perguntou se eu queria trepar com ela. Por mais que eu ame sexo, alguma coisa nela – a tristeza em seus olhos, talvez – me fez hesitar pela primeira vez desde que comecei a ter vida sexual. Claro, a London tinha uma aparência rebelde e meio vulgar, com aquela saia justa de couro e um bustiê decotado, mas tinha também a aparência de estar ferida por dentro. Parecia que ela estava procurando um jeito de se livrar da tristeza, e, no momento, a saída era o sexo.

— Talvez eu deva simplesmente levar você para casa – falei, apagando o baseado no cinzeiro da caminhonete.

— Por quê? – Ela perguntou, num tom irritado, erguendo as sobrancelhas. — Você está com medo de mim ou coisa do tipo?

Eu balancei a cabeça e revirei os olhos.

— Não seja ridícula.

Ela me olhou de cima a baixo.

— Você é virgem?

Tive que rir.

— Gata, faz dois anos que eu não sou mais virgem.

A tentação de Lila e Ethan

Ela sorriu com condescendência.

— Qual é o problema, então?

— Não faço ideia – menti.

Ela continuou mordendo os lábios, os olhos estavam inchados pelo choro e o rímel escorria pelas bochechas. Eu mal a conhecia, mas queria arrancar aquele olhar triste de seu rosto, e não queria estar querendo isso. *Nada de amarras. Nada de relacionamentos.* Essas eram as minhas regras.

— Então transa comigo.

Ela escorregou pelo assento e pressionou a boca contra a minha de um jeito rude, mordendo o meu lábio superior. Eu pensei em me esquivar, mas estava excitado demais e acabei pensando com a cabeça de baixo e beijando-a de volta.

Transamos no banco de trás. Um sexo bruto, suado e cheio de paixão que na época acabou com a minha cabeça. Quer dizer, eu já tinha feito sexo antes, mas isso era diferente. Todo aquele excesso de racionalização e o desejo de ficar sozinho se dissolveram momentaneamente no anseio por algo mais na vida; não que eu soubesse o quê.

Depois disso eu meio que fiquei viciado nela e em seu comportamento instável, impulsivo e selvagem. Ela me apresentou a um mundo de maconha e nós passamos horas transando, nunca conversando de verdade, tornando nosso relacionamento fácil e perfeito, jamais complicado.

E agora, seis meses depois, cá estou eu sentado na casa de um viciado em heroína, porque ela me pediu para estar aqui. Não é a minha praia. Quer dizer, eu viajo e tudo, fumo baseado e já usei cocaína algumas vezes, mas heroína é totalmente outra parada, e não sei se estou a fim.

A London estica o braço por cima da mesa. Ela tem cabelo curto, preto com mechas roxas, um *piercing* na sobrancelha e uma marca bem acima do lábio, perto de uma cicatriz de pontos grossos que vai da lateral do nariz ao canto da boca. Eu já perguntei milhares de vezes como ela conseguiu isso, mas ela se recusa a me contar. A London se recusa a me contar uma porção de coisas.

— Ethan? – Ela olha para mim com uma expressão cheia de esperança. — Eu não consigo me picar. Você pode, por favor, me ajudar?

Faço uma careta e balanço a cabeça.

— Sinto muito, mas eu não sei como.

— Eu sei que você não sabe, meu anjo, mas eu te digo como fazer. Vai dar certo, confia em mim – seus olhos suplicantes imploram por ajuda enquanto ela passa os dedos pelo meu cabelo tentando amolecer o meu coração. — Por favor, eu estou precisando mesmo.

Ela está sempre "precisando mesmo" de alguma coisa e eu em geral ajudo, mas isso... Talvez já seja um pouco demais.

— Desde quando você está nessa? – Pergunto, espiando em volta, observando as pessoas deitadas pelo chão da sala. — Eu estou com você há seis meses e nunca te vi consumir nada além de baseado e pó.

— Então é porque você não me conhece tão bem assim – ela replica, ironicamente, e tira a mão do meu cabelo. — E você não está comigo, eu permito que você me siga por aí.

Estou ficando irritado. Estalo as juntas dos dedos contra a mesa e alongo os músculos do pescoço.

— Que seja, mas com isso eu não vou te ajudar.

Ela faz um biquinho amuado, mas não me sinto mal.

— Esse truque não vai funcionar comigo – respondo. — Não para isso.

— Pode deixar que eu te ajudo.

O cara que tem a idade dela – acho que o nome dele é Drake ou Draven ou qualquer merda assim com som de nome de vampiro – vem vindo da cozinha. Ele é um completo idiota e me ignora, olhando para London como se ela pertencesse a ele.

— Você tem uma agulha?

Ela balança a cabeça e põe o cabelo atrás da orelha, tirando-o do ombro e exibindo a tatuagem que tem ali: *quebrada*. Uma vez eu perguntei o que isso queria dizer e ela respondeu que era porque ela estava quebrada. Eu perguntei por que ela achava isso e ela respondeu que não queria falar sobre isso. Só queria trepar. Ela diz isso muitas vezes.

— Só esta aqui.

London alcança a seringa usada e o meu rosto se contorce de repulsa. Ele se joga na cadeira ao lado dela e pega a agulha que pertence ao cara desmaiado sobre a mesa. Em seguida apanha uma colher e um isqueiro.

— Você sabe que isso não é muito higiênico, certo? – Pergunto a ela, enquanto desenrolo as mangas da minha camisa xadrez. — Nem muito esperto.

— E alguma vez eu aleguei que era esperta? – Ela arqueia as sobrancelhas, me provocando a afirmar o contrário.

— Nunca, mas isso não significa que você precise agir como uma idiota – olho para Draven, Drake, ou seja lá que nome for. — Quando obviamente você não é.

— Bem, o Drake vai fazer isso por mim.

Ela anuncia isso com um olhar provocativo, porque sabe que é um tema delicado. Detesto parecer fraco e neste momento estou deixando que um cara qualquer assuma o controle sobre a minha garota.

Dou uma espiada na agulha em sua mão enquanto ele extrai um líquido da colher. Quero socar a cara dele. Quero berrar com ele. Quero berrar com a London, não só por estar fazendo isso agora, mas porque começo a me perguntar se ela já fez antes, isso de se picar com agulhas usadas. Merda, e se ela me passou alguma coisa? Mas eu não grito, porque isso faria de mim uma cópia do meu pai, que estava sempre gritando com a minha mãe. Sinceramente, só o que eu quero é ir embora desta maldita casa, porque não quero ficar aqui.

— Não podemos simplesmente ir embora? – Arrisco. — Deve haver alguma outra coisa que você queira fazer. Podemos sair com Jessabelle e Big D.

— Esses dois são amadores – ela retruca, e pela firmeza do tom de voz eu sei que ela não vai voltar atrás, pois uma vez que London toma uma decisão, ela não muda de ideia.

— Quem trouxe esse bebê chorão para cá? – O cara interrompe, lançando um olhar na minha direção. Ele aponta para a porta com o queixo. — Se você não é grande o suficiente para aguentar, dá o fora.

Ele tem o dobro do meu tamanho – alto, pesadão, de pescoço grosso – e, de qualquer forma, eu não estou mesmo para brigas.

— Vem comigo – digo a London. — Posso te levar para sua casa ou de volta para a minha.

— Para fazermos o quê? Conversar? Ficar de bobeira? Trepar? – Ela balança a cabeça. — Não é o que eu quero agora, Ethan. O que eu quero, o que eu preciso, é isso – ela dirige sua atenção de volta para a seringa e abre e fecha a mão algumas vezes. — Nossa, eu preciso *tanto* disso.

Evidentemente alguma coisa a está aborrecendo, e parece que desta vez precisarei ir até a raiz, antes que a London faça algo drástico demais até para os padrões dela.

— London, por favor, vem comigo e me conta...

A tentação de Lila e Ethan

— Porra, cala a boca, Ethan! — Ela grita, batendo a outra mão no tampo da mesa. Na sala, um cara explode em uma gargalhada, e o outro, que está viajando na cadeira, se inclina e cai, tombando no chão com toda a força. Ninguém liga. — Eu não preciso de um maldito herói. Nem de um estudantezinho patético tentando me salvar. Tudo o que preciso é de alguém que me dê o que eu quero e me deixe viver a minha vida do meu jeito.

Rangendo os dentes, eu me levanto da cadeira.

— Você que manda. Faça como quiser. Encontre outra pessoa. Estou cagando.

Acontece que eu *não* estou cagando. Eu me importo, e muito. Eu quero a London mais do que já quis qualquer outra pessoa. Sempre desejei secretamente largar tudo para trás, atravessar o país de carona e escrever sobre o que eu vejo e sinto e sobre o quanto detesto estar rodeado de gente, cercado pelo mundo e por conversas vazias. Sempre senti como se de um lado estivesse o mundo inteiro, e do outro, eu. Mas agora somos London e eu. Acho que posso estar apaixonado pela London mesmo ela sendo meio atrapalhada das ideias e eu não sabendo muito sobre ela. Mas eu sou do mesmo jeito. Raramente me abro e, quando me abro, deixo as pessoas bem perdidas. No fundo, acho que poderíamos fazer uma boa dupla, vivendo no nosso mundinho confuso, conversando sobre sermos criaturas à parte do resto e aproveitando a vida ao máximo. Mas não assim. Não com heroína na parada.

As emoções de London estão todas misturadas em seu rosto, enquanto me encaminho para a porta. Ela parece furiosa, irritada e ferida, mas continuo botando um pé na frente do outro. Conforme saio da cozinha, sinto uma urgência de me virar para trás e tentar mais uma vez convencê-la, mas, quando dou

Jessica Sorensen

uma olhada por cima do ombro, o cara já está espetando a agulha no antebraço dela. Balançando a cabeça e chorando por dentro, saio da casa feito um furacão, sabendo que, mais tarde, hoje à noite ou amanhã de manhã, ela vai telefonar me pedindo para ir buscá-la, como sempre. Esse é o negócio com a London. Ela sempre volta para mim, não importa o que aconteça, e eu provavelmente vou aceitá-la de volta, porque esse é um mundo solitário e ela é a única pessoa que entende como é se sentir deslocado. Ela me prometeu que sempre voltaria para mim, independentemente de qualquer coisa, e sempre voltou. Portanto, quando ela não telefona até a manhã seguinte, eu imediatamente saco que alguma coisa deu errado. Então, pela primeira e última vez, ela não volta para mim.

Capítulo 1

Lila

Eis-me vivendo um clássico momento de "Onde diabos será que eu estou?". Os meus braços estão agitados e o meu coração bate em espasmos acelerados enquanto faço um esforço para me localizar. Abro os olhos, mas não consigo identificar nada de nada no quarto onde me encontro, a não ser o fato de estar nua, suada e nojenta em cima de uma cama. Minha cabeça parece estar entalada em um aquário e tento me lembrar de onde deixei as minhas pílulas, mas não consigo lembrar nem mesmo onde estou. Há fotos nas paredes, porém nenhuma é de alguém que eu conheça. O armário está aberto e dentro parece haver uma espécie de uniforme de futebol. *Eu dormi com um jogador de futebol? Não, isso não soa familiar.* Meu olhar desliza para a embalagem aberta de preservativo sobre o criado-mudo, e sou invadida por uma onda de alívio. Tomo anticoncepcional e tudo, mas isso só protege contra a gravidez. *Meu Deus, eu realmente tenho que parar de fazer isso.*

Acabei me acostumando a este tipo de situação: acordar em lugares desconhecidos sentindo dor de cabeça e pânico, além de uma vergonha sólida e claramente identificável que eu sei que faz sentido estar dentro de mim, tanto quanto o ar nos meus pulmões e o sangue no meu coração. Eu não mereço me sentir nem um pouco melhor do que isso depois das decisões que tomei e das escolhas que fiz. Agora eu sei o que sou por dentro, e já não luto contra isso. É ao mesmo tempo libertador e esmagador, porque é assim – quem eu sou – que eu tenho de ser, e é triste. Mas por fora eu posso sorrir, mostrar ao mundo como sou feliz, uma vez que é isso que importa, mesmo que por dentro eu esteja morrendo.

A rotina é muito simples e eu a conheço como a palma da mão. Abrir os olhos, analisar o ambiente, tentar me lembrar de alguma coisa e, quando tudo isso falha, dar o fora. Eu me sento bem devagar, tentando não acordar o cara ao meu lado. Ele tem cabelo castanho-escuro e um corpo musculoso, entretanto está de costas para mim e a minha memória está nebulosa, então não consigo saber que aparência ele tem visto de frente. Talvez seja melhor assim. Fosse lá o que fosse que eu estava procurando com ele – amor, felicidade, um abençoado momento de conexão –, obviamente nunca aconteceu. E estou num ponto da vida em que duvido que alguma vez acontecerá.

Prendendo a respiração, saio da cama e ponho o vestido, cobrindo a mim mesma e a cicatriz que serpenteia pela minha cintura, o que me faz lembrar o motivo por que estou aqui. Tento fechar a fileira de botões das costas, mas os meus dedos estão dormentes, como se eu tivesse feito alguma coisa esquisita com eles na noite passada, o que não deixa de ser uma possibilidade. Admito que tenho a tendência de chegar a extremos quando fico bêbada a esse ponto. Minhas garras às vezes se revelam, e lá no internato eu era tida como a vadia que morde e berra. Apesar disso, costumo me perguntar se ajo assim em consequência do prazer ou do medo que parece vir à tona quando faço sexo. Essa confusão é culpa *dele*. Eu vou sempre odiá-lo por isso, mesmo que na época eu achasse que o amava e que faria qualquer coisa por ele. Mas como teria sido possível, sendo eu jovem demais para sentir amor? Até agora ainda não senti, e já tenho vinte anos.

A tentação de Lila e Ethan

Deixando o vestido desabotoado, recolho os sapatos e vou até a porta na ponta dos pés. Reparo em um maço de dinheiro no criado-mudo ao lado de cama e em um anel que parece ser de um campeonato de futebol ou coisa assim. Há um sanduíche amanhecido sobre a cômoda e vários copos de cerveja vazios.

— Nossa, eu devo ter ficado muito bêbada – murmuro, encolhendo-me diante da aparência da comida, e depois me encolhendo ainda mais diante da minha imagem desleixada refletida no espelho da parede.

Com uma expressão de asco, saio do quarto imaginando que estarei no corredor de um dos edifícios de dormitórios do *campus*. Porém, vejo-me em uma ampla sala de estar, com colunas ao longo das paredes, e janelões que favorecem a entrada de luz por todo o lado. O chão é de mármore e nele repousa um grande tapete branco. Deve ser um condomínio ou algo assim, luxuoso deste jeito, e não um dormitório.

Alguns caras e uma garota estão sentados em um sofá de couro no centro da sala, assistindo à TV de tela plana que pende da parede bem ao lado do lugar em que saí. Só me recordo de bebidas, um clube de mulheres, uma lustrosa Mercedes preta, as mãos e lábios de alguém em mim e o meu desejo de apagar, o que eu devo ter conseguido, porque depois disso não me lembro de mais nada.

O grupo todo olha para mim ao mesmo tempo e noto que são mais velhos, talvez vinte e quatro ou vinte e cinco anos, o que me faz sentir jovem demais para estar aqui, apesar de caras mais velhos fazerem muito o meu tipo, ao menos quando estou bêbada.

— E aí? – Um deles aponta o queixo mal-barbeado para mim. — Você parece um pouco perdida.

Jessica Sorensen

— É, totalmente – forço um sorriso, apesar de por dentro estar fazendo careta, e mantenho a cabeça erguida enquanto percorro o caminho da vergonha.

Eles começam a rir de mim e me pego desejando ser mais atrevida, como Ella, a minha melhor amiga e antiga companheira de quarto. Mas não sou. Claro, posso ser descolada quando a situação exige, mas neste exato instante eu me sinto pegajosa, nojenta e insatisfeita comigo mesma porque acabei de acordar, minha maquiagem saiu, meu cabelo está uma bagunça e minhas roupas fedem a álcool. Além do mais, estou prestes a ter uma crise de abstinência. Das feias. E não tenho nada comigo para ajudar a reequilibrar o meu humor.

Atravesso o cômodo em disparada e escancaro a porta. Ao sair, ainda ouço um deles dar risada e dizer alguma coisa sobre eu ser fácil e vadia, mas eu bato a porta e calo suas vozes. Desço um corredor e sigo pelos degraus abaixo até o fim, onde empurro outra porta e saio para a luz do sol e o ar morno de novembro. Estar do lado de fora faz com que eu me sinta um pouco melhor, exceto pelo fato de que ainda não consigo reconhecer onde estou. É um condomínio de apartamentos – até aí eu chego.

— Droga – eu resmungo, pressionando os dedos contra as laterais do nariz.

A minha dor de cabeça está se espalhando, meu cabelo cheira a cerveja e meus poros estão grudentos. Avanço sobre o gramado em direção à esquina para ver a placa com o nome da rua, sabendo que poderia ser pior. Eu poderia estar em um dos bairros pobres de Las Vegas, mas esta parece ser uma região bacana, perto de pequenas ruas sem saída e casas de alto padrão. Quando chego à esquina, protejo a vista com a mão e aperto os olhos em direção à placa. Droga, estou longe demais do meu apartamento para ir a pé. Posso tomar um ônibus, coisa de que não sou muito fã desde os catorze anos, ou telefonar para alguém. A única pessoa que conheço por aqui – a única que eu deixaria que me visse nessa condição – é Ethan Gregory. Ele é o único não engomado que eu já tive na vida e o único cara que nunca quis dormir comigo, o que o faz parecer bem menos mau aos meus olhos, embora não aos olhos de todas as outras garotas com quem ele dorme.

Eu o conheci dois verões atrás, quando acompanhei Ella, a minha melhor amiga, até sua cidade natal. Ele era o melhor amigo do cara por quem ela estava apaixonada, Micha – embora Ella não admitisse isso, na época. Enquanto eles dois tentavam se acertar, passei muito tempo com Ethan, e nós nos entendemos bem desde o começo. Houve uma espécie de conexão estranha entre nós, como se compreendêssemos um ao outro, apesar de virmos de mundos completamente separados: o rico e o pobre. Mesmo quando voltei à escola, no outono, ainda nos falávamos por telefone. Daí ele se mudou para cá e temos saído bastante juntos desde então.

Sussurrando torcidas e expectativas, encontro o telefone, que felizmente ainda está no bolso lateral do vestido, e ligo para o Ethan.

Ele atende depois de três toques e há um tom divertido em sua voz.

— Ei, oi, Lila linda. O que foi que você aprontou desta vez?

Eu ignoro a agitação que a voz dele sempre provoca no meu corpo. Depois de conhecê-lo por um ano, eu me tornei praticamente uma especialista em diminuir as emoções que ele faz surgir dentro de mim, o que é ótimo por uma série de razões. Em primeiro lugar, nós vivemos em mundos separados: eu gosto de coisas boas e Ethan não é nem um pouco materialista. Ele me chama de mimada e eu o chamo de bizarro, porque não entendo metade das coisas que ele faz, como, por exemplo, recusar-se a comprar roupas melhores, tendo dinheiro para isso. Ele é tão sensual, e sua aparência melhoraria tanto se usasse *jeans* sem buracos e sapatos e camisas novos.

Fora isso, e por mais que eu deteste admitir, as palavras da minha mãe sempre ecoam na minha cabeça: "Se não encontrar um homem capaz de sustentá-la, você acabará vivendo em um pardieiro como sua irmã. Encontre um homem rico, Lila, e agarre-se a ele independentemente dos sacrifícios que tiver de fazer". Apesar de isso ser um absurdo, parece que não consigo me livrar da imagem mental de mim mesma enrodilhada feito uma bola sobre um velho sofá esfarrapado, vestindo trapos e fumando *crack* em um cachimbo, e esse quadro me assusta.

— Eu não fiz nada... Acho que não, pelo menos. Só preciso de uma carona – digo, com uma voz murcha, porque me sinto cansada e suja e repulsiva.

— De novo?

Ele finge estar irritado, mas eu o conheço bem o suficiente para saber que não está, de verdade. Ele gosta que as pessoas pensem que ele não leva desaforo para casa e, que é durão. Mas eu sei que não é. Na realidade, ele é muito doce, conversa comigo, me escuta e me dá potes de bala de presente. Ainda tenho uma gaveta cheinha delas. Sou incapaz de comê-las ou jogá-las fora porque seria como se eu estivesse me desfazendo de um bom momento vivido com um cara, e momentos assim são raros, se não inexistentes.

— Você está aí? – Ele pergunta, interrompendo os meus pensamentos.

— Sim, preciso de uma carona *de novo*.

A tentação de Lila e Ethan

Sento-me no meio-fio tentando não pensar em potes de bala e em sutiãs vermelhos de renda. Aquilo foi coisa de uma vez só. Nós dois combinamos que não haveria continuidade. Embora eu só tenha concordado porque ele estava ansioso demais para deixar claro que aquilo nunca mais se repetiria.

— Então, você vai vir me pegar ou não?

— Nossa, alguém está cheia de atitude – ele observa, bem-humorado. — Mas acho que hoje eu não quero lidar com isso. Estou muito cansado depois da mulher com quem trepei ontem à noite. Fora isso, preciso ir trabalhar mais tarde.

— Não seja escroto – digo, fechando a cara, apesar de ele não poder me ver. — Por favor, não seja sacana comigo e venha me buscar. Por favor, por favor.

Ele faz uma pausa e suspira, derrotado.

— Eu vou, mas só se você disser.

— Não vou dizer, Ethan. Não hoje.

Eu apoio o cotovelo no joelho e descanso o queixo sobre a mão. Ele quer que eu diga que serei sua escrava sexual, uma promessa que ele me fez fazer da última vez que me resgatou. Mas ele não quer de verdade que eu seja. Ele só se acha engraçado.

— Foi o combinado – ele me relembra. — Caso eu tivesse de ir buscar você de novo.

— Mas quando combinei eu não estava neste estado de irritação – respondi, contorcendo o rosto. — Na hora pareceu uma boa ideia.

— Tá – ele se rende com muita facilidade e isso me faz sorrir um pouquinho. — Mas da próxima vez eu vou te fazer... Sério, eu posso te obrigar a ser minha escrava sexual da próxima vez que você me telefonar – ele prossegue, e eu dou um longo suspiro. — Saio em alguns minutos.

— Obrigada – digo, esticando as pernas na rua. — E me desculpe por estar tão brava. É que estou de ressaca.

— Você não saiu com aquele idiota do clube, saiu? – Ele pergunta, e eu o ouço se remexendo. — Porque eu avisei que ele era tosco. Embora todos os caras com quem você sai sejam meio toscos, se quer saber a minha opinião. Uns otários, coxinhas e prepotentes.

— Eles não são coxinhas, só são diferentes do que você está acostumado – eu bocejo, esticando os braços acima da cabeça. — E não, eu não fui para casa com o cara do clube... Acho que não, pelo menos. Eu nem consigo lembrar com quem eu fui para casa.

Eu me retraio enquanto tento juntar as peças, mas a verdade é que não consigo encontrar uma única peça que seja.

— Lila... – Ele começa, mas então muda de ideia, provavelmente porque transa por aí tanto quanto eu. — Onde você está exatamente?

Solto um suspiro profundo de alívio, grata por ele não fazer um sermão sobre os meus percalços sexuais. Estou de ressaca, com picos de abstinência e me sinto perigosamente perto de sofrer um colapso geral, algo que não pode acontecer de maneira alguma, que dirá ao ar livre.

— Na esquina da Vegas Drive com a Rainbow.

— Onde, exatamente? Tipo, em uma loja, uma casa ou algo assim?

— Não, estou sentada na guia.

Ele fica em silêncio por um momento. Esta não é a primeira vez que ele tem que me resgatar nesse tipo de situação e provavelmente não será a última. É isto que nos une: compartilhamos nossas histórias e jamais julgamos um ao outro, independentemente de quanto as histórias sejam ruins ou feias.

A tentação de Lila e Ethan

Ele sabe coisas a meu respeito que ninguém mais sabe, como, por exemplo, o modo como o meu pai me trata, e eu sei coisas sobre ele também, tipo como o pai costumava bater na mãe dele e quanto ele o despreza por isso.

— Chego em quinze ou vinte minutos. Não saia perambulando por aí.

— Para onde eu iria? – Encolho as pernas e apoio a testa nos joelhos. — Está calor demais até para respirar.

— E tente não se meter em encrencas – ele acrescenta, ignorando o meu comentário.

— Combinado – reviro os olhos e depois os fecho, bem apertados, enquanto inalo o ar espesso de tão quente. — E Ethan...

Ele leva um instante para responder.

— Quê?

— Obrigada de novo – digo, com suavidade, porque me sinto realmente mal por levá-lo a fazer essas coisas por mim. E ele é sempre tão legal.

Mais uma pausa e ele bufa de um jeito teatralmente exagerado.

— Tá. De nada.

Desligamos e fico me sentindo um pouco melhor. Ele está sempre por perto para me ajudar, mesmo quando preferiria não estar. Ele é a única pessoa com quem eu converso de verdade e me preocupo com o que acontecerá se ele decidir me abandonar.

Eu me deito na calçada e fico girando o anel de platina que tenho no dedo enquanto observo, acima, o azul derretido do céu e a luz ofuscante do sol. Por um instante, não me importo com quanto o chão está imundo ou com o fato de que meu vestido está aberto ou que meus olhos estejam começando a arder. Na verdade, durante um segundo, sinto que pertenço a este lugar e a nenhum outro, por melhor que seja. Porém, conforme pressiono o rosto no concreto escaldante. Lembro que fui ensinada a não deitar no chão sujo. Então me sento, ereta, e passo o dedo sobre as horríveis cicatrizes circulares que tenho em cada tornozelo, marcas da minha maior imperfeição tanto por dentro quanto por fora.

O sol continua me massacrando conforme eu faço mais uma tentativa de rememorar detalhes da noite anterior. No entanto, como de hábito, a minha memória é só um grande branco. Se eu continuar assim... me pergunto se algum dia minha cabeça inteira vai ficar tão vazia quanto meu coração. O lado bom – o lado bom, segundo a minha mãe – é que pelo menos eu tenho a minha beleza, e isso é tudo que realmente importa.

Ethan

Sabe aquele ponto em que você está quase acordando, mas não consegue fazer a porra das pálpebras se abrirem, de modo que fica preso entre o sono e a vigília? Bom, é mais ou menos onde eu tenho estado nos últimos quatro anos. Eu me sinto entalado. Preso no mesmo lugar como em uma armadilha, incapaz de me mexer. Em uma vida que não tenho certeza de querer, e ainda assim sem conseguir descobrir como modificá-la. Eu me senti diferente disso só uma vez, mas a pessoa que trouxe para fora o meu lado ensolarado não está mais na minha vida. Apesar disso, algumas vezes Lila chega perto de me arrancar desse torpor, mas de outro jeito; um jeito mais baseado em raiva e frustração sexual do que em uma emoção profunda.

A tentação de Lila e Ethan

Certa vez, até tentei escapar da sensação de não ter saída. Arrumei as minhas tralhas e caí na estrada sem nenhum destino mais concreto do que fugir do sentimento de cilada que vinha me envenenando desde muitos anos antes. Não foi ruim estar sozinho na estrada sem preocupações sobre para onde ir, mas uma coisa que aprendi depressa foi que você não consegue se desvencilhar da vida, não importa o quanto queira.

Acordo ao som de *Hey ho*, dos Lumineers. É o toque do meu celular que a Lila escolheu para si mesma, apesar de eu ter lhe dito que não era o meu estilo de música. Ela insistiu que era a escolha perfeita para identificá-la e eu quis mudar, mas acabei me esquecendo, e agora não me importo mais. Na verdade, a música meio que vem subindo no meu conceito, como ela.

Esfrego a mão na cara para me livrar da sonolência e alcanço o telefone na mesa de cabeceira ao lado da minha cama. Atendo e não facilito as coisas para ela, porque parece que isso já está virando uma tradição. Lila me telefona quando precisa de ajuda, geralmente com um assunto relacionado a algum cara, e então ou fico escutando enquanto ela reclama ou vou resgatá-la de seja lá qual for a situação em que está metida.

É a terceira vez que ela me telefona este mês, e ainda estamos na metade de novembro. Lila certa vez me contou, depois de várias doses de tequila – que sempre faz seu lado negro vir à tona –, que ela tem sido assim desde os catorze anos, sem jamais me dizer a razão. Honestamente, ela parece estar em queda livre e acelerada desde que Ella foi embora, inclusive trancando as aulas durante um semestre, apesar de eu acreditar que isso tem a ver com dinheiro mais do que com qualquer outra coisa. Mas me preocupo que ela esteja solitária ou coisa assim. Muita gente não sabe lidar com a solidão e acho que Lila talvez seja uma dessas pessoas.

Eu me lembro da primeira vez que tivemos uma conversa de verdade, lá no Star Grove, onde fomos apresentados. Nossos melhores amigos estavam apaixonados um pelo outro e nós nos conhecemos por intermédio deles. Da primeira vez que realmente passamos um tempo juntos, bebemos uma garrafa de Bacardi enquanto o meu pai pintava o carro dela, que alguém havia pichado com tinta *spray*, conversando sobre a vida, sobre o que pensávamos sobre sexo casual e sem sentido e sobre como, a certa altura, nossos pais nos trataram como merda, embora os dela ainda façam isso.

Flertei com ela a noite toda, porque isso é o que eu faço, e daí a Lila tentou me arrastar para a cama. Eu recusei, já que estávamos ambos imprestáveis e tenho regras claras sobre fazer sexo e não aproveitar. Tenho que estar sóbrio o bastante para me lembrar da transa e da garota. Além disso, eu não penso na Lila nesses termos. Ou tento não pensar. Pisei na bola uma ou outra vez, quebrando a regra de não tocar que eu mesmo havia criado; porém, sempre me certifico de fazer parecer que foi algo casual, relembrando a mim mesmo que tenho regras a respeito de relacionamentos por uma razão, que é me manter fora de relacionamentos, porque não quero acabar como minha mãe e meu pai. O meu pai está sempre gritando com a minha mãe e eu estou sempre preocupado em não ficar como eles – ou como ele, mais precisamente. Envolver-se emocionalmente com alguém conduz a uma relação nociva e desastrosa na qual alguém vai quebrar a cara. Veja o caso dos meus pais. Ela engravidou enquanto eles estavam saindo e os dois se casaram, e vinte e cinco anos mais tarde eles continuam casados e se odeiam, embora não admitam. Pelo contrário: o meu pai grita com ela o tempo todo dizendo o quanto ela é uma merda e uma idiota, e a minha mãe finge que está tudo bem. Que é normal que as pessoas falem assim umas com as outras.

A única exceção que eu já abri foi com a London, e depois do que houve com ela eu jurei que não abriria outras, porque não quero sentir de novo tanto vazio e tanta culpa ao perder alguém. Quando se trata da Lila, porém, seguir as regras exige de mim um esforço extra. Eu precisei inclusive criar uma regra de não tocar que se aplica exclusivamente a ela, depois que lhe dei um pote de balas no Natal passado, quase um ano atrás, e tentei colocar as mãos e a língua em lugares aos quais elas não pertencem.

Entretanto, algumas vezes é difícil manter as mãos longe da Lila, e acabo escorregando. Mas também, a garota é deslumbrantemente maravilhosa, como uma modelo ou uma atriz de Hollywood. A pele dela não tem uma única falha, as curvas são perfeitas, o corpo todo tem as proporções certas. Só que ela apresenta um, digamos, alto custo de manutenção. Da primeira vez que a levei a um bar ela se recusou a comer, porque achava que comer comida de bar era nojento e estava abaixo de seus altos padrões gastronômicos. Mas ela vem lentamente progredindo, e eu já consegui até que ela comesse costelinhas com a mão, uma vez, o que foi hilário de ver.

Depois que desligo o telefone, ponho de lado a pulseira que a London me deu e o meu diário, com páginas cheias de lembranças assustadoras e pensamentos. Eu tirei os dois da cômoda durante um surto de depressão, ontem à noite, tentando encontrar algo que na verdade não existe mais, porque eu escolhi cair fora. Ou talvez a coisa nunca tenha realmente existido. Ainda assim, continuo me agarrando a ela e permitindo que

Jessica Sorensen

ela me assombre, jamais conversando com ninguém a respeito porque a simples ideia de falar sobre London em voz alta parece impossível, seria como se eu estivesse abrindo mão dela, afinal, e não estou preparado para isso.

Eu me levanto, ponho um *jeans* e uma camiseta vermelha e pego cinco dólares do maço de dinheiro que tenho escondido em uma caixa sob a cômoda. Trabalho meio período em construção civil e, como o meu apartamento é ridículo de barato e não preciso de nada além de comida, gasolina para a caminhonete e muito ocasionalmente roupas novas, guardo quase tudo o que ganho. Enfio a nota de cinco no bolso e saio. Faço uma parada rápida na Starbucks mais próxima e uso os cinco para impressionar Lila, comprando um *latte* gelado que eu sei que ela ama e que talvez a ajude com a ressaca. É início da tarde, mas ainda está quente. Vegas é assim. Mesmo no outono, parece verão na maior parte dos lugares.

Quando eu finalmente chego à esquina da Vegas Drive com a Rainbow, estaciono a caminhonete onde Lila está deitada na calçada, com as pernas esticadas para o meio da rua.

Salto e bato a porta.

— Mas que merda você pensa que está fazendo? – Pergunto, contornando a caminhonete pela frente e levando o *latte* gelado na mão. — Tentando ser atropelada ou coisa assim? Porra, Lila.

Ela inclina a cabeça e olha para cima, na minha direção. Seus olhos azuis estão injetados e vermelhos, o rímel escorreu e o cabelo loiro está todo desgrenhado. Em geral ela está tão arrumada, mesmo quando vou buscá-la nas manhãs seguintes, que é um pouco chocante vê-la desse jeito. Ainda assim ela é maravilhosa, embora eu nunca admita isso em voz alta.

A tentação de Lila e Ethan

— Isso é para mim? – Ela vê o café e lambe os lábios.

Eu lhe entrego o copo e ela toma um grande gole antes de me perguntar, com uma careta:

— Você mandou fazer com leite desnatado?

Abano a cabeça. Às vezes ela realmente exige um alto preço de manutenção.

— Não. Eu me esqueci de passar instruções precisas, sua alteza, mas de nada por trazê-lo para você.

Ela me encara.

— Obrigada.

Enquanto ela recomeça a beber, eu me esforço para não fazer perguntas sobre a real condição em que ela se encontra, porque a verdade é que quero muito saber o que diabos houve e como foi que ela veio parar aqui e neste estado.

— Não diga nada – ela resmunga, e lentamente se endireita. Ela fica de pé e espana a poeira da parte de trás das pernas. — A manhã já está suficientemente difícil do jeito que está.

— Você quer dizer a tarde – eu a corrijo, e recuo um passo com as mãos espalmadas em frente ao peito quando ela me lança um olhar mortal. — Tá bom. Nossa, vou manter a boca fechada.

— Ótimo.

Ela avança em direção à porta da caminhonete, sugando o canudo e movendo-o entre os lábios. Noto que o vestido está completamente desabotoado, de modo que a pele dela fica exposta à luz do sol. Deus, se não fosse pelas minhas regras, eu a curvaria e a tomaria seriamente por trás.

Depois de observar por mais um momento, vou para o lado do motorista.

— Por que seu vestido está aberto?

Ela dá de ombros, balançando os sapatos na mão.

— Não consegui fazer os meus dedos funcionarem hoje de manhã.

Meus lábios ameaçam se curvar para cima em um sorriso de escárnio.

— Por quê? Eles andaram ocupados demais ontem à noite ou coisa assim? – Eu brinco, e de repente minha cabeça se inunda de imagens de seus dedos subindo pela parte interna de sua coxa e lentamente penetrando nela.

Ela escancara a porta e me observa com os olhos apertados.

— O quê? Se você não quer que eu provoque, não dê motivo.

Abanando a cabeça, ela aperta os lábios e sobe na caminhonete. Vai ficar puta comigo pelos próximos dez minutos, e depois vai esquecer. Ela sempre esquece.

Entro no carro, pego a estrada e ligo o rádio. Mal conversamos durante todo o percurso, e quando chego à garagem de seu apartamento percebo que ela vai sair dessa, e me ligar dentro de alguns dias quando precisar que eu a resgate de novo.

Porém, ao abrir a porta, ela diz:

— Então, você vem ou o quê?

— Vou, se você quiser mesmo – não é como se eu tivesse qualquer outro lugar aonde ir. Micha, o meu melhor amigo e antigo companheiro de quarto, foi embora, e eu não trabalho mais aos finais de semana. — Mas não vou dormir com você, não importa o quanto você implore.

— Eu nunca imploro – ela diz, mas seu rosto se contorce em sinal de dúvida e ela olha para o chão. — Pelo menos até onde consigo me lembrar.

Contorno a caminhonete e a encontro na parte da frente, mirando a chave por cima do ombro para travar. Atravessamos o estacionamento sob o sol escaldante e baixo os meus óculos escuros da cabeça para o rosto, para proteger os olhos.

A tentação de Lila e Ethan

Permaneço ligeiramente atrás dela para apreciar o traseiro e o fim das costas, aparente sob o vestido ainda aberto. No fim, tenho que desviar o olhar e me posicionar a seu lado, do contrário não vou conseguir manter as mãos recolhidas.

— Você precisa parar de apagar quando bebe – digo, empurrando-a de brincadeira com o ombro. — Ficar bêbada tudo bem, mas acabar com esta cara e sem saber o que andou fazendo é uma merda, Lila. Nem eu sou tão depravado.

— Você não é nem um pouco depravado – ela tenta empurrar o cabelo para baixo com a mão, mas só consegue deixá-lo mais armado ainda. — Você só finge que é. No fundo, você é um cara muito legal e que gosta de escrever um diário.

— Ei! Eu contei isso em segredo – lanço um olhar zangado para ela enquanto subimos as escadas até o segundo andar. — Não era jamais para você repetir em voz alta.

Ela bate de leve nos bolsos procurando a chave.

— Bom, então você não deveria ter contado, porque eu sou meio que linguaruda.

Seus braços caem ao longo do corpo e seu olhar vasculha o chão em torno dos pés e depois a escada atrás de nós.

— Merda, acho que perdi as chaves.

— Tudo bem... É só pedir ao proprietário que destranque para você. Não é assim tão complicado – respondo, balançando a cabeça.

— Não posso pedir para ele.

— Por que não? – Eu me apoio no corrimão e espremo os olhos contra o sol enquanto a analiso.

Ela baixa o queixo, fazendo com que seus cabelos caiam sobre o rosto, como se não quisesse que eu visse sua expressão.

— Porque... Porque, se eu pedir... Ele vai cobrar o aluguel.

— Por quê? Está atrasado ou coisa assim?

Ela me olha através dos cílios.

— Pode ser que nos últimos meses eu tenha pagado; ou não – ela revela, franzindo a testa.

— Por quê? Você não está falida!

Detesto dizer isso, mas é meio óbvio, a julgar pelas roupas caras que ela sempre usa. Que diabos, ela está com um anel de platina no dedo, pelo amor de Deus.

— Estou sim – ela insiste, cruzando os braços sobre o peito. — O meu pai cancelou todos os meus cartões de crédito algum tempo atrás e eu só tenho, tipo, uns oitocentos paus.

— Então usa esses oitocentos para pagar o aluguel. Ou penhora este anel no seu dedo.

Abanando a cabeça, ela esconde o anel com a outra mão, quase em pânico.

— De jeito nenhum. Foi presente de uma pessoa que eu conheci.

— Então você prefere morar na rua a penhorar um presente? – Eu levanto uma sobrancelha. — *Sério*?

— Sério – ela responde, com simplicidade, deixando que os braços caiam de novo ao longo do corpo.

Eu contraio a mandíbula com força, cada vez mais frustrado.

— Mas que droga. Você faz isso o tempo todo, sabe? Você tem que começar a ser mais responsável...

Os meus olhos se arregalam. Puta que pariu, eu estou soando igualzinho ao meu pai. Merda. Ele está sempre repreendendo a minha mãe pelas falhas dela. Esta é a razão pela qual eu não entro em relacionamentos e não estou em um com Lila, então, por que estou agindo desse jeito?

Ela ri e cutuca meu peito com a ponta do dedo.

— Ah, como se você fosse! Você se embebeda e transa por aí e trabalha em construção civil!

A tentação de Lila e Ethan

— É, mas eu nunca aleguei ser responsável – eu me recolho e baixo o tom de voz, tentando afastar a sensação de estar agindo exatamente como meu pai. *Não, isso é diferente. Você está tentando ajudá-la, não controlá-la.* — Só que eu trabalho e pago o meu aluguel.

Ela bufa, batendo os pés contra o chão e cruzando os braços. Não é a primeira vez que eu a vejo tendo um ataque de fúria porque não cedi, mas fico tão irritado quanto fiquei da primeira vez.

— Ethan, será que você pode, por favor, simplesmente me ajudar?

— E como eu deveria fazer isso? – Pergunto. — Pagando seu aluguel para que você possa entrar? Porque isso eu não vou fazer.

Mas uma voz interior ri da minha cara e me diz que eu sou um merda, que eu pagaria, se ela pedisse. Que eu faria qualquer coisa por ela, se ela me pedisse abertamente.

Ela estica o lábio inferior e com isso me amolece um pouquinho.

— Você pode arrombar a fechadura – ela sugere, e, mal eu começo a fazer uma careta, ela agarra a barra da minha camiseta e não larga mais. — Por favor, por favor, por favor. Eu fico te devendo essa.

— Acontece que você já está me devendo, por ser uma pentelha que me telefona direto para ir te buscar na casa de vários caras – retruco, passando a mão pelo rosto. — E eu não quero que você fique me devendo nada. Só quero que você arranje um trabalho e que não seja despejada do seu apartamento.

— Tá, eu vou batalhar para arrumar dinheiro.

Ela pisca de um jeito muito intencional; sei disso porque um sorriso maroto começa a se formar em seus lábios. Suspirando, eu estico a mão.

— Passa para cá um desses seus grampos.

Jessica Sorensen

Ela solta minha camiseta, tira um grampo do cabelo e me entrega. Resmungando e fingindo estar mais bravo do que na verdade estou, eu me agacho em frente à porta e rapidamente destravo a fechadura. Quando abro a porta, Lila dá pulinhos e bate palmas.

— Obrigada, obrigada, obrigada! – Ela joga os braços em volta do meu pescoço e me abraça apertado.

— Não me agradeça – respondo, desconfortável e ligeiramente excitado, como fico sempre que ela me abraça. *Lila está para além dos limites. Ela é uma amiga. Apenas uma amiga. Isso nunca funcionaria. Relacionamentos nunca funcionam. Basta olhar para o que você já teve.* — Só trate de pagar o maldito aluguel e pare de perder as chaves.

— Sim, chefe – ela entra em casa correndo, largando a porta aberta e sumindo em direção ao corredor. — Vou tomar uma chuveirada.

— E eu, fico aqui fazendo o quê? – Pergunto, ainda parado na entrada. O apartamento de dois quartos dela é muito melhor do que o meu: paredes bem pintadas, piso sem rachadura, tapete não carcomido. — Sento e espero? É isso que você quer que eu faça?

— Não finja que você está totalmente detestando a ideia – ela para na quina do corredor e faz uma careta. — Além disso, você também pode vir comigo.

Eu reviro os olhos, suprimindo um sorriso.

— Já falei mil vezes que você não dá conta de mim, gata.

Mordo a língua por ter deixado escapar o "gata". Eu não uso apelidos carinhosos com mulheres. Nunca. O meu pai costumava usá-los com a minha mãe quando tentava beijá-la depois de bater nela, e ela sempre se deixava levar. Isso me fez detestar os termos afetivos e a afetividade de modo geral.

A tentação de Lila e Ethan

Lila se vira e põe a mão nos lábios, arqueando as sobrancelhas.

— E vice-versa.

— Ah, eu não duvido.

Digo isso porque imagino que Lila seja extremamente mandona e metódica na cama, e eu gosto de mulheres que se deixam envolver pelo momento, que amam fazer as coisas sem pensar e que conseguem se entregar total e completamente, desligadas do que acontece no mundo em volta. Mulheres que não se importam se têm ou não dinheiro e outras coisas materiais. Gosto de mulheres como a London. O problema é que ela parece ter sido a única de sua espécie, e não existe mais.

Lila dá uma gargalhada e eu reviro os olhos de novo, fazendo de conta que estou irritado. Dou risada quando ela mostra a língua e então tenho que morder a minha, porque aquele movimento faz toda a minha atenção a se concentrar em sua boca. Apesar de todas as regras de não tocar que eu criei, não consigo evitar imaginar as muitas coisas que eu gostaria que ela fizesse com aquela boca; coisas que exigiriam muitos toques.

Uma vez que ela desaparece pelo corredor, eu me acomodo no sofá e começo a percorrer as estações de TV, mas só consigo sintonizar três canais, e fico me perguntando se Lila deixou de pagar a operadora a cabo também.

— Que merda, Lila – murmuro.

Pego o celular no bolso e penso em ligar para o Micha e pedir a ele que peça para Ella, a melhor amiga de Lila, telefonar para Lila, já que evidentemente ela não anda muito boa da cabeça, mas concluo que isso seria estranho e faria parecer que estou com medo da Ella, então decido ligar pessoalmente.

Ela responde depois de dois toques e sei, pelo tom de voz, que ela está tentando imaginar por que diabos eu estou telefonando.

— Ethan? Algum problema?

— Não. Ou, talvez, sim. Não sei... Acho que depende.

— Depende do quê?

— De você ter ou não falado com a Lila recentemente.

— Não falo com ela há, tipo, uma semana – Ella diz. — Mas mandei uma mensagem outro dia, perguntando como ela estava, e ela respondeu que estava bem.

— Bom, acho que ela mentiu para você – eu me reclino no sofá e alguma coisa espeta as minhas costas. — Talvez você devesse telefonar.

Ponho o braço para trás e retiro um frasco vazio de remédio. O rótulo foi arrancado, então não sei o que havia dentro. Eu não acharia isso nada suspeito, não fosse o fato de já ter guardado os meus bagulhos em uma embalagem parecida, e isso me fez ficar imaginando coisas. *Não, não tem a menor chance de a Lila estar metida com drogas. Ela é coxinha demais para isso.* Eu desenrosco a tampa, espio dentro e dou uma fungada. Não cheira a nada que eu conheça. Balançando a cabeça, ponho a tampa de volta e jogo o frasco na mesinha em frente.

— Na verdade eu precisava mesmo falar com a Lila – Ella responde. — Porque quero contar... Uma coisa.

— Você está falando de um jeito estranho – observo, apoiando os pés sobre a mesa.

— É, eu sei – ela admite. — Mas é por uma razão.

— Bem, se há uma razão para você falar de um jeito estranho, então suponho que esteja tudo bem – digo sarcasticamente, soltando um profundo suspiro.

Ella e eu sempre tivemos certa birra um com o outro, porque sempre pareceu que ela estava interferindo na minha amizade com o Micha. Não estamos tão mal quanto costumávamos, mas nossas personalidades conflitantes vão sempre impedir que sejamos amigos próximos.

A tentação de Lila e Ethan

— Olha, será que você pode ligar e conversar com ela?

— Ela está aí agora?

— Sim, mas está no banho.

— E você está onde? – Há uma insinuação em seu tom de voz.

— Sentado no sofá – desligo a TV pelo controle remoto. — Onde mais eu estaria?

— Não sei – ela faz uma pausa e sei que vou me irritar com qualquer coisa que ela diga. — No chuveiro com ela ou observando enquanto ela toma banho.

— Bem, não estou – respondo secamente, mais ofendido do que deveria estar. — Olha, apenas ligue para ela, ok? Tenho que ir.

— Tá – Ella resmunga. — Credo, você está de péssimo humor.

Não tenho certeza de quem desliga primeiro, mas provavelmente somos os dois ao mesmo tempo. Estou prestes a largar o celular quando recebo uma mensagem. Penso que é de Micha, porque imagino que Ella reclamou com ele que agi feito um idiota, mas me surpreendo ao ver que é da mãe de London, Rae. Não falo com ela há mais de sete ou oito meses, desde a época em que resolvi dar uma chance ao meu sonho de andarilho solitário e viver a vida em toda a plenitude, principalmente porque Rae tinha telefonado e me relembrado de tudo o que havia acontecido, tudo de que eu estava tentando esquecer – a vida que eu estava tentando não lembrar, mas que, mesmo assim, continuava a me aprisionar. Porém, quando botei o pé na estrada, houve todo aquele drama entre Micha e Ella. Micha estava se embebedando até morrer, enlouquecendo porque achava que Ella o havia traído. Eu me lembro de quando recebi a ligação de Lila contando o que estava realmente acontecendo.

— Você precisa ir a Nova York – Lila havia dito.

— Hum... Acho que não, obrigado – respondi. — Eu estou tentando fugir de pessoas, não ir para uma cidade cheia delas.

— Eu não ligo para o que você quer – ela retrucou.

Lila falava como uma criancinha mimada, o que ela fazia com frequência. Então começou a me relatar como Ella havia lhe contado, após inúmeras doses, que só tinha dito a Micha que o havia traído porque achou que este seria o único jeito de ele a deixar partir. Que Micha era bom demais para ela e para a loucura dela, e que ele merecia alguém melhor.

Mesmo que eu concordasse que Ella era doida, nunca achei que os dois deveriam se separar. Eles tinham aquele tipo de amor que a maior parte das pessoas, inclusive eu mesmo, jamais vai entender ou viver. Acho que nem mesmo com a London eu tive isso.

Portanto, concordei em ir até uma cidade que detesto para ajudar a corrigir o problema e tentar acertar as coisas entre eles dois, apesar de nada disso ser minha responsabilidade. Por que é que eu sempre tento consertar as coisas? Não tenho a mais pálida ideia, a não ser pelo fato de que odeio quando as pessoas fazem merda quando evidentemente estão tentando fazer a coisa certa.

Deslizo o dedo pela tela do celular e leio a mensagem.

Rae: Sei que não falamos há algum tempo, mas queria saber de você e como vai indo tudo.

Esta não é a real razão pela qual ela está me mandando uma mensagem, e eu sei. Ela quer a mesma coisa que queria de mim sete ou oito meses atrás.

Eu: Estou bem
Rae: Você voltou a pensar em fazer uma viagem até a Virgínia?

Eu: Acho que não posso.

Rae: Por que não? Sei que seria ótimo para vocês dois.

Eu: Não, não seria.

Rae: Por favor, preciso tanto da sua ajuda... A London está piorando.

Pronto, aí está. Eis o verdadeiro motivo pelo qual ela me mandou a mensagem. Ela quer esperança. Ela precisa saber que está fazendo tudo direitinho. Ela quer que eu dê a solução. Mas não posso, porque lhe dar falsas esperanças – ir até lá e ver London – significa finalmente abrir mão. E não sei se já estou preparado para entregar os pontos, se posso me permitir desistir e aceitar a realidade. Aceitar que o que está feito está feito e que preciso deixar isso para trás e seguir adiante.

Eu: Você sabe que isso não vai ser nada bom. Não foi, da última vez que tentei. E pelo que você me contou há sete meses, tudo está do mesmo jeito que estava depois do acidente.

Rae: Mas eu quero mudar isso. Se viesse nos visitar, você talvez conseguisse mudá-la. Você era tão próximo dela quando tudo aconteceu.

Não, eu não poderia. Ninguém pode. Você sabe disso, todo mundo sabe, e eu não quero ver o que perdi. Meu dedo flutua acima do aparelho, hesitante, enquanto pondero sobre o que escrever de volta.

— Meu Deus, eu me sinto tão melhor! – Lila diz, arrumando o cabelo molhado com os dedos, enquanto se aproxima pelo corredor vestindo nada mais que uma toalha. Meu queixo quase bate no chão. É uma toalha muito, muito minúscula, que me deixa ver suas pernas até em cima e que permitiria também uma visão da bunda, se ela se virasse de costas.

— Isso é uma toalha de mão? – Pergunto, meio de brincadeira e meio a sério.

— Não – Lila responde, com simplicidade. Ela parece bem mais relaxada e tranquila do que quando fui buscá-la. — É só uma toalha normal.

Tento não ficar encarando, quando ela afunda no sofá ao meu lado. Ela nem se dá ao trabalho de manter a toalha fechada, e tenho um vislumbre de suas coxas, que eu já toquei uma vez e sei como são macias. Só de olhar para elas sou obrigado a fechar as mãos com força, para mantê-las sob controle.

— Eu estava precisando mesmo tirar a noite de ontem do meu corpo – ela diz, chacoalhando o cabelo. As mechas caem sobre os ombros nus e gotículas de água escorrem lentamente por sua pele. — Eu estava me sentindo nojenta.

— Era por isso que você estava sendo tão insuportável?

Enquanto pergunto, enfio o celular no bolso da calça. Preciso de um tempo para pensar e processar o que a Rae está me pedindo; se eu conseguir finalmente me desprender, terei de não apenas não lhe dar esperanças, mas também dizer adeus.

Ela dá de ombros, examinando as unhas.

— Acho que sim – responde com indiferença, apoiando a mão no colo. — Ei, você quer sair hoje à noite ou fazer alguma coisa? – E sorri, animada, conforme recosta no sofá e puxa o cabelo para o lado. — Bebidas por minha conta, já que fui tão pentelha.

— Não sei se vou poder – digo, evasivo. — Por acaso a Ella te ligou?

Lila balança a cabeça e enrola uma mecha do cabelo em torno do dedo.

— Não, mas deixei o telefone no quarto, então posso ter perdido a chamada.

A tentação de Lila e Ethan

— Você devia ligar para ela – dou uma palmada de leve em sua perna nua, cometendo um novo deslize em relação às regras que estabeleci para com ela: nada de toquinhos impróprios.

Estou prestes a me afastar quando ela estremece sob meu toque e meus músculos se derretem conforme pressiono a palma da mão contra sua pele morna e ligeiramente úmida. Nós dois congelamos e juro por Deus que consigo ouvir nossos corações batendo insanamente depressa. Esta não é a primeira vez que um momento estranho e intenso acontece entre nós e estou começando a achar que também não será a última. Eu sei que deveria recuar, porque do contrário isso vai acabar indo parar em algum ponto bastante além da zona de amizade, mas a respiração dela se acelera, com o peito subindo e descendo rapidamente, e ela arqueja de um jeito voraz, esfomeado. O meu pau fica duro e a ideia de tocá-la é tão malditamente tentadora. De repente, como se tivesse vontade própria, minha mão está deslizando por sua perna acima. A pele dela é tão macia quanto eu lembrava que era. Aperto os dedos em sua coxa e ela tremelica mais uma vez, o corpo todo em tremores.

Enquanto minha mão sobe em direção à toalha, minha cabeça imagina como seria se meus dedos estivessem dentro dela. Bom pra cacete, tenho certeza. Maravilhoso. Eu poderia descobrir. Sei que ela provavelmente deixaria, mas o fato de que deixaria com tanta facilidade me faz sentir culpado. Ela deixa quase qualquer um tocá-la, mas não porque seja uma vagabunda. Não acredito nem por um minuto que ela seja. Há alguma coisa escondida dentro de Lila que ela tenta disfarçar com sexo. Eu percebo em seus olhos, às vezes, quando ela fica parada e em silêncio. Tristeza. Insegurança. Até mesmo um tipo de autotortura.

Mas não é como ela está agora, porém, parecendo mais contente e mansa do que qualquer outra coisa. Minha mão avança por sua coxa acima resvalando na parte interior, que é ainda mais macia. Sinto o calor e a umidade irradiando dela. Puta que pariu. Ela está ficando molhada, dá para sentir, e isso me faz querer sentir ainda mais. Conforme meus dedos vão abrindo caminho para dentro e chegam às portas da umidade, ela se agarra ao braço do sofá e geme. Na verdade, ela arqueia o pescoço, joga a cabeça para trás e então geme. Minha pulsação lateja enquanto com a ponta dos dedos eu pressiono sua pele para baixo. Merda.

— Ethan... Meu Deus...

Seu cabelo escorrega do ombro, o peito se eleva e eu quase a ataco com a boca, quase lambo o caminho ao longo de sua coxa e deslizo a língua para dentro dela, algo que quero fazer desde a primeira vez que a vi.

Meus dedos mergulham mais fundo em sua pele e o conflito se instala em mim. *Tira a mão. Continua.* De alguma forma, consigo esquecer meu pau, desviar o pensamento e tirar a mão. Não acredito que estraguei tudo mais uma vez. Sempre tive regras sobre trepar com garotas por quem eu tenha qualquer tipo de sentimento.

Estou transpirando quando me ponho de pé e tiro as chaves do bolso torcendo para que ela não note meu pau pulsando dentro do *jeans*.

— Tenho umas coisas para fazer, mas ligo mais tarde para saber se você está bem – fico esperando que ela diga alguma coisa sobre o que acabou de acontecer, sobre eu quase ter enfiado os dedos nela, mas tudo o que ela faz é contorcer o rosto.

— Não precisa – ela estica a bainha da toalha sobre as coxas, depois cruza as pernas e se cobre um pouco. — Fico perfeitamente bem sozinha – e sorri, mas para mim parece um sorriso falso.

A tentação de Lila e Ethan

Vou em direção à porta.

— Ligo para saber – eu repito.

Abro a porta e saio para a luz do sol, puto comigo mesmo por ter estragado tudo e mais puto ainda com a parte de mim que quis estragar tudo e atirar as regras pela janela. Eu as criei por uma razão: impedir que eu e outras pessoas nos machuquemos.

Estou quase na caminhonete quando o meu celular bipa. Eu o tiro do bolso e olho para a tela. Rae, de novo. Penso em escrever de volta dizendo que não vou a Virgínia. Mas uma parte de mim quer ver a London de novo, mesmo que ela já não seja a London por quem eu me apaixonei. Quero dizer adeus, mas não digo. Outra parte de mim quer correr de volta para a Lila, porque estar com ela, por algum motivo, me faz sentir melhor. A esta altura, estou tão confuso que meus pensamentos sobre a London e a Lila se chocam um contra o outro na minha cabeça. Com quem quero ficar? Com a London, a garota que certa vez eu achei que amava? A garota que perdi e que jamais terei de volta? A garota de quem eu me afastei, que deixei sozinha para se drogar? A garota que eu queria mais do que qualquer coisa, mas com quem pisei feio na bola? Ou eu deveria simplesmente desistir dela? Livrar-me da culpa por ter ido embora naquele dia e cair na vida, transar adoidado, fazer o que quiser? No fundo, sei que não deveria ter abandonado a London daquela vez de jeito nenhum e que, se eu tivesse ficado, ao invés de pensar exclusivamente em mim mesmo, as coisas poderiam ser diferentes, hoje. Talvez eu estivesse com ela.

Eu ainda não posso me desfazer dela. Não consigo me desfazer da culpa. Eu deveria ficar sozinho e pronto. É o melhor.

Acabo não respondendo à mensagem da Rae, ciente de que, ao fugir de escrever de volta, estou me mantendo preso à ideia de London, ao mesmo tempo em que continuo preso à imagem de Lila, sentada em seu apartamento enrolada em uma toalha de mão.

A minha confusão mental logo me dá uma dor de cabeça.

— Merda – resmungo, chutando o pneu da caminhonete.

Eu simplesmente preciso muito de um trago.

Capítulo 2

Lila

Estou sentada sozinha no sofá, vestindo uma toalha, atordoada e ligeiramente envergonhada de mim mesma. Não sei que diabos aconteceu. Quer dizer: na verdade eu sei, porque já aconteceu antes, mas isso não torna as coisas nem um pouco mais fáceis. Em um minuto a mão de Ethan está subindo pela minha coxa e a sensação é incrível, e no instante seguinte ele se levanta e vai embora, deixando-me totalmente murcha e frustrada, porque eu o desejo. *Muito.*

Desde que conheci o Ethan é assim que ele se comporta comigo. Flerta o tempo todo, mas nunca toma uma atitude; ele me provoca, mas não vai até o fim. Estou sempre esperando que ele vá me surpreender e finalmente fazer alguma coisa, como, por exemplo, demonstrar que sente atração por mim. Algo me diz que ele talvez seja um pouco diferente dos outros caras com quem já transei: mais doce e gentil, ou quem sabe mais bruto, mas de um jeito bom. Em geral, sou uma garota estritamente voltada para camisas com colarinho, calça social, carro bacana e dinheiro. Mas o Ethan tem um quê, e o mistério em seus olhos castanhos, as complexas tatuagens nos braços e o modo como aqueles cabelos pretos estão sempre espalhados por todo lado me fazem queimar de curiosidade. Parte de mim acha que talvez, só talvez, depois de fazer sexo com o Ethan, eu poderia finalmente sentir algo além de menosprezo e humilhação. Apesar disso, estou de verdade começando a me perguntar se acaso não tenho uma vagina problemática. E um coração. E uma cabeça.

Jessica Sorensen

Depois que ele me deixa encalhada e abandonada, as duas bolinhas que tomei antes de entrar no banho fazem efeito, e felizmente tudo – até mesmo estar sozinha em um apartamento vazio depois de Ethan me deixar na mão – parece ficar bem. Os comprimidos mandam para longe as lembranças e os sentimentos sobre o que aconteceu ontem à noite, junto com muitas outras noites do meu passado. E não me lembrar delas é importante. Por mais que eu deteste os apagões que os remédios provocam, eu também detesto os apagões temporários que me trazem de volta à mente pedaços e lampejos de imagens cortantes e vergonhosas. Isso só serve para me fazer lembrar daquilo que me tornei, e de como por dentro me sinto vazia e insignificante. Às vezes parece que o meu corpo não me pertence, como se eu o tivesse perdido há muito tempo e não fosse recuperá-lo jamais. Eu me pergunto se é assim que todo mundo se sente depois de fazer sexo. Se as pessoas se sentem tão desprezíveis e sujas.

Definitivamente, parece que venho piorando de uns tempos para cá, mas a vida também parece estar ficando mais difícil. Faz um ano e meio que a minha companheira de quarto e melhor amiga se mudou e foi viver a própria vida, e agora estou sozinha. Eu tentei enfrentar os meus pais, declarando que não iria para casa viver a vida que eles queriam que eu vivesse, e em resposta meu pai tirou meu carro. Alguns meses atrás ele também cancelou todos os cartões de crédito, e agora eu não tenho dinheiro suficiente nem para pagar o meu curso. Ser pobre não é uma condição na qual eu acredite que possa viver. Portanto, para escapar da realidade infame e dolorosa na qual a minha vida patética se transformou, comecei a transar por aí cada vez mais, e a tomar mais e mais comprimidos.

Eu comecei a tomar remédio quando estava com catorze anos, encorajada pela minha mãe, que dizia que eles ajudariam a apagar a vergonha e a sujeira que eu vinha sentindo. Eu tinha acabado de transar pela primeira vez e no fim o cara só queria me usar, e acontece que as bolinhas funcionaram lindamente, entorpecendo quase todas as minhas emoções. De modo que venho consumindo os comprimidos desde então.

Com um suspiro, ponho um vestidinho azul-claro, prendo o cabelo com uns grampos e me dirijo à cozinha para limpar o piso. Ontem à noite eu derrubei um monte de vinho no chão, mas estava bêbada demais para lavar, e agora ele grudou nas lajotas e está empesteando a casa toda. Pego uma esponja e um produto de limpeza sob a pia e tento não vomitar, enquanto calço um par de luvas e me abaixo sobre as mãos e os joelhos.

Odeio limpar a casa e tento a todo custo evitar fazer qualquer tipo de faxina. Eu tinha uma pessoa que limpava a casa desde que a Ella foi embora, mas agora as minhas finanças estão diminuindo e não posso mais mantê-la. Estou de joelhos, apoiada nas mãos, com uma esponja e um balde de água. Enquanto esfrego o chão, a minha mãe me telefona e quase caio na gargalhada, imaginando o que ela faria se me visse de quatro raspando a sujeira do piso com uma buchinha.

Eu viro e me sento antes de atender, reparando que há uma chamada perdida da Ella, tal como Ethan havia suspeitado.

— Sim, mãe – eu atendo.

— Você mudou de ideia sobre voltar para casa?

Ela vem me perguntando isso desde que eu anunciei a súbita determinação de me mudar para Vegas e estudar na Universidade de Las Vegas, mais de um ano e meio atrás. Eu tinha acabado de me formar no internato e fui para casa para passar o verão. A minha família pensou que eu iria para Yale no outono, porque eu havia mentido para todos eles dizendo que iria. Senti vergonha e depois fiquei com raiva de mim mesma por ter sentido vergonha, como se eu não pudesse simplesmente admitir que não era esperta o suficiente para entrar em uma instituição bacana. Eu havia passado os últimos quatro anos me sentindo envergonhada e não queria mais me sentir assim. Eu sabia que cedo ou tarde teria de contar para todo mundo que não tinha sido aceita em Yale nem em nenhuma outra universidade de primeira linha, então, ao invés de encarar os fatos, eu simplesmente fui embora. Arrumei as minhas coisas, abri um mapa e pus o dedo em um ponto aleatório, que acabou sendo Vegas. Disse adeus à minha mãe e ela passou o resto do tempo gritando comigo, berrando a plenos pulmões que eu nunca daria certo sozinha. Mas eu tinha dinheiro e notas razoáveis e a Universidade de Las Vegas me aceitou em um piscar de olhos.

— Não – respondi com a mesma negativa de todas as vezes. — E já falei que não ia mudar de ideia.

— Bem, eu tinha esperança de que seu cérebro começasse a agir de maneira inteligente – ela replicou. — Por outro lado, eu já deveria saber. Você vem provando, há muitos e muitos anos, como podem ser idiotas as decisões que toma.

Conforme o tempo passa, a minha mãe soa cada vez mais como o meu pai. Ela é quase como argila: dócil e facilmente moldável.

Cutuco a unha até descascar uma pontinha do esmalte, enquanto me pergunto se vou ou não até o quarto para tomar mais uma bolinha. Ela continua me massacrando por causa do enorme erro que cometi e pelo qual jamais poderá me perdoar, não só pelo modo como a minha falha me atinge, mas também porque faz parecer que ela e o meu pai criaram uma vagabunda.

A tentação de Lila e Ethan

— Você ligou por alguma razão? – Pergunto, calmamente.
— Ou só para reclamar de mim?

— Seu pai quer que você venha para casa – ela responde, com voz suave. — Ele falou que se você voltar ele lhe devolverá o carro e os cartões de crédito.

— Como sempre, terei de recusar a oferta.

— Como sempre, você toma decisões estúpidas que prejudicam toda a família. Com sua irmã trabalhando de garçonete e com uma criança ilegítima e você morando em Vegas em uma *quitinete*, nós ficamos parecendo os pobretões da comunidade.

— Bem, então você talvez devesse dizer a todo mundo que nós morremos – eu me sinto meio zonza ao dizer isso, e fico grata pela química rodando no meu sistema. — Quer dizer, você e eu sabemos como você é incrível para inventar histórias quando uma de suas filhas ferra tudo.

Ela dá uma risada cínica.

— Bem, eu ganhei prática! Tenho uma filha que é uma ex-drogada e outra que é uma vadiazinha desde os catorze anos.

— Eu estava confusa e não entendia completamente onde estava me metendo – engulo com dificuldade e tento não pensar quando foi que comecei na carreira de vadia. — E você não fez nada para me ajudar. Nada de benéfico, pelo menos.

— Você fez uma escolha, Lila – ela retruca, cheia de desprezo. — Ninguém a obrigou a nada. Você *escolheu* fazer aquilo.

— Eu tinha catorze anos – murmuro.

Tenho uma sensação de destacamento, como se o meu corpo estivesse se desprendendo, enquanto as paredes se fecham sobre mim e eu me encolho feito uma bola, exatamente como na infância. A minha mãe tem esse efeito sobre mim, mesmo como um simples telefonema. Eu encolho as pernas contra o peito e apoio o queixo sobre os joelhos.

— Desculpas são para os fracos. Se você admitisse que cometeu um erro, e que continua a cometê-los, então talvez fosse capaz de finalmente corrigir seus atos – ela suspira. — Você é uma moça bonita, Lila, e sua aparência poderia levá-la realmente longe na vida. Imagine que tipo de homem você poderia conseguir se namorasse um em vez de dormir com todos.

— Uau, você já considerou a possibilidade de se tornar psiquiatra? Porque acho que você seria incrível nisso.

Ela desliga.

Isso não me surpreende e eu estava mesmo torcendo para que ela desligasse, do contrário ela começaria a me dar uma surra, usando como chicote acusações sobre eu ser uma gigantesca decepção. Pressiono a tecla de encerramento de chamadas, aliviada por não precisar mais falar com ela. Ao mesmo tempo, estou magoada por ela me enxergar da maneira como enxerga, magoada por minha mãe me odiar e desejar que eu fosse outra pessoa, alguém diferente de quem sou. Embora eu mesma não tenha a menor ideia de quem eu seja, de forma que não imagino como é que ela pode saber.

Eu me dou trinta segundos de respiro antes de ligar para saber o que Ella quer.

— Alô – ela atende, muito alegre, e não consigo evitar um sorriso, porque ela costumava ser tão infeliz. Fico contente por ela estar bem, apesar de uma parte de mim invejá-la por isso.

— Ei, você me ligou?

Enquanto pergunto, eu me deito no linóleo e olho para cima. Sinto saudade de Ella e tudo, mas morar sozinha também é bom, porque na frente dela eu nunca iria simplesmente ficar deitada no chão observando o teto.

— Liguei. Achei que você poderia estar precisando conversar – ela diz, e escuto Micha gritar alguma coisa no fundo.

A tentação de Lila e Ethan

— Podemos conversar mais tarde, se você estiver ocupada.

— Podemos conversar agora – Ella insiste. — O Micha só estava aqui choramingando na minha orelha – há um tom divertido em sua voz e Micha torna a gritar alguma coisa, que chega abafada ao meu lado da linha. — O Ethan fez parecer que você precisava desabafar.

— Hum... Ele te ligou?

— Ligou agora há pouco.

Mordo o lábio inferior, levemente aborrecida, me perguntando se ele telefonou para pedir a Ella que me ligasse por causa da história de eu não estar pagando o aluguel. A última coisa que eu quero é contar sobre as minhas dificuldades, uma vez que ela já tem os próprios problemas para lidar. Além do mais, não gosto de falar sobre as minhas questões – foi assim que me ensinaram. A única pessoa a quem já contei coisas é o Ethan, e mesmo ele não sabe de tudo.

— Bom, desculpa tomar seu tempo, mas eu não tenho nada para dizer.

Ela hesita.

— Ah, tudo bem, eu já estava mesmo querendo te ligar.

— Para falar o quê? – Tento expulsar o tom agressivo para bem longe da minha voz, mas não tenho sucesso. Os comprimidos precisam fazer um grau a mais de efeito para que eu consiga me sentir artificialmente feliz.

— Talvez seja melhor eu ligar outra hora – ela diz. — Você está parecendo um pouco irritada.

Solto um profundo suspiro e estico as pernas.

— Desculpa. Estou de ressaca e descontando em você. Sinto muito.

— Não tem problema – ela responde, de um jeito muito alegre e muito diferente da Ella que eu conheci. — Você aguentou tanta merda da minha parte nos últimos vários anos.

— Deus, nós nos conhecemos há tanto tempo assim? – Consigo manter a voz suave e festiva, apesar da dor de cabeça.

— Pois é, estamos ficando velhas – ela faz piada, mas sua voz tem um traço de nervosismo.

— O que você não está me contando? – Pergunto, alongando os ombros. — Você está com uma voz... Aquela que você usa quando está guardando um segredo.

— Não estou com voz nenhuma.

Ela finge que não tem ideia do que estou falando, mas sua atitude exageradamente indiferente indica o contrário.

Aperto as laterais do nariz tentando aliviar a enxaqueca, e por sorte a minha voz sai como se eu fosse a Lila animada, aquela que todos têm que ver.

— Vamos, desembucha.

— Bom... – Ela toma um longo fôlego. — Eu, tipo, mudei o anel.

— O quê? – Exclamo, e subitamente toda a minha dor de cabeça diminui. Ella vinha usando no dedo oposto ao de noivado, um anel que Micha havia lhe dado. O acordo entre eles era que, quando Ella se sentisse pronta para ficar noiva, ela mudaria o anel para o outro dedo, e agora era oficial. — Quando?

Ella vacila.

— Na verdade já faz um tempo... Foi quando Micha e eu saímos de Vegas.

— Sua sacana! – Eu meio que brinco, meio que estou realmente brava. — Por que não me contou antes?

— Não sei... Acho que eu mesma ainda estava me acostumando.

Inconscientemente, giro o anel no meu dedo, pensando como é doentio e bizarro que ainda não tenha me livrado dele. Juro por Deus que este maldito anel me possui – *ele* ainda me possui.

— Você poderia ter se acostumado me contando.

— Eu sei e sinto muito, de verdade. Você sabe como eu fico em relação a esse tipo de coisa.

— Sei.

E eu sei, sei mesmo. A Ella se fecha e mantém tudo escondido. Eu não sabia disso quando a conheci e portanto foi uma surpresa ver este outro lado dela. Ela deixou de ser uma garota quieta, ordeira e boazinha para se transformar na garota barulhenta, desencanada e voluntariosa que eu mesma gostaria de ser, às vezes. Descuidada e extrovertida e levando a vida exatamente como eu quiser a cada momento, sem precisar estar drogada.

Micha, seu noivo agora, eu suponho, grita de novo ao fundo e Ella solta um guincho. Ouço um baque meio alto e depois um monte de risadinhas. Fico esperando que Ella volte ao telefone, mas os risos só aumentam, enquanto ela exige, entre risos, que Micha a largue.

Eu reviro os olhos, oficialmente odiando-a pelo lindo relacionamento que ela tem e merece.

— Bom, então eu vou indo. Se você está me escutando: parabéns, e eu te ligo outra hora.

Deixo que o celular escorregue para o chão e o silêncio se instala. A luz do sol penetra pelas frestas das persianas e consigo ouvir os meus vizinhos da porta ao lado discutindo sobre alguma coisa. Está realmente alto e irritante, e eu grito "Falem mais baixo!" enquanto esmurro a parede.

Eles não me escutam, porém, e continuam a berrar. Quanto mais eu permaneço encostada ali, mais a solidão me alcança, como uma onda prestes a rebentar na areia. Quero alguém que me ame como o Micha ama Ella. Quero uma pessoa – qualquer pessoa – que me ame. Tenho me esforçado o máximo que posso para encontrar esse tipo de amor, mas nunca funciona, e estou começando a acreditar que realmente estou abaixo do nível em que alguém merece ser amado.

Certa vez, muito estupidamente, acreditei que fosse amada. Eu deveria ter desconfiado. Ele era velho demais para amar de verdade uma menina de catorze anos e, depois que tudo acabou, depois de me usar, ele foi embora, deixando-me de coração partido, me sentindo suja e confusa a respeito do que eu tinha – nós tínhamos – feito. Mesmo agora, quando olho para trás, nada faz sentido para mim, ao menos do ponto de vista emocional. Mas as bolinhas tornam tudo mais fácil de aceitar.

— Eu achei mesmo que ele me amasse – murmuro, sentindo as lágrimas pinicando meus olhos enquanto giro o diamante revestido de platina no meu dedo. — Parecia que sim.

Levanto e ando da cozinha para o meu quarto, desejando escapar dos meus erros e do meu vazio interior. O problema é que, cada vez que consigo, eu adiciono mais erros à lista e sempre termino sozinha. Entretanto, provavelmente vou continuar fazendo isso de novo e de novo, porque é nisto que eu sou boa: em ferrar tudo, ser uma vadia e transar por aí, rezando para encontrar alguém que se apaixone por estes pedaços e restos de mim, alguém que me ampare, tal como a minha mãe está constantemente dizendo que deveria acontecer.

Abro a gaveta do criado-mudo e observo o frasco de medicamento controlado, girando o anel e sabendo que qualquer comprimido a mais vai me despachar direto para o modo apagão. Acontece que eu quero entrar nesse modo agora, porque ao menos momentaneamente ele me faz sentir feliz e contente.

A tentação de Lila e Ethan

Pego o frasco e o abro. Conforme as bolinhas escorregam pela minha garganta abaixo, o entorpecimento invade o meu corpo e eu tombo para trás na cama, com a mão apoiada na cicatriz ao longo do abdome; a minha única falha, tanto por dentro quanto por fora.

Não tenho certeza de como vai indo o internato, se gosto dele ou o odeio. É estranho morar em uma escola aos catorze anos. Para piorar, estou com dificuldade para fazer amigos. Mas estou tentando.

— Está vendo aquele cara mais velho ali? – Reshella Fairmamst, a garota de quem estou tentando ficar amiga pergunta, apontando para uma mesa do outro lado da biblioteca, para um homem de paletó. Ele está sentado em uma cadeira, lendo um livro todo esfarrapado.

Reshella Fairmamst não é minha amiga, mas eu quero que seja – preciso que seja, ou vou terminar solitária e sem amigo nenhum. Mas ser amiga dela pode ser arriscado, porque ela é a garota mais rica, mais confiante e mais popular da escola.

— Você quer dizer aquele velho?

— Ele só tem vinte e dois anos e é da família Elman, que é totalmente milionária – ela tira os cabelos cor de mel do ombro e levanta o nariz como se estivesse sentindo um cheiro estranho. É um gesto que ela repete com frequência e eu muitas vezes me perguntei se o fazia em sinal de arrogância ou se estava apenas se certificando de não estar fedendo. — Ele é totalmente aceitável.

— Mas eu só tenho catorze anos – digo, bestamente, enquanto enrolo uma mecha de cabelos no dedo. — Ele não vai me querer. Ele é, tipo, oito anos mais velho.

Do assento ao meu lado, Reshella me observa com superioridade. Ela põe muita maquiagem e sempre passa delineador cinza, porque diz que isso realça seus traços marcantes. Ela usa diariamente um colar de pérolas e insiste para que nenhuma das Beldades Preciosas use.

Beldades Preciosas são a panelinha dela, e para fazer parte desse grupo exclusivo você tem que ser a melhor das melhores entre as melhores.

— Talvez você não seja o tipo certo para ser uma Beldade Preciosa – ela diz, maliciosa e sarcástica. — Porque para ser uma de nós você precisa estar disposta a sair com homens mais velhos. Nós nunca, jamais saímos com os caras da nossa escola.

— Mas vocês têm dezesseis anos.

— E?

— E... – Luto contra seu olhar piedoso. — É mais fácil para vocês.
Ela revira os olhos.

— Ah, tenha dó. Vai ser fácil para você também, se você simplesmente parar de pensar como uma criança. Já é hora de crescer, Lila. A menos, é claro, que você não queira.

Ela vira a cabeça em direção a uma turma em uma mesa redonda, no canto. É o grupo que todo mundo considera bitolado e socialmente banido, e nem em um milhão de anos a minha mãe aprovaria que eu andasse com eles.

Penso nas últimas palavras que a minha mãe disse antes de me despejar no internato onde eu viveria até o fim do Ensino Médio: "Não nos envergonhe, como fez sua irmã. Você não vai se envolver com pessoas que seu pai e eu não aprovamos. Você vai se destacar nos estudos. Vença, não importa a que custo. Estrague as coisas e nós a atiraremos no olho da rua, como fizemos com a Abby". Foi como se ela estivesse lendo um roteiro escrito pelo meu pai, mas eu sabia que era verdade, porque as ameaças sempre são dele. E eu de fato não quero viver na rua.

Suspiro e endireito a postura.

— O que você quer que eu faça? – Pergunto a Reshella.
Seus lábios rosados e brilhantes se curvam em um sorriso irônico.

— Quero que você vá até lá e consiga o número dele.
Meu queixo cai.

— Como?

A tentação de Lila e Ethan

— *Se vira* – *ela responde, simplesmente.* — *Daí, quando você descobrir, será oficialmente uma Beldade Preciosa.*

Assentindo, eu me levanto e me afasto da mesa, nervosa e quase desmaiando enquanto percorro o caminho até ele. Quando chego à sua mesa, ele instantaneamente olha para cima. Sua beleza me desarma, assim como seu olhar faminto, intenso.

— *Meu nome é Lila* – *digo depressa, esticando a mão feito uma idiota para que ele a aperte.* — *Lila Summers.*

Os lábios dele se mexem, entretanto não formam um sorriso. Ele estica o braço e pega a minha mão, mas não a aperta; em vez disso, leva-a até a boca e a beija delicadamente. Ele tem um pouco de barba no queixo e ela me arranha, o que é ao mesmo tempo bom e ruim.

— *Lila. É um belo nome para uma bela garota* – *ele diz, com seriedade, me encarando.*

Noto um anel em sua mão, um aro de platina incrustado de diamantes. Está no dedo anular, e eu me pergunto se ele é casado. Eu me pergunto se deveria perguntar. Estou tão nervosa que começo a transpirar.

Sorrio, apesar disso, fisgada pelo sorriso encantador que ele me dirige. Faz me sentir meio que especial. E a verdade é que eu nunca me senti especial antes. Por um momento, posso ser apenas uma garota bonita, de pé na frente de um cara maravilhoso, pensando que ele é a pessoa mais incrível do universo.

O que eu deveria estar pensando, porém, é: como sou idiota, como sou ingênua.

Ethan

Não consigo levantar da porra da cama, não só por ter bebido seis cervejas, mas porque na real eu não quero. Peguei a maldita pulseira de novo, a que ela me deu para que eu nunca a esquecesse. Está sobre a cama ao lado do meu diário, ambos me assombrando com lembranças. Estou deitado de bruços, chorando como uma menininha por causa de uma garota que não existe mais e que não deveria mais existir para mim. Eu preciso abrir mão dela. Mas parece que não consigo. Sempre detestei a ideia de relacionamentos, e ainda detesto. Eu os vi em suas piores e mais feias apresentações e meti na cabeça que amor e compromisso são cheios de falhas e mentirosos, mas então a London surgiu e as minhas ideias mudaram – eu mudei. E não entendo por quê, o que havia nela que me fez pensar de outro jeito. E agora ela se foi e eu ainda estou por encontrar alguém que me faça reconsiderar o jeito anormal, mas ainda assim bem fundamentado, pelo qual eu enxergo o amor eterno e infinito.

Não fui capaz de desviar os olhos da pulseira desde que me deitei. Está bem aqui na minha frente, fazendo com que eu me lembre de tudo o que aconteceu entre a London e mim e de tudo o que não aconteceu.

— Você é um cara tão lindo – a London costumava dizer a toda hora; na verdade, ela praticamente cantarolava isso para mim. — É por isso que pode sair por aí de pulseira.

Eu balançava a cabeça.

— Nem a pau que eu vou usar pulseira algum dia.

— Mesmo que seja minha? – Ela perguntava, divertida, deslizando o dedo pelo meu rosto.

— Mesmo que seja sua.

Eu fui tão sacana com ela, totalmente incorporando o caráter do meu pai, que vou sempre me odiar por isso. A real é que ela nunca pareceu se importar. Eu nunca sabia o que ela estava pensando ou sentindo e ela nunca me viu usar a pulseira. Eu até poderia colocá-la agora, mas qual seria o motivo? Não

A tentação de Lila e Ethan

tem mais nenhum significado, nenhuma conexão com nada verdadeiro. Basicamente, é apenas um pedaço de couro com "E & L" gravados.

Eu me inclino para a frente, observando mais de perto e percebendo que isso também poderia significar Ethan e Lila, o que me machuca ainda mais, porque estou pensando em Lila em vez de em London. O que quero mesmo é não pensar em ninguém. Quero silêncio. Solidão. Quero desligar os meus malditos pensamentos de merda.

Chacoalhando a cabeça, atiro a pulseira para o lado, para além do meu campo de visão. Tenho de sair de casa ou vou acabar sendo arrastado para aquele lugar onde fico preso dentro da minha cabeça, praticamente trancado em uma caixa. Minha mãe sempre chamou isso de ser antissocial e alguns psiquiatras chamaram de ansiedade social, mas eu chamo de saber demais. Uns psiquiatras quiseram me dar remédio contra isso quando eu tinha por volta de catorze anos, e fiquei exageradamente ansioso com a ideia de ir para o Ensino Médio, não porque eu estivesse com medo e sim porque parecia haver gente demais se mexendo ao mesmo tempo, como hordas. Tudo em que eu conseguia pensar era na perda da paz e da quietude que eu havia experimentado durante o verão, e em todas as demais coisas que eu preferiria estar fazendo.

Sempre amei o silêncio, apesar de nunca ter tido muito dele. Enquanto eu estava crescendo, os meus irmãos estavam sempre me socando. Daí eles saíram de casa e eu fui deixado com o meu pai, que gritava constantemente com a minha mãe e às vezes batia nela. Eu tentava interferir e acabava levando umas bordoadas também, o que não seria problema, exceto pelo fato de que ambos, meu pai *e* minha mãe, acabavam furiosos comigo. A minha mãe dizia que eu não precisava me meter onde não era chamado. Eu tinha, tipo, treze anos, e aquilo me confundia absurdamente. Quando perguntei o motivo, ela simplesmente respondeu: "Porque eu amo seu pai mais do que qualquer coisa e ele está apenas passando por um período difícil na vida". Exatamente como quando eu estava no segundo ano e ele era viciado em analgésicos. Às vezes eu me preocupo pensando que vou ficar como ele, que vou acabar envolvido com alguém e que essa personalidade feia e abusiva vai se manifestar dentro de mim.

Seja como for, um dia o meu pai parou de bater na minha mãe – apesar de até hoje abusar muito dela –, mas ainda assim eu vi o suficiente daquilo tudo, e vi a facilidade com que a coisa toda foi esquecida, a ponto de realmente me perguntar por que relacionamentos são tão importantes. Mesmo com a London, eu não via qual a importância de declararmos que estávamos juntos. Nunca dissemos "eu te amo", apesar de achar que nós dois sentíamos. Às vezes, acho que ainda sinto... Talvez... Acho que sim, pelo menos. Merda, sei lá.

Tenho que dar o fora daqui. Saio da cama, pego o telefone e as chaves e vou para a porta. Penso em ir a uma boate, mas odeio o barulho. Considero um bar, que é mais calmo, mas honestamente eu só quero andar, avançar, deixar de estar sentado, imóvel.

Apanho um táxi e vou para o bairro boêmio, onde peço uma bebida em um edifício que é uma réplica em miniatura da Torre Eiffel. Saio andando pela calçada lotada, abrindo caminho entre a multidão e desejando estar em outro lugar. Está tão barulhento quanto em uma boate, mas ao menos estou ao ar livre, então é mais fácil sobreviver. Perambulo e tomo a minha bebida e observo as luzes piscantes de néon. Por um momento, pondero sobre telefonar para Lila e pedir que

A tentação de Lila e Ethan

ela venha me encontrar, mas tenho medo do que aconteceria se ela viesse. Eu me sinto mal por tê-la deixado na mão, mas estou em um daqueles estados de preciso-trepar-urgentemente, o que é a melhor maneira de desligar os pensamentos, porém, com a Lila por perto, eu poderia acabar quebrando as regras que estabeleci para ela. E daí? Daí que nós treparíamos e tudo ficaria estranho, e todas aquelas conversas leves e divertidas que temos, e todas as missões de resgate, ficariam estranhas também, e provavelmente desapareceriam.

Está todo mundo muito cheio de si nas calçadas e nas boates, conversando, flertando, sorrindo e se apalpando adoidado. Ao jogar fora o meu copo descartável vazio, noto um grupo de meninas em vestidos ridiculamente curtos. Uma delas está me encarando e eu penso: *Pronto, eis aí a diversão que eu estava buscando.* Eu me desfaço de qualquer emoção antes de me aproximar delas. O Micha costumava treinar isso comigo o tempo todo, o que torna tudo mais fácil.

Escolho a morena de vestido vermelho de couro, por nenhuma outra razão além de ela demonstrar mais interesse por mim do que as outras duas. Sorrio e flerto com ela e nós caminhamos juntos pelas calçadas da boemia. Ela fica batendo os cílios e passando os dedos para cima e para baixo no meu peito.

— Nós deveríamos ir para a sua casa – ela sugere, afinal, gritando por cima do ruído, quando chegamos ao centro dos cassinos.

Eu aceno com a cabeça em sinal de concordância, mas me certifico de cumprir as regras: sempre informar a garota sobre as minhas intenções.

— Podemos fazer isso, mas, só para você saber, eu só quero trepar. Não estou procurando uma namorada.

Jessica Sorensen

Estou sendo grosso, mas tenho que ser. A última coisa que quero é agir de um modo enganoso e machucar alguém ou ser machucado por ela.

Ela sorri e percorre meu lábio inferior com a unha cor-de-rosa:

— É só o que eu quero, também.

Cerca de uma hora depois estamos transando no meu apartamento e não há significado nenhum por trás do sexo. Ela está me usando e eu a estou usando. Somos apenas duas cascas vazias cheias de tesão, sem nenhuma substância a não ser aquilo que buscamos: paz e tranquilidade. Só que eu nunca encontro uma coisa nem outra. Mas talvez seja porque eu nunca me permito encontrá-las.

Em algum momento perco a consciência da aparência dela e a imagino de cabelo preto curtinho como o que a London tinha, e quanto mais isso continua, mais ela começa a se parecer com a Lila. Tudo vira uma confusão e a coisa toda passa muito longe do objetivo de tentar esquecer os meus problemas. Não quero pensar na Lila, não quero pensar em nada. Só quero a cabeça vazia e voltar a ficar sozinho quando tudo terminar, seguindo as regras de não me aproximar de ninguém e de deixar a vida seguir. Desencanar. Aceitar o fato de que a London nunca vai voltar para mim, e não vai porque eu escolhi deixar que ela fosse embora.

Quando acabamos, ela se levanta e me diz "obrigada" conforme se veste, e meus pensamentos sobre a London desaparecem enquanto a exaustão toma conta de mim, embora a Lila continue na minha cabeça e eu me pergunte o que ela estará fazendo agora. Murmuro um "de nada" e ela vai embora sem me dar o número do telefone. Rolo sobre a cama me sentindo solitário, mas tranquilo por dentro, exatamente como eu queria. Mas olho para o relógio e vejo que ainda são nove horas. Merda. Que diabos eu vou fazer o resto da noite?

Chacoalhando a cabeça, eu me viro e pego o meu diário para fazer a única coisa que posso para passar o tempo e tentar não pensar na London e na última vez que a vi. Eu não consigo esquecer de jeito nenhum o modo como simplesmente me afastei dela. Acabo escrevendo sobre a manhã em que descobri que ela havia partido, apesar de muito tempo atrás eu ter prometido a mim mesmo que iria esquecer tudo isso. Mas isso parece não se esquecer de mim.

O telefone toca. Soa como música, uma música muito irritante, com uma melodia sinistra e uma letra cheia de medo e remorso. Eu nem sei como sei que são más notícias. Simplesmente sei, e quando atendo e ouço o soluço, percebo que ela partiu, porém, não da maneira como eu esperava.

Ela se foi.

Mas não foi.

Ela está entre a vida e a morte. Perdida. Talvez para sempre. Talvez não. Quem sabe? Ninguém parecia saber grande coisa, e no fim a verdadeira London tinha ido embora, sua mente morrendo o tempo todo, aproximando-se mais e mais da morte, mas no último segundo dando uma guinada e começando a se recuperar, antes de reiniciar o processo todo de novo. Ela sempre pareceu meio faminta, meio sedenta, meio doente, mas ao mesmo tempo cicatrizada, ainda assim. Nunca fez sentido. Nada fazia, com ela.

Nada nunca faz.

Capítulo 3

Lila

Eu amo comprar, provavelmente até demais. Gastar dinheiro e comprar roupas, por qualquer motivo que seja, preenche o vazio do meu coração. Minha mãe costumava me arrastar com ela durante todo o tempo em que fazia compras. Ela se entregava a gastanças exageradas toda vez que o meu pai a aborrecia. Ao invés de confrontá-lo, ela saía comprando coisas, depois punha tudo e se arrumava. Eu me lembro de vê-la vestindo as roupas novas, calçando os sapatos, colocando as joias e se postando em frente ao espelho, sorrindo para si mesma ao observar o próprio reflexo.

— Eu não estou bonita?

Toda vez eu confirmava, porque, aos meus olhos, ela estava sempre linda e glamourosa. Ela se virava na minha direção e me examinava como se eu fosse uma boneca, às vezes até permitindo que eu experimentasse alguma das peças.

— Um dia, quando você for mais velha, você será tão bonita quanto eu, Lila.

— Mas e se eu não for? – Eu perguntava, porque algumas das pessoas mais velhas que eu via pelo bairro não eram bonitas como a minha mãe. — E se eu não ficar tão bonita quanto você?

Ela prendia nas orelhas um par de brincos de diamantes que brilhava intensamente sob a luz do lustre.

— Você terá de encontrar um modo de ficar, Lila. Nenhum homem deseja uma mulher feia.

A tentação de Lila e Ethan

Mesmo com a pouca idade que eu tinha na época, lembro-me de pensar que aquela resposta era muito estranha, principalmente porque a minha professora sempre dizia que a beleza repousa no interior das pessoas mais do que no exterior. Apesar disso, alguma coisa daquelas palavras ficou grudada em mim, pois, sempre que compro e visto uma roupa nova, sinto-me temporariamente bonita. Se ao menos esse sentimento durasse... Então eu conseguiria parar de gastar tanto dinheiro até o ponto de quebrar, e também não precisaria tomar os comprimidos. Mas eu vou encontrar uma saída para isso. Um dia.

— Sério, Lila – Ethan reclama, enquanto me segue ao longo do *shopping*. Ele estava no maior baixo-astral nas últimas vezes em que nos encontramos, mas hoje seu humor está especialmente ruim, porque ele odeia fazer compras. — Chega de comprar. Eu não aguento mais.

Ele está vestindo uns *jeans* folgados com a barra esfiapada e há um furo na bainha de sua camisa de xadrez verde e preto. Traz uma coleção de tiras de couro no pulso, todas com cara de artesanato. Se ele ao menos tentasse se vestir melhor, ficaria tão atraente que uma garota acharia impossível dispensá-lo. Não que muitas façam isso.

— Ah, não é tão ruim assim.

Digo isso enquanto percorro as araras de camisa na seção masculina. Estou em um pico de compras, para não mencionar as três bolinhas que tomei antes de sair. Sinto-me euforicamente feliz neste momento, tão feliz que acho até que o meu sorriso pode ser de verdade.

— Estamos nisso faz só, tipo, umas poucas horas.

Ele arregala os olhos com exagero e levanta o pulso para consultar o relógio.

— Eu estou nisso faz, tipo, horas demais.

Rumo para o setor de saldos, porque o Ethan nunca vai comprar nada que não esteja em promoção.

— Desculpa, mas eu detesto tomar ônibus e precisava fazer compras.

Ele suspira, deixando a mão cair ao longo do corpo. Ele está carregando as minhas sacolas, o que me faz sorrir intimamente. E nem falou nada quando as entreguei, como se já estivesse acostumado ao fato de eu sempre pedir que ele carregue.

— Tá, mas será que você pode pelo menos se apressar? Tenho umas coisas para fazer.

Eu retiro um cabide e verifico a etiqueta da camisa. É um pouco cara para os padrões dele, mas decido fazer uma tentativa, porque é de um tom rosa-pálido que eu adoro.

— Que coisas?

Ele dá de ombros.

— Qualquer uma que não seja fazer compras.

Levo a camisa para mais perto dele.

— Você deveria muito ficar com esta. Vai realçar a cor dos seus olhos – tento encantá-lo com um sorriso ensolarado.

Ele põe a língua para fora e faz uma careta.

— Só usaria uma camisa dessas se, por algum motivo totalmente insano, eu quisesse ser chutado no meio da rua.

— Não é tão ruim assim – respondo, entortando a cabeça e posicionando a peça mais alto no peito dele.

— É rosa – ele diz, com expressão neutra.

— Um lindo tom de rosa – corrijo.

Ele só me encara.

— Tá bom, esquece – reviro os olhos, mas estou sorrindo quando devolvo o cabide ao lugar onde estava e me volto para ele. — Eu tento ajudar, mas você não deixa. Você poderia se vestir tão melhor – completo, enfiando o dedo no buraco da camisa dele.

— Eu não preciso me vestir melhor, preciso é dar o fora daqui. Odeio fazer compras, odeio *shopping centers*, lugares lotados onde todo mundo gasta feito doido. Aliás – ele arqueia as sobrancelhas –, você pagou seu aluguel?

— Paguei.

Eu minto, e fico frustrada por ele arruinar a boa disposição que eu havia criado a partir de uma combinação perfeita de comprimidos com roupas novas. Eu circulo em torno dele torcendo para que a minha abrupta mudança de humor não seja notada. Mas ele agarra o meu braço e me impede de continuar rodando.

— Lila.

Jogo a cabeça para trás e deixo escapar um suspiro de fracasso.

— Tá. Não paguei. Ainda. Mas vou pagar.

— Com que dinheiro?

— Com o dinheiro que eu tenho.

Ele continua segurando o meu braço e se recusa a soltar.

— Você está sendo enigmática.

Estou, mas é porque não tenho resposta. Ergo a cabeça e o encaro.

— Olha, eu vou pagar. Na verdade, estas roupas que estou comprando são para fazer entrevistas de emprego.

Uma mentira escandalosa, mas não quero que ele fique me pressionando quando estou me sentindo tão bem. Ele não parece acreditar minimamente, mas ao menos solta o meu braço.

— Faça-me um favor, pague essas coisas que você comprou e venha comigo para algum lugar.

Tenho algumas camisas e uma saia penduradas no braço.

— Que lugar?

— Um lugar aonde eu quero ir – ele responde, apoiando o cotovelo no balcão bem ao seu lado. — Já que eu posso passar o dia fazendo compras com você, suponho que você possa gastar algum tempo fazendo uma coisa que eu queira.

— Não é um clube de *striptease*, é?

— Faria diferença? – Ele pergunta, muito curioso. — Você iria junto se eu quisesse ir a um clube de *striptease*?

Sinto as minhas bochechas arderem, o que não é frequente.

— Não sei. Eu posso pegar herpes só de ir a um lugar desses?

Ele solta uma gargalhada.

— Isso depende do que você tocasse.

Minhas bochechas ficam mais quentes e mais vermelhas, algo que só o Ethan é capaz de provocar.

— Eu não iria tocar em nada.

Ele me observa zombeteiramente e em seguida seus olhos escurecem.

— Mas então você iria comigo?

Mordo o lábio. Não entendo bem o motivo, mas a ideia de ir com ele a um clube de *striptease* parece um pouco suja e um pouco sensual. Consigo imaginá-lo ficando excitado e a expressão em seu rosto seria uma delícia. Jesus. Eu estou ficando toda excitada só de pensar nisso.

— Vou pagar as roupas – dirijo-me ao caixa, evitando responder.

A risada dele me atinge pelas costas e sinto uma urgência de voltar e estapear seu braço ou coisa assim. Honestamente, o que sinto a urgência de fazer com ele não poderia jamais ser feito no meio de uma loja. É algo que só poderia acontecer em um quarto. O dele, provavelmente, já que do meu eu vou acabar sendo despejada.

Merda. O que vou fazer? Conforme a pressão da realidade esmaga os meus ombros, eu quase devolvo as roupas, porque sei que não deveria estar fazendo essa compra. Mas daí eu imagino como vou ficar bonita nelas, e como a beleza é só o que tenho, e coloco as peças sobre o balcão, fazendo exatamente o que fui ensinada a fazer.

Ethan

Eu estou fazendo com que ela pague por me arrastar para cima e para baixo pelo *shopping*. Odeio fazer compras, ver as pessoas comprando coisas das quais elas de fato não precisam. É tão sem sentido. Se você me der uma camiseta, uma calça *jeans* e um par de cuecas, juro que passo uma semana inteira na boa.

— Eu não acredito que você está me forçando a fazer isso – Lila reclama, depois que a levo para o lugar aonde quero ir. — Detesto me sujar.

— Eu não acredito que você me forçou a carregar suas sacolas – respondo, sorrindo, olhando para o céu claro, azul, sem um traço de poluição. — Detesto fazer compras.

Estamos no meio do deserto, a cidade muito, muito distante, bem como todo o seu ruído e caos. O sol derrama seu brilho sobre nós e tem um pouquinho de areia no cobertor que estendemos. Estamos deitados de costas, lado a lado, espremendo os olhos por causa da luminosidade. Lila está com o braço dobrado sobre a testa, agindo de um jeito melodramático, e eu enfiei a mão sob a cabeça, sentido-me totalmente no meu ambiente. A quietude. O espaço vazio. Eu amo isso. Faz toda a confusão da minha cabeça desaparecer. Gostaria de poder ficar.

— Eu não forcei você a carregar as minhas sacolas – ela protesta. — Eu só estiquei o braço e você as apanhou.

— Tem razão – digo, fechando os olhos conforme a brisa fresca me envolve. — Eu sou um chato, mesmo.

— Você é, totalmente – ela brinca. — Mas um chato muito sensual.

Instala-se um silêncio entre nós. Não é novidade que a Lila me acha sensual. Ela já flertou comigo vezes demais para que isso não ficasse evidente, mas isso ainda deixa as coisas meio carregadas entre nós, e a tensão sexual aumenta.

— Um dia, vou arrumar as minhas tralhas e cair na estrada – digo, mudando casualmente de assunto. — Quero muito passar um ano só dirigindo pelo país, vendo as paisagens, apreciando.

Ela fica calada por um instante, meditando.

— Mas onde você iria morar?

— Na minha caminhonete.

— Na sua caminhonete?

Sinto a mudança de clima e abro os olhos, piscando para ela enquanto ela paira acima de mim com uma expressão estupefata, quase de horror.

— Mas como isso seria possível? Quer dizer: onde você iria dormir?

Dou de ombros.

— Tem um assento traseiro. Do que mais eu precisaria?

— Hum... Água corrente, banheiro, geladeira. Roupas. Sapatos. Deus, eu poderia prosseguir indefinidamente! – Ela se senta muito ereta e usa as pernas como alavanca para se erguer até ficar sobre os joelhos. — E onde você iria guardar as suas coisas? Tipo, a sua TV?

Dou de ombros de novo.

A tentação de Lila e Ethan

— Sinceramente, eu não me importaria de deixar tudo para trás, mas o mais provável é que eu alugasse um guarda-volumes, só para não precisar recomeçar do zero caso algum dia resolvesse me assentar de novo.

Ela parece brava, a expressão cortante, seu olhar quase me retalhando.

— Mas você já tentou esse papo de eremita quando fez aquela viagem, e não funcionou.

— Funcionou, estava funcionando, mas o Micha me pediu para me mudar com ele para Vegas para que ele pudesse ficar mais perto da Ella, e ele não podia pagar um lugar sozinho – eu me apoio nos cotovelos. — Eu estava indo muito bem, sozinho na estrada. Foi a minha bondade que atrapalhou tudo.

Ela levanta as sobrancelhas e junta o cabelo na nuca, enquanto agita a mão em frente ao rosto para aliviar a pele coberta de suor.

— Você sempre diz que não é bonzinho – a voz dela soa pesarosa e o rosto está contraído.

— Geralmente eu não sou, mesmo – eu me sento e passo a mão no cabelo para tirar a areia. — Por que isso está te incomodando tanto?

— Não está – ela retruca, e se vira de costas. — Estava só perguntando, mais nada.

Olho para a parte de trás de sua cabeça enquanto ela apoia o queixo nos joelhos e observa a vastidão do deserto.

— Parece que você está aborrecida – comento.

Seus ombros se elevam e caem.

— Se você for embora, eu vou ficar sozinha.

Ela diz isso tão baixinho que eu quase não escuto. Fico em silêncio por um momento, indeciso sobre o que dizer, indeciso se devo dizer alguma coisa, se quero.

Jessica Sorensen

— Você pode vir comigo.

A frase escapa sem querer e tenho vontade de me estapear na cabeça. Levá-la comigo anula todo o objetivo de fugir do barulho e das pessoas, ainda que ao mesmo tempo eu saiba que vou sentir saudade se a deixar para trás.

Ela me olha por cima do ombro e o ceticismo domina seu rosto.

— Você consegue me imaginar vivendo na sua caminhonete? Porque eu, definitivamente, não consigo.

— Por que não?

Mas que merda, o que está acontecendo com a minha boca? Por que eu não posso simplesmente deixar passar? Ela está me oferecendo uma saída tão fácil para um compromisso que eu nem deveria estar propondo.

— Porque não.

— Esta é a razão mais idiota que já ouvi.

— Porque eu não entendo como alguém iria querer sair de uma cidade onde você tem tudo à mão para morar em uma caminhonete onde você não tem nada além de um banco traseiro. É muito parecido com virar um sem-teto.

Eu me ajoelho atrás dela, me aproximo só um pouquinho e então, hesitando, pouso a mão em seu ombro.

— Fecha os olhos.

Ela recua, como se eu a estivesse amedrontando.

— *Por quê?*

— Porque eu vou provar o que há de incrível na minha ideia.

Aguardo que ela faça o que pedi enquanto ela teimosamente prolonga a minha espera por muito mais tempo do que o necessário, antes de afinal se render e se virar.

— Tá – sua voz se suavizou um pouco. — Então me mostra o que há de tão especial no banco traseiro de uma caminhonete.

— Ah, tem uma série de coisas positivas a respeito de assentos de trás – brinco, em voz baixa, antes de encostar os lábios bem de leve na orelha dela e sussurrar: — Agora, fecha os olhos.

Acho que ela vai discutir, mas ela obedece de muito boa vontade, fechando os olhos assim que pronuncio as palavras. Eu fecho os meus também, mas apenas porque estar tão perto, inspirando o cheiro dela e sentindo o calor que seu corpo emana está me enlouquecendo.

— Agora, esvazie a cabeça e imagine apenas montanhas – digo com brandura, enquanto eu mesmo imagino a cena. — Nenhuma cidade. Nenhum ruído. Nada de pais loucos e escrotos que agem como crianças e tratam os filhos feito merda. Nada de nada. Apenas a quietude.

— Para mim parece um lugar horrivelmente solitário, se você quer saber. Só eu e o pó e o silêncio – ela responde. — Apesar de que eu não me importaria com aquela parte dos pais.

— Mas você não estaria sozinha – empurro delicadamente a cabeça dela para o lado e apoio meu queixo em seu ombro. — Você estaria comigo.

Ela faz uma pausa que dura uma eternidade e sua respiração se torna áspera e irregular. Ou talvez seja a minha respiração.

— E o que nós faríamos juntos neste lugar nas montanhas? – Ela me sonda.

— Qualquer coisa que quiséssemos.

— Escalada? – Há desdém em sua voz.

— Pode ser – digo. — Ou quem sabe nós simplesmente ficaríamos sentados aproveitando a companhia um do outro na mais profunda paz.

Ela muda o peso do corpo de lugar, posiciona as mãos sob as pernas e se recosta em meu peito.

— Isso até que soa bem.

— É?

— É.

Por mais estranho que pareça, e por mais que a Lila possa ser muito pentelha, eu consigo de verdade imaginar nós dois sentados juntos no topo silencioso de uma montanha, morando na minha caminhonete, dirigindo para qualquer lugar e por todos os lugares. Juntos. E o aconchego que a ideia me traz é meio que assustador porque significa que estou pensando em nosso futuro. Juntos. Merda.

Penso em me afastar dela, em abrir um pouco de distância entre nós, porque é evidente que estou avançando em uma estrada em que não deveria sequer ter posto os pés. O sonho de viver na estrada sempre foi o sonho de viver sozinho e agora, do nada, estou convidando a Lila para vir comigo. Sabe Deus o que aconteceria conosco se vivêssemos em uma caminhonete. Ou nos tornaríamos verdadeiramente próximos ou acabaríamos nos odiando. Ou talvez as duas coisas. Mas não consigo me forçar a me mexer e romper este momento sublime. Portanto, ao invés disso, eu me sento, ponho as pernas e os braços em volta dela e nós simplesmente ficamos ali, sentados ao sol, aproveitando a companhia um do outro na mais profunda paz.

Capítulo 4

Lila

É impressionante como certo momento da vida pode ser bonito, e então você volta para casa – para a realidade – e percebe que beleza não é tudo, e que a parte feia e dolorosa continua existindo na forma de contas atrasadas, escolhas erradas e pequenos comprimidos brancos.

Em que ponto você finalmente admite que sua vida está se despedaçando, não admite apenas para si mesma, mas também para o mundo exterior? Quando, afinal, eu deveria contar a alguém o que está realmente acontecendo? Que eu estou quase sem dinheiro e quase sem casa, que estou sem carro, sem emprego, sem nada. Que a minha mãe estava certa. Que eu não sou nada sem a ajuda deles.

Alguns meses antes que a Ella fosse embora da Califórnia, certa vez, pensei em contar sobre a questão do dinheiro e até a respeito das bolinhas, mas daí me lembrei do que me ensinaram e calei a boca. Além do mais, ela agora tem a própria vida com o Micha. Enquanto eu estou aqui, pensando no que deveria fazer com a minha; porque eu gostaria de fazer alguma coisa – qualquer coisa. Eu me pergunto por quanto tempo vou conseguir continuar assim, de apagão em apagão e fazendo sexo superficial, como fiz na outra noite, com um cara escolhido ao acaso em uma boate. Foi depois que o Ethan sugeriu nossa viagem juntos, apesar de eu até agora não saber direito se ele estava falando sério. Depois que ele precisou me deixar em casa porque tinha umas coisas para fazer, depois que o vazio e o silêncio estavam acabando comigo e eu fui atrás de alguma coisa que pudesse dar um jeito naquilo, e depois que eu já tinha tomado uns comprimidos. Várias vezes já considerei a possibilidade de contar ao Ethan sobre os meus problemas, porque sei que ele já se meteu com drogas no passado e talvez pudesse entender o que estou passando, nem que fosse só um pouquinho. Embora não seja bem a mesma coisa, porque ele curtia maconha e coisas assim, e eu só tomo bola.

— Terra chamando Lila.

Ethan agita a mão em frente ao meu rosto. Eu pisco e direciono meu foco em sua direção. Ele balança a cabeça, desacreditando, enquanto enrola as mangas da camisa de xadrez preto e vermelho com um bolso rasgado.

— Você saiu do ar por, tipo, cinco minutos direto – ele diz, apoiando na mesa os braços pesadamente tatuados.

— Bom, vai ver que é por você ser tão chato – eu o provoco, dando um meio sorriso e remexendo com o canudo o meu chá gelado Long Island.

Estamos em um bar tranquilo, com luz suave e velas em cima de cada mesa. A música sai de uma *jukebox* próxima aos banheiros e à nossa frente temos porções de palitos de muçarela, pimenta *jalapeño* empanada e asinhas picantes de frango. Não é exatamente o meu ambiente – em geral, sou mais do brilho e do glamour, do clima alegre, da música estilosa, comida bacana e bebida refinada. Mas estou gostando, por algum motivo bizarro, talvez por estar me sentindo muito calma. Ou talvez por causa do Ethan.

— Você mal me disse duas palavras.

— Pensei que tinham sido cinco – ele responde com indiferença, mas os cantos de sua boca se curvam.

Ele toma um gole de água gelada.

A tentação de Lila e Ethan

— Desde quando você bebe água? – Pergunto, envolvendo o canudo com os lábios e sugando a minha bebida também.

— Acho que preciso dar um tempo na bebida – ele diz, enquanto lança um olhar de cobiça para uma loira vestindo saia de couro agarrada e regata *pink*, e tenho que me conter para não lhe dar um tapa na cabeça. — Está ficando exaustivo.

— Fala – eu digo, e ele ergue uma sobrancelha e olha para a minha bebida. — Não, não sobre bebida. Fala sobre outra coisa.

— Que coisa? – Ele pega um palito de muçarela e mergulha no molho de tomate.

— Qualquer uma – respondo vagamente, e pego uma pimenta empanada.

Levou um tempo até que eu me arriscasse a experimentar, porque a simples ideia de comer uma coisa com "empanado" no nome parecia repulsiva. Mas de fato é gostoso. Bem melhor do que qualquer petisco servido nos restaurantes onde eu comi durante a vida inteira.

— Aceita dividir? – Ethan oferece.

Há um fio de muçarela grudado em seu queixo. Mordendo o lábio para não sorrir, estico o braço sobre a mesa e o removo, deixando que os meus dedos rocem de leve na barba que cresce ali e fazendo de conta que resvalei por acidente, quando a verdade é que eu simplesmente adoro encostar nele.

Seus olhos castanhos se arregalam e a boca se entreabre, conforme eu me recosto de volta.

— O que você está fazendo?

— Você estava com queijo no queixo – explico, atirando o fiapo ao chão.

Ele rapidamente limpa o queixo com a mão e ri.

— Eu já tirei.

Ele revira os olhos.

— Eu só estava checando se você tinha tirado tudo.

Mergulho um palito no molho de iogurte.

— Tirei tudo, relaxa. Eu nunca deixaria que você andasse por aí com queijo pendurado no queixo – provoco. — Apesar de que seria engraçado ver você com muçarela no rosto indo falar com aquela garota no balcão.

Ele sorri enquanto me observa mastigar e se recosta na cadeira.

— Tenho certeza de que mesmo assim eu conseguiria trepar com ela.

Atiro um palito de muçarela nele, mas ele se abaixa e eu não consigo atingir sua cabeça.

— Você é tão babaca.

— Por quê? Porque falo a verdade?

— Da pior maneira.

— O quê? Dizer *trepar* é ruim? – Ele pergunta. — Você preferiria que eu dissesse: "Ela me deixaria fodê-la"? "Comê-la"? "Montá-la"? Proporcionar o que provavelmente seria o orgasmo mais quente e mais doce da vida dela, que a faria arrancar os lábios de tanto mordê-los?

Ele começa a falar alto e as pessoas estão olhando para nós, o que parece diverti-lo tanto quanto me constrange.

— Ethan, por favor, fala mais baixo – eu cochicho, observando de esguelha as mesas ao redor, mas um risinho me escapa. — Está todo mundo olhando.

— "Descabelar o palhaço"? – Ethan prossegue, inabalável, os olhos castanhos escurecendo conforme ele se afunda na cadeira, me observando com uma expressão arrogante. — "Afogar o ganso"? Ou será que preciso imitar os barulhos, para que você imagine a cena direitinho?

Ele tomba a cabeça para trás, os cabelos negros caem sobre seus olhos e ele começa a gemer. Apesar de ser embaraçoso, é também excitante. Especialmente pelo modo hipnótico como os lábios dele se mexem e pelo jeito como a luz se reflete em seus olhos e os fazem parecer mais brilhantes.

Pare de pensar nele nesses termos. Ele criou aquelas regras por alguma razão. Balançando a cabeça e expulsando do corpo uma sensação pré-orgástica, eu me inclino sobre a mesa e calo os gemidos dele, tapando sua boca com a mão.

— Chega. Já imaginei. Quer parar, agora?

O sorriso dele se alarga sob a minha mão e eu volto a me sentar na cadeira.

— Ganhei – ele diz, e pisca para mim.

Eu chacoalho a cabeça, mas sorrio de volta.

— Para sua informação, trepar e foder são exatamente a mesma coisa.

O sorriso dele aumenta e ele cobre a boca com a mão para conter o riso, porque sempre parece achar engraçado quando eu digo a palavra f... Na verdade, o fato de eu pronunciar esta palavra é uma falha que o Ethan atribui à má influência que ele próprio exerce sobre mim.

— Ah, discordo totalmente. Foder exige muito mais esforço do que trepar.

Tenho vontade de discutir com ele, mas me contenho, porque, apesar de já ter feito muito sexo, foi principalmente sexo sem importância, isso não faz de mim uma especialista. Eu sempre me perguntei como seria o sexo se eu não estivesse alterada por bebida e/ou bolinhas. Seria diferente? Eu me sentiria diferente? Menos desprezível ou mais? Será que eu me sentiria bem, pela primeira vez? Quente, doce e mordendo os lábios? Eu me pergunto como seria, com o Ethan...

Ataco as asinhas de frango, engolindo uma após a outra, tentando conter os pensamentos sexuais. O Ethan devora os *jalapeños* empanados e continua paquerando a garota do balcão, que já reparou nele, provavelmente por causa de todos aqueles suspiros e gemidos. Ela parece estar interessada e ele provavelmente vai levá-la para casa, mas está tudo bem. Eu já o vi fazer isso milhões de vezes.

Ethan finalmente desvia a atenção da garota para mim e parece que quer dizer alguma coisa, mas está pouco à vontade. Imagino que vá me perguntar se tudo bem ele ir lá falar com ela, e me preparo para a sensação de soco no estômago que tenho sempre que ele faz esse tipo de coisa.

Ele suspira profundamente e empurra uma mecha de cabelo para a lateral do rosto.

— Você resolveu a questão do seu aluguel? – Ele pergunta, me atordoando completamente.

— Hum... O quê... Ah! Sim, sim. Resolvi – minto, lambendo do dedo um pouco do molho de churrasco.

Com uma expressão de ceticismo, ele ergue uma sobrancelha.

— Lila.

— Não me chama de Lila – minha voz sai como um choramingo e eu limpo a garganta, conforme alcanço um guardanapo. — Tá, não resolvi ainda, mas estou trabalhando nisso. Eu só preciso conseguir um emprego, mas está difícil.

Por sobre o ombro, ele aponta para o balcão, onde um cara está enxugando copos com um pano.

— Eles estão contratando, aqui.

Olho para o balcão enquanto uso o guardanapo para limpar do dedo o restinho de molho.

— É, garçonetes.

— E?

— E que não posso ser garçonete.

— Por quê? Você poderia ser boa nisso.

A tentação de Lila e Ethan

Ele se inclina na minha direção apoiando os braços na mesa, e um ar divertido dança em seu rosto.

— Pense em quanta gorjeta você ganharia se usasse um vestido bem curto, que mostrasse todos os seus atributos.

Eu reviro os olhos.

— Você sabe muito bem que não me visto assim.

— Bom, você também poderia vestir aquela sua toalha – ele diz, com uma voz rouca. — Você ficou linda nela.

Eu me sinto como se estivesse caindo, o ar fica preso nos meus pulmões e o meu coração flutua diante do olhar que ele me lança. Estou prestes a perguntar se ele gostou da toalha, porque, sério, eu a vestiria para ele aqui mesmo, agora – enquanto ele cai na gargalhada.

— Relaxa, eu só estou brincando com você – ele pega uma asinha de frango e dá uma mordida enorme. — Eu realmente preferiria que você não se vestisse daquele jeito em público.

Engulo com dificuldade, sentindo-me uma idiota. É claro que ele estava só me provocando. Ele sempre está. E é assim que as coisas devem ser entre nós. Apenas bons amigos. Porém, se é assim, então que raio foi aquela sensação de hiperventilar, no outro dia? A sensação de frio no estômago de quem cai de um precipício?

— Eu sabia que você estava brincando – minto, soando pateticamente desapontada e lidando com um enorme conflito interior.

A expressão dele cai um pouco e ele se esforça para engolir a asinha.

— Você está bem?

— Estou perfeitamente bem – respondo, ajeitando uma mecha de cabelo atrás da orelha. Eu me inclino e molho um frango no iogurte, mordendo a língua com força para tentar segurar as lágrimas. *Para já com isso. Você nunca fica abalada desse jeito por causa de um cara. Recomponha-se!* — Estava pensando que você tem razão e que eu preciso de um emprego, mas não aqui – dentro do peito, meu coração está doendo muito, e não sei por quê, mas me sinto furiosa. — E, só porque gosto de sexo, não significa que vou usar o meu corpo para conseguir dinheiro.

— Eu disse que estava só brincando quando mencionei a toalha – suas sobrancelhas baixam e ele me estuda atentamente. — Eu já falei que não penso em você desse jeito.

— De que jeito? – Eu retruco, atirando a asinha de volta à travessa. — Como uma vadia, uma trepada fácil, uma *puta*.

Detesto a palavra "puta". Odeio! Mas ela resume bem o que eu sou realmente.

Ele ergue as mãos, irritado e surpreso.

— Olha, eu não quero brigar com você. Só estou tentando ajudar, mas é óbvio que não estou conseguindo, então retiro o que disse.

— Eu não quero a sua ajuda, eu não preciso da sua ajuda!

Eu me afasto da mesa com o coração em disparada. *Já está na hora de mais um comprimido? Parece que estou surtando.* Contorno a mesa à toda velocidade, pego a minha bolsa do encosto da cadeira e corro para a saída, passando feito um furacão pela porta e chegando à rua. Desço pela calçada lotada procurando um táxi, já que não vim dirigindo. Começo a girar o anel de platina no meu dedo conforme as emoções me dominam e a urgência pelo remédio queima dentro de mim. Sei que estou agindo de um jeito ridículo e que provavelmente pareço uma louca com essas mudanças abruptas de humor. Eu poderia tentar jogar a culpa exclusivamente no fato de que preciso de uma bolinha, mas a questão é mais complexa – como o fato de ter várias contas atrasadas e nenhum dinheiro, como o fato de estar provando que meus pais estão certos e que não consigo tomar conta de mim mesma, o fato de que a minha vida não está indo para lugar nenhum e que não tenho a menor ideia de como mudar isso. E tem o Ethan. Maldito seja ele por ser tão atraente. Sério. Eu gostei dele desde o primeiro dia em que o vi e é cada vez mais difícil permanecer por perto quando está claro que ele não me quer, ao menos não do modo como eu o quero. Ele só me provoca. Simples assim.

Chego à esquina da calçada e olho para a esquerda e para a direita antes de pisar no meio-fio. O entardecer está nublado e há um ligeiro aroma de chuva no ar. Espero que não comece a chover, porque não tenho uma jaqueta impermeável comigo e estou usando um *peep toe* acetinado de salto alto que a água iria simplesmente destruir.

— Lila! – Ouço Ethan me chamar, quando chego ao outro lado da rua.

Por não estar com a menor vontade de falar com ele no momento, acelero. Ouço seus passos apressados atrás de mim, mas apenas aumento o ritmo, fecho firmemente as mãos e sinto o anel de platina entrar na minha pele. Aperto a mão com ainda mais força, hiperconsciente da dor conforme as ranhuras de metal cortam fundo a minha pele, e hiperconsciente de cada uma das cicatrizes do meu corpo, todas ligadas ao maldito anel.

— Porra, Lila – ele está ficando irritado. — Espera um pouco, merda.

— Ethan, me deixa em paz – grito por sobre o ombro, passando os braços em volta do corpo. — Eu não estou a fim de conversar agora.

O som dos passos dele se aproxima quando faço um zigue--zague para desviar de um grupo de pessoas parado em frente a um dos velhos cassinos.

— Eu sei que não, mas isso não quer dizer que vou te deixar perambular sozinha pela zona boêmia.

Faço uma pausa perto do semáforo onde outro bando de gente está esperando para atravessar, e pondero se devo ou não me virar. Não me afasto quando ele se posta ao meu lado, mas também não ergo a cabeça para olhar em sua direção.

— Olha – ele diz, arquejando –, eu não faço a menor ideia do que houve lá dentro, mas seja lá o que foi que eu fiz ou falei para te deixar assim, eu sinto muito.

Em um ano desde que conheço o Ethan, eu nunca o havia escutado fazer um pedido sincero de desculpas.

Com os braços cruzados à frente eu o espio discretamente, sentindo-me um bocado constrangida pela minha explosão de pouco antes. Ethan parece estar sendo sincero, os olhos escuros e ligeiramente arregalados sob as luzes fluorescentes e o peito se mexendo depressa enquanto ele se esforça para recuperar o fôlego.

— Você não precisa se desculpar – suspiro, e descruzo os braços. — Eu não estou brava com você.

Ele passa os dedos pelo cabelo.

— Mas então o que foi tudo aquilo?

Dou de ombros, raspando os sapatos contra a calçada.

— Não sei... Acho que ando me sentindo meio deprimida ultimamente e estava descontando em você – ponho no rosto aquela expressão falsa, de jogo e de comprimidos, e sorrio. — Não é nada demais.

Ele toma um longo fôlego e suspira.

— Estressadíssima por causa das contas?

A tentação de Lila e Ethan

— Isto entre muitas outras coisas – enfio o dedo no botão para acelerar a mudança do semáforo para pedestres.

— É sua mãe, mais uma vez? – Ele cruza os braços sobre o peito e não posso deixar de notar como seus músculos se movem sob as vibrantes tatuagens em sua pele. — Ela está te pressionando para voltar para casa? Ou é seu pai? Ele não está sendo um escroto com você de novo, está? Juro por Deus, Lila, se for uma dessas coisas você precisa mandar que eles caiam fora. Do jeito que eles te tratam, eles não merecem sequer conhecer você.

Mordo o lábio inferior tentando não encarar aqueles músculos poderosos nem aqueles lábios sensuais; tentando não encarar o fato de que ele acaba de dizer uma das coisas mais doces que eu já ouvi na vida.

— Não. Eu não falo com ele há meses. A minha mãe tem ligado a toda hora me dizendo para voltar para casa, mas o problema não é esse.

— Você finalmente a mandou passear?

— Tanto quanto eu mando sempre.

— Ela destratou você?

Dou de ombros.

— Não faz mal. A esta altura, nem me atinge mais – estou mentindo, e acho que ele está percebendo.

A testa dele franze enquanto ele estuda o meu rosto.

— Você quer me contar o que está aborrecendo você ou devo continuar tentando adivinhar?

A luz muda em favor dos pedestres e eu desço da calçada para a rua. Ele vem comigo e se mantém próximo, enquanto manobramos através da multidão que avança em sentido contrário. Eu quero contar a ele o que há de errado, mas ainda não estou totalmente segura do que é: se é o dinheiro, se é a solidão que venho sentindo ao longo do último mês, o fato de que preciso trabalhar e não tenho a menor ideia de como conseguir um emprego ou se são os sentimentos que eu tenho por ele.

— Você sabia que a Ella e o Micha estão noivos? – Pergunto, mudando de assunto enquanto subo para a calçada.

O trânsito recomeça atrás de nós ao mesmo tempo em que passamos em frente a edifícios que brilham e piscam em sua arquitetura singular. Cada construção é tão diferente da outra: uma réplica da Torre Eiffel, um navio pirata gigante, uma pirâmide – pense em um formato e ele provavelmente existirá aqui. Luzes de néon iluminam grandes cartazes e as marquises, tentando levar as pessoas a entrarem e fazerem apostas, verem espetáculos familiares ou beberem enquanto apreciam seios. Tem muita gente circulando por todo lado e o calor, a dança, as roupas sensuais e a música criam uma atmosfera erótica e provocante. Toda essa combinação me faz querer dançar e me divertir, em vez de ficar pensando merda.

— Sabia. O Micha me contou, algumas semanas atrás.

Ele passa o braço por cima dos meus ombros e me puxa para perto, quando um cara tenta me entregar um panfleto com uma foto de mulher pelada.

— Desculpe não ter contado. Na verdade, o Micha nem deveria ter falado para mim, porque a Ella não estava pronta para divulgar isso para ninguém, mas ele deixou escapar.

— A Ella me contou, outro dia – digo, inspirando profundamente o aroma dele. *Ele cheira tão bem que está me fazendo salivar.* — Ela parecia tão feliz.

— Tenho certeza de que estão, mesmo – ele baixa a cabeça até encontrar o meu olhar, e a inquisição está em todo o seu rosto. — É por causa disso que você está aborrecida? Porque eles vão se casar?

A tentação de Lila e Ethan

— Não, é só que... Sinceramente... Eu não sei direito o que está me aborrecendo. Talvez seja só cansaço. Não tenho dormido bem.

Ele estuda meus olhos por um momento. As luzes da marquise brilham acima de nossas cabeças e se refletem nas pupilas dele.

— Quer que eu te leve para casa? – Ele oferece. — Assim você pode descansar?

Sacudo a cabeça negativamente, apesar de estar exausta. Não quero voltar para a minha casa vazia.

— Podemos ir a uma boate ou coisa assim? A um lugar bem... bem bacana? – Agarro o braço dele e estou quase implorando. — Preciso fazer alguma coisa divertida.

Ele estremece.

— Você sabe o que eu penso de boates. São insuportavelmente barulhentas e lotadas, e as mais bacanas são ainda piores.

— Por favor – peço, exagerando no beicinho. — Eu ainda não estou pronta para voltar para casa.

— Não podemos ir a um barzinho?

— Quero fazer alguma coisa no meu estilo de diversão.

— Você quer dizer: gastar um dinheiro que não tem? – Ele retruca, grosseiramente.

Eu o encaro e bufo.

— Desculpe ter tentado – e começo a me afastar, mas ele me puxa de volta para trás, suspirando.

— Vamos, então.

Ele se rende, então solta o meu braço e me oferece o dele, que eu aceito apesar de saber que não deveria, porque estou me envolvendo demais, ficando perigosa e unilateralmente envolvida. Ele me conduz pelo caminho comentando como está calor. Tão simples. Tão fácil. É realmente uma lástima que ele não me deseje, porque eu adoraria deixá-lo me desejar.

Ethan

Eu detesto boates. É gente demais em um espaço pequeno demais e a música é sempre tão alta que vibra no meu peito. Mas a Lila não quer ir para casa e eu não quero deixá-la vagando a esmo por aí, sendo que ela está evidentemente aborrecida com alguma coisa.

Estamos sentados junto ao balcão, em banquetas que provavelmente custam mais do que a minha caminhonete. O atendente fica flertando com a Lila, apesar de ela não demonstrar o menor interesse. É muito irritante de ver; vê-la sendo paquerada é *sempre* muito irritante. Na real, vem ficando cada vez mais difícil, e eu não consigo evitar de pensar que ela é minha, apesar de obviamente não ser.

— Tem certeza que não quer tomar nada? – Ela me pergunta, gritando por cima da música.

Lila está entornando a quinta dose de uma vodca de primeira linha que sei que ela não tem como pagar. Eu me lembro de quando a conheci. Ela pegava tão leve que mal tomava cerveja, mas agora está louca, inconsequente até. Isso me deixa tenso e considero seriamente a possibilidade de fazer picadinho do documento falso dela, para que ela não possa mais sair e encher a cara, pois ainda não tem vinte e um anos. Mas, por outro lado, eu seria um hipócrita se não destruísse a minha identidade falsa também.

— E quem iria levar você para casa? – Respondo, também aos gritos, enquanto observo a pista de dança.

A tentação de Lila e Ethan

Há centenas de mulheres de vestidinhos curtos e calças agarradas, com os seios praticamente pulando para fora dos bustiês. Em geral é uma visão que eu aprecio, mas não hoje. Eu já não estava no clima nem mesmo antes, no bar, quando a loira ficou me olhando. Eu fiquei olhando de volta, ponderando se partia ou não para cima dela, mas a Lila e as minhas preocupações em relação a ela me seguraram e no fim decidi me concentrar só nisso.

— Você não precisa – ela move o copo vazio em círculos. Abro a boca para protestar, mas ela me interrompe. — Podemos pegar um táxi. Você fica sempre tão tenso quando estamos em lugares assim, e o álcool em geral te deixa mais relaxado.

Enrugo a testa enquanto a observo. Normalmente, as pessoas não percebem o meu desconforto, o que me faz ficar imaginando por que a Lila está prestando tanta atenção em mim. Eu me lembro das incontáveis vezes em que a London me arrastou para lugares barulhentos, sem notar ou se importar que eu odiasse aquele ruído todo.

— Quê?

Ela mexe no cabelo, muito autoconsciente, e desvia o olhar para baixo, para as pernas, acariciadas pelo vestido. Por cima dele, ela está usando uma jaquetinha, o que para mim não faz o menor sentido, já que está um calor de derreter. Ela está usando também uma pulseira de pérolas e uma gargantilha de diamante, e tudo nela grita "dinheiro" a plenos pulmões; é praticamente uma princesa. Somos exatos opostos, mas, ainda assim, parece que não consigo me afastar dela.

— Nada – respondo, tamborilando no balcão. — Vou tomar alguma coisa, mas você pede.

— Por quê?

Eu me contenho para não revirar os olhos.

— Porque o atendente está obviamente flertando com você e, portanto, vai trazer a bebida mais depressa se você pedir.

Lila olha de relance para o atendente, que está conversando com um grupinho de garotas.

— Ele não faz o meu tipo – ela diz, com indiferença, e olha para mim com expressão de curiosidade.

As luzes da pista de dança brilham em seu rosto e não faz sentido tentar negar sua beleza, seja ela uma princesa ou não.

— Não é refinado o suficiente para você? – Provoco, enquanto sinto a irritação crescer sob a pele.

Ela apoia o cotovelo no balcão e me observa sem dizer nada. Esse silêncio me deixa desconfortável. Quero perguntar em que diabos ela está pensando e por que está me encarando desse jeito, mas acabo não perguntando, com medo da resposta.

— O que você quer beber?

Dou de ombros, inspirando profundamente, incomodado com o desconforto que sinto por dentro. *Quando foi que as coisas ficaram tão complicadas? Como deixei que isso acontecesse?*

— Tequila.

Ela sufoca uma risadinha.

— Tequila vai acabar com você, mas se é o que você quer...

Ela levanta a mão, se inclina sobre o balcão e acena para o atendente. Em seguida tira a jaqueta, as alcinhas do vestido revelando seus ombros e o profundo decote das costas deixando ver sua pele perfeita. Não tenho certeza se ela faz isso de propósito para atrair a atenção do cara, mas funciona. Ela pede uma dose de vodca e uma de tequila e ele lhe dá um largo sorriso, comendo-a com os olhos. Só de ver isso, tenho vontade de socar a cara dele. Normalmente não sou do tipo ciumento, então sentir isso mexe comigo.

A tentação de Lila e Ethan

O cara na banqueta ao lado da Lila começa a flertar com ela no instante seguinte, observando os lábios dela enquanto ela mastiga um canudo. Ele é mais velho, tem pelo menos vinte e cinco anos, usa um paletó preto e sapatos ridiculamente brilhantes. Lila parece vagamente interessada nele; não ri das piadas que ele faz, mas deixa que ele pouse a mão em sua coxa e vá subindo na direção norte.

Estou ficando furioso. Nunca fui possessivo – muitas vezes testemunhei o meu pai pegar pesado com a minha mãe, mesmo que ela só estivesse conversando com o carteiro –, mas nesse preciso momento estou com ciúme e o meu lado controlador está vindo à tona. Quando o atendente põe nossas bebidas sobre o balcão, eu agarro a borda da banqueta dela e a giro na minha direção, fazendo a mão do paquerador escorregar da perna dela.

— Que é isso, Ethan? – Ela arregala os olhos, e o cara me fuzila com o olhar.

Ponho um braço de cada lado dela e as mãos em seu quadril. Eu me inclino, para que ela me ouça, e digo:

— Se você quer que eu fique aqui bebendo com você, sua atenção tem que ser para mim – estremeço diante das minhas palavras, mas agora já foi e não posso retirar o que falei.

A expressão dela está calma, mas seu olhar demonstra interesse.

— Muito bem – ela diz, simplesmente, antes de pegar o copo e erguê-lo para mim entre risos. — À atenção.

Balanço a cabeça, revirando os olhos diante do estado etílico em que ela se encontra, mas uma risada me escapa quando apanho a minha bebida.

— Muito bem, Lila – ergo o meu copo também. — À atenção.

Estou prestes e fazer o brinde quando ela se retrai.

— Isso vale para você também – ela explica, quando vê a minha expressão confusa, e acrescenta: — Esta noite você tem que prestar atenção em mim.

Por que é que eu tenho a sensação de que isso tudo está indo muito, muito na direção errada?

— Combinado.

Eu sou um idiota.

— Você tem minha total e indivisível atenção, Lila Summers.

Seus lábios se curvam em um sorriso e ela bate o copo contra o meu. Nós dois recuamos e jogamos a cabeça para trás, sorvendo nossas bebidas.

— E agora? – Pergunto, batendo o copo vazio no balcão, enquanto ela faz uma careta depois de engolir; ela sempre faz.

O sorriso dela é quase diabólico.

— Mais um?

Eu suspiro e dou de ombros, começando a me sentir melhor conforme o álcool me queima por dentro.

— Por que não?

***

— Por que você acha que é tão difícil ficar sozinho? – Lila pergunta, lutando para manter os olhos abertos enquanto observa o céu noturno pela janela do táxi.

Estou sentado de lado no banco, com os joelhos para cima e, portanto, virado de frente para ela, embora ela não esteja olhando para mim. Perdi a conta de quantas doses nós tomamos nas últimas horas e mal consigo entender como viemos parar em um táxi – tropeçando e rindo enquanto ela esfregava a mão na parte da frente da minha calça. Não, isso não pode ter ocorrido assim, pode?

A tentação de Lila e Ethan

— Eu acho que ficar sozinho é ótimo... Bem, embora, às vezes...

Murmuro, apoiando o braço no encosto no banco. Eu a observo por um momento, absorvendo sua pele nua sob o luar. Quero tocá-la. Lambê-la. Até morder.

Estou explodindo de tanto tesão e canalizo a minha energia sexual para os pés, que bato contra o chão, e balanço os joelhos. Tem alguma coisa diferente na noite de hoje, alguma coisa fora do comum, uma estranha necessidade de continuar me aproximando dela. Pode ser a bebida. Ou pode ser alguma outra coisa, mas não é a minha mente encharcada de tequila que vai conseguir encontrar uma resposta, agora.

Lila se volta para mim, suas pupilas grandes e brilhantes.

— Por que você está me encarando desse jeito?

Continuo batendo os pés no chão, tentando pensar em uma resposta melhor do que a primeira que me vem à cabeça, mas não encontro.

— Porque estou pensando em você.

Ela dá uma espiada no motorista, um cara de trinta e poucos anos usando um boné de beisebol, e depois volta a olhar para mim. Ela mordisca os lábios e tenho que dobrar a velocidade do balanço do pé e do joelho, ou juro que vou perder o controle.

— Pensando em mim? – Ela pergunta, parecendo alerta, interessada e exausta.

Mantenha a boca fechada...

— Eu estava pensando em como seria lamber você... Ou morder você... Os dois, na verdade.

Claro que eu deveria me arrepender dessas palavras assim que as pronunciei, mas o arrependimento simplesmente não está no meu horizonte visível.

Jessica Sorensen

Sua respiração se acelera e a voz soa chocantemente trêmula, para alguém que transa tanto.

— Então vai.

Pisco, duvidando ter entendido direito através da significativa quantidade de álcool que consome os meus pensamentos.

— O quê?

Ela sustenta o olhar com firmeza, apesar de parecer realmente nervosa, e sua voz soa instável.

— Então me morde. Ou me lambe... O que você quiser.

Cada parte de mim grita que não devo fazer nada, que estou quebrando as regras, regras que eu mesmo criei, e por uma razão. Mas o tesão e a tequila vencem o meu lado racional. Movido por uma necessidade urgente, e mantendo nossos olhares presos um ao outro durante todo o tempo, eu me inclino em sua direção e afasto os cabelos de seu ombro, e ela estremece conforme meus dedos passeiam por sua clavícula. Quando atinjo a curva do seio e desenho uma linha sob ele, ela morde o lábio e solta um gemido. É demais. Meu corpo parece que vai entrar em combustão. Antes de entender completamente o que estou fazendo, aproximo a cabeça, ponho a língua para fora e lambo o trecho que sobe de sua clavícula até o arco do pescoço, arranhando sua pele de leve com os dentes ao longo do caminho.

— Ah, Ethan... Meu Deus – ela estremece e cerra as mãos com força. — Isso é bom demais.

Meus olhos se fecham e minha respiração fica ofegante conforme luto para recuar e conter as mãos, receoso de que, se eu a tocar, vou acabar rasgando as roupas dela aqui mesmo, no assento traseiro de um táxi. E não posso fazer isso. Não é a mesma coisa de quando saio com mulheres ao acaso. Com a Lila eu sinto uma conexão, e o sexo vai arruinar isso, especialmente quando, depois, eu der o fora.

— Lila... – Saio dos eixos quando ela desliza a mão na minha calça. — Eu acho que...

Mordo o ponto sensível bem abaixo da orelha dela, logo acima do pescoço, não o suficiente para marcar a pele, mas o bastante para fazê-la erguer os ombros, e minhas mãos apertam sua cintura enquanto enrosco os dedos no tecido do vestido.

— Faz isso de novo – ela sussurra, sem fôlego, enquanto esfrega a minha calça vigorosamente. — Por favor.

Eu me lembro de como ela disse que jamais implorava, e de repente todas as minhas dúvidas se dissipam no mar de álcool que envolve minha cabeça. Movo a boca para cima, até a ponta do lóbulo de sua orelha, expirando ar quente durante o trajeto, e mordisco o lóbulo e deslizo a língua por ele e saboreio Lila exatamente como eu tanto queria.

— Ah... Meu... Deus... – Ela solta um suspiro lento, seguido de um murmúrio choroso, enquanto estufa o peito e o pressiona contra o meu.

Estou um pouco chocado com o tanto que ela está gostando e com o tanto que eu também estou gostando, meus movimentos alimentados por uma onda de adrenalina e desejo. Juro que toda a tensão sexual dentro de mim está transbordando através dos meus gestos. Perdi o controle. Pouso a mão em sua perna nua e a deslizo para cima até que esteja completamente por baixo do vestido, a pele dela tão ardente que queima, e meus dedos encontram os limites de sua calcinha. Estão lá o mesmo calor e toda a umidade que senti quando ela estava envolvida naquela toalha, e só o que eu quero é mandar as minhas regras à merda, escorregar os dedos para dentro dela e deitá-la neste banco.

— Porra, Lila... – Minha voz sai sufocada e fecho os olhos com força, tentando decidir o que é certo e o que é errado, o que *preciso* fazer e o que *quero* fazer. — Acho que nós deveríamos...

O carro freia abruptamente e Lila e eu rapidamente nos recompomos, assustados. Eu havia quase esquecido, de verdade, que estávamos em um táxi. Estamos na entrada do apartamento dela, os postes iluminando o estacionamento. É tarde, tudo está silencioso e o motorista parece furioso.

— Nossa – ela murmura, piscando seguidas vezes e dirigindo a atenção para a porta; a mão dela ainda está no meu pau e a minha ainda está sob o seu vestido.

Relutantemente, recolho a mão, e Lila, me imitando, retira a dela, de maneira que agora cada um de nós tem a própria mão perto de si. Eu estico as pernas para fora para que ela consiga se espremer e sair, entretanto ela não faz um único movimento e me encara, com olhar de expectativa.

— Quê? – Pergunto, confuso.

— Você não vai entrar? – A voz tem um tom de confiança, mas sua postura de abandono e sua atitude pouco à vontade refletem dúvida, e a dúvida dela me faz hesitar.

— Talvez eu não deva – respondo, dividido entre meu lado bom e meu lado mau, meu lado bêbado e meu lado sóbrio. *Regras. Nada de relacionamentos. Que merda eu estou fazendo?* — Talvez não seja uma boa ideia... Quem sabe se...

— Oh.

Os olhos dela se arregalam de horror e essa reação me surpreende. Diante de todo o flerte que tivemos nos últimos dias, e considerando todos os caras com quem a Lila já transou, eu nunca esperaria que ela ficasse tão magoada. E talvez seja por isso que resolvi ir em frente. Ou talvez eu seja muito, muito idiota. Porém, seja como for, de alguma maneira eu me vi saindo do táxi com ela.

Depois de pagarmos, vamos em direção ao apartamento correndo como correm os bêbados, e gargalhando sabe-se lá de quê. Ao chegarmos à porta, ela luta com as chaves antes de finalmente conseguir abrir. Ela tropeça sobre os próprios pés, rindo quando eu a enlaço pela cintura um instante antes da queda.

— Você é uma bêbada muito desajeitada – digo, e ela se segura nos meus ombros e se põe firme e ereta.

— E você é um bêbado *sexy* de morrer – ela responde, mordendo o lábio e erguendo o rosto para mim.

Minhas mãos ainda estão em sua cintura, meus dedos agarrando sua pele e querendo senti-la mais e de novo, mas ainda hesito em levar as coisas adiante. Eu conheço a Lila – quer dizer, conheço *de verdade* – e, depois, vou ter que encontrá-la de novo. E se isso modificar as coisas entre nós? Será que eu ligo? Assim que penso nisso, me dou conta de que me importo com ela muito mais do que quero admitir. Ela sabe mais a meu respeito do que qualquer um. Meu Deus, sabe mesmo. Eu contei um monte de merdas sobre os meus pais, sobre o meu passado com as drogas e os meus planos de ter um futuro solitário, enquanto ela me contou outro monte de merdas sobre si, sobre como o pai dela é verbalmente abusivo e como a mãe simplesmente aguenta tudo. Nós sabemos várias coisas um do outro; nem com a London eu cheguei a este ponto.

Parecendo ansiosa e insegura, Lila apanha a parte da frente da minha camisa e se agarra a mim conforme vai andando de costas pelo corredor. Nenhum de nós diz nada. Não acendemos as luzes. Apenas respiramos ruidosamente a cada passo, os olhos presos um ao outro e nossas pernas se movendo em sincronia.

Jessica Sorensen

Dali a alguns minutos, ou talvez segundos, estamos nos jogando em sua cama. Eu me apoio nos braços, suportando o meu peso para não esmagá-la, e ela olha para mim em silêncio, simplesmente respirando, o peito roçando no meu a cada inspiração. Estou com um tesão absurdo e ela sabe, porque a minha ereção está pressionada contra o quadril dela. Sem conseguir mais tolerar tamanha tensão, eu baixo minha boca até a dela, pronto para beijá-la, mas no último segundo ela vira a cabeça e meus lábios acabam roçando a bochecha. No começo é bem estranho, mas em seguida ela escorrega para cima e seu pescoço fica na altura do meu rosto, e então eu entendo o que ela quer.

Pressiono os lábios contra sua pele, entreabro a boca e delicadamente passo os dentes em seu pescoço, enquanto ela desabotoa minha calça e abre o zíper. Eu tremo e gemo quando ela pega o meu pau e começa a esfregar de novo. Eu a mordo, talvez um pouco forte demais, e ela estremece comigo, gostando também, mas sem gemer, o que é meio decepcionante, porque os gemidos dela no táxi quase me deixaram louco. Quero tanto que ela volte a gemer que esse passa a ser o único foco dos meus pensamentos. Escorregando o corpo para baixo, vou criando uma trilha de beijos e de mordidas gentis até chegar à parte de cima de seu vestido. Então eu sugo a curva de seu seio enquanto alcanço uma das alcinhas e a puxo pelo ombro abaixo.

— Você é tão linda – murmuro.

A visão de sua pele bem ali diante dos meus olhos, pronta para ser saboreada, está me enlouquecendo, e acho que jamais quis estar dentro de alguém tanto quanto quero estar nela agora. Estou prestes a baixar a segunda alça do vestido e assim ter uma visão completa de seus seios quando percebo que ela ficou totalmente imóvel. No começo eu penso que ela desmaiou, no entanto, quando me afasto, vejo que ela está simplesmente ali, deitada, olhando fixamente para o teto, girando o anel de platina.

— Lila.

Eu chamo, tentando não me preocupar com o possível significado disso. Tentando não pensar que talvez eu a tenha interpretado mal e que ela na verdade não quisesse nada disso. Eu a forcei a alguma coisa? Merda. Eu nem me dei ao trabalho de perguntar se ela estava a fim.

— Quê – ela responde, feito um zumbi e sem olhar para mim.

— Você está bem?

— É, estou bem – a voz dela parece tão vazia quanto sua aparência. — Vai em frente.

Eu pisco repetidas vezes, surpreso, e então me sento, desfazendo a conexão abrasadora entre nossos corpos.

— Ir em frente? Mas você ao menos *quer*, isso?

Tento não soar aborrecido, mas sou traído pela irregularidade no meu tom. Ela continua não olhando para mim e, quando, responde, sua voz é inexpressiva.

— Quero.

— Pois não parece nem um pouco – saio da cama e fecho a calça. — Quanto você está fora de órbita?

Lila finalmente me olha nos olhos, e o vazio que vejo neles acaba comigo. E não é porque ela esteja bêbada. Ela sabe o que está acontecendo, apenas parece não sentir coisa alguma em relação a isso. Por mais que eu deteste admitir, isso machuca, e meio que parte o meu coração.

— Bom, eu vou indo.

Dirijo-me à porta furioso comigo mesmo, em primeiro lugar, por ter me metido nesta situação. Eu sabia muito bem que não devia ter vindo até aqui com ela e agora não tenho como desfazer nada.

Ela se senta e o luar que entra pela janela ilumina sua pele pálida. Na sombra, seus olhos parecem pretos.

— Se é o que você quer – ela responde, sem um pingo de emoção.

Não faço a menor ideia de como agir agora. Eu poderia perguntar alguma coisa, mas nós dois estamos bêbados e, honestamente, a dor dentro de mim está crescendo.

— Eu telefono amanhã – é tudo o que digo, é tudo o que consigo dizer, porque não tenho nenhuma pista do que está havendo e detesto o fato de estar surtando por causa disso.

Deixo Lila em seu quarto e ela não vem atrás de mim. Ao chegar à calçada, estou me massacrando de críticas por ter ido até lá, porque sei que não existe a menor chance de voltarmos a ser o que éramos antes. Isso é irrevogável.

Capítulo 5

Lila

Novembro vai chegando ao fim e eu estou ficando sem dinheiro e sem maneira de continuar evitando o proprietário. Sei que preciso arranjar um trabalho, mas eu nunca trabalhei antes e não tenho qualificação para conseguir nenhum emprego decente. Acho que eu nunca parei para pensar, de verdade, como seria estar por conta própria. Eu me sinto diante de uma encruzilhada em que os dois caminhos levam a lugares para onde não quero ir. Eu poderia voltar, mas não quero voltar para lá. O meu passado está cheio de erros irreversíveis. Tenho certeza de que ninguém que alguma vez me viu, ao menos quando eu estava medicada, imaginou que eu tivesse qualquer tipo de problema. Mas estou considerando seriamente a possibilidade de abrir a guarda e pedir a ajuda de alguém. Da Ella. Talvez até da minha irmã, apesar de ela mal conseguir cuidar de si mesma. Eu cheguei ao ponto de até telefonar para ela, mas ela encerrou a ligação logo depois, dizendo que precisava sair para trabalhar. Eu escutei o filho dela chorando ao fundo, o filho que eu só vi uma vez porque me mudei e não voltei a San Diego desde então. Hoje em dia nós mal nos falamos, e, quando falamos, a conversa é superficial e apressada porque ela está sempre muito sobrecarregada com as contas e seu emprego de garçonete.

Eu poderia conversar com o Ethan, mas nós não temos nos encontrado desde o fiasco daquela noite da boate. Não tenho muita certeza do que foi que houve. Quer dizer, ele finalmente fez o que eu queria, me tocou e me beijou, e, apesar do álcool, foi diferente, bom pela primeira vez, como se eu estivesse segura e talvez merecesse ser tocada daquele jeito. Só durou um segundo, porém, e logo em seguida o passado me alcançou. No instante em que chegamos à cama eu soube que isso iria acontecer. Ele iria me comer e me abandonar e desta vez eu ficaria completamente sozinha, porque Ethan é basicamente o único amigo que me resta e agora eu não sei nem mesmo se ele é isso.

Portanto, deixei que o meu interruptor interno me pusesse em um estado de torpor e passei *através* dos meus movimentos, consciente do que deveria fazer, mas desconectada de qualquer emoção. O que me chocou foi que o Ethan ficou aborrecido. Nenhum cara jamais tinha se importado antes com o meu modo de agir. Daí ele foi embora sem terminar e eu não falo com ele desde então. E também estou com um pouco de medo, medo do que ele viu em mim naquela noite ou do que ele não viu.

A última semana foi deprimente de verdade e a única companhia que tive foi uma ou outra ligação simpática da minha irmã e uns telefonemas da minha mãe que me fizeram sentir mais vazia do que eu estava antes. Ela continua fazendo ameaças e dizendo que vai me deserdar se eu não voltar para San Diego. "Ainda não é tarde demais", ela fica repetindo. Brentford Mansonfield voltou de uma temporada de seis meses pela Europa e está buscando se estabelecer. Eu poderia conquistá-lo e assim me tornar alguém digna de carregar o nome Summers. Eu perguntei se ela realmente acreditava que Brentford aceitaria uma mulher usada como esposa.

— Bem, você tem quase vinte e um anos, Lila – ela disse. — Ninguém espera que você seja virgem.

A tentação de Lila e Ethan

— Pode até ser, mas acontece que eu sou, tipo, meio que uma puta, também – respondi, principalmente porque tinha bebido vinho e estava um pouco alta.

— Lila Summers, olha a boca! – Ela retrucou, com aspereza. — Você não vai exprimir estas coisas em voz alta.

— Por que não? É verdade.

— Eu sei que é verdade. Afinal, eu fui a Nova York ajeitar as coisas.

— Como eu poderia esquecer – comentei –, uma vez que você está sempre me relembrando disso.

— Lila, pare de ser inconveniente. Eu não a criei para ser assim. Eu a eduquei para manter a boca fechada e fazer o que lhe mandarem.

Eu não consegui mais conter a frustração que crescia dentro de mim e explodi em um berro:

— Sim, como você faz com o papai e a vagabunda da amante dele!

Ela me chamou de putinha mimada e avisou que iria desligar. Eu respondi que tudo bem, porque não tinha mais nada para dizer mesmo, e ela não ligou de volta desde então.

Está fazendo um calor absurdo hoje, mas não posso ligar o ventilador para não aumentar a minha conta de energia, que, aliás, já está atrasada. Abro de novo a gaveta das balas, tateando o fundo em busca do frasco de remédios. Ethan me deu um pote de balas como presente de Natal depois que eu contei que nunca havia ganhado uma latinha de bala antes, e aquele foi de verdade o momento mais doce que eu já tive com um cara.

— Você está falando sério? – Ele perguntou.

Estávamos na caminhonete dele e era tarde, acima de nós estava o céu da meia-noite e dentro do carro o vento frio do inverno embaçava o vidro das janelas.

— Estou... Qual o problema? – Perguntei, virando-me para ficar de frente para ele.

— Bom, é que é só a porra de uma lata de balas! – Ele me encarou, desconfortável. — É, tipo, o presente de Natal mais comum do mundo. Minha mãe até decora as árvores com esses potinhos.

— Ah, eu nunca tive árvore de Natal também – admiti, fazendo-o me encarar por um tempo ainda mais longo. — Que foi? Ela acha que os pinheiros de verdade fazem muita sujeira e que os artificiais são muito bregas.

Mais tarde, naquela mesma noite, Ethan me deu uma caixa inteira de balas. Ele nem embrulhou para presente nem nada, só colocou no meu colo quando estávamos sentados na sala da casa dos pais dele.

— Pronto, aí está – ele disse, enquanto se afundava mais na poltrona, como se tudo não passasse de um grande inconveniente.

Eu abri um grande sorriso, me inclinei e lhe dei um grande abraço antes de tirar o papel da primeira balinha. Comecei a chupar, falei que era uma delícia e ele fez um comentário malicioso sobre os meus lábios. Respondi que o zíper dele estava aberto e que eu estava vendo sua masculinidade pulsando. Ele revirou os olhos, mas foi conferir o zíper assim mesmo, e eu ri e acabei deixando cair a bala na minha perna. Eu estava de vestido e a bala ficou grudada na minha coxa.

— Hum, talvez eu não esteja achando tão deliciosa – comentei.

Fiz uma careta ao pegar a bala da perna. Tentei limpar o grude esfregando a mão, mas isso só deixou tudo pior ainda.

— Deixa eu ajudar – ele sussurrou, com os olhos fixos na minha coxa.

A tentação de Lila e Ethan

Pensei que ele iria buscar um guardanapo ou coisa assim, mas, ao invés disso, ele se levantou da poltrona, veio até mim e se ajoelhou à minha frente. Seu cabelo escuro caiu sobre os olhos quando ele mirou os meus joelhos, e ele sorriu.

— O que você está fazendo? – Perguntei, intrigada.

Eu estava um pouco nervosa. Quer dizer, ele era um tesão e tal, mas eu estava completamente sóbria e sentindo tudo com muita intensidade, tipo, meu pulso se acelerando e meu estômago dando estranhas piruetas.

Os olhos dele escureceram quando ele deslizou a mão pela minha perna e isso provocou uma ignição imediata na minha pele, que imediatamente esquentou e se arrepiou. Foi uma sensação inédita, já que joguinhos preliminares eram totalmente inexistentes nos meus encontros sexuais. Aquilo estava aguçando minha curiosidade, então deixei que minhas pernas se entreabrissem só um pouquinho, e de repente parecia que ele é que era o nervoso da história. Fiquei o tempo todo pensando em quanto eu queria outro comprimido, porque estava sentindo tudo com clareza demais, mas para isso eu teria que me levantar e o momento estaria perdido.

Ethan estava parado com a mão pousada na minha coxa. Percorri com o dedo o contorno das tatuagens em seus braços, mordendo o lábio enquanto meu coração batia com força. A respiração dele se tornou irregular e suas palmas transpiravam cada vez mais, conforme ele mantinha as mãos ali e permanecia imóvel e silencioso sob as luzes piscantes da árvore de Natal. E então ele foi. Baixou a cabeça, abriu os lábios e lambeu o açúcar da bala grudado na minha pele.

Enfiei as unhas no braço da cadeira e soltei um gemido, um gemido alto e suave que muito me espantou, da mesma forma como me surpreendeu a explosão de calor que tomou conta do meu corpo. Ele reagiu inspirando profunda e ruidosamente, e eu tive tremeliques irreprimíveis. Queria correr os dedos por seu cabelo, tocá-lo, puxar sua cabeça um pouco mais para cima e fazê-lo me lamber em lugares que iriam me mergulhar em uma espiral eufórica e incontrolável. Mas ele terminou de sugar e deu um beliscão de leve antes de se afastar.

Eu o encarei com uma expressão de franco desapontamento.

— Sério?

Ele deu de ombros e desabou na poltrona.

— Que foi? – Ethan me olhou de cima a baixo como se estivesse esperando que eu verbalizasse que ele havia me deixado toda excitada e depois abandonada. — Alguma coisa errada? – Ele deu um sorriso em meio a uma careta, como se fosse a pessoa mais engraçada do mundo, e acrescentou: — Estou esperando o meu presente de Natal.

Dois participantes poderiam brincar deste jogo. Respondendo também com um sorriso em meio a uma careta, eu, por cima da roupa, abri o fecho frontal do meu sutiã vermelho de renda, deslizei as alças pelos ombros e o tirei. Em seguida atirei-o na cara dele, dizendo "Feliz Natal".

A maior parte dos caras teria sorrido ou feito um comentário picante, mas o Ethan se limitou a dar um peteleco no pequeno bojo vermelho, dar de ombros e pendurá-lo no braço da poltrona.

— Já vi sutiãs mais sensuais – ele disse, com um brilho divertido nos olhos.

Com a boca aberta de surpresa e indignação, atirei uma bala contra ele e o acertei na cabeça. Ele riu, pegou, tirou o papel e enfiou na boca.

— Hum, é boa mesmo – disse, sorrindo enquanto revirava a bala com a língua.

A tentação de Lila e Ethan

Acho que foi naquela hora que me dei conta de quanto gostava dele. Não porque estivesse sendo um sacana nem por ter me dado uma caixa de balas, mas porque ele tinha parado de beijar a minha coxa. Ethan sabia o suficiente sobre mim – como eu era fácil – para saber que poderia ter me levado a fazer qualquer coisa que ele quisesse. Mas não agiu assim. Mesmo que fosse por não gostar de mim, eu meio que gostei que ele tenha parado, ainda que isso me provocasse certa frustração sexual. Eu já tinha transado com caras que depois do sexo deixaram muito claro que nem mesmo gostavam de mim, e que só tinham dormido comigo porque eu era fácil. Isso fazia com que eu me odiasse, porque no fundo eu sabia que eles estavam certos. Eu só sou boa para uma coisa. Uma ficada de uma noite, uma boa trepada, um momento de distração; e eu faço qualquer coisa que eles pedem, mesmo que eu não queira.

Mas agora toda essa coisa boa que eu tinha com o Ethan acabou, graças à minha cabecinha confusa de merda. Tudo isso só aumenta a repugnância que sinto por mim, sabendo o cara incrivelmente bacana que o Ethan é. Ele parou, recusando-se a fazer sexo com a minha versão zumbi. Ainda estou passada com isso.

Suspirando, eu me empurro para fora das lembranças, concentro minha atenção no que está sob o monte de balas e pego o frasco laranja. Tomo alguns e me deito de costas na cama, com as pernas e os braços estendidos ao longo do corpo, exatamente como estavam naquele dia em que minha vida mudou para pior, seis anos atrás, quando *ele* me usou e depois me abandonou. Tenho vivido uma perpétua queda livre desde então, mas o lado bom é que eu mal percebo. Sinto a sublime adrenalina dos comprimidos e em seguida seu impacto contra o vinho, conforme as duas substâncias colidem no meu interior. Elas estão se anulando mutuamente, então me viro

127

de lado e pego mais alguns, e em algum ponto entre a sexta bolinha e a sétima os meus pensamentos começam a derreter e se fundir. Até que eu me sinto oca.

Sozinha.

E quero desesperadamente encontrar alguém que preencha o vazio.

***

Estou alucinada demais para estar aqui fora, mas não consigo encontrar o caminho de volta para o meu apartamento. De modo que continuo perambulando à toa pelo estacionamento, totalmente sem objetivo e sem poder me lembrar nem mesmo do motivo que me fez sair, para começo de conversa. Acho que pode ter sido o medo de ser esmagada pelas paredes de casa que me fez ir para fora, mas não tenho certeza.

Enquanto estou andando entre as vagas para os carros aparece um cara mais velho que me fala sobre uma festa em um lugar um pouco mais para cima na minha rua. Murmuro alguma coisa sobre não querer ir junto, mas ele pega o meu braço e me conduz, ou me força (eu às vezes tenho dificuldade para distinguir essas duas coisas) em direção à rua.

Ele fica falando sobre nadar, ficar muito louco ou alguma coisa assim, mas a minha confusão mental mal me permite decifrar metade das palavras que ele está dizendo. A boca dele continua se movendo e ele tem lábios bonitos, macios e cheios, com uma cicatriz abaixo do inferior. Achei que os olhos fossem verdes, mas quando entramos na casa e os vejo sob a luz, percebo que são azuis. O cabelo é comprido demais para o meu gosto e ele está vestindo uma camiseta velha e gasta que me faz franzir o nariz de desgosto.

— Acho que eu preciso... – Tento dizer "ir embora", mas meus lábios estão dormentes demais. Tropeço nos meus sapatos, que não estão fechados.

— Você está linda hoje – o cara cochicha na minha orelha, e fico aliviada por ter compreendido uma sentença inteira.

— Obrigada...

Saio totalmente de órbita quando a música começa a tocar, tão alto que faz vibrar o chão sob nossos pés. As pessoas todas começam a dançar e a gritar enquanto tomam cerveja e se esfregam umas nas outras.

Tem gente espremida em uma pequena sala de estar onde os móveis foram encostados às paredes. A cozinha à minha direita está repleta de garrafas vazias e sobre a mesa há um grande balde cheio de gelo e bebidas. O barulho e o caos me fazem lembrar da casa da Ella, onde qualquer um podia chegar, circular livremente e fazer o que bem quisesse. Quando vi a cena pela primeira vez achei que era uma coisa insana, mas agora parece que é o tipo de lugar ao qual eu sempre pertenci.

— Quer tomar alguma coisa? – O cara grita, por cima da música, enquanto segura o meu braço.

Eu confirmo com a cabeça, começando a relaxar. *Ele não parece de todo mau.*

— Sim, por favor!

Ele dá um sorriso e é um sorriso sombrio, que encobre uma segunda intenção. Eu já vi esse sorriso antes, precisamente antes que *ele* me amarrasse à cama. Não sei direito que segunda intenção esse cara tem, mas não consigo me concentrar em descobrir durante tempo suficiente para me importar. Ele solta o meu braço e eu me apoio na parede para não cair. Sinto vontade de dançar, porque adoro dançar. Mas estou zonza e o vômito arde no fundo da minha garganta. Tento me lembrar

Jessica Sorensen

de quantos comprimidos tomei. Dois... Não, eu tomei mais, não tomei? Depois que o proprietário bateu à porta? Sim, tomei, mas quantos? Quatro... Cinco... Oito. Meu Deus, eu perdi totalmente a conta e as coisas estão começando a ficar escuras e frias, não só à minha volta, mas também dentro da minha cabeça. A música muda e tento me concentrar na batida. O cara que me trouxe até aqui está de volta. Ele me passa uma cerveja. Eu bebo. De alguma maneira, acabo dançando com ele. Ele está me agarrando de um jeito rude, forçando meu corpo contra o dele e apertando meus quadris. Não tenho certeza de querer isso, então tento me afastar.

— O que está fazendo? – Ele pergunta, e me puxa de volta para si.

— Eu quero...

Eu quero o quê?

Ele balança a cabeça e enfia as unhas nos meus braços. Sinto a picada na pele e a dor se espalha pelo meu corpo inteiro. Tento gritar, mas o som simplesmente se perde em meio à música. Ele faz uma careta, todo tesão e urgência, exatamente como qualquer outro cara que existe no planeta.

— Vem aqui, gata.

Ele me pressiona contra seu peito enquanto desliza a mão pelas minhas costas e eu me pego desejando que ele fosse o Ethan, porque assim pelo menos eu não me sentiria em perigo. Ele pega na minha bunda e me alisa, e instantaneamente o meu interruptor interno se desliga. Como sempre, viro um zumbi, as emoções todas se esvaem de mim. De repente, parece que estou assistindo enquanto o cara me apalpa, passa a mão no meu seio, beija o meu pescoço e aperta nossos corpos um contra o outro. Eu não sinto nada, não quero sentir. Não mereço. Não valho nada. *Uma puta*, como todo mundo diz.

A tentação de Lila e Ethan

Ele começa a me conduzir pelo meio da multidão em direção ao corredor e tenho certeza de que vai me levar para um quarto e fazer o que quiser comigo, mas os meus olhos se viram para o fundo da minha cabeça e as minhas pernas falham enquanto o meu estômago queima.

— Acho que eu vou vomitar – digo, soltando um meio soluço, meio arroto, e o cara recua mais rápido do que o ritmo da música, com as mãos espalmadas à frente como se estivesse com medo de me tocar.

Fujo abrindo caminho por entre a multidão, corro em direção à porta e a largo escancarada mesmo, quando tropeço para fora e desço as escadas como um furacão. Um dos meus sapatos fica preso no último degrau e não consigo soltar, então desvencilho o pé e deixo o sapato lá. Então caio de joelhos, curvada, em cima de um canteiro de tulipas e arbustos. Quando me levanto e me endireito, os meus ombros estão tendo espasmos, como se eu fosse vomitar, mas nada sai da minha boca. Meu coração está aos pulos, batendo contra as costelas, e minha pele está molhada de suor. Fica cada vez mais difícil manter os olhos abertos e acabo caindo no canteiro de novo, aterrissando de costas na sujeira úmida. Dá para ver as estrelas. São lindas. Gostaria de poder tocá-las. Sinto como se pudesse.

Fico deitada ali por uma eternidade, sentindo o coração bater cada vez mais depressa e o estômago se contorcer em nós cada vez mais doloridos. Nessa hora a minha bunda começa a tocar. Ou talvez seja a minha cabeça... Não, é meu telefone. Isso, definitivamente, é o celular. Virando-me de lado, tateio o bolso de trás do vestido e o tiro dali. Aperto com o polegar o botão de atender e levo o aparelho à orelha.

— Alô – o som da minha voz faz a minha cabeça doer.

— Sério? – Ethan diz, parecendo mais bravo do que normalmente fica. — De novo?

— *Ãhn...* – Pressiono minha cabeça latejante.

— O que quer dizer com *"ãhn"*? – Ele vocifera. — Dá para notar que você está bêbada de novo, o que significa que você provavelmente precisa que eu vá te rebocar da casa de algum cara.

Ele soa profundamente enciumado. No meu interior mais profundo, eu gosto.

— Não, bêbada não – eu resmungo. — Parei com essas coisas.

— Nota-se.

— Eu acho... Acho que... Eu exagerei na dose, desta vez – está ficando muito difícil respirar, o meu peito está comprimido e fazendo muito peso sobre o meu corpo.

— Dose de quê? – Ele pergunta, e acho que percebo uma preocupação em sua voz. Talvez, mas posso estar enganada.

— O troço... – Tento estalar os dedos para me ajudar a lembrar da palavra, mas eu nem consigo saber se tenho dedos. — Aqueles meus comprimidos.

— Que comprimidos?! – A voz dele fica alta e anormalmente esganiçada.

— Nada... Deixa... Olha, eu estou muito cansada, então vou indo nessa... – Começo a deixar que o braço caia ao meu lado.

— Lila, não desliga! – Ele grita, do outro lado da linha, e ouço várias batidas e pancadas ao fundo. — Onde você está? Em casa?

— Não... Estou em uns arbustos... Com umas tulipas – faço um movimento brusco com o braço, tentando afugentar esta coisa disforme que começa a se formar acima de mim. — Ethan, está ficando frio de verdade.

A tentação de Lila e Ethan

— Não está tão frio assim — a voz dele é áspera e me faz sentir ainda mais frio por dentro. — Agora me diz onde você está e trate de manter a merda dos olhos abertos.

— Tá... – pisco ferozmente, lutando com todas as forças para manter as pálpebras afastadas. — Mas eu não sei onde estou.

— Como assim? – Ele pergunta, e ao fundo eu escuto a caminhonete dele sendo ligada. — Como diabos você pode não saber onde está?

— É que um cara me levou... Para algum lugar... E eu não lembro onde foi...

— Você consegue reconhecer alguma coisa?

— Estrelas... E...

Eu apago, deixando que a sonolência tome conta de mim. Ele ainda diz qualquer coisa, mas estou exausta demais para conseguir responder.

— Lila! – Ele berra.

Os meus olhos se abrem de supetão.

— Oi...

— Descreve o que você vê em volta.

— Arbustos... Estrelas... Um prédio...

— Como é o prédio?

— Como todos os prédios são... – Minha cabeça tomba de lado. — Tem tipo um pássaro cor-de-rosa meio bizarro piscando na entrada... Mas pode ser que seja coisa da minha cabeça.

— Ah, porra! Graças a Deus – ele soa um pouco aliviado. — Eu sei onde você está.

Ethan continua falando várias coisas, mas não entendo nada, então simplesmente deixo que o telefone caia no chão; seja como for, estava pesado demais, mesmo. Começo a observar as estrelas e vou lentamente deslizando rumo à escuridão e ao torpor com os quais venho me familiarizando. Na verdade, eles já começam a parecer a minha casa.

— *Você é tão linda* – ele diz, deslizando a mão pela minha coxa acima. — *E sua pele é tão macia.*

Forço um sorriso, apesar de sentir que há algo de errado na carícia dele. Há algo de errado na situação toda, mas ao mesmo tempo há algo de certo, porque o modo como Sean está me olhando neste momento me faz sentir adorada e amada.

— *Obrigada* – respondo, e isso o faz dar aquele adorável sorriso, que o faz parecer tão mais jovem do que ele é.

— *De nada* – ele devolve, e se inclina na minha direção para dar um apertãozinho de leve no meu nariz. — *Você é maravilhosa* – ele murmura ao longo da minha pele, enquanto beija o contorno do meu maxilar e, com os dedos, vai levantando a minha saia xadrez. — *Eu quero tocá-la em todos os lugares... Beijar você todinha.*

Apoio a mão no peito dele para afastá-lo um pouco e perguntar, encarando-o:

— *Por que você nunca me toca em público? É porque está mentindo sobre não ser casado?* – *E miro o anel em seu dedo.*

Seus olhos se tornam frios e a boca fecha em uma linha firme enquanto ele aumenta o espaço entre nós, mantendo a mão na minha coxa, mas com os dedos imóveis.

— *Não, eu lhe disse que não sou casado. Isto foi um presente e você sabe por que nós não podemos ser vistos em público. As pessoas se importam com a idade, Lila.*

Corro os dedos por seus cabelos, tensa com a possibilidade de estar pressionando-o demais.

— *Você não é tão mais velho assim do que eu, e, de qualquer forma, eu não dou a mínima.*

Ele me encara como se eu fosse uma idiota.

— Lila, não seja boba. Eles iriam nos separar. Qualquer um iria — ele se estica em direção à trava da porta do carro. — Talvez eu deva ir embora.

— Não. Não vai — agarro um pedaço de seu paletó e o puxo de volta para mim, apavorada com a ideia de ele me deixar. — E-eu... Eu sinto muito ter trazido isso à tona. Por favor, faz de novo o que você estava fazendo antes.

Ele estreita os olhos, parecendo ponderar se deve partir ou ficar, se é bom demais para mim ou não. Ele é. Eu sei.

— Você quer que eu recomece o que estava fazendo antes?

Ele inclina a cabeça ao perguntar, como se estivesse me avaliando. Há algo em seus olhos que é ao mesmo tempo excitante e aterrador e que faz minha pele se arrepiar de um jeito inédito. Eu confirmo com a cabeça, mas me sinto insegura.

— Quero.

Ele põe a mão de volta na minha coxa e começa a percorrer lentamente o caminho até a bainha da minha saia, brincando com a costura por um momento antes de deslizar os dedos sob o tecido. Eu me contraio instintivamente e ele parece gostar disso.

— Você tem certeza, Lila? – Ele chega à minha calcinha. — Você realmente quer que eu recomece o que estava fazendo?

Abro a boca para dizer que não tenho certeza e que ele está fazendo com que eu me sinta suja, mas neste instante ele força os dedos para dentro de mim com um movimento brusco, quase violento. Fico sem saber o que fazer, porque dói e parece errado, e ao mesmo tempo é bom.

Ele começa a remexer os dedos dentro de mim, quase com rudeza. Penso em pedir que ele pare, mas as sensações maravilhosas e horríveis de encantamento e carência me calam. Em seguida ele passa a mão livre pela minha nuca e agarra o meu cabelo violentamente.

— Ai, isso dói — resmungo através de um gemido, enquanto minha cabeça é forçada em um arco para trás.

— *Que bom – ele responde, com os olhos escuros de prazer.*

Ele puxa meu cabelo com mais força ainda e dor e prazer inundam meu corpo.

Meus sentimentos se tornam indecifráveis, ao me inclinar na direção dele e agarrar seus braços, enquanto meu corpo queima e não consigo respirar. Quando ele tira os dedos de dentro de mim, não sei dizer se gostei, se estou arrependida ou ambos. Não tenho certeza de como deveria estar me sentindo.

Ethan

Primeiro eu acho que ela está na casa de algum cara e, mesmo não querendo ir para aquele canto ciumento dentro de mim, acabo indo. Fico puto, porque, apenas uma semana atrás, eu a estava tocando e tudo corria lindamente até que ela despirocou e pareceu que não queria nada comigo.

Mas daí eu noto o tom grogue na voz dela e nada disso importa. Eu ouvi esse tom distante e confuso na voz da London muitas vezes, e na minha voz também, quando eu costumava ficar louco. Um alarme dispara na minha cabeça e a única coisa em que consigo pensar é na forma como me afastei da London da última vez, imediatamente depois que a agulha entrou no braço dela. Daí a Lila começa a falar sobre comprimidos e eu me lembro do frasco de remédio na almofada do sofá. É nesse momento que começo a entrar em pânico de verdade. Procuro manter o controle enquanto tento descobrir onde ela está, mas ela mesma parece não ter a mais puta ideia. Daí ela menciona o pássaro cor-de-rosa e uma pequena onda de alívio me invade. Eu passo por aquele maldito pássaro cor-de-rosa duas vezes por dia, quando vou

A tentação de Lila e Ethan

para o trabalho e ao voltar. Não é longe de casa, fica a apenas alguns minutos. Continuo conversando com ela para mantê-la acordada, enquanto me pergunto se é o caso de chamar uma ambulância ou coisa assim.

Ainda estou ouvindo a voz dela quando vejo o pássaro rosa na fachada de um condomínio, espremido entre uma residência e um posto de combustível. Porém, quando estou encostando a caminhonete, há um baque na linha e depois tudo fica em silêncio. Por uma fração de segundo só consigo pensar que nunca mais vou vê-la, que ela se foi, e quase fico paralisado. Nunca senti tanta adrenalina correndo no corpo antes, e meu coração começa a esmurrar meu peito.

Merda. Entro bruscamente à esquerda e piso fundo no freio, parando junto ao meio-fio com uma das rodas em cima da calçada. Ela falou que estava em uns arbustos, mas há arbustos por todo lado. Salto do carro e grito "Lila!". Ninguém responde. Dou a volta no prédio de dois andares que fica do lado de dentro de um estacionamento cercado, continuando a gritar o nome dela enquanto desbloqueio a tela do celular e chamo o serviço de emergência. Vejo uma sandália brilhante e de salto alto perto de uma das escadas e a apanho, perguntando-me se poderia ser da Lila. Mas não parece algo que ela usaria, é mais como o sapato de uma dançarina de boate, e há muitas, por aqui.

Quando me viro, vejo dois pés saindo de umas plantas, e um deles está descalço. Corro e caio de joelhos ao lado da Lila, que está esparramada na grama, e levo um instante para absorver a palidez de sua pele e o brilho de seus olhos. Subitamente, um sentimento percorre o meu corpo inteiro, golpeando meu peito, martelando minha garganta e minhas pernas. Vê-la desse jeito torna a possibilidade de perdê-la muito mais real.

— Estou me sentindo enjoada, Ethan – ela murmura, e então vira de lado, acomoda as mãos debaixo da cabeça e fecha os olhos.

Cuidadosamente, encaixo o braço sob sua nuca e suspendo um pouco a cabeça, batendo de leve nas bochechas para fazê--la acordar.

— Lila, o que foi que você tomou? Você lembra o nome?

— O que eu tomo sempre – ela responde, mal articulando as palavras. — O troço na minha gaveta.

Merda. Merda, merda.

— E como chama?

— Aquelas... Você sabe... As bolinhas... Que deixam a pessoa ligadona... Ah, Ethan, Deus... Eu não... Não consigo lembrar o nome. Só que... É uma palavra muito, muito comprida...

Observo a sujeira e as plantas em volta de nós.

— Você vomitou?

— Não... – Ela suspira lentamente, o peito subindo e baixando. — Mas deveria... Preciso... Porque o meu estômago está doendo... Muito, muito.

Eu a ajudo a se sentar segurando-a pelos braços, que têm marcas vermelhas como se alguém tivesse cravado as unhas em sua pele.

— Bom, eu vou te virar e quero que você vomite, mesmo que tenha que enfiar o dedo na garganta.

A cabeça dela se move para cima e para baixo quando ela concorda.

Eu a conduzo para o lado e a ajudo a se virar, de modo que agora ela está curvada sobre as mãos e os joelhos. Mantenho o braço sob o estômago dela, suportando seu peso. Ela fica imóvel por um minuto, de boca aberta, e então finalmente enfia o dedo na garganta. Viro a cabeça e fico observando o

A tentação de Lila e Ethan

estacionamento enquanto ela põe tudo para fora em cima dos arbustos. Ao terminar, ela está tremendo da cabeça aos pés, e sua pele está molhada de suor e ainda mais branca do que já estava.

— Pronto. Agora, para o hospital – digo, quando ela se senta e descansa a cabeça no meu peito.

— Não, nada de hospital.

Ela abana a cabeça e olha para mim. Na parca iluminação pública, seus olhos parecem pretos, ou talvez sejam simplesmente as pupilas dilatadas.

— Para o hospital sim!

Fico de pé e a escoro nos braços, suportando seu corpo inerte enquanto ela aninha a cabeça no meu peito de novo.

Ela ainda protesta um pouco sobre irmos ao hospital, mas só até chegarmos à caminhonete. Uma vez sentada no banco de passageiro, ela relaxa, e eu afivelo o cinto de segurança sobre seu peito. Dirijo direto para a emergência, sabendo que no estado em que ela está não há espaço para erros. Foi por isso que eu parei com as drogas. O motivo pelo qual voltei a pensar excessivamente em tudo, mesmo não querendo. Aprendi em primeira mão o que pode acontecer. Como uma escorregadela pode te foder para sempre, e pensar que a Lila pode estar chegando a esse ponto me aterroriza mais do que eu teria imaginado. A ideia de perdê-la me assusta absurdamente. Neste momento, percebo que a Lila se tornou mais que uma amiga. Muito, muito mais.

Capítulo 6

Lila

Acordo sem conseguir me lembrar do que houve na noite passada. Eu não deveria me importar com a confusão, já que estou habituada a ela, mas por alguma razão estou me sentindo mais suja e envergonhada do que em geral me sinto.

O aroma de colônia que se desprende do cobertor sobre mim parece familiar. Eu já o senti antes e ele me conforta. Forço os meus olhos a se abrirem e imediatamente reconheço os cartazes de bandas e a bateria montada no canto do quarto. Suspiro, aliviada. Estou no quarto do Ethan, deitada na cama dele.

— Obrigada, Deus – eu murmuro.

Lentamente eu me sento, e meu estômago se contrai em protesto. Ponho os braços em volta da barriga e percebo que estou vestindo uma camiseta do Ethan.

Puta que pariu, será que eu transei com ele?

Passo os dedos pelo meu cabelo emaranhado tentando peneirar as lembranças. Mas as únicas coisas de que me lembro são estrelas, arbustos, máquinas apitando e o cheiro de produto de limpeza.

— Está melhor? – O som da voz do Ethan me faz dar um pulo, e meu estômago se aperta em resposta ao movimento.

— *Ãhn...* – Murmuro, dobrando-me ao meio, enquanto abraço o meu pobre estômago com o olhar fixo no reconfortante cobertor à minha frente. — Que diabos houve ontem à noite?

A tentação de Lila e Ethan

Eu o ouço andar e em seguida o colchão se afunda, conforme Ethan se senta no pé da cama, a certa distância de mim.

— Você não se lembra de nada?

Balanço a cabeça ainda olhando para baixo, sentindo-me mortificada por razões que não consigo explicar. Em seguida, noto a pulseira do hospital no meu pulso.

— Não... Eu me lembro de perambular pelo meu condomínio... Daí um cara me levou para um lugar... – Eu me interrompo e me atrevo a erguer os olhos. — E depois só consigo me lembrar de estrelas e do cheiro de produtos de limpeza.

Ele está usando uma camiseta preta e vermelha, o cabelo está molhado, como se ele tivesse acabado de sair do chuveiro, e a calça *jeans* tem uns furos.

— Você praticamente sofreu uma *overdose* – ele diz, observando-me com cuidado.

Ele massageia os joelhos, ponderando alguma coisa.

— Sabe, eu nunca fui do tipo que pressiona as pessoas a falarem dos problemas delas – ele apoia um joelho na cama, virando-se de lado, e agora está de frente para mim. — Nunca fui muito fã de falar sobre as minhas merdas e, por isso, em geral, eu evito fazer os outros falarem das merdas deles, a menos que eles estejam agindo de uma maneira realmente idiota, e neste momento cada mínimo pedaço de mim está berrando para que você me conte que porra aconteceu.

Ele faz uma pausa e eu começo a falar, mas ele continua falando por cima.

— E nem tente me dizer que você está tomando aquele remédio por ordens médicas. Ontem à noite você contou que vem abusando de comprimidos desde que tinha catorze anos, algo que eu provavelmente deveria ter contado aos médicos do hospital, ontem, mas que não contei para não te meter em encrenca.

Ele para e aguarda. O quê? Um agradecimento? Uma explicação? A verdade? Eu honestamente não sei, mas também não quero contar qualquer coisa.

— Eu não sei o que dizer.

Fecho os olhos e tomo um longo fôlego, cantarolando mentalmente para me impedir de chorar. Mas eu me sinto desconectada das minhas emoções e o meu estômago dói como se eu tivesse feito infinitos abdominais. Só o que eu quero é deitar, dormir e esquecer que tudo isso aconteceu.

— Que tal a verdade? – Ethan sugere, cautelosamente, soando menos bravo, e eu o sinto se aproximando de mim na cama.

— Você sabe que eu saco tudo desse negócio de abuso químico.

Minhas pálpebras se abrem diante dessa acusação horrorosa.

— Eu não tenho nenhum problema com abuso de substâncias químicas – digo, fervendo por dentro e empurrando o cobertor.

— É uma prescrição, um remédio controlado. Ordens médicas.

Jogo as pernas para fora da cama e me ponho de pé. O sangue se esvai da minha cabeça e os meus joelhos imediatamente falham. Eu me estico para alcançar a coluna metalizada da cama quando sinto que vou apagar, mas o Ethan salta e me segura nos braços apenas um segundo antes de eu me espatifar no chão.

Suspiro, olhando para a parede lateral, enquanto ele sustenta o meu peso. Eu me sinto uma idiota.

— Eu consigo andar, me solta.

— Você precisa repousar – ele me ajuda a voltar para a cama e eu me sento, a contragosto. — São *ordens médicas*.

Aperto os lábios e sacudo a cabeça.

— Ethan, por favor, não. Eu não preciso desse tipo de coisa de você, agora.

A tentação de Lila e Ethan

— Por favor "não" o quê? Não falar sobre o que eu vi ontem à noite? Acontece que isso eu não vou fazer. Porque você me deixou apavorado ontem, Lila... Ver você destroçada daquele jeito.

Os olhos dele estão arregalados e repletos de pânico quando ele volta a se sentar na cama, deixando um espaço um pouquinho menor entre nós e passando os dedos aflitos pelo cabelo.

— E, por mais que eu deteste pressionar você a falar sobre isso, sinto que devo. Eu não posso... Não quero que nada...

Ele está lutando com as palavras e isso parece que o está frustrando. Ele está agindo de uma maneira muito atípica e eu me pergunto se algo mais está errado.

— Você não precisa fazer nada – murmuro, cabisbaixa. – Eu não sou sua namorada nem nada. Você não me deve nada. Você deveria ter dito no hospital que eu tinha tentado me matar. Eles estariam lidando comigo agora, e você não precisaria estar.

Ele fica em silêncio, digerindo o que eu falei, e então diz:

— Você é minha amiga e isso é tão importante quanto, se não mais... Você é importante...

Sua testa se franze quando ele diz isso, como se estivesse confundindo a si mesmo tanto quanto está confundindo a mim. Ele se estica na minha direção como se fosse colocar a mão no meu rosto, mas então se retrai.

Eu cubro a boca e balanço a cabeça enquanto lágrimas começam a se formar nos cantos dos meus olhos.

— Eu não consigo.

Ele ergue as sobrancelhas, inquisitivamente:

— Não consegue o quê?

— Não devo falar sobre esse tipo de coisa.

— Que tipo de coisa?

Jessica Sorensen

— Este tipo – indico com a mão o estado horrível em que me encontro. — Toda ferrada e desconjuntada.

Ele mexe a cabeça de lado e junta as sobrancelhas.

— Lila, eu te contei várias histórias minhas sobre drogas e sexo, e você viu onde eu moro. Você sabe em que tipo de lar eu fui criado e o que os meus pais fizeram um com o outro. Estar fodido não é nenhuma novidade para mim.

— Isso não faz diferença – respondo, irritada, apanhando o cabelo na nuca. — Eu não devo ser assim. Ou, no mínimo, ninguém deve saber que sou assim.

— Você fica falando "assim", "assim", mas eu ainda estou tentando descobrir "assim" como.

Seus olhos percorrem o meu corpo atentamente, como se ele estivesse procurando ferimentos visíveis. E de fato há alguns, nos meus tornozelos, na cintura e até um bem fraquinho no meu pulso, mas a maioria das pessoas não repara em nenhum deles.

— Até onde eu consigo enxergar, você está agindo "assim" como alguém que precisa falar sobre o que está acontecendo – ele está sendo tão bacana comigo e isso só me faz sentir ainda pior.

— Seria mais fácil se você simplesmente gritasse comigo – digo, soltando o cabelo e abrindo os braços em um gesto largo. — Ou me deixasse em paz. Geralmente é o que você faz.

— Ser mais fácil não significa ser o melhor – ele responde. — E não posso deixar você em paz agora. Não quando se trata disso. Eu me odiaria se fizesse assim.

— Ethan, por favor, só me leva para casa – eu imploro, pondo os braços em volta do tronco. — Eu só preciso ir para casa.

— Não – ele responde, teimosamente. — Eu não vou deixar que você corra para casa e tome um comprimido. Você precisa de ajuda.

A tentação de Lila e Ethan

Meu corpo e minha mente estão se esgoelando por uma bolinha, e só há uma coisa que pode melhorar isso. Eu continuo mexendo no cabelo, numa tentativa de controlar a ansiedade que vai tomando conta de mim. Quando torno a erguer a cabeça, me esforço para fazer uma expressão de neutralidade.

— Olha, Ethan, eu aprecio sua ajuda e tudo o que você fez ontem à noite, mas eu estou bem, sério mesmo. Eu só preciso ir para casa, comer alguma coisa e tomar um banho, e vou ficar melhor.

— Até parece. Não vem com essa – ele retruca, insensível, cruzando os braços e se apoiando no pé da cama. — Você não pode sacanear um sacana.

— Ah, mas você não é sacana – argumento, pousando as mãos no cobertor e sentindo vontade de gritar com ele. — Nem um pouco.

— Mas já fui, no passado – ele me relembra. — Em relação a exatamente esse tipo de coisa. É o que fazem as pessoas que têm vícios. Você vai fazer o que puder, digamos, o que for preciso, para atingir o ápice de novo.

Minha boca se contorce em uma careta e eu cruzo as mãos, o desespero percorre meu corpo mais toxicamente do que as bolinhas.

— Ethan, por favor, por favor, só me leva para casa e esquece tudo isso – eu imploro, com a voz esganiçada. — Daí você não vai precisar lidar com nada disso.

Ele pensa um pouco e se levanta, e eu acho que ganhei.

— Não. Eu não vou simplesmente esquecer – ele diz, andando para a porta e pegando a maçaneta. — Quando estiver pronta para um banho, você sabe onde fica o chuveiro.

— Eu não tenho roupa! – Grito.

Jessica Sorensen

Atiro um travesseiro nele, sentindo o meu monstro da ira subindo à superfície. Estou mergulhando em um buraco negro repleto de todas as coisas negativas que compõem a minha vida, e não tenho nenhum comprimido para me ajudar a voltar para a luz.

— Por que você está fazendo isso comigo?

— Porque me importo com você – ele responde, com simplicidade, e fecha a porta.

Ninguém jamais me disse que se importa comigo, nem mesmo a minha irmã, Abby, e as palavras dele deveriam fazer com que eu me sentisse melhor. Mas não fazem. Só o que elas fizeram foi ampliar a fome e a súplica do meu corpo por um comprimido, criando uma ânsia que me rasga e deixa um rastro de feridas que só a química pode curar. Porque eu não mereço que ele se importe comigo. Tudo que eu fiz, fiz contra mim. Tudo – onde eu estou e quem eu sou – é culpa minha.

Eu me sento na cama por um momento, cozinhando minha fúria em fogo brando, e olho pela janela, balançando o corpo para a frente e para trás, tentando aplacar a energia nervosa dentro de mim. Está um dia ensolarado, um céu azul e claro e de tirar o fôlego. Eu deveria estar lá fora me bronzeando em alguma piscina, mas estou aqui, presa, achando que vou arrancar os cabelos. Quanto mais permaneço sentada, mais desesperada fico, até que finalmente me levanto. Lutando contra a dor no estômago, nas pernas e na cabeça, vasculho o quarto em busca das minhas roupas. Eu as encontro dobradas sobre a cômoda atrás da bateria.

— Bingo – exclamo.

Contorno a bateria, pego meu vestido branco e franzo a cara. Está todo sujo de lama e de algum tipo de coisa verde nojenta, e cheira a vômito. Bato os dedos na perna, tamborilando,

A tentação de Lila e Ethan

enquanto tento decidir o que fazer. Metade dos meus instintos está guinchando para que eu não ponha o vestido imundo nem saia em público tão asquerosa e desmazelada, mas a outra metade dos meus instintos, a metade relacionada aos comprimidos, está em franco conflito com o modo como fui criada.

Fecho as mãos com força e contraio a mandíbula, a muito custo segurando um grito, e tiro a camiseta do Ethan. Ponho o vestido e a camiseta de volta, por cima. Ajeito o cabelo com os dedos e me olho no espelho. Sou o retrato da morte: pele branca, olhos vermelhos, maquiagem espalhada pela cara toda. Mais uma vez, sinto-me dividida: correr para o que eu desejo ou esconder o que eu sou?

Giro sobre os calcanhares e vasculho o piso em busca dos meus sapatos. Olho sob a cama, dentro do *closet*, perto do armário, mas não estão em lugar nenhum. Desisto e vou para a porta. Só há um jeito de sair da casa do Ethan sem pular pela janela nem saltar de uma varanda, e este jeito é atravessar a sala e passar pela porta da frente. Eu me pergunto se ele está lá e se vai discutir comigo de novo. Não faz diferença, porém. Eu sou uma mulher adulta e posso sair de uma casa, se eu quiser.

Endireito os ombros, abro a porta e saio para o corredor. Na sala está tocando música, então fico surpresa ao constatar que ele não está lá. Tampouco está na cozinha. Por um segundo eu me pergunto onde ele está, mas depois percebo que não importa. O que importa é que estou livre para escapar sem nenhum novo confronto.

Abro a porta e saio, piscando freneticamente por causa da luz do sol. Protegendo os olhos com a mão, desço as escadas correndo e vou andando depressa até o ponto de ônibus. Sei que pareço uma louca, sem sapatos, com uma camiseta enorme por cima do vestido, o cabelo desgrenhado e a maquiagem borrada. Entretanto, pela primeira vez na vida, eu não me importo com a minha aparência. Tudo com o que me importo é chegar em casa, para poder sedar a besta faminta que está acordando dentro do meu peito.

Ethan

Eu me pergunto se estou ficando seriamente maluco. Percebi isso na noite passada, quando Lila admitiu, enquanto estava na emergência esperando a lavagem estomacal, que vem tomando pílulas desde os catorze anos, para aliviar não sei que dor. Eu provavelmente deveria ter contado aos médicos a verdade, que ela é uma viciada ou até uma suicida, mas fiquei com medo que ela se metesse em encrenca. Além disso, até chegarmos lá, ela já havia vomitado bastante, de modo que restavam em seu corpo poucas provas do que havia ocorrido mais cedo. Tudo que ela precisou fazer foi encantá-los com um sorriso e servir de bandeja uma baboseira qualquer sobre ter misturado muito vinho com uns poucos comprimidos, e eles a deixaram partir. Embora eu me pergunte se eles acreditaram de verdade nela ou se foi o hospital insanamente cheio que facilitou sua saída.

Uma parte de mim gostaria de ter contado tudo. Assim, talvez, eles poderiam tê-la ajudado com a privação iminente. Quando o meu pai começou a se desintoxicar, a coisa ficou feia; o remédio que ele tomava não podia ser suspendido de uma vez, sob risco de crise de abstinência, então ele precisou ir se limpando aos poucos. A minha mãe o ajudou a atravessar essa fase, lutando a seu lado dia após dia, toda maldita vez que ele pedia mais e ela só dava um pouco, até lentamente

A tentação de Lila e Ethan

desmamá-lo por completo. E eu estou começando a me perguntar se é isso que me espera, se é assim que vai ser quando a Lila parar de tomar os comprimidos. Se for, será que eu consigo? Será que eu posso ajudá-la a melhorar? Especialmente se ela não quiser? Uma parte de mim quer simplesmente cair fora e deixar todo esse drama para trás, mas os sentimentos que eu tenho por ela, aqueles que eu percebi ter quando a vi desmilinguida no chão daquele jeito, me imploram para ficar e ajudar.

Acontece que eu não sou muito fã de ajudar as pessoas a lidarem com seus problemas, em parte porque é exaustivo e em parte porque tenho medo de ferrar tudo, como fiz com a London. E a Lila é uma dependente química. Várias vezes eu já vi isso. Já senti. Isso consumiu cada uma das células do meu corpo, da minha cabeça e da porra da minha alma. Precisei superar tudo sozinho e isso foi uma das coisas mais difíceis que já fiz. E eu só consumi droga por um ano. A Lila está tomando bolinhas há mais de seis. Seis anos é vício profundo. Para piorar, eu não sei nada do que está por trás da dependência dela. O que eu sei é que é ainda mais difícil curar as feridas por trás da dependência.

Depois de sair do quarto, coloquei música e fui para o meu computador, na sala de estar. Comecei a pesquisar sobre dependência de opiáceos e descobri o nome do que ela me contou que tomava, quando estava mal e mal acordada. O que eu descobri basicamente descrevia o que vi acontecer com o meu pai. Ansiedade. Irritabilidade. Vômitos. Tremores. Confusão. A lista é bem longa. E dizia que, no caso de dependentes de longo prazo, ou um remédio deveria ser usado durante o processo de desintoxicação, ou o desmame deveria ser gradual, como o do meu pai.

Seria tão mais fácil internar a Lila em uma instituição. Apesar de que eu teria de convencê-la a ir pessoalmente se internar, e isso também parece ridiculamente complicado. Tudo parece, no momento. Não sei se consigo lidar com isso.

Tento pensar no que fazer; no tipo de pessoa que sou, de verdade: o que sai andando de uma situação como esta e não faz nada para ajudar ou o tipo que quer agir direito e ajudá-la a superar o obstáculo grande e concreto que é parar. Penso na última vez em que saí andando e no que aconteceu em consequência. Não quero passar por aquilo de novo, mas também não quero ajudar e depois foder com a recuperação dela por fazer alguma coisa errada. O que eu preciso é do conselho de uma pessoa que tenha ajudado alguém a superar uma fase difícil na vida.

Aumento o som, vou para o antigo quarto do Micha e me deito no chão. Tiro o celular do bolso e apago todas as mensagens de texto que a Rae me mandou nos últimos três dias – mensagens que me recusei a ler – antes de abrir a tela de discagem. Hesito por uns bons dez minutos antes de finalmente ligar para o Micha. É estranho querer conselhos dele; em geral, é o contrário. Mas ele passou por algo parecido com isso com a Ella, que fugiu e mudou completamente de temperamento depois que a mãe cometeu suicídio. Ela desenvolveu um monte de problemas psicológicos, mas o Micha não arredou pé do lado dela e nunca desistiu, mesmo quando as coisas ficaram bem feias.

— Que porra é essa? – Ele atende, rindo. — Você nunca me liga.

— É, eu sei – esfrego a testa, totalmente fora da minha zona de conforto. Normalmente, sou eu que escuto os problemas dele. — Tenho uma pergunta... sobre a Ella.

A tentação de Lila e Ethan

— Tá... — Ele parece perdido e eu não o culpo; neste momento, estou agindo de um jeito bizarro. — Todos aqueles problemas que você enfrentou com ela... Foi difícil?

— Hum... Foi. Problemas geralmente são.

Sei que não estou verbalizando as coisas direito. Sou melhor com caneta e papel.

— Sim, eu sei, mas foi difícil ajudar a Ella com as coisas, sendo que você já sabia que ia ser difícil?

Ele leva um instante para responder.

— Você está perguntando se eu alguma vez cogitei cair fora e não ajudar?

— Tipo isso – respondo. — Mas não tanto cair fora quanto se preocupar de entrar junto na situação, por saber que seria barra ajudar a Ella a superar os problemas, e você não estar seguro nem de conseguir lidar com isso tudo e nem de poder ajudar, de fato.

— Na verdade, não – Micha responde, cautelosamente. Ele nunca ficou muito à vontade falando sobre os problemas da Ella. — Quer dizer, no começo eu hesitei em ficar com ela, mas só porque ela não parecia preparada para ter nada além de amizade.

— Tá, mas e se você estivesse ajudando só como amigo? – Pergunto. — E soubesse que vocês dois ficariam sendo só e apenas amigos. Ainda assim você teria ajudado, mesmo sabendo que iria precisar lidar com um monte de merda?

— Claro – ele responde, prontamente. — Sei que isto vai soar bobo e meloso, mas não é para isso que servem os amigos? Quer dizer, você mesmo sempre esteve por perto quando eu precisei.

Eu fungo, rio e reviro os olhos.

— Você sabe que está soando como um desenho animado, não sabe? Daqueles em que um canguru saltitante fala sobre como é maravilhoso e fofo ter um amigo.

— Canguru saltitante?

— Olha, eu nunca fui muito de ver desenho, então como posso saber que tipo de personagem eles têm hoje em dia?

— Bom, tenho certeza de que canguru não é.

— Deixa quieto, isso não tem a menor importância – dispenso o assunto. — Então, você ainda assim teria ajudado?

— Sem dúvida – ele me garante. — E nem por uma única vez eu me arrependi de ter agido assim.

Não tenho certeza de estar me sentindo melhor ou pior agora.

— Tá. Bom... Obrigado, eu acho.

— Não era bem o que você queria ter escutado, hein?

— Não é isso... Honestamente, não sei o que eu queria ter escutado – eu solto um suspiro enquanto me sento, passando os dedos pelo cabelo. — Bom, seja como for, vou liberar você.

— O quê? Sem me explicar de onde surgiu esse telefonema, assim, do nada?

— Eu não posso, ainda.

— Tá, eu entendo – ele hesita. — Mudando completamente de assunto, você por algum acaso não está vindo para San Diego em breve, está?

Esfrego os músculos retesados da minha nuca.

— Não. Por quê?

— Nada – ele responde, e ouço uma porta bater. — É só que a Ella e eu estamos pensando em fazer o casamento dentro de um mês, perto do Natal, e eu estava pensando que você e a Lila talvez pudessem vir juntos, de carro ou avião.

— Em um mês? – Pergunto, deixando cair a mão. — Isso não é, tipo, meio precipitado?

— Para duas pessoas que se conhecem há quase dezessete anos?

A tentação de Lila e Ethan

— É, está certo, você tem razão, acho.

Tento não revirar os olhos, porque acho casamento ridículo. Basta ver meu pai e minha mãe. São exemplos de primeira linha do que pode acontecer a um casal que se amarra para sempre um ao outro.

— Então, vocês vêm?

— A Ella conversou com a Lila sobre isso? Ou sobre qualquer outra coisa, recentemente?

— Acho que não – ele responde, soando confuso. — Por quê? O que está havendo?

— Nada – fico de pé e vou em direção à porta. — Eu vou aí para a Califórnia, mas vou deixar que a Ella pergunte a Lila se ela acha que pode ir.

— Parece um plano, cara – ele põe uma música para tocar baixinho no fundo. — Falo com você mais tarde, então.

— Combinado.

Eu desligo e tomo um longo fôlego antes de sair para o corredor e virar à esquerda rumo ao meu quarto. A porta está aberta e sei imediatamente que a Lila foi embora, e não tenho dúvida nem por um segundo para onde está indo. Eu já estive nesse lugar desesperador, e é um lugar massacrante para se estar preso. Faz com que não querer ajudá-la seja muito fácil e que desejar ajudar seja bem difícil, mas meus sentimentos por ela, aqueles que eu nem sabia que existiam até encontrá-la deitada totalmente fora do ar, também tornam impossível que eu lhe vire as costas.

Vacilo por um momento, pensando em tudo pelo que a Lila e eu passamos juntos, as longas conversas, o flerte, as carícias que quase levaram a algum lugar mas que nunca levaram de verdade, o jeito como ela faz com que eu me sinta, o fato de eu ter quebrado as minhas regras com ela um milhão de vezes, o medo que tomou conta do meu corpo quando eu a encontrei nos arbustos. Ao me lembrar disso tudo, tomar uma decisão fica ligeiramente mais fácil. Apanho as chaves sobre a cômoda e vou para a porta da frente, sabendo que preciso chegar rapidamente ao apartamento dela, do contrário tudo vai ficar ainda mais difícil do que já é.

Enquanto voo escadas abaixo, aperto as chaves com força e tento me preparar mentalmente para enfrentar a situação em que estou me metendo, torcendo para ser capaz de lidar com ela. No fim da escada, pego o telefone e ligo para a minha mãe, buscando conselhos sobre o modo correto de desmamar alguém do vício em ópio, tal como ela mesma já fez. Eu só rezo a Deus para que a Lila e eu não nos tornemos aquilo que meus pais se tornaram durante o processo, gritando e brigando, minha mãe sempre chorando escondida no quarto por causa das coisas que meu pai dizia para ela. Não consigo imaginar isso acontecendo, pelo menos não a parte do choro, mas não posso simplesmente apagar tudo que vi enquanto era criança.

Há diversas emoções conflitantes em mim no momento em que tomo a resolução final de ajudar a Lila, mas, dentre todas, a que mais me pega é o fato de que vou ajudar porque me importo com ela; mais do que me deveria. Tomar essa decisão sozinho é assustador, mais assustador do que barbarizar no trânsito. Mais do que entrar em um quarto e olhar para a garota que você achou que amava e descobrir que ela não tem mais a menor ideia de quem você seja e que você pode nunca tê-la conhecido de verdade, e nunca vai conhecer.

Capítulo 7

Lila

Estou transpirando, e não é do calor. Na verdade, acho que o ar está até bem fresco, mas parece que estou banhada em suor. Tenho que chegar ao meu apartamento e *preciso* tomar um comprimido. Agora. Antes que eu caia morta no meio deste ônibus. Meu Deus, esta é a pior crise que já tive, e se minha mãe e meu pai me vissem agora eles ficariam tão envergonhados que provavelmente nunca mais me telefonariam. O que não parece tão ruim – mas seria. Às vezes eu os odeio tanto que gostaria que me esquecessem para sempre, mas daí eu iria me sentir ainda mais sozinha no mundo, e isso é assustador.

Salto do ônibus e corro em direção ao meu condomínio, do outro lado da rua, e o asfalto áspero arranha a sola nua dos meus pés. Estou ofegante e enjoada, mas sei que assim que chegar à gaveta tudo ficará em ordem de novo.

Porém, quando contorno o meu prédio, paro de supetão no início da escada.

— O que você está fazendo aqui? – Ponho as mãos no quadril e estreito os olhos. — Por Deus, Ethan, será que você não consegue entender uma indireta?

Ele fica de pé no último degrau e põe uma mão no corrimão.

— O quê? Você achou mesmo que eu iria simplesmente te deixar ir embora? – Ele pergunta, arqueando as sobrancelhas. — Depois de tudo que houve ontem à noite?

— Achei – respondo, com honestidade. — Você sempre me deixa ir embora depois que eu ferro tudo. Quantas vezes você

Jessica Sorensen

já foi me buscar, e nunca disse nada? Isso é o que você faz. Você me deixa ser eu mesma e não me julga. Você caiu fora até naquela noite em que saímos e quase fizemos sexo. Foi embora, pura e simplesmente.

Mal posso acreditar em como estou sendo grosseira neste instante e deveria me envergonhar, mas tenho mais com o que me preocupar – como botar as mãos nas malditas bolinhas.

Ethan tem um ligeiro estremecimento ao ouvir as minhas palavras, mas se mantém controlado e não sai do assunto.

— É, mas isto é diferente – ele desce um degrau e inclina a cabeça para me olhar diretamente nos olhos. — Não se trata de sexo, mas de drogas.

— Eu não uso *drogas* – retruco, talvez um pouco alto demais. Estou fazendo uma cena, mas no momento não me importo, porque cada um dos nervos no meu corpo simplesmente *precisa* entrar nesta casa. E Ethan é a única coisa bloqueando o meu caminho. — É só remédio controlado.

— Um remédio controlado do qual você abusa – ele diz, descendo mais um degrau e depois outro, aproximando-se de mim como as malditas paredes sempre fazem. — Lila, olhe para si mesma.

Seus olhos percorrem o meu corpo e eu mesma também olho para baixo, para a camiseta dele e para a barra do meu vestido, que escapa dela e está manchada de sujeira e vômito.

— E daí? – Eu guincho, sabendo que é uma pergunta vazia.

Ele chega à base da escada e enfia as mãos nos bolsos, parecendo pouco à vontade e muito assustado.

— Eu quero ajudar você.

— Não preciso de ajuda – retruco, dando um passo para trás.

Alguns dos meus vizinhos estão na varanda e perto de seus carros, e param para observar o desenrolar da cena.

A tentação de Lila e Ethan

— Não era para você jamais ter me visto deste jeito. Esta não é quem eu sou. E assim que você me deixar entrar em casa eu vou me arrumar e nós podemos esquecer tudo isto. Voltarei a ser a Lila feliz e sorridente.

— Não, não vai – ele diz. — Desculpe te contar, mas faz tempo que não vejo essa Lila.

— Bom, eu posso ao menos te dar uma ilusão dela – rebato, alterada.

Ele coça o queixo não barbeado e me lança um olhar de dúvida.

— Depois que você se arrumar e tomar um comprimido?

Balanço a cabeça diversas vezes, mas não consigo negar com palavras.

— Por favor, me deixa passar.

— Não – ele responde, com simplicidade, enquanto tira as mãos dos bolsos e avança na minha direção. — Lila, eu quero ajudar...

Eu o intercepto, dou a volta por ele e fujo em alta velocidade escada acima, saltando os degraus apesar de estar com o corpo dolorido e apesar de cada pulo queimar meus pés. Ainda bem que deixei a porta destrancada ontem à noite, assim consigo entrar rapidamente. Disparo como um raio para o quarto sem sequer olhar para trás por cima do ombro. Eu só preciso de um comprimido, uma única mísera dose correndo pelo meu sangue, e tudo estará esquecido. Tudo ficará bem e eu voltarei ao normal, a ser a Lila feliz e radiante.

Quando chego ao meu quarto, salto a cama para chegar à gaveta da cômoda. Assim que os meus dedos envolvem o frasco e relaxo, ouço Ethan entrando.

— Não faça isso, Lila – sua voz soa instável, o que é muito estranho, em se tratando de Ethan, que normalmente mantém o humor e a calma mesmo em situações estressantes. — Passe esse frasco para cá e vamos conversar.

Eu chacoalho a cabeça e ponho minha mão trêmula sobre a tampa, pressionando e girando para abri-la.

— Não. Por favor, vai embora. Eu não pedi para você vir aqui nem para me seguir. Eu não quero a sua...

Os braços dele envolvem minha cintura como uma serpente e deixo escapar um lamento espasmódico quando seus dedos descem sobre a minha mão. Ele tenta pegar o frasco, mas eu agito os braços e me livro. Dobro os joelhos para saltar por sobre a cama, mas ele me agarra no meio do movimento e me derruba no colchão.

— Ethan, pare!

Ele usa o próprio corpo para me prender deitada. Agito o quadril e sacudo violentamente os ombros, tentando escapar.

— Você está me machucando! – É mentira, mas eu estou desesperada, necessitada, obcecada pelo conteúdo do frasco.

— Pare de chorar feito um bebê – ele diz, se agachando, de modo que o meu quadril fica preso entre os joelhos dele. — Eu mal estou colocando peso.

Eu abraço o frasco contra o peito.

— Está sim!

— Não, não estou – ele agarra as minhas mãos e as prende acima da minha cabeça, apoiando a testa na minha. Com a mão livre, ele tira o frasco do meu aperto desvairado.

— Não, por favor, Ethan. Por favor, para. Por favor... Por favor... Por favor – começo a chorar e a hiperventilar e a sentir um grande desprezo por mim mesma, porque já estava bem ridícula sem isso.

A tentação de Lila e Ethan

Ele não diz nada enquanto sai de cima de mim e depois de cima da cama. Eu me levanto, pedindo e implorando para ter minhas bolinhas de volta.

— Eu te dou o que você quiser – digo, com as mãos caídas à frente do corpo, em pé e totalmente vulnerável diante dele. — Qualquer coisa que você queira. *Qualquer coisa.*

Sei que é muito baixo oferecer a mim mesma em troca de uma coisa que já é minha, mas para mim aquele frasco vale mais do que qualquer parte do meu corpo gasto, da minha cabeça oca e do meu coração partido.

— Eu não quero *nada* de você, Lila – ele responde, encarando o frasco com olhar de dúvida. — Só que você fique boa.

Eu invisto contra ele como que dando um bote, mas ele gira e bato contra suas costas. Ele me empurra com o braço e me mantém à distância, enquanto com a outra mão continua segurando o frasco. Quanto mais os comprimidos ficam fora do meu alcance, mais eu sinto vontade de me arranhar até arrancar a pele. Minha pressão sanguínea sobe e começo a tremer.

— Me ajuda, por favor... Eu não quero me sentir assim.

Ele me solta de repente e por um instante penso que ele está desistindo. Ele pressiona, gira e remove a tampa.

— O que você está fazendo? – Pergunto, enquanto a minha boca saliva conforme ele retira uma bolinha e a põe na mão.

Noto que seus dedos estão trêmulos, quando ele pega o pequeno comprimido, parte-o ao meio e me dá uma metade.

— Toma.

Balanço a cabeça diante da fração de remédio, que não vai fazer porra nenhuma por mim neste momento.

— Preciso de mais do que isso.

Ele sacode a cabeça.

Jessica Sorensen

— É só isso que eu vou dar, e só estou dando para que seu corpo não tenha uma crise pela abstinência súbita.

— Isso não é seu, para você me dar! — Eu grito, e invisto contra ele de novo, mas ele me pega nos braços e sustenta meu peso enquanto minhas pernas falham. — Eles são meus, meus! Não seus!

Estou tremendo da cabeça aos pés e minha mente está gritando para que eu aceite aquela metade e depois faça o que for preciso para conseguir mais.

— Ethan, por favor, me dá o frasco. Eu faço qualquer coisa que você quiser... – Fecho os olhos e tomo um longo fôlego antes de oferecer a ele, em troca do remédio, uma coisa que já ofereci muitas vezes a outros caras. — Eu trepo com você. Deixo você me foder, simplesmente, sem entrar numas de relacionamento nem nada daquelas merdas de carência que eu sei que você detesta.

Os braços dele me apertam e me puxam mais para perto de seu peito.

— Lila, para com isso. Eu já falei que não quero nada, só que você melhore.

Então ele move o insignificante, minúsculo comprimido para o meu campo de visão. Eu o odeio tanto neste momento que não consigo aguentar. Não consigo *me* aguentar. Não aguento várias coisas, mas ainda assim pego a meia bolinha, e uma vez que ela toca a minha língua, o gosto amargo se espalha pelo meu corpo e por um brevíssimo momento eu me sinto ligeiramente melhor. Mas em seguida eu me lembro de que todo o resto está na mão dele e que não vou conseguir um frasco novo até segunda-feira, que está a dois dias de distância. Dois longuíssimos, exaustivos e emocionalmente opressivos dias.

A tentação de Lila e Ethan

Um interruptor que eu nunca soube que existia dentro de mim subitamente se inverte, permitindo que as minhas piores emoções se manifestem livremente.

— Eu te odeio! – Berro com toda a força.

Medo e ódio percorrem meu corpo com tamanha força que só o que eu quero é esmurrá-lo. Começo a bater em seu peito, de novo e de novo, conforme as lágrimas escorrem pelas minhas bochechas. Ele não reage, e isso me deixa ainda mais furiosa. Se ao menos ele me batesse de volta, isso ajudaria a me distrair da dor que não para de crescer dentro de mim.

— Odeio você! Odeio!

Eu continuo a gritar e a socar até que meus braços e pernas ficam tão doloridos que desabo no chão, agarrada à barra da camiseta dele. Cada emoção que pulsa em mim me corta como uma faca.

Silenciosamente, Ethan me ergue e me leva até a cama, apesar dos meus protestos. Eu me deito de costas, com a cabeça no travesseiro, e o observo através do véu de lágrimas.

— Eu te odeio tanto – digo, apesar de não odiá-lo. — Odeio mesmo.

— Não odeia não – ele responde, impávido, enquanto permanece de pé ao lado da cama, me observando.

— Odeio sim – minto, e me viro de lado para não precisar mais olhar para ele.

Giro o anel no dedo sem parar, inúmeras vezes, enquanto encaro a parede. Imagino que ele vai me deixar sozinha no quarto, e duvido que consiga lidar com isso; ao mesmo tempo, estou fumegando com tanta raiva que não quero que ele fique ali. Não existe solução para o caso. Independentemente de ele sair ou ficar, os comprimidos estão com ele, e eu não vou conseguir um refil pelos próximos dois dias porque o cara que os prescreve para mim está fora no final de semana.

Ethan não faz nenhum ruído enquanto se mantém ao lado da minha cama, como se estivesse à espera de que eu faça ou diga alguma coisa. Fecho os olhos e finjo que ele não está. Finalmente ele se mexe e penso que está saindo, mas daí o colchão afunda e no instante seguinte ele está deitado ao meu lado. Ele pousa o braço sobre a lateral do meu corpo, com os músculos tensos, e se aproxima centímetro a centímetro até que ficamos perfeitamente alinhados.

— Desculpa – ele cochicha, contra a parte de trás da minha cabeça, afastando o meu cabelo para o lado a fim de deslizar o dedo pela base da minha nuca.

Não sei bem pelo que ele está se desculpando, mas assim mesmo eu começo a soluçar, enquanto me viro e enterro o rosto no peito dele. Ele afaga meu cabelo enquanto eu me acabo de chorar. Apesar de cada pedacinho do meu corpo e da minha mente querer definhar e morrer, pela primeira vez na vida eu não me sinto completamente sozinha no mundo. E o estranho é que consigo sentir a emoção por trás disso – consigo sentir tudo.

Ethan

Estou totalmente fora do meu elemento. Nunca fui do tipo afetivo, nem mesmo com a London, mas a London também não era. Ela gostava de beijar e de fazer sexo, mas, fora isso, aquela coisa do toque sentimental era inexistente em nossa relação. Ela até chorou na minha frente uma ou outra vez, mas me empurrou para longe ou me puxou para transar sempre

A tentação de Lila e Ethan

que tentei consolá-la. E a London nunca me contou nada sobre a causa de seus problemas, e algumas vezes eu me perguntei se era por não confiar em mim o suficiente.

Quando a Lila se pendura em mim e se acaba de tanto chorar, confiando completamente, eu me sinto mais estranho do que jamais me senti. Mas algumas coisas tornam essa estranheza suportável. Como, por exemplo, saber que estou tornando a inevitável dor dela um pouquinho menos dolorosa, e é isso que me mantém na cama ao seu lado.

Ela chora durante metade da noite e depois dorme até o meio da tarde. Eu acordo às dez, com o som do celular. Suspirando, apago sem ler a mensagem da Rae e enfio no bolso o telefone e o frasco de remédio. Em seguida vou até a geladeira para fazer um lanche, tentando expulsar as emoções que ameaçam crescer dentro de mim. Tudo o que encontro é leite vencido e um sanduíche estragado, e a geladeira não está nem funcionando. Fecho a porta e testo um interruptor; não tem luz, claro.

Eu sabia que a Lila estava com problemas financeiros, mas isto é bem pior do que eu havia pensado. Começo a me perguntar por que ela não me contou sobre a real gravidade da situação, mas em seguida me dou conta de que teria agido do mesmo jeito. A bem da verdade, a esta altura, eu já teria juntado as minhas tralhas e caído na estrada, vivendo na caminhonete ou coisa assim, o que de fato não parece tão ruim no momento.

Quando fecho o armário, há uma batida na porta. Fico me perguntando se devo atender ou não, mas logo batem de novo, então vou até lá e abro. Encontro um sujeito já de idade, vestindo camiseta sem manga e bermuda *cargo*, segurando um pedaço de papel.

— A Lila... – Ele olha para o papel. — Summers. Está?

— Não – respondo, tranquilo, enquanto me apoio no batente. — Acabou de sair.

— Você pode entregar isto para ela? – Ele me estende o papel.

— Acho que sim – apanho o papel e ele vai embora, enquanto fecho a porta e leio o documento. É uma ordem de despejo. *Merda.*

Eu me lembro de quando estava desmoronando, depois que decidi parar com as drogas, e de como fiquei hipersensível com tudo. Eu me lembro de gritar com a minha mãe por não conseguir encontrar um par de meias. Tudo me enfurecia e me aborrecia, e uma ordem de despejo... Não consigo nem imaginar o que teria provocado.

Por mais que eu adorasse quitar os meses vencidos do aluguel dela – porque seria a solução mais fácil –, não tenho o dinheiro. Eu poderia sugerir a ela que pedisse aos pais, mas, a julgar pelas histórias que ouvi sobre eles, não creio que a ajudariam. Eles poderiam forçá-la a voltar para casa, mas não acho que ela voltaria, e meio que não quero que ela volte. Há somente mais uma solução, da qual não sou muito fã, por causa das várias coisas que podem dar errado. Ainda assim, amasso a ordem de despejo e atiro a bolinha no lixo.

Quando volto ao quarto com um copo d'água e meio comprimido na mão, encontro-a acordada, curvada como uma bola, abraçando um travesseiro. Eu me detenho junto à porta por um momento, tentando pensar no que dizer para ela.

— Então – começo, percebendo que provavelmente é a coisa mais estúpida que eu poderia falar no momento, mas, na real, qualquer coisa que saia da minha boca provavelmente vai irritá-la.

Ela faz uma careta e me encara.

— Quem era, na porta?

Entro no quarto e me sento ao pé da cama.

— O proprietário, eu acho.

Ela gradualmente se ergue até ficar sentada, piscando muito e ainda agarrada ao travesseiro.

— O que ele queria?

— Deixou uma ordem de despejo – explico, e o rosto dela se contorce. — E sua luz foi desligada, também. Sabia?

Ela abana a cabeça e apoia o queixo no travesseiro.

— Estava funcionando ontem à noite.

— Bom, devem ter cortado hoje de manhã, então – digo.

Ela aperta os lábios com força para que parem de tremer, eu me aproximo e lhe passo a água e o comprimido. Primeiro ela fica só olhando com uma cara de repulsa, mas depois, com relutância, enfia-o na boca e dá um grande gole. Ela parece aliviada por um segundo, porém, o efeito passa rápido e ela começa a me olhar com cara feia de novo. Mas tudo bem. Eu sei que essas meias doses não vão aliviar nenhuma dor, são só para evitar que o corpo dela entre em crise de abstinência.

— Eis o que vamos fazer – eu digo, pousando o copo no criado-mudo quando ela o devolve para mim. — Você vai se arrumar e depois vem comigo procurar umas caixas. Depois nós vamos empacotar suas coisas e tirar você deste apartamento.

Ela estica os lábios para fora conforme franze o rosto numa careta horrível.

— E para onde é que eu iria, Ethan? Eu mal tenho um resto de dinheiro guardado, e, mesmo que penhorasse o anel – ela ergue a mão e agita o dedo em frente ao rosto –, ainda não seria suficiente para cobrir uma caução e alugar outro imóvel.

— É, mas você não vai precisar arranjar outro lugar – respondo, dando-lhe um apertão de leve na perna, antes de ficar de pé. — Você vai ficar comigo por uns tempos.

— O quê! – Ela exclama, atirando o travesseiro para o lado. — Por quê?

— Para não precisar voltar para a casa dos seus pais e nem ir viver na rua – esclareço, tirando a mão da perna dela.

Ela cerra o maxilar e começa a cutucar a unha.

— Eu não quero ir morar com você.

Mordo a língua, começando a ficar zangado.

— E por que não?

— Porque não – ela desvia o olhar enquanto a irritação toma conta de seus olhos azuis. — Prefiro viver na rua.

— Você não duraria nem um dia na rua e sabe muito bem disso – eu me inclino para entrar em seu campo de visão. — Você não quer porque pensa que vou fazê-la parar de tomar estes malditos comprimidos.

— Não, eu *sei* que você vai – ela retruca, a cabeça projetada na minha direção. — Porque aparentemente você é algum tipo de babaca que me dá só meia dose, quando é óbvio que isso não está ajudando nem um pouco!

— Foda-se se eu sou um babaca – eu revido. — E essas meias doses vão te ajudar a não ter um surto enquanto se limpa.

Eu a agarro pelo braço e a ponho de pé. Conduzindo-a pelos ombros, eu a dirijo até o espelho.

— Olhe para si mesma, Lila. Ao longo do último mês você se destruiu. Não é a garota que conheci um ano atrás.

— Sou sim! Eu estou me destruindo há muitos anos, só que eu escondia melhor do que tenho conseguido ultimamente – ela diz, de olhos muito arregalados, para em seguida morder o lábio com tanta força que ele imediatamente começa a inchar.

A tentação de Lila e Ethan

— Olha, eu não quis dizer isso. Eu estou bem, então não precisa ficar dizendo coisas que me façam enxergar a situação.

Ela dá um passo para se afastar, mas eu a retenho e puxo de volta.

— Olhe para si mesma – repito, porque é importante que ela veja com que aparência está, neste momento em que o efeito da droga está bem visível. — Quando eu usava drogas, nunca enxerguei no que tinha me transformado, até que já estava nelas até o pescoço. Emagreci muito e minha pele estava uma merda. Para completar, minha higiene pessoal era inexistente. Assim – eu aponto para suas roupas imundas e o cabelo desgrenhado – é como você fica por causa daqueles comprimidos. Acha que consegue lidar com isso?

— Isto é uma exceção – ela argumenta, olhando de relance para o espelho. Tem cabelo espalhado por todo lado, a maquiagem não passa de um borrão, os lábios estão ressequidos e rachados. — Em geral, a minha aparência não é esta. A outra noite foi uma exceção... Um escorregão sem grande importância.

— Não, essa é a sua aparência toda vez que eu vou te resgatar. Sempre pensei que fosse uma coisa tipo os efeitos da manhã seguinte, já que todas as outras vezes que te vejo você está arrumada, mas agora estou percebendo que você apenas disfarça bem, e que as manhãs em que precisei ir te buscar eram os escorregões – tomo fôlego antes de continuar. — Agora, *isto* não é porra de escorregão coisa nenhuma. Você poderia ter morrido se eu não tivesse te encontrado. Você percebe isso? Como esteve muito perto de morrer?

Seus olhos se esbugalham por uma fração de segundo, mas em seguida se estreitam em direção ao meu reflexo no espelho.

— Eu te odeio – ela diz, com os ombros tremendo sob as minhas mãos.

— Não odeia não – e sei que não, de verdade. Ela está apenas furiosa e nem é comigo, mas com o fato de que, fosse o que fosse que ela vinha mascarando com as drogas, está subindo à superfície. — E, para sua informação, essa frase está ficando velha.

Os olhos dela me fuzilam.

— Então vai embora.

Balanço a cabeça.

— Como seu amigo, é meu dever não deixar você sozinha por um período, ao menos até que possamos passar da meia dose para dose nenhuma.

Ela dá uma risada estridente e cruza os braços.

— O quê? Então você vai ficar me seguindo o tempo todo até enjoar de mim? Você não captou a dica na outra noite, que eu não quero você?

Ouvir isso dói como se uma faca retalhasse a minha pele em cortes profundos e violentos, mas eu sei muito bem que ela está desesperada agora, e que vai dizer qualquer coisa para que eu vá embora.

— Sim, se eu precisar – eu percebo enquanto falo que estou dizendo isso de verdade e que o meu sentimento é brutalmente real. — Se for necessário, será feito.

Ela passa a mão de cima a baixo pelo rosto, e nota as pequenas marcas azuladas e arroxeadas nos braços.

— De onde veio isso? – Ela pergunta, tocando cada uma de leve com a ponta do dedo.

Gesticulo que não sei, enquanto tiro as mãos de seus ombros.

— Não tenho a menor ideia. Você estava com manchas quando a encontrei nos arbustos. Se quer saber a minha opinião, parece que alguém foi meio bruto com você.

A tentação de Lila e Ethan

Ela estremece e olha para o próprio reflexo no espelho.

— Vou para o chuveiro.

Eu sento na cama e cruzo os braços.

— Muito bem. Estarei bem aqui quando você voltar.

— O quê? Você não vai tomar banho comigo? – Ela pergunta, com desprezo, enquanto abre uma gaveta da cômoda.

Vejo as balas e a imagem me faz sorrir mentalmente, quando me lembro da ocasião em que as dei para ela, mas afasto esses pensamentos depressa.

— Nem. Vou esperar você aqui.

Ela me observa enquanto tira da gaveta uma calcinha preta de renda.

— Tá, mas como você sabe que eu não tenho nenhuma bolinha escondida no banheiro?

— Estou supondo que não, porque tenho certeza de que, se tivesse, você teria corrido para lá ontem à noite – explico.

Seu rosto fica vermelho de raiva.

— Ah, que se dane.

Ela passa pela porta feito um furacão e eu a sigo de perto até o corredor, para me certificar de que ela não vá fugir pela porta da frente. Ela bate a porta do banheiro na minha cara e sento no sofá para esperar.

Estou tentando não entrar em pânico diante do que o futuro parece me reservar, mas me apavoro mesmo assim. Além de estar dando um enorme passo com uma garota que não é a London, existe o fato de que vou ter que morar com ela, e eu mal aguentava morar com o Micha. Aprecio ter um espaço exclusivo e se sou privado dele começo a me sentir como se estivesse enjaulado. Quer dizer, eu gosto da Lila e tudo, mas não sei nem se conheço a Lila real ou só a versão drogada e ilusória dela. As drogas são assim. Transformam uma pessoa em outra. No meu caso, eu me sentia bem mais calmo por dentro, portanto, por fora, ficava mais fácil conversar com as pessoas. A Lila sempre pareceu ser bem feliz, exceto pelas últimas semanas. E se ela virar alguém completamente diferente e eu acabar não gostando dela? Adorei cada minuto que passamos juntos, as conversas, até a tensão sexual e as carícias impróprias, e chego ao ponto de admitir que, apesar de ter acabado como acabou, aquela noite na cama me fez sentir coisas que eu nem sabia que existiam. Mas e se todas essas coisas desaparecerem depois que isso passar?

Capítulo 8

Lila

Sou uma cretina. Agrido o Ethan sem parar e lhe digo coisas perversas, apesar de ele me ajudar, sendo que não tinha nenhuma obrigação. Ele me deixou morar com ele e até me ajudou a empacotar as coisas. Mas não posso evitar. É como se houvesse uma coisa vivendo dentro de mim, um monstro faminto que não deseja nada além de ser alimentado, e Ethan estivesse no meio do caminho entre a besta e o banquete, fornecendo apenas pedacinhos de comprimido, e com menos frequência a cada dia. Eu não me sentia uma merda tão grande desde que a minha mãe e o motorista dela foram me buscar no internato depois do incidente. Contudo, ela não estava lá para me salvar, como eu havia esperado. Ela estava lá para me dar uma lição de moral.

— Bem, devo lhe dizer que estou bastante desapontada com você – ela disse, olhando através da janela escura, conforme percorríamos a cidade sob a sombra que os prédios faziam nas ruas e no carro. — Apesar disso, não estou surpresa – ela se inclinou de lado para olhar para mim e suspendeu os óculos de sol para o topo de cabeça. — Por mais que eu odeie admitir, nunca esperei algo além disso, vindo de você

A indignidade e a humilhação do que havia acontecido na escola ainda queimavam dentro de mim, entretanto, eu não conseguia controlar a língua.

— Ah, é? E por que será, mãe?

— Olha a boca – ela retrucou. Só porque seu pai não está aqui não significa que você possa me desrespeitar.

— Por que não? Você deixa que ele desrespeite você.

Eu estava sentada na ponta oposta do banco de trás e olhava para ela com uma imensa raiva, por ela ter me obrigado a ir para a cidade e para a escola. Se eu tivesse ficado na Califórnia, talvez tivesse tomado decisões melhores. Eu não teria me sentido tão solitária e, portanto, não teria buscado alguma coisa que preenchesse o meu vazio interior. Eu nunca o teria conhecido e jamais teria feito coisas – coisas nojentas, inimagináveis – das quais vou me arrepender para sempre.

Os olhos dela se arregalaram e, antes que eu pudesse perceber o que estava havendo, ela me deu um tapa na cara. Calor e dor queimaram meu rosto e também meu coração. Mas eu não chorei. Eu não lhe daria a satisfação de chorar na sua frente.

Pus a mão na bochecha e baixei a cabeça, para que ela não visse a mágoa nos meus olhos.

— Você está agindo como se tudo fosse culpa minha, mas eu nem sabia o que estava fazendo. Eu nem entendia... Eu não... – Balancei a cabeça em profundo desânimo, mas ainda fui capaz de me sentar muito ereta. — Isso realmente dói.

— Sofrer e chorar por algo que um rapaz lhe fez é patético, Lila Summers – disse ela, e tive de me conter para não revirar os olhos; claro, ela era mesmo a melhor pessoa para falar sobre atitudes patéticas. — E é culpa sua. Você tomou a decisão de ficar com ele, apesar de saber que ele era mais velho, e agora nós precisamos lidar com as consequências.

— "Nós"?

— Sim, nós – ela respondeu, em uma voz muito calma, enquanto tirava as luvas de couro. — Tudo o que você faz atinge esta família. Seu pai tem família aqui, você sabe disso. Você tem primos, e os filhos de alguns colegas de trabalho do seu pai frequentam a escola. Como você acha que eu soube a respeito de tudo, afinal? – Ela atirou as luvas sobre o banco e apanhou a bolsa, de onde retirou um remédio controlado de tarja preta. — E a explosão no meio da sala de aula... Você faz parecer que nós criamos uma espécie de louca.

Fecho as mãos com força.

— As outras crianças estavam me perseguindo. Aquelas malditas Beldades Preciosas espalharam para a escola toda, e agora todo mundo ficou dizendo que eu sou uma vagabunda e que me atirei nos braços do Se... – Emudeço, incapaz de mencionar o nome dele. — E eu não estou dormindo direito, tenho tido pesadelos em que acordo debaixo... debaixo dele.

Tomei fôlego, suspirando, desejando que ela me abraçasse ou coisa assim, que tentasse fazer com que eu me sentisse um pouco melhor. Ela costumava me abraçar quando eu era pequena, mas então o meu pai arranjou uma amante e ela começou com os comprimidos e o vinho. Quando os consumia, o que era quase sempre, eles se tornavam a coisa mais importante para ela e todo o resto, incluindo eu mesma, não tinha mais nenhum valor.

Ela me encarou com uma ligeira expressão de simpatia enquanto girava a tampa do frasco.

— Tome um destes por dia até estar se sentindo melhor – ela puxou minha mão e deixou cair uma bolinha na minha palma.

— O que é isto? – Perguntei, observando com estranheza o pequeno comprimido branco.

— Uma coisa que vai deixar tudo isso mais fácil – ela insistiu, rosqueando a tampa de volta. — Para todos. Para mim, você e seu pai.

Eu sabia que era errado, mas ela me observava cheia de expectativa, e eu só queria que a minha repugnância por mim mesma e aquela dor pesada, humilhante e imunda desaparecessem, então joguei a cabeça para trás e engoli.

Jessica Sorensen

— Boa menina – minha mãe falou, como se eu fosse um cachorrinho que tivesse feito um truque e fosse premiado com um biscoito. Ela me passou o frasco, baixou os óculos de sol de volta para o rosto e cruzou as pernas. — Se acabar, me avise, e eu providenciarei mais.

E ela providenciou. Toda vez que eu ficava sem, ela me arranjava um refil. Algumas vezes, quando eu estava de visita em casa, ela dividia seu suprimento comigo. Nós tomávamos o remédio e saíamos para fazer compras ou algo assim, a única coisa perceptível dentro de nós sendo uma sombra rasa e materialista do nosso verdadeiro eu.

Tenho passado muito tempo no antigo quarto do Micha, que agora é o meu novo quarto temporário. E grande parte desse tempo eu passo me olhando no espelho, não por vaidade nem nada do tipo, mas olhando para o meu reflexo e tentando descobrir quem eu sou, sem a química correndo no meu corpo. Os olhos azuis que me encaram de volta não são reconhecíveis, de tão arregalados e confusos, em lugar do vazio que aparentaram durante muitos anos.

Conforme a sobriedade se infiltra em mim a cada dia, tento entender como foi que cheguei a este preciso instante, quando, uns poucos dias atrás, parecia que eu estava bem. Eu sinto como se, em quatro dias, milhares de tijolos tivessem sido despejados dentro do meu peito e estivessem me mantendo presa à cama. E me pergunto se em algum momento serei capaz de fazer com que parem de me esmagar.

Ethan

Mas que merda eu estou fazendo?

Não estou buscando um relacionamento. Relacionamentos são feios, impuros, brutais, dolorosos e destruidores de vidas. Eles só existem no coração dos carentes e eu não careço de nada de ninguém. Estou perfeitamente bem sozinho, escondido neste lugar despovoado dentro de mim. É o que preciso para viver, porque não acho que consiga lidar com mais nada além disso. Mesmo com a London, eu me certifiquei de manter tanta distância quanto possível, e fico feliz de ter agido assim. Do contrário, eu teria ficado destruído naquela manhã em que recebi a notícia. Entretanto, em lugar disso, o que houve foi um entorpecimento, eu mal senti qualquer coisa que fosse, como se nunca tivesse acontecido. Este é um lugar ótimo para estar. É calmo, quieto e pacífico. Dentro da minha cabeça não há gritos, comoção nem ansiedade. Não preciso me preocupar em não ser pisoteado por alguém, em não ser controlado, ou em me perder ou tentar roubar a identidade da outra pessoa, fingindo amá-la quando no fundo eu só gostaria de ser dono dela.

Na minha solidão interna, eu não preciso me preocupar em me transformar em alguém que não quero ser, como a minha mãe ou o meu pai. Eu sou só o Ethan. E posso viver com isso. Mas com a Lila... Puta que pariu, estou me transformando em uma pessoa que mal consigo reconhecer. Um cara bacana que se importa demais, quebra as próprias regras e se envolve.

É. Eu me tornei tudo aquilo que, depois de perder a London, prometi a mim mesmo não ser jamais.

— Seu sofá cheira a queijo velho.

Lila entra no meu quarto com o rosto franzido. É a mesma careta que ela vem exibindo pelos últimos quatro dias, desde que eu soube de seu hábito de tomar bola.

— E a sua geladeira está embolorada.

— Bom, ao menos ela funciona – ponho a caneta de lado, fecho o caderno e o atiro sobre o criado-mudo, apoiando-me em seguida contra a cabeceira. — Eu poderia não ter energia *e* estar cultivando mofo.

A testa dela se enruga ainda mais, conforme ela intensifica a careta. Seu cabelo não está penteado e ela ainda está vestindo o calção e a regata que usou para dormir.

— O que você estava fazendo? – Ela olha para o caderno. — Escrevendo sobre como eu sou uma cretina?

Cruzo os braços e estico as pernas sobre a cama.

— E por que eu precisaria escrever sobre isso, quando posso dizer diretamente para você?

Seus olhos azuis se tornam gélidos.

— Você é um babaca.

— Sabe, você falou isso umas vinte vezes nos últimos dias, e esse discurso já deu, especialmente porque a maioria dos babacas não te deixaria ir morar com eles.

Ela balança a cabeça e bufa de frustração.

— Está na hora de você me dar outro pedacinho de merda do comprimido.

Bato os olhos no meu relógio e sacudo a cabeça.

— Ainda não.

Ela deixa escapar um grito entre os dentes e sai. Descanso a cabeça na cabeceira da cama e olho para a rachadura no teto. Não tenho certeza de estar fazendo nada direito, não sei se a estou ajudando ou prejudicando. Ela está tão diferente, mais fechada, mais teimosa e muito mais irritante. Não conversa sobre nada e reclama de tudo. Está me enlouquecendo.

Esfrego a testa, xingando mentalmente a dor de cabeça que não me larga há dias. Chego a um ponto em que não aguento mais. Preciso aliviar o estresse e existem somente duas maneiras de fazer isso. Transar com alguém ou tocar bateria. Em geral eu escolheria a primeira, mas hoje não estou a fim.

A tentação de Lila e Ethan

Levanto da cama, tiro a camiseta, sento no banquinho junto à bateria e abaixo para pegar as baquetas no chão. Alcanço o iPod sobre a cômoda e o retiro do aparelho de som. Seleciono *Gotta get away*, do Offspring, encaixo o iPod de volta e aumento bastante o volume do aparelho de som, tentando afogar no barulho todos os meus pensamentos e qualquer potencial novo do drama da Lila.

Uma vez que a música começa, começo a golpear a bateria com as baquetas, acompanhando o ritmo com mais força do que o normal. Costumo ter muita consideração pelos vizinhos, mas hoje eu preciso extravasar. Quanto mais toco, mais entro no clima. Lá pelo meio da música, fecho os olhos e me deixo submergir na melodia e na batida, enquanto minha pele se cobre de suor e meu coração martela meu peito. Eu me sinto sendo sugado para fora dos problemas, para fora da vida. Por um instante, estou sozinho no apartamento, sozinho no mundo, e todas as preocupações que me cercam deixam de existir. Então a música termina, eu abro os olhos e quase caio do banco.

A Lila está sentada na ponta da minha cama olhando para mim com um ar de desinteresse que eu acho que só serve para disfarçar o que na real é uma grande curiosidade.

— Porra, Lila – tento recuperar o fôlego e passo os dedos pelo meu cabelo empapado de suor. — Que puta susto.

Ela cruza as pernas e me encara, impassível. Por um segundo, acho que vai me pedir mais um comprimido, talvez até tentar alguma barganha, algo que ela tem feito bastante nos últimos dias. Porém, ao contrário, ela diz:

— Como acha que eu me sinto? Uma hora estou sentada em um quarto silencioso e de repente a casa toda começa a tremer?

Agarro as baquetas e as giro entre as mãos com tanta força que a madeira machuca a pele.

— Desculpa, mas eu precisava disso, ou faria algo realmente estúpido.

Ele ergue as sobrancelhas.

— Como o quê?

— Como sair de casa.

— Uau, bem que eu queria que você saísse – ela faz uma pausa, contemplativa. — Hum... Mas por que você sairia de casa se não tocasse?

— Porque precisava extravasar – limpo com o braço um pouco do suor da testa. — E era isso ou transar.

Capto um discreto sinal de aborrecimento na expressão dela.

— Você deveria ter ido transar. Funciona muito melhor – seu tom é estridente e ela respira ruidosamente, fazendo esforço para que o oxigênio continue circulando.

Eu a analiso por um momento, sentindo falta de verdade da Lila sorridente que conheci um ano e meio atrás, aquela que eu achei que era o meu completo oposto, mas agora ando reconsiderando essa ideia. Na real, quanto mais a conheço, mais ela meio que me faz lembrar a London – instável e cheia de segredos. Eu achei que conhecia a Lila, mas acho que estava errado, e ainda não sei ao certo o que fazer com isso e nem como me sinto a respeito.

— Como você sabe? Alguma vez já tocou bateria?

— Você sabe muito bem que não.

— Como é que eu posso saber o que você sabe ou não sabe fazer? Porque eu estou aprendendo bem depressa que todo aquele chamego que tivemos durante o último ano não era de verdade.

— Era sim – ela responde, parecendo magoada, e eu relaxo diante da visão de um sentimento, mesmo que seja tristeza, porque ao menos é alguma emoção. — Tudo o que contei era verdade. Eu só não contei tudo, como, aliás, estou certa de que você também não me contou.

Não me dou ao trabalho de negar. Claro que ela sabe de algumas coisas, tipo como os meus pais eram e são, mas não sabe que tenho medo de ficar com alguém e acabar como eles, nem do que houve com a London.

— Tá. É justo – respondo.

Ficamos sentados em silêncio por um tempo e ela ou está observando as baquetas que estão no meu colo, ou está olhando para o meu pau. Finalmente, ela pergunta:

— É terapêutico de verdade?

Limpo o suor do braço com a mão e pergunto:

— É terapêutico o quê?

Ela busca o meu olhar e, pela primeira vez desde que a conheço, parece estar irremediavelmente perdida.

— Tocar bateria. Você falou que era bom para extravasar.

— Melhor do que esmurrar um saco de areia – digo, e pego as baquetas do colo. — Você quer... Quer tentar?

Ela se afasta, sacudindo a cabeça, como se estivesse com medo delas ou de mim.

— Eu não sei tocar. Você sabe disso.

— Não, eu não sei, já que nunca te perguntei – recuo um pouco no banco. — Mas posso mostrar, se você quiser. Pode ser que ajude com a sua – pressiono os lábios, tentando não fazer careta – ranhetice.

Imagino que ela vá ficar toda nervosinha, mas em vez disso ela se levanta, muito autoconfiante, contorna a bateria na minha direção e não posso evitar de pensar: *Ah, esta é a minha Lila.* Mas rapidamente afasto essa ideia, porque ela não é a minha Lila. Ela é minha *amiga.*

Jessica Sorensen

— E como é que você vai me mostrar – ela pergunta, mirando as baquetas na minha mão.

Milhares de respostas maliciosas me vêm à mente, mas eu as empurro para o fundo da cabeça e me encolho um pouco mais no banco, abrindo espaço para ela, e então dou um tapa de leve no assento à minha frente.

— Sente-se.

Seus olhos percorrem o diminuto espaço vago, e então, mordendo o lábio, ela arruma o cabelo atrás das orelhas e procura se espremer entre os meus joelhos e a bateria. Quando ela tomba sobre o banco eu percebo como a ideia foi péssima, já que agora a bunda dela está pressionando o meu pau. Tento reduzir os pensamentos safados ao mínimo possível, enquanto ponho um braço de cada lado dela e lhe entrego as baquetas.

— Que música eu vou tocar? – Ela pergunta, e eu me inclino para o lado para pegar o iPod. — Um daqueles seus *rocks* malucos?

Ela parece se divertir com a ideia, e seu tom de voz me faz sorrir.

— Não tão maluco.

Escolho *1979*, do Smashing Pumpkins, e rapidamente encaixo o iPod de volta no aparelho de som, pressiono o peito contra as costas de Lila e agarro cada mão dela com uma das minhas, de modo que agora meus dedos estão envolvendo seus pulsos.

— Você está suado – ela observa. — Isso é nojento.

— Bom, você não toma banho há, tipo, quatro dias. Portanto, imagine como está o *seu* cheiro – retruco, mas a verdade é que ela cheira bem, como uma fruta, talvez melão. Suavemente, jogo o cabelo dela para o lado oposto e me inclino sobre seu ombro, apoiando o queixo nele, de modo a conseguir ver o que estou fazendo. A música começa a tocar e antes que eu perceba a bateria já entrou.

— Perdemos a introdução – Lila diz, comentando o óbvio.

— E essa música é rápida demais. Não consigo acompanhar.

— Nunca diga "não consigo".

Levanto seus braços no ar. Ela ainda está segurando as baquetas e meus dedos envolvem seu pulso acelerado. Ela está nervosa, o que me surpreende. Eu imaginaria que ela estivesse mais tranquila, porque em geral é como ela está. Por outro lado, esta é uma Lila totalmente diferente, uma Lila sem drogas na circulação.

— Pronta?

Eu pergunto, e tenho que fechar momentaneamente os olhos, quando ela estremece ao sentir minha respiração contra o ombro. Ela movimenta a cabeça afirmativamente e eu reabro os olhos.

— Estou pronta – ela diz, por cima da música.

Respiro fundo, sentindo-me pouco à vontade. Felizmente, sei que isso vai passar assim que eu começar a tocar. A música está chegando ao coro, que será o momento perfeito para entrarmos. Esperamos e esperamos, inspirando e expirando até que parece que vamos entrar em combustão, até que finalmente o momento perfeito chega. Agarrando seus pulsos, trago suas mãos para baixo até a bateria. Escuto Lila rir quando as baquetas batem e não exatamente se encaixam ao ritmo. É meio difícil tocar desse jeito, mas eu faço funcionar, porque a ideia não é tocar bem. A ideia é tocar com o coração, e permitir que os pensamentos dela se desviem para algo que não seja o desejo esmagador que eu sei que ela está sentindo.

Ela continua a rir, algumas vezes tentando assumir o controle e continuar por conta própria. O resultado é horrível, soa

Jessica Sorensen

terrivelmente mal, mal como unhas que raspam e ruídos que arranham, mas ela está ficando feliz e relaxada, livre das próprias obsessões e, honestamente, eu me sinto da mesma forma.

Lila

Assim que me sento, sei que estou enrascada. O peito forte e tatuado dele está encostado nas minhas costas, emanando calor através da regata fininha que estou vestindo e tornando a minha respiração bem complicada. Alguma coisa nesse contato dilui a fome dentro de mim e de repente os meus pensamentos se desviam. Já o vi sem camiseta antes, quando uma vez jogamos *strip* pôquer, mas eu estava bêbada e dopada, e confesso que não tenho certeza de que estava enxergando com plena clareza, porque ele parece incrivelmente mais *sexy* agora. Todos os caras com quem eu me lembro de ter ficado tinham o cabelo imaculadamente bem cortado, peles perfeitamente bronzeadas e abdomes esculpidos. Eles pareciam bons rapazes que demonstravam bons modos em público, embora atrás de portas fechadas a história geralmente fosse outra.

Nunca estive com alguém que tocasse bateria, que tivesse o cabelo áspero e sem corte, uma barba do dia anterior fazendo sombra no rosto ou braços magros que trepidassem conforme baquetas fossem baixadas com toda a força nos pratos da bateria. Quer dizer, eu sabia que o Ethan tinha tatuagens, mas nunca havia notado que eram tantas. E, meu Deus, elas lhe caem tão bem! Tem uma, em especial, que atravessa um de seus músculos peitorais, que sempre chamou a minha atenção. Parecem ser letras de outra língua e formam um círculo desenhado em tinta preta. O único outro idioma que eu falo é

A tentação de Lila e Ethan

francês, então não sei dizer em que idioma está. Mas suponho que seja em um meio raro, a julgar pela forma incomum das letras. Eu me pergunto se acertei. Eu me pergunto o que significa. Eu me pergunto se ele me contaria, caso eu perguntasse.

Minhas palmas estão transpirando nas baquetas e meu coração está aos saltos, enquanto ele aperta os dedos em torno dos meus pulsos. Sei que Ethan está sentindo a minha circulação pulsando contra a ponta de seus dedos, mas ele não diz nada, seja porque está sendo bacana, seja porque está absorto enquanto toca. Admito que é libertador bater pauzinhos no ritmo da música, e eu até acabo dando risada.

Conforme ele continua movendo as minhas mãos, ouso dar uma espiadela por cima do ombro. Ele parece tão tranquilo, tão em harmonia com a música, como se não estivesse pensando em nada além do ritmo e da letra. Seus olhos estão fechados e ele tem no rosto uma expressão eufórica. É fascinante observá-lo acompanhando a batida e movimentando as minhas mãos com as dele. Ele está completamente envolvido, entregue, sensual e atraente e, ai meu Deus, preciso morder os lábios para abafar os indesejáveis ruídos que escapam da minha boca, conforme me lembro de como foi bom sentir a língua e os dentes dele na minha pele.

É o sentimento mais incrível que já tive, como se todas as minhas emoções negativas fossem canalizadas para o ato de bater os pauzinhos, e eu gostaria de poder continuar fazendo isso para sempre. Mas daí a música chega ao fim e o momento de liberdade evapora.

Desvio rapidamente o olhar, antes que ele abra os olhos e perceba que o estive observando. Estou ofegante e ele também, os movimentos do peito dele e das minhas costas em perfeita harmonia.

— Isso foi divertido – digo, sem fôlego e banhada em suor.

Dentro de mim está tudo ardente, mas de um jeito bom. Ao contrário do que habitualmente acontece, eu consigo sentir as coisas, respirar as coisas, sentir o gosto delas, desejá-las. *Eu desejo Ethan. Meu bom Deus, eu o desejo.* Eu estou sóbria e totalmente coerente e desejo Ethan. Desejo-o do mesmo jeito que desejei naquela noite em que bebemos na boate e eu acabei estirada na cama, afogada no meu torpor autoinduzido, com a diferença de que desta vez ele não iria interromper as coisas e eu não teria um colapso; ao contrário, eu me entregaria a sentir tudo.

O queixo dele está apoiado no meu ombro e, quando ele inclina a cabeça de lado, sua respiração acaricia o meu pescoço.

— Acho que você tem um dom – ele diz, com um traço de gozação na voz. — Talvez devêssemos arranjar uma bateria só sua.

Mordo o lábio e movo a cabeça para olhar para ele, e quase acabo por lhe dar um beijo.

— Uma bateria cor-de-rosa, talvez?

Passo a língua nos lábios para umedecê-los, muito consciente da proximidade da boca dele e sentindo esse impulso novo e desconhecido em sua direção, ao mesmo tempo em que calor e arrepios percorrem o meu corpo.

Ele dá risada, seu hálito morno roçando a minha bochecha, e chacoalha a cabeça.

— Cor-de-rosa? Por que isso não me surpreende?

Ele se inclina, pressionando o peito contra as minhas costas, mas não estou certa de que ele percebe o que está fazendo.

— O que há de errado com cor-de-rosa? – Pergunto, sentindo o desejo e a fome abandonarem o meu corpo.

— Não há nada de errado com cor-de-rosa – sorrindo, ele sai do banquinho e estende as mãos, enquanto meu desejo vai por água abaixo. — Eu só acho engraçado que você agora queira uma bateria só para si, quando há pouquíssimo tempo você entrou aqui para reclamar que a casa toda estava tremendo.

Engulo o nó que se forma na minha garganta, pouso as baquetas na mão dele e levanto do banco.

— Desculpa – murmuro.

Eu me sinto muito mal quando lembro como venho agindo feito uma cretina. Normalmente eu não me importaria, mas agora parece que estou à beira das lágrimas, minhas emoções tomando conta. Ao passar por ele, bato o quadril em um dos pratos da bateria. — Eu vou voltar para o meu quarto.

— Lila, espera – ele pega o meu cotovelo quando estou quase na porta. — Olha, desculpa. Sinto muito. Eu estava te provocando, e sei que não deveria. Não é hora nem lugar – ele inspira profundamente e seu peito afunda quando ele solta o ar. — Eu sei como você está se sentindo, e ser provocada é a última coisa de que você precisa.

Fecho os olhos, renovo todo o ar dos pulmões e limpo a minha mente de todos os sentimentos sexuais que tenho por ele, antes de me virar para encará-lo.

— Não se desculpe. Isso tudo é por minha culpa. Eu nunca deveria ter ligado naquela noite nem trazido você para dentro da minha vidinha secreta e destruída.

Os dedos dele soltam o meu braço e ele parece considerar algo, mordendo os lábios enquanto pensa. Eu me pergunto se ele percebe que está fazendo isso ou se tem ideia do quanto esse gesto me deixa enlouquecida.

— O que você quer fazer hoje? – Ele pergunta, me pegando totalmente de guarda baixa.

— O que você quer dizer? – Devolvo, perplexa.

— Quero dizer: o que você quer fazer hoje.

Jessica Sorensen

— Quais são as minhas opções?

— Todas.

Eu me seguro na estrutura da cama, leve e zonza, de repente e sem motivo aparente, enquanto pondero sobre o que quero fazer.

— Acho que é melhor você escolher – digo. — Porque tudo que imagino envolve coisas que você não vai me deixar ter – *bolinhas, bebida, você.*

Ele aperta os lábios e faz uma expressão estranhamente feliz. Estou prestes a questioná-lo quando ele diz:

— Vai tomar um banho e veste alguma coisa bem confortável.

— Por quê? Para onde vamos? – Pergunto, com a mão no quadril.

— É surpresa – ele alcança a camiseta na cabeceira e tenho que recuar um passo para que seu braço não raspe no meu seio. — E não faça perguntas. Tiraria toda a graça da coisa.

Estou cética, mas curiosa o bastante para seguir as instruções, e vou saindo em direção ao banheiro, mas paro junto à porta, conforme a minha memória retorna à tatuagem dele e ele começa a vestir a camiseta.

— O que isso significa? – Pergunto, apontando para o peito dele.

Ele olha para baixo, a camiseta ainda em volta do pescoço.

— Isto? – Ele toca a tatuagem de leve com o dedo e olha para mim com os olhos ainda meio encobertos pela camiseta. — Quer dizer "solidão", em grego.

— Solidão?

Ele confirma com a cabeça e escorrega os braços pelas mangas.

— É um sonho que eu tenho.

— Ficar sozinho? – Pergunto. — Como naquele sonho de cair na estrada? Porque eu achei que você iria me levar junto.

A tentação de Lila e Ethan

Tento dizer isso de um jeito leve, mas a verdade é que me sinto muito, muito para baixo. Ele dá de ombros.

— Sonhos mudam, oras.

— Então você não deveria fazer tatuagens permanentes deles – brinco.

Seus lábios se curvam para cima.

— Sempre que eu faço uma tatuagem, ela tem um significado para mim naquele momento, e nunca me arrependi de nenhuma.

Mordo minhas unhas já completamente mastigadas e ele vai em direção à cômoda.

— Talvez eu devesse fazer uma.

Ele espia por sobre o ombro e lentamente me olha de cima a baixo, me fazendo sentir como se estivesse nua.

— Talvez você devesse.

Instala-se um silêncio entre nós quando nos deixamos ficar ali, parados, olhando um para o outro. Meu corpo ferve mais a cada segundo que ele passa, sustentando meu olhar. Finalmente, ele pigarreia, e ao limpar a garganta quebra a tensão do momento.

— Agora, vai para o banho para podermos sair – ele diz, pegando um vidro de água-de-colônia.

Concordo com a cabeça e vou para o chuveiro, desejando que a água pudesse levar embora, junto com a sujeira, as emoções selvagens que queimam dentro de mim. Mas a verdade é que ao sair me sinto mais ou menos da mesma forma: aborrecida e irritadiça. Tento da melhor maneira possível afugentar esses sentimentos e visto a minha única calça *jeans* e uma regata cor-de-rosa. Arrumo o cabelo em uma única trança lateral, porque não estou com a menor vontade de fazer cachos. Então escorrego os pés para dentro de umas sandálias e vou para a sala, onde Ethan está deitado lendo um livro.

— Você lê mais do que qualquer outro cara que eu conheço – digo, sentando-me no braço do sofá onde ele está. — É estranho.

Sem levantar os olhos, ele vira a página e responde:

— Que bom. Eu gosto de ser originalmente estranho.

Cruzo as pernas e brinco com a trança.

— Está gostando de ser, agora?

— Totalmente – ele diz, me olhando.

Seus olhos voltam para o livro, como se ele não conseguisse se afastar da história. Ele penteou o cabelo de lado, vestiu uma bermuda *cargo*, uma camiseta cinza e por cima dela uma camisa xadrez em preto e branco. Está com várias pulseiras de couro e calçando botas.

Fico sentada ali por um tempo, esperando que ele deixe o livro, e começo a me sentir entediada e agitada. Finalmente, ele pousa o exemplar sobre a mesinha de centro, marcando a página em que parou com uma dobra no canto da página.

— Desculpa – ele diz, pondo-se de pé. — Eu precisava chegar até a parte boa.

Enquanto me levanto, dou uma olhada para a capa gasta, curva e amassada.

— Parece que você já leu esse livro, tipo, cem vezes.

— Li mesmo – ele apanha as chaves e a carteira e abre a porta da frente, segurando-a para que eu passe. — Mas isso não significa que as partes boas fiquem menos boas.

Reviro os olhos e saio para a luz do sol.

— Se você diz... Seja como for, eu nunca entendi o que há de tão especial em ler.

Ele fecha e tranca a porta e se vira em direção à escada.

A tentação de Lila e Ethan

— Ir para outro lugar. Perder-se no tempo. Fingir que você está vivendo outra vida – ele começa a descer e eu o sigo. — O que há para *não* amar?

— É por isso que você está o tempo todo lendo? E escrevendo?

— Quem falou que eu leio e escrevo o tempo todo?

— Eu – respondo, no momento em que chegamos ao último degrau. Caminhamos em direção à vaga onde a caminhonete dele está estacionada, e continuo: — Eu te vi lendo e escrevendo naquele diário algumas vezes, mas, agora que estou morando aqui – estendo a mão para a maçaneta da porta do carro de suspensão elevada –, vejo que você faz bastante as duas coisas.

Ele destrava a caminhonete com um bipe do chaveiro, nós abrimos as portas e pulamos para dentro. De mim isso exige um pouco mais de esforço, considerando como o carro é alto e que eu mal tenho estatura mediana. Batemos as portas ao mesmo tempo e ele dá a partida, pressionando o acelerador algumas vezes.

— Tá, eu preciso perguntar – digo, enquanto passo o cinto de segurança por cima do ombro. — Qual é a de vocês, homens, em relação a carros, picapes ou qualquer coisa que tenha um motor?

Ele dá de ombros e põe o câmbio em marcha à ré.

— Eu cresci no meio disso, então era meio que esperado que eu amasse carros – a caminhonete recua e ele gira o volante para a direita. — Quanto aos outros caras, você vai ter que perguntar para eles.

Eu apoio o cotovelo no console entre os nossos bancos.

— Ah, o quê? Então vocês nunca conversam sobre seu amor por carros e coisas assim?

A testa dele se enruga enquanto ele endireita a caminhonete e dirige até a saída.

— Você quer dizer, se nós sentamos em círculo e mergulhamos nas profundezas dos nossos corações escuros para tentar descobrir por que a potência de um motor nos atrai tanto?

Uma incredulidade divertida dança em seus olhos. Eu respondo com um olhar contrariado, mas, quando ele dá um sorriso, perco a batalha e sorrio de volta.

— "Corações escuros"?

— Ah, claro – ele diz, quando chegamos à rua principal ao lado de seu apartamento. — Nós, homens, temos corações muito escuros. Não é o que vocês, mulheres, dizem o tempo todo?

— Talvez.

Eu me sento muito ereta no banco, olhando à frente para as torres dos cassinos na área central da cidade. As marquises brilham tão forte que é possível ler os letreiros, apesar de estarmos a alguma distância. O sol faísca em um céu imaculadamente azul, enquanto avançamos em direção à estrada.

— Mas alguns realmente têm um coração escuro.

Ele arqueia uma sobrancelha.

— O que quer dizer?

Eu balanço a cabeça.

— Quero dizer exatamente o que estou dizendo. Que alguns homens têm corações escuros, e algumas mulheres também.

Ao desacelerar para parar em um semáforo vermelho, ele parece querer dizer mais alguma coisa, mas eu olho pela janela lateral e não lhe dou oportunidade. Eu não fiz nenhuma promessa sobre parar de tomar os comprimidos. Simplesmente decidi não entrar em contato com o cara que me dá a receita, por enquanto. Eu poderia fazer isso a qualquer momento, mas uma parte de mim se sente culpada, já que o Ethan está me

A tentação de Lila e Ethan

ajudando ao me deixar morar com ele. Mas falar sobre corações escuros e pensar nos homens e mulheres que eu conheço e que têm corações assim me faz querer correr para um lugar onde eu possa tomar algumas bolinhas, e não metade de uma. Quero uma dose inteira, talvez duas ou até três, de modo que o meu coração também não pareça tão escuro.

Capítulo 9

Ethan

Sei que não é nem um pouco o estilo dela isso de sair de caminhonete para uma atividade ao ar livre, mas o fato de não ser pode até ser bom. Talvez, fazer algo totalmente fora do comum a ajude a se sentir melhor e facilite um pouco as coisas quando eu trouxer à tona minhas regras sobre morar junto, regras sobre as quais vai ser difícil conversar, mas que precisam ser conversadas – do contrário, isso tudo vai acabar sendo um desastre.

— O deserto? – Lila olha para mim completamente estupefata com o lugar que escolhi. Ela gesticula em direção às montanhas de areia à nossa frente, cheias de marcas de pneus. — Foi para cá que você me trouxe? Para o meio do deserto? Por que você continua me levando para lugares sujos?

— Não é sujeira, é areia – solto o cinto de segurança e desligo a música. — E não sei por que o espanto. Eu já trouxe você aqui antes.

Ela cruza os braços e começa a bater o pé no chão.

— É, mas é estranho que você continue trazendo.

Desligo o motor.

— Por quê?

Ela escancara a boca.

— Porque fica no meio do nada e não tem nada para fazer a não ser conversar.

— Tem muita coisa para fazer – eu insisto. — E o meio do nada é o melhor lugar para estar – os cantos da minha boca se contorcem. — Lembre-se, nós já conversamos sobre isso. Você, eu, as montanhas e o silêncio.

Os cantos de sua boca, que estavam para baixo, também se torcem para cima.

— Ah, claro, você e essa sua obsessão de homem das montanhas.

— Não me julgue – respondo. — Só porque gosto de uma vida um pouco menos materialista não quer dizer que haja algo errado comigo.

Ela descruza os braços e se debruça sobre o console entre os assentos, apoiada nos cotovelos, e a curva de seus seios se eleva e meio que salta do decote da camiseta.

— Eu nunca disse que havia algo errado com você. Só não entendo por que você me trouxe aqui para me distrair.

Eu pisco e desvio o olhar dos seios dela.

— Porque é o lugar perfeito.

Os lábios dela se curvam em um sorriso irônico.

— Está apreciando a paisagem?

Ela põe um pouco mais de pressão no peito e sei que isso torna os seios um pouco mais visíveis, mas não olho para baixo, apesar de saber que seria uma visão estupenda, uma visão que eu quase já tive e continuo querendo ter – não há por que negar. Sustento o olhar dela e aponto para o deserto.

— Claro! Como não amar essa paisagem?

Ela franze o rosto e volta a se sentar direito no banco, ligeiramente incomodada.

— Certo. Então mostre o que há de tão fascinante a respeito do deserto.

Saio da caminhonete e a contorno pela frente, sabendo que neste momento a Lila está bem confusa. Quando abro a porta dela, bingo, seu rosto exibe uma expressão perplexa.

— O que você está fazendo? – Ela pergunta, me encarando de braços cruzados.

Eu gesticulo, indicando que ela se afaste.

— Te oferecendo diversão.

Ela percorre os lábios com a língua e me analisa detidamente, parecendo querer arrancar a minha roupa, e percebo que estou transmitindo a ideia errada.

— Escorrega para o banco do motorista, Lila – esclareço, cautelosamente.

Eu relembro mais uma vez a mim mesmo que agora não é hora de tentar nada. Ela está vulnerável demais, e, fora isso, já decidi que não quero tomar esse caminho.

Suas bochechas ficam vermelhas de constrangimento enquanto ela lança uma perna sobre o console para se posicionar atrás do volante. Quando ela move a segunda perna, noto que ela tem uma cicatriz em volta do tornozelo.

— Como você conseguiu essa marca? – Pergunto, entrando e fechando a porta. — Nunca tinha visto antes.

Ela apoia as mãos na direção e suspira.

— É de uma coisa muito idiota que eu fiz muito tempo atrás.

Ela ajusta a altura do volante e aproxima o banco, apesar de eu ainda não ter dito nada sobre ela dirigir.

— Você vai a algum lugar? – Brinco, enquanto ponho o cinto de segurança.

Ela faz careta e assopra, afastando do rosto uma mecha do cabelo loiro.

— Não foi para isso que você me disse para sentar aqui?

Concordo e decido parar com as provocações.

— É, mas antes põe o cinto.

Ela suspira e alcança o cinto de segurança.

A tentação de Lila e Ethan

— Não sei por que você está me colocando para dirigir – diz, enquanto encaixa a fivela.

— Porque é terapêutico.

Ela me observa com o canto do olho.

— Como a bateria?

— Não foi terapêutico? – Questiono. — Porque me pareceu que você ficou bem relaxada.

Ela me analisa da cabeça aos pés e por algum motivo besta me flagro sorrindo feito um idiota.

— Ethan, por que você está fazendo isso?

Franzo as sobrancelhas.

— O quê? Deixar você dirigir a minha caminhonete?

Ela balança a cabeça.

— Não, me ajudando. Eu sei... Nós já conversamos e saímos juntos o suficiente para eu saber que você está enlouquecendo por eu estar morando com você. Sei que você gosta de ter seu tempo sozinho.

— É, gosto... Mas acho que estou abrindo uma exceção para você.

— Sim, mas por quê? Quer dizer, só o que eu tenho feito nos últimos dias é agir feito uma cretina com você, e eu sei que você já morou com o Micha e tudo, mas morar com uma garota é diferente.

— Você está ofendendo seu próprio gênero? – Provoco.

Ela dá de ombros e começa a cutucar as unhas.

— Não estou ofendendo. Estou só falando o óbvio. Nós fazemos coisas, sabe. Tipo querer conversar e ver filmes bobos e largar sutiãs e calcinhas pendurados no chuveiro porque eles não podem ir na secadora de roupas.

Eu me remexo, desconfortável, tentando encontrar algo para dizer.

Jessica Sorensen

— Bem, você eu já conversamos bastante e eu não ligo de ver filmes bobos de vez em quando, desde que tenham um pouco de poesia. Quanto a sutiãs e calcinhas... – Sacudo a cabeça para espantar um estremecimento. — Por que diabos eu me incomodaria?

Ela fica corada e eu me pergunto em que será que está pensando.

— Mas você ainda não disse por que está fazendo isso.

— Porque... Eu gosto de você, Lila. Você é uma boa amiga e precisa de ajuda.

Amiga. Preciso me lembrar disso.

Ela rumina por um momento o que acabei de dizer, que não foi nada além da mais pura verdade.

— Filmes bobos e poéticos, hein? Será que isso existe?

— Acho que você vai ter que descobrir – sorrio. — Caso contrário, nada de filmes.

Ela suga os lábios, seus olhos azuis estão mais brilhantes do que nos últimos dias, e essa visão acelera o meu coração um pouco.

— Acho que vou ter que viver sem eles, então – ela diz.

Ela olha adiante e a luz incandescente do pôr do sol se reflete em seu rosto, iluminando a pele macia, os lábios cheios. Ela está sem nenhuma maquiagem, o que é raro, e, do fundo do coração, eu prefiro assim, porque neste momento ela está nada menos do que deslumbrante, do jeito mais real possível.

— Bom, e então? O que é para eu fazer aqui, exatamente? – Ela pergunta, apontando para a terra arenosa à nossa frente.

O som da voz dela me arranca dos meus pensamentos e eu me concentro no para-brisa.

— Dirigir.

— Dirigir? – Ela parece hesitante. — Tipo, de volta para o apartamento?

A tentação de Lila e Ethan

— Vamos ver – estico o braço sobre o console e aciono a alavanca de tração nas quatro rodas. Há um ruído áspero e depois um estalido de encaixe. Quando me endireito, meu braço roça o peito dela, e tenho que usar uma força de vontade extraordinária para não me inclinar de volta para roçar ainda mais. — Mas primeiro quero que você dirija por aqui.

Ela pisca para mim, espantada.

— Você está brincando?

— Eu pareço estar? – Pergunto, com uma expressão séria.

Ela balança a cabeça, relutante, parecendo horrorizada.

— Não, e eu estou aqui me perguntando se você enlouqueceu de vez ou algo assim. Aquele solavanco que tivemos a caminho daqui talvez tenha feito você bater a cabeça no vidro, o que será um ferimento de minúsculas proporções comparado ao que pode acontecer se você me deixar dirigir.

— Não se preocupe com a possibilidade de bater – eu asseguro, e me recosto no banco totalmente relaxado. — Vai dar tudo certo.

Ao agarrar o volante, Lila está boquiaberta.

— Você está falando sério? Porque, tipo, você já andou comigo...

— É, eu lembro – e dou risada disfarçadamente, recordando a maneira como ela costurava entre os carros. — Eu pensei de verdade que estava prestes a bater as botas.

Ela me dá um soco de leve no braço e finjo que machucou, mas dou risada.

— Ah, então é agora que o babaca vai entrar em cena...

Sufocando a risada, esfrego o ponto que ela atingiu.

— Estou só falando o óbvio – eu me inclino, giro a chave e me recosto no banco. — Agora, dirija. Se você ficar no plano e mantiver a aceleração, ficaremos bem.

— E se eu não for depressa o bastante?

— Vamos atolar.

Ela parece nervosa, e eu, embora não demonstre, também estou. Muitas coisas poderiam dar errado agora, mas afinal é diversão e adrenalina, e é disso que ela precisa. De divertimento leve, despreocupado e sem comprimidos, porque, desta vez, ela vai poder sentir alegria e liberdade e não sei há quanto tempo ela não sente nada além de necessidade da química.

Seus ombros sobem e descem conforme ela tenta se livrar da tensão, e então, finalmente, ela põe o câmbio automático na posição "dirigir" e pressiona o acelerador. Tento ficar calmo, no entanto, quando a caminhonete dá um pulo para a frente, cambaleia e oscila, agarro a alça acima da cabeça.

— Calma – digo, pressionando os dentes com força. — Devagar.

Ela bufa de frustração e diminui a pressão do acelerador. O carro avança lentamente alguns centímetros, engasgando um pouco. Ela começa a sorrir enquanto manobra para subir uma rampa de areia, mas logo sua expressão vem abaixo, conforme os pneus protestam diante da falta de tração e nós deslizamos de volta.

— Pisa no acelerador com mais força – instruo, gesticulando para que ela continue adiante.

— Mas você acabou de falar para diminuir a pressão – ela reclama.

— Exceto quando vamos pegar uma subida.

Ela franze o rosto e acelera demais, provocando um novo tranco. Eu bato no encosto de cabeça e ouço alguma coisa ao lado dela bater com força. Quando olho, ela está esfregando a base da mão na testa.

A tentação de Lila e Ethan

— Você bateu a cabeça? – Pergunto, enquanto esfrego a testa também.

— Estou bem, acho – ela diz.

Eu me encolho de medo quando escuto o motor falhar e desligar.

— Lila, vai, antes de atolarmos.

Ela remexe as mãos, exasperada.

— Eu não sei por que você está me fazendo fazer isso!

— Por diversão – explico. — Você precisa ter um pouco de diversão na vida.

Devo ter pronunciado as palavras mágicas ou coisa assim, porque ela põe as mãos no volante, exagera mais uma vez ao pisar no acelerador e eis mais um baque. Mas desta vez estou preparado e me seguro no apoio da porta, conseguindo me manter no lugar. Ela suspira de desânimo, mas continua. Quanto mais dirige, mais relaxada fica, e eu também, mesmo quando ela pega uma subida e até quando a caminhonete dá uns pulos. Quando ocorre um impacto mais forte e o veículo ronca, quica e sacoleja, ela começa a rir.

Conforme chegamos a um trecho plano de novo, ela ri com mais intensidade e a caminhonete vai desacelerando. Por fim, Lila para perto da beira da estrada rochosa e descansa a cabeça sobre o volante. Seus ombros chacoalham sem parar enquanto ela continua gargalhando cada vez mais alto. Fico quieto por tanto tempo quanto possível, mas a certa altura não consigo me conter.

— Você pode compartilhar o que há de tão engraçado? – Pergunto, baixando o para-sol.

Ela balança a cabeça sem olhar para mim.

— Não é nada.

— Ah, conta. Está me deixando louco.

— Se eu contar, você vai achar que eu sou louca.

— Se você não contar, vou achar de qualquer maneira – brinco, mas estou falando meio sério.

Ela suspira, desanimada, e ergue a cabeça. Lágrimas ainda estão boiando em seus olhos azuis e tenho dificuldade em saber se são de tanto chorar ou se ela estava chorando enquanto mantinha a cabeça baixa. Ela enxuga os cantos dos olhos com a ponta do dedo e pisca, diluindo e reabsorvendo as lágrimas.

— É só que... Esta é a maior diversão que eu tenho em muito, muito tempo – e abana a cabeça, como se estivesse desapontada com si mesma. — O que é uma coisa bem boba.

— Não tem nada de bobo – respondo, resistindo bravamente ao impulso de secar as lágrimas dela. — Acho divertido e, pode confiar em mim, eu não sou nem um pouco bobo – lanço um sorriso luminoso em sua direção.

Ela me observa atentamente.

— Não. Você meio que é bobo, mas de um jeito bom.

Não sei como responder a isso, já que ela parece estar sendo genuína, mas sendo genuína sobre eu ser um bobo.

— Lila, na verdade existe uma razão pela qual eu trouxe você aqui.

Ela puxa o câmbio para a posição "parar" e pisa no freio antes de se virar no banco e olhar para mim.

— Eu imaginei.

— Eu só quero saber quais são os seus planos – explico, olhando para o céu. O sol está se pondo. Ao longe, as luzes da cidade iluminam o horizonte.

— Planos de quê? – Ela soa confusa.

Foco a atenção nela.

— Em geral.

A tentação de Líla e Ethan

— Você já está ficando enjoado de mim, não está? Olha, Ethan, eu posso tranquilamente me mudar. Tem umas pessoas com quem posso ficar até encontrar outro lugar.

— E como você vai pagar esse novo lugar? – Pergunto. — E quem são essas pessoas com quem você vai ficar? Amigos do sexo masculino? *Mas que merda, por que acabei de perguntar isso?*

— Ei, eu tenho outros amigos, sim – ela aperta a mão contra o peito, ofendida. — Você é só o meu preferido – ao responder isso ela não está brincando, e por alguma razão isso me deixa feliz, ao mesmo tempo em que me faz revirar os olhos para mim mesmo, mentalmente.

— Isso não responde à minha pergunta sobre como você vai pagar por um lugar – digo, desafivelando o cinto de segurança.

Ela baixa o rosto e começa a girar o anel de platina.

— Não faço ideia.

Ponho o dedo sob seu queixo e a forço a olhar para mim.

— Você está me interpretando muito mal. Eu só quero conversar sobre nossos planos para seguir adiante.

— *Nossos* planos? – Ela pergunta, me avaliando com ceticismo.

— É, você, eu e o lugar que agora nós dois chamamos de lar – esclareço, tirando o dedo de seu queixo.

— Ah, você quer que eu comece a pagar aluguel – ela libera uma respiração suspensa.

— Sim e não... Sei que você provavelmente vai precisar de mais algum tempo até sarar, mas acho que deveríamos conversar sobre como tudo isso vai funcionar depois – fico remexendo na maçaneta, odiando dizer essas coisas, mas sabendo que precisam ser ditas. — Tipo, quem sabe, quando você estiver se sentindo melhor, pode arranjar um emprego e começar

Jessica Sorensen

a ajudar – estou tentando ser sutil, mas é difícil. — Eu só acho que talvez, se você se ocupasse mais, trabalhando e encontrando um passatempo, as coisas poderiam ser um pouco mais fáceis.

— Eu sei disso – ela responde, baixinho, as sobrancelhas se unindo conforme ela observa as cicatrizes no pulso. Uma vez eu perguntei de onde tinham vindo essas marcas e ela me respondeu que eram de uma coisa muito idiota que ela havia feito muito tempo antes, o que me faz pensar que ela as conseguiu ao mesmo tempo que a do tornozelo. — Mas eu não sei por onde começar.

— Eu ajudo – garanto a ela, inclinando-me e dando um apertão de leve em seu joelho. — Eu não vou deixar você sozinha nisto. Quando você estiver pronta, nós podemos conversar mais... Sobre qualquer coisa que você queira. Eu sou um ótimo ouvinte.

— Eu sei que você é.

Ela me encara por uma eternidade, averiguando minuciosamente os meus olhos, como se não acreditasse que sou real. Quando finalmente abre a boca, não tenho a menor ideia do que ela vai dizer.

— Obrigada.

Daí ela solta o cinto de segurança, se inclina e me dá um beijo na bochecha.

Fico pasmo. Apesar de todas as nossas carícias, isso é totalmente diferente. Mais íntimo e pessoal, e me dou conta de que, apesar de termos nos tocado em lugares onde amigos geralmente não encostam, nós nunca nos beijamos de verdade, nunca demos um beijo real, apaixonante e devorador. E eu quero tanto, tanto beijá-la, que preciso recorrer a toda a minha força interior para manter o controle. Os meus instintos

A tentação de Lila e Ethan

gritam para que eu salte da caminhonete e corra através do deserto até chegar ao apartamento, bem longe dela. Mas a necessidade de ajudá-la me mantém sentado. Eu preciso ajudá-la como não ajudei a London. Esta é a minha segunda chance de acertar e quero fazer as coisas direito com a Lila e com nós dois. É um sentimento fortíssimo, magnético e que me amarra, ao qual não sei como reagir a não ser seguindo em frente.

Quando ela volta a se endireitar no assento do motorista, a expressão em seu rosto é indecifrável.

— E agora, o que vamos fazer?

Primeiro eu dou de ombros, mas em seguida minha boca se curva em um sorriso.

— Que tal irmos para casa e assistirmos a um filme bobo e poético?

— Para casa? – Ela repete, como se fosse uma coisa irreal, como se casas não existissem. — Tá, vamos para casa.

Ela abre a porta e pula na areia, mas depois se vira e me aponta o dedo.

— Mas você vai dirigindo, porque eu me pelo de medo de estragar seu carro.

Ela sopra um beijo na minha direção, agindo exatamente como a Lila que eu conheci um ano atrás, só que não, porque a Lila que eu conheci nunca existiu. Era uma miragem criada por remédios.

Estranhamente, eu mesmo também não sou a mesma pessoa de quando a conheci, porque o que estou fazendo agora – o que sinto neste preciso instante – é algo que nunca imaginei que faria ou sentiria. Dependência – aquela coisa que odeio. Já vi a dependência em ação, quanto a drogas e em relacionamentos, como no caso da dependência da minha mãe em relação ao meu pai; no entanto, estou deixando que ela dependa de mim, e, de um jeito bizarro, estou meio que confiando nela para que ela me deixe ajudá-la, e confiando que ela vai melhorar.

Embora ela tenha sido um pé no saco nos últimos dias, a ideia de Lila se mudar e ir viver com outro amigo me incomoda. Eu meio que quero que ela more comigo e isso me deixa bem confuso, porque significa que, pela primeira vez desde a London, quero alguém na minha vida. Eu quero a Lila mais do que jamais quis ninguém.

Capítulo 10

Lila

Estou morando com o Ethan há duas semanas e limpa de comprimidos há dois dias, sem tomar nem mesmo a meia dosagem. É um sentimento estranho. Ainda estou me adaptando, ainda preciso aprender a lidar com ele. Eu nunca tinha percebido como as coisas ficavam alteradas quando eu estava tomando as bolinhas. Até o calor do sol parece mais forte. Além do mais, não transei com ninguém. Acho que é o meu recorde. Mesmo quando eu namorava, como no breve relacionamento que tive com o Parker um ano atrás, era tudo baseado exclusivamente em sexo – um sexo que eu mal aproveitava e do qual pouco me lembrava depois. Tem sido assim desde a minha primeira vez. Mesmo então, eu não fazia ideia de onde estava me metendo e, quando finalmente me dei conta, era tarde demais. O que aconteceu mudou para sempre quem eu era e como eu enxergava as coisas. Nunca mais olhei para os homens do mesmo jeito, exceto o Ethan. Ele é genuinamente um cara bacana, o que é raro e torna nossa situação complexa. O Ethan e eu sempre tivemos uma relação interessante, que ampliava os limites da amizade sem, entretanto, cruzá-la. Agora que passamos bastante tempo juntos nós mal nos tocamos, apesar de estarmos constantemente desafiando as fronteiras da amizade. Como quando ele entrou no banheiro enquanto eu estava tomando banho, hoje de manhã.

— O que você está fazendo? – Gritei, quando ouvi a porta sendo aberta e fechada.

— Relaxa, eu só vim pegar a minha escova de dentes – ele respondeu, e começou a remexer no gabinete.

— Se você não sair, eu vou puxar a cortina e jogar água em você – eu disse, me contorcendo, porque a cortina era muito fina e clara, quase transparente.

A torneira foi aberta e ele caiu na gargalhada.

— Uau, o melhor castigo de todos os tempos.

Tive um frio no estômago quando puxei os cabelos para trás e entreabri a cortina, espiando para fora na direção dele.

— Você sabe tão bem quanto eu que você não quer me ver pelada.

Nem sei por que falei aquilo: se eu o estava provocando para que admitisse algo que eu espero que exista ou se acredito de verdade que ele não me quer assim.

Ethan estava vestindo uma calça de pijama xadrez, de cordão na cintura, e nenhuma camisa. Ele tinha uma escova de dentes na mão e estava debruçado sobre a pia, encarando a cortina.

— Você não me conhece nem um pouco? – Ele levantou uma sobrancelha enquanto enfiava a escova coberta de pasta dentro da boca. — Eu amo ver mulher pelada.

A voz dele soava engraçada e ele ergueu e baixou várias vezes as sobrancelhas, parecendo totalmente divertido e à vontade.

Estreitei os olhos, perguntando-me quanto será que ele conseguia enxergar do meu corpo através da cortina, e se isso me importava.

— É, mas você traçou um risco de amizade entre nós por algum motivo.

Eu estava sendo grosseira e não sabia por quê. Culpei a abstinência, porque vinha aprendendo bem depressa que ela podia me enlouquecer e me jogar em um estado de enorme confusão emocional.

A tentação de Lila e Ethan

— E você... — Eu quase trouxe à tona aquela noite em que nos acariciamos, mas fiquei com medo.

Ele franziu a testa e se curvou sobre a pia, cuspindo um monte de espuma de pasta.

— Não. Pensei que nós dois tivéssemos concordado com aquele traço – ele enxaguou a escova e a colocou de volta no suporte perto da pia. Daí se virou, se apoiou no balcão e cruzou os braços. — Estou enganado? Você... Você... O que você quer?

Por que ele está me perguntando isso? O que ele quer dizer? Por que eu mesma estou me fazendo tantas perguntas?

A água escorreu pelos meus olhos e rosto enquanto eu discretamente olhava para o corpo dele. Ele é lindo de um jeito ao qual não estou acostumada. É uma beleza rude, que tem substância, do tipo que é real, não mascarada por bronzeados, corpos perfeitamente esculpidos e ternos e gravatas chiques. Ethan é arte, pura e simples – mechas de cabelo que sempre caem no lugar certo, por cima de seus olhos escuros e abrasadores, criando um efeito misterioso na medida exata, e aquelas tatuagens... Meu Deus, as tatuagens. Ethan é o tipo de arte que você precisa realmente analisar para compreender o que significa, para entender o que ele está pensando.

De repente, percebi como estava agindo de um modo nada habitual. Estava reparando nele mais do que reparo normalmente, e em cada centímetro do corpo eu sentia a urgência pulsante de afastar aquela cortina e implorar que ele me tomasse. Implorar. Eu nunca faço isso quando se trata de sexo. Em geral, os caras simplesmente me pegam, e eu tranco os meus sentimentos. Mas eu estava cogitando ir até ele, e pedir-lhe, pela primeira vez, estando sóbria. Isso tudo estava fazendo com que eu me perguntasse se eu realmente sabia quem eu

Jessica Sorensen

era. Durante todos esses anos, a pessoa que eu fui era baseada em remédios e em uma necessidade louca de se sentir amada.

Nós ficamos nos encarando por um tempo, e então o Ethan pigarreou, e, ao limpar a garganta, pôs-se de pé e caminhou para a porta.

— Se você quiser, podemos empacotar o resto das suas roupas e descer até a loja de consignados, ver se eles dão alguma coisa por elas.

A voz dele soou um pouco fora dos trilhos, mas sua expressão não apresentava o menor sinal de hesitação. Concordei com a cabeça, tentando me manter imóvel apesar do calor e do entusiasmo que faziam comichões entre as minhas coxas.

— Parece bom.

Ele sorriu e acenou, com os olhos voltados para a cortina que escondia o meu corpo, e em seguida saiu, fechando a porta atrás de si. Eu soltei a cortina e voltei para baixo do chuveiro, deixando que a água levasse o calor e o desejo pelo ralo e dizendo a mim mesma para superar aquilo – para superar o Ethan. Porém, por alguma razão, a ideia parecia bastante improvável e fora do meu alcance.

***

— Então, quanto você acha que posso conseguir por isso tudo? – Pergunto, enquanto o Ethan carrega a traseira da caminhonete com as caixas contendo as minhas roupas.

Minhas lindas roupas, das quais eu nunca iria querer me desfazer, mas sei que devo, para conseguir comprar outras coisas como, por exemplo, comida. Pensei que iria me sentir péssima ao fazer isso e meio que me sinto mesmo, mas também tem uma espécie de simplicidade, como se eu estivesse

A tentação de Lila e Ethan

me transformando, o que eu sei que não é real, é só que neste momento tudo parece muito real. Como o calor e o modo como as roupas grudam da minha pele suada. Como o meu cabelo, todo bagunçado em um rabo de cavalo cuja ponta cola na minha nuca. Meu cabelo nunca esteve tão desalinhado e minhas cutículas nunca estiveram tão secas. Mas eu estou na Terra da Simplicidade, onde BMWs, bolsas de grife e anéis de platina não existem, e estou tentando descobrir que tipo de pessoa eu sou e como me encaixo em tudo isso. Será que consigo ser pobre? Cuidar de mim mesma? Quem eu quero ser? Quem é Lila Summers?

Ethan coloca a última caixa na caminhonete e bate a porta que fecha a traseira.

— Como eu posso saber?

Ele enxuga o suor das sobrancelhas com o braço. Está vestindo camiseta verde e bermuda preta, amarrada com um cinto rústico, e tem várias pulseiras de couro nos pulsos. Está suado e meio que irritado também, mas sob a luz do sol ele é insanamente *sexy* e eu estou obcecada por ele.

— Quê? – Ele pergunta, notando meu olhar fixo.

Aperto os lábios, balançando a cabeça.

— Nada.

— Alguma coisa é. Ou você não estaria com esse sorriso pateta na cara.

De um modo muito autoconsciente, esfrego a boca como se pudesse apagar o sorriso.

— Eu não tenho um sorriso pateta.

Os lábios dele se curvam em uma careta divertida, e por um momento seu mau humor vai embora.

— É, tem razão. Agora você vai me contar por que está com um lindo sorriso?

— Nada – dou de ombros, tentando não deixar que o meu sorriso fique ainda mais largo por ele ter dito que é bonito. — Eu só estava reparando em como você está bonito, hoje – digo, contando a verdade do jeito mais casual que consigo.

Ele olha para baixo, para a própria camiseta suada, e depois me encara com expressão de estranheza.

— Você acha que estou bonito?

— Com certeza.

Dou de ombros de novo, sem querer esmiuçar o fato de que ele está ridiculamente sensual e que eu quero que ele me toque. Faz uma semana que esse sentimento vem se tornando um desejo crescente. Morar com ele parece ter adubado minha atração, que desabrochou como uma árvore florida. É irritante e eu gostaria que sumisse, porque, aparentemente, sem os comprimidos eu me transformei em uma tarada. Fora isso, o Ethan teve uma amostra de como sou por baixo da maquiagem, das joias e das roupas refinadas – ele viu o meu eu *real* nos momentos de maior feiura. Temo que fazer sexo com ele seria diferente, teria mais profundidade, ao menos para mim, e eu acabaria emocionalmente envolvida. E daí, o que aconteceria quando nosso relacionamento terminasse? Eu provavelmente seria jogada de volta ao mesmo lugar onde estive depois do Sean, o primeiro e último cara com quem me importei e que me usou e me descartou como se eu fosse lixo.

Ele inclina a cabeça de lado e me avalia com uma expressão intrigada.

— Sério?

— Sério. Por que você está agindo desse jeito estranho?

Protejo os olhos com a mão, porque o sol está batendo no teto metálico do prédio. Ele não diz nada, só abre os braços e dá um passo à frente.

A tentação de Lila e Ethan

— Você de verdade, de verdade, acha que estou bonito agora? Tanto que até gostaria de encostar em mim? – Ele contorce os lábios daquele jeito que sempre leva minha atenção a se concentrar integralmente em suas partes viris.

Reviro os olhos, apesar de estar tremendo por dentro.

— Você às vezes é muito estranho.

— Estranho, é?

Com pouco ou nenhum aviso prévio, ele se aproxima. Tento me desviar, discretamente, mas enrosco o pé e tropeço. Caio de lado e ele me segura, rindo enquanto intencionalmente esfrega o corpo suado contra o meu.

— Meu Deus! – Eu guincho, rindo e tentando escapar. — Você está todo melado e grudento!

— Foi você que falou que eu estava bonito.

Ele me ergue do chão e eu me enrijeço como uma tábua, ao mesmo tempo em que tento manter distância do corpo suado dele. Ele contorna a caminhonete por trás até chegar ao lado do passageiro, e de algum jeito consegue abrir a porta sem me largar.

— O que você está fazendo? – Grito, tentando fazer parecer que o contato com a transpiração dele me aborreceu, mas o prazer do momento fica óbvio na minha voz.

Ele me deposita no banco e pega o cinto de segurança. Fica bem próximo ao se inclinar para passar o cinto sobre o meu ombro e afivelar.

— Você ainda acha que estou bonito? – Ele pergunta, com um olhar provocante, o rosto tão perto que consigo enxergar até as sardas mais pálidas de seu nariz.

Movo lentamente a cabeça, concordando, enquanto engulo com dificuldade o nó na garganta.

— Acho, mas também acho que você está cheirando.

— Cheiro de homem – Ethan diz, sorrindo de si mesmo.

Ele se inclina e aproxima o peito do meu rosto, de modo que recebo uma lufada de seu aroma masculino.

— Eca!

Esfrego o nariz e viro o rosto, apesar de o cheiro dele não ser ruim. Na verdade, ele tem cheiro de colônia com suor e calor. Bem bom. Muito masculino. Eu inspiro discretamente, absorvendo o cheiro dele até que os meus pulmões estejam saturados. Ele provavelmente nota o subir e descer do meu peito, porque se afasta e me encara, a perplexidade estampada em seus olhos.

— Então, pelo visto, você gosta do cheiro de suor.

Ele tenta falar em tom de piada, mas sua voz falha e eu me pergunto por quê. O Ethan nunca fica nervoso. Eu já o vi paquerar milhares de vezes, e ele sempre consegue levar a garota para casa.

Não respondo nada e não sei por quê. Fico só olhando nos olhos dele e sentindo uma coisa diferente – eu me sinto diferente, com vertigens, viva, e não um zumbi, só para variar. O interruptor que normalmente se desliga dentro de mim permanece ligado. Não tenho certeza se gosto da sensação – a vulnerabilidade, as emoções deslocadas que fervilham no meu peito – ou não.

Sem sequer perceber, prendo as pernas em torno do quadril dele. A necessidade de sentir alguém perto de mim, conectado a mim e me tocando está dominando todo o meu ser. Já faz algum tempo que não sou tocada e esse contato é bom – melhor do que bom.

A respiração dele fica entalada na garganta e isso me deixa passada. Ele está nervoso. Eu estou nervosa. Sinto uma estranha mudança entre nós, o calor entre nossos corpos se intensificando e eu ficando excitada, meus nervos fervendo dentro

A tentação de Lila e Ethan

de mim. De repente, sou uma pessoa completamente diferente. Não estou partida. Perdida. Atordoada. Confusa. Sou uma garota aproveitando um instante com um cara de quem realmente gosto muito, muito.

Fecho os olhos conforme ele se inclina. Ele vai me beijar. Consigo adivinhar. E quero dizer beijar *de verdade* desta vez, ao invés de *meio que* me beijar. Venho esperando por isso há mais tempo do que tinha me dado conta e, apesar de todas as preocupações sobre os meus novos sentimentos, sentimentos que tenho certeza de que existiam antes, mas eu estava medicada demais para sentir, eu o desejo tanto que o meu corpo está se consumindo. Sinto claramente todas as sensações de força, aconchego e calor, inspiro o cheiro delicioso que ele exala e salivo de antecipação. *Me beija. Por favor, Deus, me beija. Não se afasta.*

Eu gemo pelo calor de sua respiração e deslizo as mãos por suas costas enquanto me arqueio na direção dele. E aguardo. Aguardo pelo beijo e sinto sua bochecha roçar a minha. Ele se deixa ficar ali por um momento, pressionando nossa pele uma contra a outra, e sei que a seguir ele vai encostar os lábios nos meus. Eu aguardo, enquanto ele sussurra o meu nome sob a respiração ofegante. E aguardo. Segundos depois, a bochecha dele se afasta da minha. *Me quebra. Me joga fora. Você não me quer. É claro. Ninguém quer.*

Apesar de não desejar, acabo abrindo os olhos, sentindo-me brava e humilhada, e o descubro me olhando. Isso é novidade para mim. Normalmente, quando chego a este ponto com um cara, ele está encarando meus seios, pronto a arrancar as minhas roupas, como se eu fosse algo que ele está preste a devorar.

— Temos que ir – é tudo que ele diz.

Estou estupidificada. Sem palavras. E me sentindo mais sem amor e indesejável do que jamais me senti.

— É, acho que sim – forço um sorriso e me endireito no banco, o meu corpo tremendo por dentro de raiva e decepção.

Lágrimas começam a pinicar meus olhos, algo que nunca me aconteceu. Não tenho certeza de como lidar com isso e tento engolir o choro, enquanto giro o anel no meu dedo e tento me lembrar de quem eu costumava ser.

— Tem certeza?

Ele recua um passo, afastando-se da porta e de mim, e o sol bate em seu rosto. Ele parece estar triste e sofrendo, quase como se tentasse não chorar, igual a mim e muito atipicamente.

Abano a cabeça em concordância e aliso a regata para baixo. Eu me sinto derrotada e rejeitada. Honestamente, não sei o que sinto, e isso me assusta. Passei a vida com caras muito semelhantes entre si, do tipo que é educado em público, me dá presentes caros, possui carros bacanas e sempre diz o que eu quero escutar, pelo menos até chegarmos à cama, mas eu nunca senti nada com nenhum deles. E agora tem o Ethan. Ele é pobre, dirige uma caminhonete e tenho certeza de que tudo o que me disse até hoje é verdade. Ele nunca me sacaneou, mesmo quando as coisas ficaram difíceis – na verdade ele até tentou me ajudar, algo que ninguém nunca fez. O que tudo isso indica? Que eu estive vasculhando o mundo atrás do cara errado? O cara que eu achei que deveria procurar? O tipo de cara que a minha mãe sempre disse que eu precisava encontrar. Foi isso que andei fazendo todo esse tempo?

Sinto que estou à beira de explodir em lágrimas, não só pela rejeição do Ethan, mas pela falta de autoconfiança que flutua dentro de mim, porque estou preocupada de ter passado todo esse tempo fazendo o que a minha mãe queria, mas

A tentação de Lila e Ethan

estava cega demais para perceber. Só o que eu quero agora é uma bolinha que faça desaparecer tudo isso que estou sentindo. Quero a minha autoconfiança de volta, ao menos a minha falsa autoconfiança. Quero de volta o meu estado abençoado, atordoado e a salvo de experiências vergonhosas, porque é mais fácil do que a realidade.

Por sorte, Ethan contorna o carro e senta no banco do motorista. Isso parece romper a estranha e deprimente bolha de desejo que havia se formado entre nós.

— Para a loja, então, certo? – Ele pergunta, virando a chave.

— Para onde mais seria? – Respondo suavemente, como se não fizesse diferença, embora faça.

Ele assente e dá ré, e toda a simplicidade que eu estava sentindo alguns momentos antes se evapora, deixando no meu peito um vazio gigantesco que só uma coisa é capaz de preencher.

Um comprimido minúsculo e proibido que cabe na palma da mão.

Ethan

As coisas entre nós estão ficando bizarras, exatamente como eu achei que ficariam. E eu nem sei direito qual é o problema. Quer dizer, uma hora ela está tomando banho e por algum motivo idiota eu entro, fingindo que preciso escovar os dentes, quando na real eu só quero flertar com ela. Depois, aquele episódio na caminhonete. Que merda! Eu quase a beijei de verdade, e depois fiquei me lamentando e revirando as emoções dentro de mim, emoções que eu não sentia desde a London. Tenho sentimentos fortes pela Lila, eu sei; está

Jessica Sorensen

ficando difícil lidar com eles. E nós moramos juntos agora, o que torna tudo ainda mais complicado. O que vai acontecer se acabarmos fazendo alguma coisa? Simplesmente moramos juntos? Beijamos, trocamos carícias e trepamos e, se o relacionamento se desenrolar do jeito que já vi, em última instância vamos acabar brigando.

Porém, por um segundo, deixo de lado a ideia de acabar como os meus pais e contemplo a cena de nós dois nos beijando pelo apartamento todo, transando pelo apartamento todo... Desenvolvendo um relacionamento.

Não, eu não posso ir por aí. Sim, eu quero ajudá-la, mas como amigo, pois é disso que nós dois precisamos, agora. Eu preciso de uma pausa de tudo isso, dos meus sentimentos por ela e dos meus pensamentos ultra-analíticos. Eu preciso é voltar a fazer o que sempre me ajudou a clarear as ideias, ou seja, trepar; ainda assim, a ideia de dormir com outra pessoa me faz sentir culpado, e não em relação à London. Em relação à Lila, apesar de eu não pertencer a ela e ela não pertencer a mim. Sou livre para fazer o que quiser, entretanto, apesar disso, parece que eu a estaria traindo se saísse com alguém.

Esse negócio de morar junto está fodendo com a minha cabeça.

Depois que vendemos as roupas dela, perambulamos pelo departamento de roupas de segunda mão, por nenhum outro motivo além de evitar o clima estranho de passarmos tempo juntos fechados no carro ou em casa.

— Ethan, o que você acha?

Lila está segurando um tapete terrivelmente brega, cor-de--rosa, estampado de flores. Ela me lança uma careta provocativa, tentando com todas as forças superar nosso bizarro momento na caminhonete.

A tentação de Lila e Ethan

Respondo com outra careta, mas sou severamente distraído pelos meus próprios pensamentos, que neste instante estão presos pelo que houve, desejando que a tivesse beijado. Ao mesmo tempo, gostaria de poder beijar a London de novo. Que merda há de errado comigo, afinal?

— Parece um tapete esfarrapado dos anos 1970 sobre o qual várias pessoas fizeram sexo.

A estranheza volta a crescer ao nosso redor quando pronuncio a palavra "sexo". Ela se remexe, pouco à vontade, e eu pigarreio para limpar a garganta.

— Então, vamos? – Pergunto.

Dou um passo para o lado conforme um homem se aproxima pelo corredor. Sinto-me cada vez mais ansioso e tenho uma necessidade urgente de dar o fora daqui.

Ela deixa escapar um suspiro e põe o tapete de volta na prateleira, parecendo triste.

— É, acho que sim.

Eu me sinto um bosta. Ela não precisa disso, agora. Ela precisa de um amigo. *Por que não consigo me conter? Por que não posso ser amigo dela?* A resposta que me vem à cabeça me assusta. Porque eu desejo a Lila e não só por uma noite.

Tento mudar para um assunto e um humor mais leves.

— Podemos ir tomar um sorvete antes de voltar.

Ela vai andando para o fim do corredor, dando de ombros.

— Não precisa. Estou meio cansada, mesmo.

Ao chegar à porta ela está olhando para baixo, para os próprios pés; uma versão quebrada da pessoa que eu conheci, e ainda assim ela provavelmente está mais inteira agora. É só que a ruptura não está mais escondida.

O caminho até em casa não corre nem um pouco melhor. Vamos em silêncio e ela fica cutucando as unhas sem olhar

Jessica Sorensen

para mim. Estou prestes a descarregá-la no apartamento, pronto para cair na noite e livrar a minha cabeça desta depressão e dos pensamentos idiotas de ficar com ela. Está ficando tarde, o sol está se pondo atrás das colinas arenosas e as cores do céu parecem uma pintura em aquarela, belamente irreal.

— Você não vem? – Ela pergunta, segurando a porta da caminhonete aberta, esperando para saltar.

O cabelo está se soltando do rabo de cavalo, a regata branca e justa e os *shorts* revelando suas curvas, os olhos azuis parecendo tristes.

Sacudo a cabeça e apoio o pé no pedal, pronto para ir embora.

— Não, hoje eu vou sair.

Uma sombra cobre seu olhar e ela aperta os olhos.

— Você quer dizer que vai atrás de alguém para comer?

Sua voz é aguda e ela está pressionando as mãos com tanta força que temo que seus dedos se partam.

Eu me sinto o maior filho da puta que já existiu, mas ao mesmo tempo estou muito confuso. Sobre tudo. Como cheguei a este ponto em que quebrei todas as regras que eu mesmo determinei para mim. Em que olho para o passado e para a London e tudo o que desejo é ficar com a Lila.

— É, provavelmente.

Ela sacode a cabeça vigorosamente e salta, lançando-me um olhar raivoso antes de bater a porta. Eu dou ré, e, antes que ela chegue à calçada, já estou girando os pneus. Sigo direto para o clube de *striptease*, estaciono o mais próximo possível e saio. Ando pela parte mais movimentada da cidade, onde as luzes lançam reflexos sobre o rosto das pessoas e fotografias de mulheres seminuas cobrem as calçadas. Vasculho a multidão e os edifícios atrás de uma trepada em potencial. Porque eu preciso foder. Agora.

A tentação de Lila e Ethan

Começo procurando alguém que tenha uma cara boa para uma ficada de uma noite só. Tem muita gente nas ruas esta noite, então acabo entrando em um cassino e olhando em volta das máquinas de jogo, até que vejo um grupo de garotas mais ou menos da minha idade, rindo perto da entrada do prédio. Tomo a direção delas sabendo que não é o melhor cenário, porque elas estão em grupo, mas preciso clarear as ideias, e sexo é o melhor caminho quando chego a este ponto de desordem mental, porque ao menos me distrai. Nem a solidão conseguiria esse efeito agora.

Uma mulher baixa, cheia de curvas e com seios que saltam de um vestido de oncinha começa a me observar mais e mais conforme eu me aproximo. Ela cochicha alguma coisa na orelha da amiga, dá risada e começa a enrolar no dedo uma mecha de cabelo loiro. Estou tentando decidir se ela é realmente o meu tipo, se é que eu ainda tenho um tipo, quando ela vem na minha direção.

— Ei – ela diz, sorrindo para mim.

Ela tem uma mancha de batom cor-de-rosa no dente e seus cílios são um pouco longos demais, mas dá para encarar, ou ao menos eu acho que vai dar. Entretanto, assim que penso isso, a minha mente voa para o meu apartamento, onde já existe uma loira linda. Eu me pergunto o que ela estará fazendo. Se está bem. Por que eu a abandonei desse jeito?

— Oi. Está me ouvindo? – A loira à minha frente pergunta, e eu pisco para sair do transe.

— Não, desculpe, não consigo ouvir você no meio de todo este barulho – gesticulo, apontando para as máquinas apitando no entorno.

Ela balança a cabeça e morde os lábios.

— Bom, então quem sabe deveríamos ir a algum lugar mais tranquilo.

Jessica Sorensen

Bem que eu quero, mas tudo em que consigo pensar no momento é em como abandonei a Lila porque as minhas emoções tomaram o controle. Porque quis beijá-la na caminhonete e depois levá-la para cima e trepar com ela. Quero ficar com ela e quero que seja mais do que uma coisa de uma noite só. Quero quebrar as minhas regras por causa da Lila. A última pessoa por quem eu quebrei as regras foi a London, e a certa altura da vida eu desejei que ela fosse a última, mas agora já não tenho tanta certeza.

O ruído dos caça-níqueis está me deixando louco, assim como a música que está tocando. Eu poderia ir com esta mulher para algum lugar menos barulhento, como um quarto de hotel. Ficar lá durante algumas horas, até estar totalmente suado e temporariamente contente. É, eu poderia fazer isso.

— Claro, podemos ir para outro lugar – sorrio para ela, mas por dentro estou sentindo qualquer coisa, menos alegria.

Ela diz às amigas que volta dali a pouco e vamos para o andar superior, abrindo caminho entre a multidão. Ela começa a me contar sobre a vida dela, mas eu mal escuto. Fico só acenando com a cabeça, pensando na Lila e em como me sinto em relação a ela. Toda vez chego à mesma conclusão: acho que ainda não consigo pensar em estar com ela por inteiro, sem ao mesmo tempo pensar na London também.

Sempre fui bom em dominar as minhas ações e emoções, mas ambas estão fora de controle no momento, enquanto um furacão selvagem varre o meu corpo de cima a baixo. Não consigo pensar direito. Lila. London. Lila. London. A mulher vulgar à minha frente. Não sei o que quero e a verdade, queira eu admitir ou não, é que tenho sido dependente da London, da imagem e da lembrança dela, e me agarrado a isso e à culpa que sinto por tê-la abandonado naquele dia.

A tentação de Lila e Ethan

Posso fingir tanto quanto eu quiser, mas todo o sexo e o torpor que venho procurando, como estava prestes a fazer com esta mulher, era só um jeito de encobrir tudo, e não de me livrar de tudo. E agora estou tentando fazer a mesma coisa com a Lila porque me sinto culpado pelos sentimentos que tenho por ela. Acho que, até que eu consiga me desvincular da London, não vou ser capaz de estar com a Lila de um modo emocionalmente completo. E isso é o que ela merece. Não metade do meu coração nem a minha atenção dividida, muito menos o humor instável que me faz fugir e, através do sexo, evitar os sentimentos. É uma revelação. Uma revelação gigantesca e dolorosa com a qual não sei o que fazer, apesar de os meus instintos estarem "Vá trepar com esta mulher e esquece estas merdas por um minuto!".

Subitamente, estanco no meio do clube, e as pessoas se chocam contra mim.

A mulher com quem eu estava falando diminui o passo e me olha, confusa.

— O que foi?

Solto um suspiro e passo os dedos no cabelo, pensando em quanto quero desesperadamente trepar com ela e me sentir melhor ao menos por um breve período, e em como a Lila provavelmente está em casa, se sentindo do mesmo jeito em relação aos comprimidos, principalmente porque parecia estar tão triste quando a deixei lá.

— Tenho que ir – digo, afastando-me dela através da multidão.

Talvez eu não seja capaz de ter um relacionamento com a Lila por enquanto, mas eu posso ser amigo dela assim como consigo desistir de fazer sexo com esta mulher, porque, na real, eu nem quero ficar com ela.

Jessica Sorensen

— Como assim, precisa ir?

Ela faz a pergunta, no entanto não me segue, provavelmente porque não se importa o bastante para tentar. Éramos apenas duas pessoas procurando alguma coisa no lugar errado, e não nos demos ao trabalho nem de pegar o nome um do outro.

Telefono para a Lila quando volto para a caminhonete, mas ela não atende, então viro abruptamente, fazendo os pneus cantarem, e piso fundo no acelerador, dirigindo no limite da velocidade até chegar ao apartamento. Estou tenso com o que vou encontrar e me sinto culpado por ter abandonado uma garota *de novo*.

Abro a porta e minhas narinas são imediatamente inundadas por um cheiro de solvente. Ou de removedor de esmaltes, enfim. Lila me espia do sofá, o cabelo úmido caindo como um véu sobre seu rosto orgulhoso. Ela apoiou o pé na mesa de centro e está pintando as unhas, e o som está ligado. Os meus olhos são instantaneamente atraídos para a lateral da mesa, onde repousa uma garrafa de cerveja pela metade.

— É só uma cerveja – ela diz, rápido, enquanto espalha o esmalte na unha do dedão.

— E é só isso? – Odeio perguntar, mas preciso saber.

Ela bufa, fazendo voar mechas de cabelo pelo rosto.

— O que você acha?

Fecho a porta e jogo as chaves perto da luminária.

— Vou achar o que você me disser.

Isso é o que eu digo, mas o que eu realmente espero é que, tal como eu fiz, ela também tenha sido capaz de se manter longe da única coisa que poderia ajudar a amortecer o que ela não quer sentir. Espero que ela esteja sentindo as próprias emoções agora, como eu estou. Por que vê-la sentada aqui me faz perceber que, mesmo que eu tenha várias merdas para

A tentação de Lila e Ethan

trabalhar internamente, em especial no que se refere a como me desprender da London e da minha culpa, ter me afastado daquela mulher no clube foi a coisa certa a fazer.

Ela enfia o pincel no vidrinho e gira a tampa, apertando firme. Então se recosta no sofá e me olha com uma expressão indecifrável.

— Não tomei nada, se é aí que você está tentando chegar.

Eu me sento no apoio para o braço e sou atingido em cheio pelo cheiro do removedor e do xampu dela.

— Lila, eu não estou tentando chegar a lugar nenhum. Eu só cheguei em casa.

— É, mas foi por isso que você voltou, não foi? – Ela zomba, irônica. — Porque achou que eu iria fazer besteira.

Deixo escapar um suspiro de irritação.

— Olha, eu sei que as coisas têm andado estranhas entre nós, mas...

— "Estranhas" – ela repete, me interrompendo e atirando as mãos para o alto, exasperada. — Ethan, você quase me beijou na caminhonete e teve aquela noite... A noite sobre a qual nós nos recusamos a falar... – Ela abana a cabeça, desanimada. — Eu nem sei mais onde é que isso nos deixa.

— Eu não...

Luto para encontrar as palavras, surpreso pelo modo como ela pôs tudo para fora tão abertamente. Isso me abala e me esforço para reencontrar o equilíbrio, mas estou inapelavelmente despencando para um lugar desconhecido, e preciso retomar o pé da situação antes de fazer alguma coisa drástica e sem volta.

— Eu não sei o que você quer que eu diga.

— Eu também não sei – ela responde. — E isso está me deixando doida, porque não tenho ideia do que eu quero

Jessica Sorensen

nem do que você está pensando. Estou ficando tão louca que cogitei seriamente tomar o remédio de novo. Tudo está me tirando do sério! – Ela fecha as mãos, prestes a gritar. — Eu não aguento mais. Vou sair dos trilhos. Acho de verdade que estou perdendo a cabeça. Quero dizer, talvez eu devesse realmente estar tomando remédio. Talvez fossem eles que me mantinham sã e agora toda a minha insanidade está aqui, exposta, para o mundo inteiro ver.

Ela não precisa explicar. Sei o que ela quer dizer. Brinco com o dedo na lateral da perna, espremendo o cérebro em busca de algo que mude essa situação para melhor. Preciso acalmá-la e fazê-la ver que não está sozinha nisso.

— Eu já contei sobre o dia que caí com a caminhonete dentro de uma vala?

— O quê? – Ela me olha, perplexa. — O que é que isso tem minimamente a ver com o que acabei de falar?

Escorrego do apoio de braço para a almofada, mantendo uma pequena distância entre nós, e descanso o pé sobre a mesa de centro.

— Foi dois dias depois que eu decidi parar. Eu estava bem louco e confuso, achando de verdade que estava ficando maluco.

Eu omito o fato de que a maior parte daquilo tinha a ver com a London, porque, mesmo tendo percebido minhas questões a respeito de me manter agarrado a ela, ainda não estou pronto para falar sobre o assunto com a Lila.

— Acabei adormecendo no volante e levando a caminhonete para dentro de uma vala. Eu estava completamente sóbrio, e essa sensação de alternar loucura e lucidez pode ser mais complicada do que estar drogado o tempo todo. É muito estressante e difícil, sabe?

A tentação de Lila e Ethan

Ela bate o pé no chão, impaciente, e se recusa a olhar para mim.

— Por que você está me contando tudo isso?

— Porque – eu me aproximo e começo a fechar os olhos quando sinto uma lufada do perfume dela, mas rapidamente pisco e os mantenho abertos – eu quero que você saiba que eu entendo o que você está sentindo e que às vezes tudo parece muito louco, mas depois passa.

Ela suspira, contrariada.

— Quanto tempo?

— Até o quê?

— Até passar completamente.

Encaro a parede à nossa frente.

— Não sei se chega a passar completamente. Meio que fica sempre ali, sabe, como uma besta adormecida ou algo assim, mas a intensidade da ânsia diminui.

Ela volta a cabeça para mim.

— A besta alguma vez acordou? Quer dizer, você teve alguma recaída?

Confirmo com a cabeça.

— Uma vez. Cerca de um ano depois de estar limpo.

Foi o dia em que revi a London. Foi demais vê-la naquele estado, uma simples casca de seu verdadeiro eu.

— E daí? – Lila pergunta. — Você simplesmente se limpou de novo?

— Isso – respondo, omitindo a verdade.

A verdade é que eu tinha medo de mim mesmo quando estava drogado. Medo do que eu poderia me tornar. Medo de perder a cabeça, também, e de acabar pulando de uma janela, seguindo os passos da London. As pessoas da casa disseram que não faziam ideia de que ela havia ido para cima. Que eles não a viram. Isso é porque eles estavam viajando, e eu deveria ter estado lá com ela. E ela não deveria ter injetado a heroína, para começo de conversa. Mas o que realmente me pega, e o que vou me perguntar para sempre, é: por que ela pulou? Foi por causa das drogas? Ou por outro motivo? Ela queria pular? Se não a tivesse abandonado, eu saberia. Se eu não a tivesse deixado, talvez ela nem tivesse pulado. Mas talvez tivesse. Eu nunca vou saber de verdade.

Lila morde o lábio, absorvendo as minhas palavras como se fosse uma esponja, e eu rezo para ter dito tudo direito. Ela me olha com seus grandes olhos azuis e solta o lábio.

— Você parece o Senhor Miyagi ou alguém do tipo.

Minhas sobrancelhas se erguem enquanto o tom sombrio que vinha dominando a noite muda para um clima mais leve.

— Você está realmente citando *Karate kid*?

Ela dá de ombros.

— E daí? É só um filme velho sobre chutes e pontapés.

— Sim, mas... – Balanço a cabeça. — Não parece algo que você veria.

— Bem, eu sou uma caixinha de surpresas.

Ela revira os olhos como se tivesse dito a coisa mais ridícula do mundo, mas, na verdade, ela é, mesmo. Para o bem e para o mal, a Lila vem me surpreendendo de novo e de novo e eu fico me perguntando que outras surpresas estão reservadas para mim. Para o bem e para o mal.

— É mesmo – respondo, com honestidade, lembrando como ela era diferente quando nos conhecemos. — Você é, de verdade.

Capítulo 11

Lila

O Ethan está me ensinando a cuidar de mim mesma, tipo, como economizar no supermercado e como gastar o menos possível em qualquer lugar aonde eu vá. É bem bizarro, não só porque estou aprendendo isso tudo aos vinte anos, mas porque o que ele está me ensinando vai contra tudo o que me ensinaram em casa. Cresci em uma casa com empregadas, babás, faxineiras, motoristas particulares e dinheiro sempre à mão. Enquanto morei com a Ella, quando eu não tinha como pagar alguém que fizesse essas coisas por mim, ela fazia. Olhando para trás, agora, eu me sinto culpada. Eu nunca deveria ter deixado que ela se responsabilizasse pela limpeza das minhas coisas. Agora eu não tenho um tostão e lavo as minhas próprias roupas. É esquisito e meio chato, mas ao mesmo tempo dá uma certa gratificação ser capaz de tomar conta de mim mesma, como se, finalmente, eu não fosse completamente inútil.

— Tenho uma entrevista de emprego amanhã de manhã – anuncio, ao entrar no apartamento e fechar a porta, sentindo-me ligeiramente orgulhosa apesar do cargo ao qual estou me candidatando.

Ethan levanta os olhos do caderno no qual está escrevendo, na mesa da cozinha. Seu cabelo está penteado para trás e espetado para cima em vários pontos.

— Ah, graças a Deus, finalmente. Eu estava começando a achar que ia ter que chutar você para a rua.

Jessica Sorensen

Ele diz isso sorrindo, mas há um traço de dor em sua expressão, quase como se ele estivesse se forçando a parecer bem-humorado só para disfarçar alguma outra coisa.

Eu perguntaria o que está havendo, porém, depois do fiasco na caminhonete, decidi que é melhor manter um pouco de distância, até que eu consiga entender onde estamos e o que é que temos entre nós.

— Seu grosso! – Jogo a bolsa no sofá e atiro as chaves em sua direção. Ele se abaixa, rindo, e as chaves passam direto, chocando-se contra a parede. — E eu sei que você nunca me colocaria no olho na rua – sorrio, entrando na cozinha. — Você gosta demais de mim para fazer isso.

— Ah, agora eu gosto? – Ele se endireita e noto humor em seus olhos. — Estou contente que você tenha finalmente conseguido uma entrevista depois de se candidatar a, tipo, mais de cem vagas.

— Pois é – suspiro e abro a geladeira. — Aparentemente, se você tem vinte anos e nunca trabalhou antes, ninguém quer que você trabalhe para eles – pego uma lata de refrigerante e fecho a geladeira empurrando a porta com o quadril. — Eles ficavam me olhando como se eu fosse uma inútil, e eu não sou – enquanto afundo na cadeira, fico batendo a ponta do dedo na lata. — Eu tenho habilidades, sabia?

— Habilidades malucas com o dedo? – Ele ri, ao me observar tamborilando insanamente contra a borda da lata.

Em resposta, ergo o dedo do meio.

— Você ficaria muito surpreso com o que eu sei fazer com os dedos.

Ele fecha a mão e cobre a boca com o punho.

— Ah, tenho certeza disso.

Caímos em silêncio. Consigo ouvir o rugido de alguma máquina, lá fora, e o motor da geladeira, aqui dentro.

A tentação de Lila e Ethan

É um silêncio incômodo, que vem se tornando cada vez mais frequente quanto mais tempo eu passo morando aqui com ele. Não sei o que provoca isso. Tensão sexual? Provavelmente sim, de minha parte, no entanto, suponho que o Ethan esteja conseguindo manter a boa vida, trazendo mulheres para casa tarde da noite e despachando-as assim que acaba o que tinha para fazer, como sempre despachou. Na verdade, eu nunca vi nenhuma, mas, seja como for, mesmo no passado nenhuma delas ficava por muito tempo, de qualquer maneira. Eu ficaria incomodada com essa atitude dele, não fosse o fato de que eu mesma cansei de fazer a mesma coisa, com a diferença de que em geral sou eu quem parte nas primeiras horas da manhã.

Ethan pigarreia, fecha o caderno e o empurra para o outro lado da mesa.

— Vamos comemorar?

— Comemorar o quê? – Dou um gole no refrigerante para esfriar os meus ânimos interiores.

Ele apanha as chaves sem tirar os olhos de mim.

— A entrevista – ele se levanta, enroscando o dedo na chave. — Por falar nisso, onde é?

Descanso a lata sobre a mesa.

— Naquele bar – tento de propósito não entrar em detalhes, porque não sei como ele vai reagir.

— Que bar? – Ele empurra a cadeira e enfia as chaves no bolso da calça.

— Aquele no fim da rua, na parte velha da cidade – respondo, evasivamente, me afastando da mesa. — Vou para a cama cedo, para estar descansada para amanhã – olho por cima do ombro conforme passo pela porta. — Vamos combinar um vale-comemoração? Eu só quero celebrar se conseguir o emprego.

Ele me analisa de cima a baixo, intrigado.

— Onde é a entrevista, Lila?

— Em lugar nenhum.

Saio andando depressa para evitar mais perguntas. Chegando ao quarto, fecho a porta e respiro silenciosamente, contudo, mal me afasto, ela se abre, e Ethan entra.

— Onde é a entrevista, Lila? – Ele repete, parado sob o batente, parecendo atormentado.

Descanso a lata em uma das caixas que ainda não desfiz e cruzo os braços.

— Por que isso está te incomodando tanto? Pensei que você ficaria feliz quando eu finalmente conseguisse uma entrevista.

Ele muda o peso do corpo de uma perna para a outra e passa os dedos pelo cabelo, tirando-o de cima dos olhos.

— Por que... Você não... – Ele está travando algum tipo de luta interna e eu estou achando bem divertido. — Você não está se candidatando a ser *stripper*, está?

Ele me encara e há fúria em seu olhar. Sem desviar os olhos, eu me sento no pé da cama.

— Qual o problema se eu estivesse? Pensei que você adorasse as *strippers*.

Ele dá de ombros e casualmente se encosta à porta.

— Não importa, não é lugar para você. Você é muito...

Seu olhar percorre todo o meu corpo, fazendo até o frescor proporcionado pelo ar-condicionado parecer morno.

— Muito o quê? – Pressiono.

A atenção dele se desvia para o meu peito e ele pisca, voltando a se concentrar os olhos no meu rosto.

— Nada... É só que você não se encaixa em um lugar desses.

Eu dobro o joelho, desafivelo a sandália e chacoalho o pé.

A tentação de Lila e Ethan

— Acho que várias pessoas discordariam de você – balanço o peito e reviro os olhos. — Para o que mais eu sirvo?

Ele continua junto à porta, agarrado à maçaneta.

— Você é boa em muitas coisas, Lila, só não enxerga isso.

Bem, isso até que foi doce.

— Como o quê, por exemplo? – Atiro a sandália para o *closet* sem me levantar. — Eu não sei fazer nada sozinha. Quer dizer, você precisou me ensinar até a mexer na máquina de lavar roupa.

Ele larga a maçaneta e vem se sentar ao meu lado na cama, enquanto abro o outro pé da sandália.

— E daí? Todo mundo tem que aprender, em algum momento. Você só está aprendendo um pouco mais tarde do que a maioria das pessoas.

— Sim, porque eu sou uma garota mimada que tinha empregada.

— Mas não tem mais. Você está se tornando uma Lila independente e forte – ele pisca para mim e me dá um sorriso de lado. — E essa Lila não pertence a um clube de *striptease*.

Acho que me apaixonei por ele. Ninguém jamais me disse algo tão positivo e nem depositou tanta confiança no meu caráter. Na verdade, por tanto tempo quanto consigo me lembrar, o que ouvi foi exatamente o oposto disso. *Lila, você nunca vai conseguir. Lila, você é uma inútil. Lila, você está constrangendo a nossa família. Ninguém vai amá-la se você não se transformar em alguém amável. Seja perfeita. Seja linda. Porque ninguém vai querê-la se você não for.*

— Apesar de saber que você vai se irritar comigo por eu dizer isso – começo, deslizando o pé para fora da sandália –, você é realmente doce, de verdade, quando quer.

Ele faz uma careta.

— Eu não sou doce. Na real eu sou muito, muito malvado.

Jessica Sorensen

— Você não poderia estar mais enganado – uma vez que me livro do sapato, deito de volta na cama, sem me dar ao trabalho de esticar a camiseta que se enrolou por cima da minha barriga. — Preciso levar mais roupas ao brechó amanhã, porque estou ficando sem dinheiro. Você pode me dar uma carona? Ou me emprestar a caminhonete?

Ele se deita ao meu lado na cama, me surpreendendo, e vira a cabeça na minha direção.

— Você fala isso como se fosse a maior tragédia que jamais aconteceu na sua vida.

— E é, mais ou menos – cruzo os braços e os apoio sobre o estômago, enquanto encaro o teto. — Por mais superficial que pareça, eu amo as minhas roupas.

— Você vai superar isso – ele desliza os dedos pela minha barriga exposta, acima da cicatriz escondida pelo cós do meu *short*, e luto contra o impulso de tremelicar e gemer. — Além do mais, você não está vestida de um jeito tão arrumadinho assim, agora – ele se apoia no cotovelo e mantém os dedos na minha barriga, mas não sei se está consciente disso. Ele olha para a camiseta apertada e roxa que a Ella esqueceu para trás, e para o *short jeans* que eu nunca tinha usado até hoje. — E está linda.

— Eu me vesti assim para a entrevista – tenho que me esforçar para continuar respirando enquanto ele segue desenhando na minha barriga para cima e para baixo. A parte interna das minhas coxas está começando a tremer, mais do que em qualquer outra vez que um cara encostou em mim. — Eu precisava entrar no clima.

— E que clima seria esse?

Ele ergue uma sobrancelha e de brincadeira dá um beliscão de leve, bem acima do meu umbigo, a uma sensação de calor faz as minhas entranhas se contorcerem.

— É melhor você me contar de uma vez, já que cedo ou tarde eu vou acabar descobrindo sozinho.

Eu suspiro, derrotada.

— Tá... É no Danny's Happenin' Bar and Entertainment.

Seus dedos param de se movimentar e ele arqueia as sobrancelhas.

— Aquele na parte velha dos clubes de *strip*?

Concordo com a cabeça, evitando olhar para ele.

— É, seria esse.

Os dedos dele repousam sobre a minha barriga pelo que parece ser uma eternidade, cegando-me de calor e me inflamando de desejo. Fico muitíssimo aliviada quando ele afinal os retira, porque juro que estava à beira de um orgasmo.

— Dançando?

Inclino a cabeça em sua direção e finalmente o encaro.

— Por que você parece tão surpreso?

Ele estremece, mordendo os lábios.

— É que é difícil imaginar você dançando... Daquele jeito.

— Como? De um jeito vulgar? Não sei por que isso surpreenderia você.

— Não, não vulgar – ele diz, ainda parecendo confuso, e percorrendo o olhar pelo meu corpo. — É... Sensual e meio erótico, ao menos pelo que me lembro. Já faz um tempo desde que estive lá pela última vez.

— Não é tão erótico... Quer dizer, eu nem tiro as roupas nem nada assim – explico. — É só dançar em um bar e às vezes no balcão, dependente da noite. E vou usar roupa comum... Quer dizer, roupa comum justa. E eles vão me ensinar a ser garçonete.

— Eu sei como é, Lila.

Sua mão começa a acariciar o meu corpo de novo, distraidamente, e eu juro por Deus que vou derreter do calor que os olhos dele emanam. Daí ele enxerga os próprios dedos na minha barriga, pisca, e afasta rapidamente a mão.

Eu me sento ereta, sem querer continuar na cama com ele, porque estou seriamente pronta a abrir suas pernas e me sentar em cima dele à força.

— Olha, eu preciso mesmo descansar.

Levanto da cama, vou até a porta e a escancaro, para que ele capte a dica de sair e me deixar morrer de tesão em paz. Mas ele não se levanta, só se ergue sobre os cotovelos.

— Você quer que eu saia? – Ele finge uma expressão sensual, fazendo de conta que está só brincando, mas o resultado acaba sendo mais excitante do que engraçado. — Eu achei que você ia repetir para mim os movimentos que fez quando se candidatou ao emprego.

Ponho a mão no quadril e o encaro com um olhar exagerado de severidade.

— Ethan, sério, para de me provocar. Por enquanto eu só tive que preencher um formulário. Além disso, você não quer realmente me ver dançar. Você só está tentando me fazer corar ou coisa assim.

— E por que eu iria querer uma coisa dessas?

— Porque... Não sei. Você me diz.

Ele se senta e cruza os braços, flexionando os músculos.

— Era só para ter algo em que pensar. Você poderia praticar comigo – ele sorri. — Sou um ótimo juiz.

Eu reviro os olhos.

— Tenho certeza.

Ele ri, totalmente satisfeito consigo mesmo, e se levanta.

— Tem certeza de que quer que eu saia? Quer dizer, supondo que seja por isso que você está parada aí na porta, parecendo quente e irritada.

A tentação de Lila e Ethan

Abro a boca para dizer "saia, por favor", mas não consigo verbalizar nem uma palavra. Eu nunca quero que ele saia, o que é realmente um problema. Eu poderia culpar o fato de que gosto de sua companhia, mas a verdade é que preciso dele.

— Você quer ver um filme ou coisa assim?

Ele me dá um sorriso largo.

— Um bem bobo e poético, talvez?

Eu aponto um dedo para ele.

— Você sabe que não existe filme assim. Já tentamos encontrar algum no Netflix, está lembrado?

Ele se senta, passando os dedos pelo cabelo.

— Tenho certeza de que existe ao menos um, nós só não procuramos o suficiente... Mas podemos, sim, ver um filme.

— Qual?

— Qualquer um que você quiser.

Ergo as sobrancelhas para demonstrar que tenho lá minhas dúvidas.

— E se eu escolher a história mais menininha de todos os tempos?

Ele boceja, esticando os braços acima da cabeça, exibindo o abdome duro feito rocha e a pele de belos desenhos.

— Nesse caso, acho que vou finalmente tirar uma soneca. Passei o dia todo querendo dar um cochilo.

Reviro os olhos, mas sorrio.

— Desconfio que bem lá no fundo você adora um filme de meninas – digo, enquanto andamos em direção à sala.

Ele abana a cabeça, mas eu noto o riso sob sua respiração.

— Não o filme, só a companhia que vem junto.

Não respondo nada, porque não consigo. Nunca estive antes com caras que elogiassem qualquer coisa em mim além dos peitos e da bunda. Eu me acomodo no sofá enquanto o

Jessica Sorensen

Ethan aciona o Xbox para podermos navegar pelo Netflix. Agarrando o controle remoto, ele se senta ao meu lado. Está mais perto do que eu havia previsto, com o joelho encostado no meu, e a sensação é quase dolorosamente boa, a um ponto em que parece que o meu corpo vai explodir pela tensão e pelo calor, e, ao mesmo tempo em que detesto isso, também adoro, porque é algo que nunca senti antes. É louco e estranho, como se eu fosse virgem de novo, e isso altera todo o meu processo mental. Pela primeira vez na vida eu me imagino sentada ao lado dele, fazendo exatamente a mesma coisa, daqui a dez anos. Nós seguiríamos morando neste apartamentinho xexelento e o Ethan continuaria trabalhando em construção civil, porque ele nunca concluiu o ensino médio e acho que não se importa o suficiente para fazer nada além, na vida. E eu também não vou a lugar nenhum, já que mal e mal consegui um emprego de dançarina em um bar repugnante e decadente. Eu continuaria a usar roupas compradas em liquidação e nós ainda teríamos esses móveis podres, porque o Ethan detesta objetos refinados e porque, com nossos salários de merda, não poderíamos mesmo adquirir outros. Contudo, a despeito da pobreza, tudo estaria bem. Na verdade, eu consigo me imaginar muito feliz, mesmo que fôssemos pobres. Eu já tive de tudo, ao menos tudo relativo a bens materiais, e veja aonde isso me trouxe: viciada em remédios, lutando para cuidar de mim mesma e tendo de suportar todo o trauma emocional com o qual não consegui lidar antes, por ter sido ensinada que era errado demonstrar sentimentos que não fossem perfeitos e bonitos. Eu me sinto tão contente agora, e quero continuar a me sentir contente. Genuinamente contente.

Ethan apoia o braço no encosto do sofá e afasta o cabelo da minha nuca com os dedos. Ele começa a percorrer o

A tentação de Lila e Ethan

catálogo de filmes e a me fazer perguntas, mas eu só lhe dou respostas mínimas, porque estou engolfada pelo que está havendo com o meu corpo e minha cabeça. Há tanta clareza, e eu me sinto hiperconsicente de tudo, desde o ligeiro inchaço no lábio, no ponto que ele mordeu, até seu perfume inebriante. Consigo sentir até o calor que emana do corpo dele e inflama a minha pele, e ele não está sequer me tocando! É incrível. Cristalino. Não diluído. É isso que eu venho perdendo, todos esses anos? É assim que supostamente as coisas devem ser? Quentes e de fazer pulsar o coração, ao invés de frias e silenciosas. Porém, se é, que diabos devo fazer com tudo isso agora?

Às tantas do filme, o Ethan adormece e escorrega, pousando a cabeça no meu ombro. Tenho certeza de que ele não sabe o que está fazendo e me pergunto o que vai pensar quando acordar. Eu o deixo ficar ali e deslizo os dedos pelos cabelos dele, pela linha do maxilar e pelos lábios, como um inseto rastejando sobre alguém adormecido. Mas não posso evitar. Ele tem uma pele tão macia e lábios tão incríveis. Eu me pergunto qual seria o gosto, se as nossas bocas realmente entrassem em contato uma com a outra.

Estou sorrindo diante deste pensamento quando ele começa a murmurar no meio do sonho. Primeiro é baixinho e quase parece que ele está dizendo "Lila". Mas então começa a ficar mais alto e percebo que ele está dizendo: "London, não me deixa... Por favor, fica... Preciso de você...".

London? Isso é uma pessoa? Porque, se for, o Ethan nunca me falou dela. Como pode? Uma namorada? Mas, se é, como é que ele nunca nos apresentou? Uma lista interminável de coisas corre pela minha mente e eu percebo que, mesmo que ele transe por aí, a ideia de que tenha uma namorada é como uma faca cravada no meu coração. Sexo não quer dizer nada, mas com uma namorada ele poderia se importar.

Poderia até amar.

Ethan

"Oh, Ethan", a London cantarola, enquanto anda e salta ao longo de um campo. Há uma fogueira acesa perto das árvores, a alguma distância, e a fumaça sobe até o céu coalhado de estrelas. Uma festa está em andamento e as pessoas estão rindo, gritando, bebendo e fazendo sexo, e a London está afastada, no meio do campo, fugindo como a garota estranha que ela de fato é.

— O que você está fazendo? – Pergunto, tomando minha cerveja enquanto caminho lentamente atrás dela, observando-a se mover em meio às plantações e à grama alta. — Se você continuar, nós vamos acabar nos perdendo.

Ela gira e gira, com a cabeça tombada para trás e o cabelo escuro se fundindo com a noite.

— Eu estou me divertindo – ela gira de novo, mas para quando me aproximo. — E você? – Ela pergunta, sem fôlego.

Tomo o resto da cerveja, amasso o copo e o atiro na sujeira.

— Eu o quê?

Ela sorri e anda à minha volta balançando o quadril.

— Você está se divertindo?

— Explodindo de tanta diversão – respondo com indiferença, colocando a mão no quadril dela.

Ela faz uma careta.

— Puxa, isso soou tão convincente.

Suspiro e deixo que a minha cabeça penda para a frente, de maneira a se encostar na dela.

— Desculpa, eu estou cansado. E para o meu gosto tem gente demais nessa festa.

— Você pode ser tão desmancha-prazeres — ela diz. — Mas só em metade das vezes. Na outra metade você entra totalmente no clima.

— Eu entro no clima quando estou bêbado ou fumado — admito. — É que, sóbrio, isso me dá nos nervos.

Ela faz uma pausa e enrosca o dedo no meu cinto.

— Às vezes, acho que você vai juntar suas coisas e sair por aí sozinho.

Eu não respondo logo e afasto a minha testa da dela para poder olhá-la nos olhos.

— Eu às vezes penso nisso. Pegar as minhas tralhas e cair na estrada.

— Você me levaria junto?

— Você ia querer?

— Talvez... Não sei — não parece que ela iria querer. — Você gostaria que eu fosse?

— Talvez — respondo, mas, honestamente, não tenho certeza.

Gosto da London de verdade, mais do que qualquer outra garota por aí, mas há momentos em que penso em deixar para trás não só a minha vida, mas todas as pessoas que fazem parte dela.

— Você é tão idiota — ela diz. — Não acredito que você não iria querer me levar junto.

— Eu nunca disse isso — respondo.

— Mas também não negou totalmente — ela retruca.

O silêncio cresce à nossa volta e ela me abraça, envolvendo os braços em torno da minha cintura.

— Tá, eu retiro o "talvez". Eu quero ir com você, mas só porque assim você pode me tirar daqui, da minha vida.

A voz dela é monótona, triste, desprovida de qualquer emoção. Ela fica desse jeito, algumas vezes, quando fala sobre a própria vida. Eu a beijo no topo da cabeça.

— O que há de tão ruim assim na sua vida?

— O que há de tão ruim na sua? — Ela devolve, desviando da pergunta como sempre que tento ir mais fundo dentro de sua mente.

— Nada, a não ser que eu não quero — respondo, puxando-a contra o peito. — London, se você quiser que eu te leve, eu te levo.

— Está bem. Hum... Mas precisarei ser avisada com alguma antecedência — ela brinca, e a tristeza some de sua voz. — E terei de checar a minha agenda. Estou realmente ocupadíssima neste verão.

Eu dou um beliscão forte na bunda dela e, ela guincha e se afasta de mim. Ela corre em disparada pelo campo e eu a persigo, mas a certa altura perco seu rastro e a escuridão a engole por completo.

— London! — Eu grito, mas ela não responde. Ouço sua risada vindo de algum lugar, mas não identifico de onde. — London...

Alguém está sacudindo o meu ombro e sou arrancado do sonho. Estou com calor, queimando por dentro como se estivesse com febre, e o meu coração está batendo de maneira irregular.

— Você é um fracote – Lila diz, quando abro os olhos.

Estou deitado de costas, com a cabeça no colo dela e os pés sobre o descanso de braço do sofá. Percebo que o meu corpo está em uma posição muito confortável, mas por dentro estou uma bagunça, com as lembranças da London flutuando em círculos pelo meu pensamento. Mais uma vez, estou preso em algum lugar entre a Lila e a London e não sei como superar totalmente a London para estar totalmente com a Lila.

Lila está pairando sobre mim com uma expressão de mágoa em seus olhos azuis, como se estivesse aborrecida com alguma coisa.

— Você dormiu dez minutos depois de o filme começar.

— Consegui ficar acordado durante dez minutos? – Eu imediatamente aciono o meu humor, tentando encerrar os pensamentos sobre a London enquanto pisco, olhando para a Lila. — Eu deveria ganhar uma medalha ou algo do tipo.

A tentação de Lila e Ethan

Ela revira os olhos e se ajeita no sofá para que eu possa me sentar.

— Não era tão ruim.

— Não... Era horrível!

Estico os braços acima da cabeça e bocejo enquanto baixo os pés para o chão. Ela me observa com uma expressão estranha, como se estivesse tentando desvendar um enigma.

— Quem... Quem é London?

Meu coração cai no estômago conforme uma onda de choque percorre meu corpo.

— *O quê?*

— London – ela repete, encostando-se no sofá, com uma expressão intensa. — Você estava falando dormindo – os cantos de sua boca se curvam, mas parece forçado. — Primeiro eu achei que você estava dizendo o meu nome e pensei "eca, que nojento, ele está tendo sonhos eróticos comigo". Mas daí eu percebi que você estava dizendo "London", e comecei a me perguntar se você tem uma namorada secreta ou coisa assim.

— Não é ninguém – rebato, sem a intenção de soar tão alterado, mas eu nunca conversei com ninguém sobre a London, porque falar sobre ela torna tudo real demais. — Portanto, não se preocupe.

Ela sacode a cabeça.

— Não adianta ficar todo agressivo. Você sabe um monte de coisa a meu respeito, coisas que eu preferiria que você nem soubesse, então é apenas justo que eu saiba coisas sobre você também.

— Você já sabe coisas sobre mim – respondo, tentando não retrucar, porque isso seria tão ruim para ela quanto para mim. — Agora esquece isso.

Ela pensa sobre o que falei e então sua expressão se torna sombria de uma maneira muito atípica.

— Não é bobagem – ela se aproxima de mim no sofá. — Você entrou tanto na minha cabeça nas últimas semanas, que não é justo que eu não saiba bastante sobre você.

— Você sabe o suficiente – minha voz está dura e cheia de sinais para que ela não insista.

— Aparentemente não, já que nunca ouvi falar dessa London, e ainda assim ela parece importante para você.

— Lila, deixa quieto – aviso, esticando os braços acima da cabeça. — Você não quer enveredar por aí.

— Quero sim – não sei por que, mas parece que ela está procurando uma briga.

A raiva percorre o meu corpo como uma onda de fogo pronta a queimar qualquer coisa que encontre pelo caminho. Sou uma pessoa muito controlada, exceto por uma vez, logo depois que soube da London – a única vez em que perdi as estribeiras. A única vez em que me transformei no meu pai e gritei com todo mundo, quebrei coisas, mostrei a minha cólera.

— Cala a porra da boca – minha voz é baixa, mas o tom profundo e grave é pior do que se eu tivesse gritado.

Os olhos dela se molham como se ela estivesse prestes a chorar.

— Cala a porra da boca você! Eu só fiz uma merda de uma pergunta!

Eu inspiro e expiro algumas vezes antes de me levantar.

— Eu vou para o meu quarto.

Enquanto me dirijo ao corredor, Lila me observa, parecendo enfurecida, irritada e um pouco magoada, exatamente como a London estava da última vez que a vi, da última vez que me afastei dela.

A tentação de Lila e Ethan

Mas não consigo me obrigar a virar de volta para ela. Estou abalado demais com toda essa história com a London e as emoções que estão vindo à superfície dentro de mim me fazem querer sair correndo e encontrar alguém para transar. Mas não sou capaz. Meu Deus, não tenho sido capaz desde o incidente no clube de *strip* e, honestamente, eu vinha bem contente com isso, até agora.

O sonho deixou a minha cabeça uma zona. Tento não pensar na London, mas ela sempre me atinge, esteja eu acordado ou dormindo. Fora isso, a Rae não para de me mandar mensagens, o que também não ajuda. Três a quatro vezes por dia, todo maldito dia, ela manda torpedos ou deixa recados de voz. Tenho visto as mensagens, mas me recuso a responder até que tenha certeza do que quero fazer.

Eu me tranco no quarto e faço a única outra coisa em que consigo pensar para clarear as ideias. Escrevo.

Estou com medo. Mais do que quero admitir. Medo nunca foi uma sensação com a qual eu ficasse à vontade. Sempre adotei maneiras artificiais, suaves e controladas, porque não acho que alguém deva saber o que se passa dentro de mim. Como o fato de que ainda me sinto rasgado, partido ao meio, com a alma em pedaços, porque a única garota com quem achei que queria ficar é uma casca vazia que ainda existe em todos os aspectos, até na pinta sobre o lábio. A pinta ainda está lá, assim como os olhos castanhos e a cicatriz acima da boca. Sua pele ainda é imaculadamente suave. A aparência dela ainda existe, mas ela não. A London que conheci — a London do passado — já não há, já não é. Esqueceu a própria vida, e a vida para a London, agora, só diz respeito ao futuro. Para ela, todo o resto está perdido.

Mas o que mais me preocupa é que, se eu for visitá-la, finalmente terei de me desprender. Para sempre. E a coisa mais assustadora é que eu ao mesmo tempo eu quero e não quero isso. Quero seguir adiante, talvez com a Lila, e ainda assim quero permanecer ligado à London, porque isso é mais fácil do que sentir tudo que vai vir junto com o meu desligamento. Bem no fundo, estou percebendo que vou ter que finalmente dizer adeus.

Capítulo 12

Lila

Faz pouco mais de uma semana que surgiu o assunto da tal da London, e o Ethan ainda mal fala comigo. Ele me evita durante a maior parte do tempo, mas, se acontece de nos cruzarmos, ele mantém tudo muito profissional, como se fôssemos apenas amigos dividindo o apartamento e nada mais. Seja lá quem for essa misteriosa London, ela obviamente significa alguma coisa para ele. Primeiro pensei que fosse apenas uma namorada secreta, pelo jeito como ele murmurou o nome dela quando caiu no sono no sofá. Doeu. Muito. Eu nunca me importei com o fato de ele transar por aí – ou, pelo menos, conseguia lidar com isso. Agora: uma namorada? A ideia fazia minha pele toda pinicar como os dedos, quando as cutículas são tiradas com exagero.

Quando tentei descobrir mais a respeito, porém, a explosão de raiva, desconforto e dor em seus olhos me levou a acreditar que ela pode ter sido alguém que ele amou. Mas chegar ao fundo da questão parece impossível, quando tudo o que ele me diz é "oi". Isso está me aborrecendo um pouco, porque ele sabe tanta coisa a meu respeito. Se bem que, quando penso nisso, o fato é que o Ethan sempre foi mais de escutar do que de falar, e mantém vários assuntos guardados para si.

Eu consegui o emprego no Danny's e ainda estou tentando decidir se gosto ou não dele. Honestamente, até que não tem sido tão ruim, mas, por outro lado, até agora eu ainda não tive de dançar em cima do balcão. Parece que hoje vai ser o grande dia.

Depois que me olho no espelho pelo que parece ser uma eternidade, finalmente estou pronta para sair. O Ethan está no sofá assistindo ao noticiário, apesar de sua expressão vidrada indicar que ele provavelmente está sonhando acordado com outra coisa além da previsão do tempo. Ele está vestindo uma bermuda *cargo* esfarrapada e sem camisa. O cabelo está todo bagunçado e os olhos estão vermelhos, como se ele tivesse fumado, mas eu o conheço bem o bastante para saber que não.

Pego a bolsa e uma jaqueta de cima da mesa e os olhos dele se desviam para mim. Em geral ele iria simplesmente desconsiderar a minha presença, mas hoje minha roupa prende a atenção dele, conforme eu tinha previsto que aconteceria.

— Mas que porra de roupa é essa?

Ele se senta e me lança um olhar malicioso, enquanto analisa o bustiê branco e justo que estou vestindo e que revela a minha barriga, os meus seios e o sutiã de oncinha que está por baixo. Estou usando também um *short* bem curtinho, que mostra a curva da bunda quando me inclino, o que uma das garçonetes disse que vou fazer bastante, já que os caras geralmente jogam as gorjetas no chão.

— Eu poderia perguntar a mesma coisa – retruco, acomodando a bolsa no ombro. — Existe uma coisa chamada camisa, sabia?

Ele arregala os olhos.

— Que foi que eu fiz?

— Além de me ignorar durante toda a última semana? – Pergunto, já abrindo a porta. — Nada.

— Eu não estou ignorando você – ele grita. — Só decidi não passar mais tanto tempo junto. É uma coisa muito comum entre pessoas que dividem apartamento.

Enfio a cabeça de volta pela porta.

A tentação de Lila e Ethan

— Você está sendo um cretino e eu nem sei por quê. Eu não fiz nada além de uma simples pergunta.

Seu olhar se suaviza e, quando ele se levanta e vem em direção à porta, acho que ele vai se desculpar. Porém, ele diz:

— Você está parecendo uma puta.

Isso me atinge em um ponto ultrassensível e compromete ainda mais a minha conexão com ele. Eu levanto a mão para lhe dar um tapa na cara ou para empurrá-lo, nem sei qual dos dois, mas depois decido não fazer nenhum e, tremendo de raiva, desço as escadas.

— Eu nem sei o que foi que eu fiz! – Berro, a plenos pulmões.

Não me importo por estar fazendo uma cena. Passei a vida toda tentando não provocar escândalo e estou tão, tão de saco cheio disso. Parece que está tudo errado.

— Você não fez nada... Isso é tudo culpa minha... Desculpa! – Ele grita, mas eu já estou correndo pelo estacionamento, então suas palavras só são recebidas pelas minhas costas.

Não tenho alternativa a não ser pegar o ônibus ou andar. Seria uma caminhada longa, então pego o ônibus fedido e nojento. Sento no fundo, fervendo de raiva, e fecho a jaqueta até o pescoço, por cima da minha roupa de vadia. Eu nunca me importei antes de ser uma vagabunda. Tenho sido xingada disso desde que tinha catorze anos. Mas aquela maldita palavra – puta – me joga direto de volta a um tempo que tentei esquecer.

— *Só deita na cama – o Sean diz, com uma voz abafada e excitante que me faz sentir quente e amada. — Eu prometo que vai ser gostoso, Lila.*

Ele tinha acabado de colocar o anel de platina no meu dedo, dizendo que vinha esperando para dá-lo a alguém especial. Eu me sinto um pouquinho tonta, por causa das bebidas que tomei antes de vir para esse lugar. Detesto beber, mas as minhas amigas disseram que hoje seria necessário, especialmente se eu fosse perder a virgindade. Toda a nebulosidade se dissolve quando eu olho para ele e enxergo o amor em seus olhos verdes, apesar de ele ainda não ter dito isso em voz alta. Eu sei que ele me ama, porque ninguém jamais olhou para mim desse jeito antes – como se me quisessem.

— Tira a roupa – ele sussurra, inclinando-se para me dar um delicado beijo na boca.

Movo a cabeça em concordância e começo a desabotoar a camisa branca plissada que tenho de usar todos os dias na escola. Mantenho os meus olhos nos dele enquanto luto contra os botões, simultaneamente amando e temendo a expressão de fome em seu olhar.

— Você tem cílios tão lindos – digo, enquanto deslizo os braços para fora das mangas e deixo que a camisa caia no chão.

Estou de sutiã branco, saia xadrez e meias até o joelho, o uniforme clássico da Escola Reformatória Nova York. Nunca estive sem blusa na frente de um cara antes, mas o Sean não é um cara qualquer. Lentamente vou até ele, tentando parecer sensual e segura, mas por dentro os meus nervos estão explodindo. Deslizo os dedos pela camisa dele, sentindo o abdome duro como rocha, fingindo que não estou apavorada com tudo que está prestes a acontecer – fingindo ser mais experiente do que de fato sou.

Os músculos dele se contraem conforme toco sua nuca, e por uma fração de segundo a suavidade carinhosa que sempre vi em seus olhos se transforma em um ar gélido. Mas o olhar estranhamente frio desaparece quando ele ergue o braço e pousa a mão enorme sobre a minha.

— Caras não querem ouvir que têm belos cílios, Lila – ele diz, em tom neutro. — Pense em alguma coisa melhor.

Eu engulo com dificuldade, com medo de quebrar o clima. Vasculho o cérebro em busca de algo para dizer – algo que possa fazê-lo parar de me olhar como se eu fosse apenas uma garota inexperiente e

A tentação de Lila e Ethan

ingênua. Entretanto, o mar de álcool na minha cabeça faz com que eu não consiga pensar em nada de picante ou sensual para dizer.

Percebendo o meu pânico, ele segura minhas mãos à minha frente.

— Relaxa, Lila. Eu não vou machucar você.

— Eu nunca disse que você iria – minha voz sai meio asfixiada, e tenho consciência de que ele consegue sentir a pulsação acelerada nos meus punhos, que ele segura entre as mãos.

Ele sorri e olha em volta, para o quarto na penumbra. Há velas nos criados-mudos e no parapeito da janela, criando a meia-luz e o perfume de lavanda perfeitos para se fazer amor. A cama está decorada de pétalas de rosas, de seus quatro mastros pendem cortinas de chiffon e uma música suave toca ao fundo. Tudo está perfeito. Perfeição. Eu a sinto, o que quer dizer que tudo isso está correto. Perfeição é o que devo atingir. Estou com o cara perfeito, mais velho e mais maduro, de barba e com um maxilar firme, e ele está vestindo uma roupa de grife. Essas são as coisas que a minha mãe sempre me disse para procurar em um cara. Sim, o Sean foi um pouco rude comigo, e quando estamos em público ele me ignora, mas é só porque ele é obrigado, por ser mais velho.

Seu dedo escorrega delicadamente pela minha bochecha e todas as minhas reservas se derretem, como a cera das velas ao nosso redor.

— Você confia em mim, certo?

Eu confirmo, encarando-o.

— Claro.

Um sorriso matreiro surge em seus lábios.

— Bom.

Ele se inclina, aproximando a boca da minha orelha, e respira contra a minha pele. Tento não estremecer, porque sei que isso me faria parecer imatura, mas não consigo evitar, e o meu ombro acaba se levantando.

Jessica Sorensen

— Deita na cama para mim – ele diz, com suavidade, e então raspa de leve os dentes no meu lóbulo.

— T-tá – respondo, sem fôlego.

Ele se endireita, os olhos parecendo quase pretos na parca iluminação do cômodo. Recuo até a cama enquanto ele me devora lentamente com os olhos. Os meus joelhos estão tremendo quando me afundo no colchão, e permaneço imóvel ali na beirada.

— Você... Você quer que eu fique de saia? – Minha voz soa absurdamente nervosa, mas é por que ele é tão experiente e eu não, e estou fracassando totalmente em tentar disfarçar.

Ele anda para a frente e para trás, deslizando os dedos sobre o pé da cama.

— Pode deixar, por enquanto.

Quando se aproxima de um dos mastros, ele para e começa a desenrolar uma corda áspera que até agora eu nem linha percebido que estava lá.

Meus olhos se fixam nela, meu corpo transborda de incerteza conforme ele tira a corda do mastro e enrola na própria mão.

— Você parece nervosa – ele observa, dando a volta na cama e vindo na minha direção. — Pensei que você confiasse em mim.

— E-eu... Eu confio – gaguejo, incapaz de desviar os olhos da corda. — É que você está diferente hoje.

Ele põe o dedo sob meu queixo e ergue a minha cabeça, forçando-me a olhar para ele.

— Lila Summers, ouça. Eu nunca faria nada que a machucasse, compreende? – Ele faz uma pausa esperando que eu confirme, o que acabo efetivamente fazendo, quase segura de realmente concordar. Ele sorri. — Bom, agora deite-se, por favor.

Obedeço, dizendo a mim mesma que o amo, mesmo quando, segundos depois, ele me chama de sua pequena puta e ignora os meus apelos para que pare, e me amarra à cama...

A tentação de Lila e Ethan

Pulo do banco, apesar de o ônibus estar parado ainda bem longe do meu destino. As portas se abrem e eu corro em direção ao ar quente e poeirento, tentando afastar da cabeça o cheiro da lavanda e a dolorosa lembrança do contato áspero com a corda. Vou para a direita ao invés de para a esquerda, em direção a uma casa que eu sei que não deveria visitar, mas é difícil – difícil demais. Recordar as coisas que eu fiz – as coisas sujas que fiz – é deixar que um sentimento sórdido encha o meu estômago até a boca.

A casa fica a alguns quarteirões do ponto em que desci. A vizinhança é bacana, residencial, cada imóvel cercado de um gramado verdejante, decorado de plantas e pequenas árvores. Cada garagem tem um sedã de luxo, mas não de um luxo ostensivo. Há uma ilusão de perfeição de classe média nesse bairro, mas por trás de algumas dessas portas vive-se uma existência sombria. Eu sei, porque estou indo para uma delas.

Chegando ao fim da rua, entro pelo acesso de carros e bato na porta, que está decorada com uma guirlanda e tem ao pé um capacho de boas-vindas. Tremo de ansiedade enquanto espero. O meu celular apita, avisando que recebi uma mensagem, mas eu o silencio e enfio no bolso. Qero uma coisa agora mesmo e só uma coisa, e, quando a porta se abre, é isso que eu digo.

— Eu preciso de um imediatamente.

O pânico na minha voz vai dar ao Parker todo o poder, mas no momento eu não ligo a mínima para. Eu só preciso me sentir bem.

Ele se apoia no batente da porta e está lindo, com o cabelo cor de areia perfeitamente penteado e as mangas da camisa preta enroladas até os cotovelos. Ele tem sardas e um sorriso perfeito. Ele é perfeito em seu charme e em seu PhD. Perfeito. Perfeito. Perfeito. *Não era isso que a minha mãe queria para mim?*

— Uma dose imediata vai te custar mais do que uma chupada – ele diz, despreocupadamente, ainda encostado ao batente. — Mas suponho que você saiba disso, já que se comportou como uma vagabunda durante todo o nosso relacionamento.

Quero responder milhares de coisas, tipo como odiei cada segundo do nosso namoro, ou como quis romper logo após o primeiro encontro e pensei nisso milhões de vezes, mas o fato de que ele podia me dar a receita me segurava. Só que dizer isso agora poderia enfurecê-lo, e eu preciso que ele esteja de bom humor.

— Eu sei o que custa – digo, absorvendo o golpe, porque sei que vai passar logo. — Mas pode ser uma rapidinha? Estou com pressa.

Ele sorri como um maldito ladrão ganancioso e repugnante e eu o amo e o odeio por isso. Odeio pelo que ele está me obrigando a dar para ele, mas amo pelo que ele vai me dar em troca.

Ethan

Sei que estraguei tudo gritando daquele jeito com ela, exatamente como o meu pai sempre fez com a minha mãe, mas não foi de propósito, para inferiorizá-la ou ofendê-la. Eu disse que ela estava parecendo uma puta, o que ela de fato estava, mas odiei que ela estivesse vestida daquele jeito e que ficasse tão linda vestida assim. Odiei que todos os caras naquele maldito lugar onde ela trabalha fossem pensar exatamente a mesma coisa.

Tenho me esforçado ao máximo para manter distância da Lila, principalmente depois que ela mencionou o nome da London. Nunca falei sobre a London com ninguém, e de repente a Lila

A tentação de Lila e Ethan

estava me fazendo perguntas sobre ela. Fiquei assustado porque tive medo do que diria: que tenho saudade dela, mas não muita; que sinto culpa por tê-la abandonado, mas não quero sentir; que quero me desprender e seguir com a vida – talvez com a Lila.

Depois de chamar a Lila de puta e de ela sair correndo, percebo como agi inacreditavelmente mal durante a última semana. A expressão em seu rosto era tóxica. Perigosa. Preciso consertar as coisas. Não posso botar tudo a perder mais uma vez. Tento mandar mensagens de texto algumas vezes, mas depois decido simplesmente ir até o trabalho dela, torcendo para não precisar vê-la dançando no balcão. Tenho que pedir desculpas por ter estragado tudo.

Quando chego, contudo, não encontro a Lila em lugar nenhum. O lugar está lotado de tarados que molham a roupa de tanto babar, enquanto observam as mulheres seminuas rebolando em cima do balcão. É a primeira vez que venho a um lugar como este sem estar à procura de diversão, e é estranho ver a cena toda de um ponto de vista externo. Faz com que eu caia um pouco no meu conceito por estar aqui e também com que eu me deteste por permitir que a Lila trabalhe em um lugar assim.

Abordo uma das garçonetes que vai passando, acelerada, usando um vestido completamente transparente e carregando uma bandeja.

— Oi, tem uma garota que trabalha aqui chamada Lila, você a viu? – Há uma nota de pânico na minha voz.

A garota me olha da cabeça aos pés e tenta me seduzir com um sorriso.

— Não, mas seja lá o que você estiver procurando, eu posso te dar.

— Não, obrigado – respondo.

Eu me afasto daquele convite explícito. Não faço sexo desde que a Lila se mudou – vinte e dois malditos dias. Meu Deus, eu já estou ficando com as bolas roxas.

Estou abrindo caminho em direção ao balcão quando o meu celular vibra no bolso. Eu o retiro e vejo as mensagens.

Lila: Estou enrascada.

Merda.

Eu: O que foi?
Lila: Fiz merda... Acho que preciso da sua ajuda.
Eu: Onde vc tá?
Lila: No trabalho.

Giro nos calcanhares olhando para as mesas lotadas, as dançarinas e o balcão apinhado.

Eu: Onde?
Lila: No banheiro.

Vasculho o ambiente até localizar a placa indicando os banheiros. Abro caminho entre as pessoas, empurrando qualquer um que cruze à minha frente. Finalmente chego ao corredor, e o volume das vozes e da música diminui um pouco. Paro em frente à porta e mando uma mensagem.

Eu: Estou aqui na porta.
Lila: Como???
Eu: Queria saber se você estava bem.
Lila: Tá... Entra, então. Preciso de vc...

A tentação de Lila e Ethan

"Preciso". É uma palavra bem forte. Tomando uma respiração profunda, empurro a porta. Duas mulheres estão fofocando diante de seus reflexos no espelho. Ao me verem, elas arregalam os olhos.

— Minhas senhoras – ofereço-lhes um sorriso carismático.

Elas não se deixam impressionar e correm para a porta, uma delas ainda me xingando de tarado, mas eu as ignoro. Olho de uma em uma as portas das baias, todas trancadas.

— Lila! – Eu chamo.

Leva um segundo até que eu ouça sua voz abafada.

— Estou aqui.

Parece que ela está na última cabine. Vou até lá, e, quando encosto na porta, ela se abre. Lila está sentada no chão nojento, abraçando as pernas contra o peito, com o queixo apoiado nos joelhos. Ainda está vestindo aquela roupa, mas colocou uma jaqueta.

— O que você está fazendo? – Pergunto, enquanto cautelosamente dou um passo para dentro.

— Eu fiz merda... – Ela murmura, fazendo uma careta para o chão.

Dou outro passo e fecho a porta atrás de mim, esticando o braço para baixar o trinco.

— Você... Você tomou um comprimido? – Meu coração fica aos pulos enquanto espero a resposta.

Ela levanta a cabeça para mim. Seus olhos estão vermelhos e inchados como se ela tivesse chorado.

— Você me odiaria se eu tivesse tomado?

Eu me agacho ao lado dela e tiro seu cabelo dos olhos, tentando enxergar as pupilas e, assim, poder fazer uma avaliação mais precisa de seu estado mental.

— Eu nunca, nunca odiaria você, Lila. Eu já... Já contei que também estraguei tudo, uma vez, quando estava tentando me recuperar, mas é importante que você me diga a verdade para que eu possa ajudar.

Ela inspira, tomando fôlego de um modo entrecortado, e sua mão estremece quando ela a tira da lateral da perna e a estende em frente ao corpo. Na palma, há uma pequena pílula branca.

— Merda – corro os dedos pelo cabelo, enquanto uma onda de alívio me atinge com tanta força que é difícil me manter firme. — Você... Tomou outro? – Tenho medo de descobrir, medo de precisarmos recomeçar desde o início.

Ela balança a cabeça e seu corpo todo treme violentamente.

— Nã-não... Mas eu quero tomar este. Quero tanto, Ethan. Eu nem consigo... – Seu peito sobe e desce conforme ela luta para respirar. — Está me enlouquecendo, só de segurar.

Soltando um suspiro, eu pego a pílula, pinçando-a entre os dedos enquanto estico as pernas e fico de pé. Ela não diz nada, só fica girando o anel no dedo conforme vou até o vaso sanitário, mas não tira os olhos de mim. Posiciono a mão acima da privada, esperando que ela grite, mas ela só observa, horrorizada e aliviada ao mesmo tempo, quando abro a mão e deixo que o comprimido caia. Quando ele atinge a água, aciono a descarga e me volto para ela, finalmente capaz de respirar de novo.

— Você está bem? – Pergunto.

Ela confirma, enquanto lágrimas inundam seus olhos.

— Eu sinto muito... Tanto!

Eu me agacho à sua frente, de novo, sentindo necessidade de ficar perto dela, como se uma corrente eletromagnética me guiasse em sua direção. É impressionante como quero estar próximo e como me arrependo de forçá-la até este lugar, no chão. É tudo culpa minha e eu sei. Estraguei tudo de novo, e agora preciso consertar.

A tentação de Lila e Ethan

Eu a encaro para ver o que ela está sentindo e para deixá-la ver como eu estou me sentindo.

— Sente muito pelo quê? Você não fez nada de errado. Fui eu que gritei com você.

Ela deixa escapar uma risada aguda e as lágrimas escorrem.

— Não fiz nada?! Eu fui até o cara que faz as prescrições, o meu fornecedor de receitas, traficante particular ou seja lá como for que você queira chamar, totalmente pronta para foder com ele até o cérebro dele escapar da cabeça, só para conseguir uma única, maldita pílula!

Meu coração se encolhe no peito e parece que uma trepadeira de espinhos cresce, faz nós e se enrosca pelo meu corpo, espetando cada centímetro de mim. Eu me sinto como se estivesse sendo rasgado por dentro, uma sensação que nunca tive antes e cujo significado não compreendo totalmente.

— Está tudo bem – digo, apesar de não estar.

Ela deu para alguém em troca de droga. Trepou com ele. *Trepou com ele!* Tomo um longo fôlego e solto lentamente, de um jeito irregular.

— Não, não está tudo bem – ela diz, fungando e com as lágrimas banhando seu rosto. — Eu fiz merda, Ethan, merda das grandes, de verdade.

Ponho o dedo sob seu queixo para obrigá-la a olhar para mim.

— Não fez não. Você não tomou, e isso é bom. Muito, incrivelmente bom.

— Eu sei disso – ela responde, bufando de frustração. — Não é com isso que estou preocupada.

Inclino a cabeça de lado, confuso.

— Mas então é com o quê? É... É por causa do que eu disse lá no apartamento? Porque eu me arrependo completamente de ter dito aquilo. É só que... – Olho de relance para o corpo

Jessica Sorensen

dela, que transborda das poucas roupas que ela está vestindo.

— Eu não gosto que você se vista assim. Nem um pouco.

Seus ombros se erguem e caem, conforme ela inspira e expira, parecendo envergonhada.

— Eu roubei o comprimido enquanto o Parker foi ao banheiro. Não transei com ele conforme tinha prometido.

— Parker? – Repito, de olhos arregalados. — Aquele coxinha babaca que você costumava namorar? É com ele que você consegue as pílulas?

Ela faz que sim.

— E as receitas.

Ela pisca, e vejo o pânico tomar seus olhos enquanto ela rapidamente se põe de pé, quase batendo a cabeça na minha. Tenho de me apoiar nos calcanhares para sair do caminho.

— Olha, não importa. Deixa. Ele vai ficar puto, Ethan. Vai vir atrás de mim, vai querer cobrar pelo que eu peguei. E eu vou ser obrigada a transar com ele.

Eu me levanto conforme ela começa a andar de um lado para o outro dentro da cabine.

— Normalmente isso nunca foi um problema, mas normalmente eu estava dopada.

Ela morde as unhas, ansiosa.

— Desta vez pareceu tão errado, só de ele me beijar. Eu sentia... – Ela abana a cabeça, os olhos se arregalando diante de sei lá que revelação que ela está tendo. — Eu conseguia sentir *tudo*.

— Mas isso é bom – eu me encosto à parede da baia, totalmente consciente do alívio que sinto pelo fato de ela não ter dormido com o Parker, mas ao mesmo tempo enfurecido por aquele filho da puta ser o fornecedor de comprimidos dela. Quero socar a cara dele. — Sentir as coisas é positivo.

Ela deixa escapar um suspiro, mas continua a zanzar.

A tentação de Lila e Ethan

— Sim, mas é que eu nunca tinha sentido, você sabe. Todas aquelas vezes, aquele sexo sem sentido, era meio que uma rotina – ela estica as mãos de lado, me olhando nos olhos. — Quer dizer, eu nem gosto da coisa.

— Não gosta de sexo?

Ora, eis um conceito estranho para mim, e que me faz pensar no que será que ela sentiu quando nós quase fizemos. Toda aquela descarga elétrica que eu senti: fui só eu que senti? É por isso que ela ficou ali só deitada?

Ela confirma com um aceno, os olhos azuis e manchados de rímel tão exageradamente arregalados que parecem prontos a saltar do crânio.

— Isso. É só uma coisa que eu faço, não uma coisa que eu gosto de fazer. Nem é gostoso!

Uma série de pensamentos impróprios fervilha na minha cabeça neste momento, e muita força de vontade é empregada para contê-los.

— Vamos para casa – digo, e avanço na direção dela para pegar sua mão.

Ela abana a cabeça, se afasta até sair do meu alcance e mechas de seu cabelo caem sobre o rosto.

— Acho que talvez eu tenha perdido o emprego.

— Fico contente – respondo com honestidade, dando um passo à frente e tirando os cabelos dos olhos dela. — Este não é o tipo de lugar em que você deveria trabalhar.

— Mas eu tenho aluguel para pagar.

— Daremos um jeito. Tem milhares de empregos por aí.

Ela balança a cabeça de novo e coloca os braços em volta do tronco, se abraçando enquanto as lágrimas recomeçam a escorrer.

— Você é bom demais para mim. Precisa parar com isso. Eu não mereço.

É como se ela pensasse que é indigna, que não merece a bondade. Quero perguntar por que ela pensa assim, mas não quero agitá-la de novo. Ela precisa relaxar.

Tento fazer graça.

— Isso é curioso, porque algumas semanas atrás você não parava de me chamar de babaca – sorrio, tentando desanuviar o clima.

— Para com isso – ela diz, enxugando o choro e limpando a maquiagem borrada com a barra da jaqueta. Tenho uma visão de sua barriga incrível, suave e quase sem imperfeições, exceto pela cicatriz que a circunda no meio. — Não faz piada. Você está sendo bonzinho de novo e eu estou muito confusa.

— Todo mundo está confuso – estendo lentamente a mão para enxugar as lágrimas que correm pelo rosto dela. — Cada um de um jeito, único e difícil. Muita gente só não admite em voz alta, e nem tenta mudar as coisas – diminuo o espaço entre nós e ponho a mão em seu braço. — Mas você fez as duas coisas, Lila, e é isso que te torna tão absurdamente forte. Gostaria que você enxergasse isso. Você é forte e incrível e linda e merece muito, muito mais do que estar sentada no chão imundo de um bar decadente. Você merece uma vida maravilhosa.

Eu acredito de verdade em cada uma das coisas que acabo de dizer, e, apesar de estar sendo totalmente emotivo, não me arrependo de nada do que falei.

Ela tenta limpar as lágrimas, mas novas lágrimas continuam brotando. Ela começa a soluçar e corre para mim, atirando os braços em volta da minha cintura. Fico tenso, mas em seguida envolvo-a também, e a abraço com força enquanto ela enterra o rosto no meu peito e uma grande sensação de paz se apodera de mim. Eu me sinto confortavelmente em paz tendo-a nos braços, e, se eu pudesse, continuaria abraçando a Lila

A tentação de Lila e Ethan

durante toda a eternidade, confortando-a, fazendo-a se sentir melhor de todas as maneiras que eu conseguisse. Leva um instante para que eu caia em mim sobre o significado disso. Talvez eu esteja me apaixonando pela Lila. E o momento em que percebo isso é o momento em que percebo que talvez nunca tenha amado a London. Apaixonado por ela, provavelmente. Mas amado... Não creio. Porque o que estou sentindo agora, essa sensação maravilhosa de despencar do precipício, de sentir o coração caindo e os pensamentos correndo e mergulhando no desconhecido fica muito longe do que jamais senti pela London.

Lila chora na minha camisa por uma eternidade. Deslizo os dedos para cima e para baixo em suas costas, sussurrando que tudo vai ficar bem, e beijo o alto de sua cabeça vezes sem conta, sentindo minha vida – eu mesmo – mudar. Quanto mais ela fica nos meus braços, menos quero que ela se afaste. Quero abraçá--la. Cheirá-la. Beijar seu rosto até não sentir mais meus lábios, apenas a pele dela. Quero fazer muitas coisas com ela, bem devagar e deliberadamente, para aproveitar cada sensação.

Mas ela recua e me encara com os olhos vermelhos.

— O que eu vou fazer em relação ao Parker?

— Como assim, o que você vai fazer? – Mantenho os braços ao redor dela, sem vontade de soltar. — Se ele se aproximar de você, eu quebro esse Parker em dois.

— Mas eu não quero que você se machuque – ela cochicha. — Você não precisa brigar com ninguém por minha causa.

Dou risada de novo, mais alto desta vez, até sentir dor nas bochechas.

— Tenho certeza de que consigo lidar com ele. Na real, esse Parker parece do tipo que briga feito mulher, dando tapa e puxando cabelo.

Ela tenta disfarçar um sorriso.

Jessica Sorensen

— Não sei se ele seria assim tão covarde.

Reviro os olhos e balanço a cabeça diante do absurdo.

— Nós estamos falando do mesmo Parker? Aquele merdinha que você namorou por um tempo?

Ela acena afirmativamente e detecto um traço de divertimento em seu olhar.

— E você ficou todo contente quando terminei com ele.

— Quando você terminou com ele eu estava bêbado.

— E nós estávamos jogando *strip* pôquer. Eu lembro.

Sorrio, porque este é um momento perfeito, a luz depois de um episódio sombrio.

— Ah, *strip* pôquer – eu digo, colocando o cabelo dela para trás das orelhas. — Se bem me lembro, você nunca tirou o sutiã quando eu ganhei aquela rodada.

— Só porque eu sabia que você não saberia lidar com a mercadoria.

Ela chacoalha o tronco e seus seios batem em mim. Então ela faz uma pausa, baixa a cabeça e encosta o rosto no meu peito, respirando tranquilamente e sem ruído.

— Obrigada, Ethan... Por tudo.

Eu poderia responder que ela não precisa me agradecer. Que fiquei contente de fazer tudo o que fiz. Que amo ajudá-la. Mas não é verdade. Na real, eu gostaria que nada disso tivesse acontecido. Desejaria que ela jamais tivesse passado por todas essas coisas. Ao invés, eu murmuro:

— De nada.

Então entrelaço os meus dedos nos dela e a conduzo gentilmente até a porta da cabine, pronto para levá-la de volta para casa, para fora deste inferno de lugar. Estou pronto para levar Lila de volta para casa.

Para a *nossa* casa.

Capítulo 13

Lila

Quatro dias se passaram desde o meu pequeno episódio, e, na maior parte do tempo, a vida está razoavelmente normal, exceto pela minha incansável fixação no Ethan. Desde que ele me encontrou naquela cabine de banheiro, não consigo parar de pensar nele. Está pior do que antes, uma obsessão intensa e crescente. Nem tenho certeza do que isso significa. O jeito como ele me olhou, me tocou, falou comigo, fez graça para mim, me perdoou e depois me levou para casa. São coisas tão pequenas e, ainda assim, significam tanto. Ele pode ser rude, grosseiro, um pouco tarado e completamente imperfeito segundo os padrões da minha mãe, mas eu não o desejaria de outro modo nem por um segundo. Eu já tive o cara supostamente perfeito antes, o que me deu o anel, falou que eu era linda, que me amava, que eu possuía sua alma e que ele faria qualquer coisa por mim. Tudo mentira. Irreal. Perfeição não existe. O que existe é a realidade. É de realidade que eu preciso. E o Ethan é tão real quanto qualquer um que eu já tenha conhecido.

Venho procurando entender qual o significado disso tudo em relação aos meus sentimentos por ele. Uma vez pensei que sabia o que era o amor, mas no fim eu estava errada. Será que os meus sentimentos pelo Ethan podem ser amor? Não tenho ideia, mas preciso dar um jeito de descobrir, em vez de ficar andando mentalmente em círculos, analisando tudo.

Também estou procurando emprego de novo, um que o Ethan aprove, e tentando me acostumar ao fato. Ninguém jamais me

Jessica Sorensen

teve em tão alta consideração a ponto de achar que eu merecia coisa melhor. Claro, a minha mãe também não aprovaria o meu trabalho no Danny's, mas não por pensar que eu era melhor do que aquilo. Ela acharia que o nome Summers era melhor, mas não o meu caráter. Na verdade, se ela se baseasse apenas no meu caráter, diria que eu pertenço àquele lugar, uma opinião que ela deixou muito clara durante um de seus telefonemas.

— Você fez o quê? – Ela praticamente grita, e tenho de afastar o fone da orelha, que fica zunindo depois. — Foi morar com um *cara*?

Aproximo o fone de volta até a orelha e o encaixo entre a cabeça e o ombro.

— Sim, foi o que eu disse.

— Eu sei que foi isso que você disse – ela retruca, bruscamente. — O que eu não entendo é por que você foi fazer uma coisa dessas.

Estou tirando os restos de comida dos pratos antes de colocá-los no lava-louças. Já aspirei, varri e lavei os banheiros e, apesar de ter sido um saco, fazer essas coisas também me deu uma pontinha de orgulho.

— Porque eu precisava de um lugar para morar.

— E esse cara é rico?

— Não, é normal.

— Normal não é aceitável, Lila Summers. Normal não vai levá-la a lugar algum, vai apenas engravidá-la e fazê-la viver em um pardieiro desejando que sua vida fosse melhor.

— Normal é perfeitamente aceitável – sorrio para mim mesma ao dizer isso, enquanto esfrego uma coisa verde do prato, sob a água corrente. — Além do mais, o que faz de você uma especialista em normalidade? Você sequer conhece alguém que seja normal.

— Sua tia Jennabelle é.

— Eu nem sabia que tinha uma tia Jennabelle.

— Ela é minha irmã e você não a conhece porque ela mora em um estúdio minúsculo com três filhos e teve de aceitar um emprego de secretária para poder sobreviver, depois de ter abandonado o marido quando ele começou a traí-la com uma colega do trabalho. E ninguém jamais deseja ir visitar uma pobretona e mãe divorciada que vive em um apartamento diminuto. Se ela tivesse permanecido agarrada ao marido, e desviado os olhos dessa única falha dele, não moraria na periferia da cidade com uma horda de drogados e criminosos.

— Só porque eles moram na periferia não significa que sejam drogados e criminosos – respondo. — E eu adoraria ir visitá-la – argumento, enxaguando um copo. — A tia Jennabelle parece ser uma mulher forte, corajosa o suficiente para abandonar um homem que evidentemente não a amava o suficiente para tratá-la bem, e ela foi capaz de tomar conta de si mesma.

— Ela é pobre, Lila – ela rebate asperamente, como se a palavra em si fosse tão imunda que não tivesse o direito de nascer em seus lábios. — Ela não tem dinheiro nem para comprar um carro novo.

— Nem eu – retruco, pondo alguns talheres sob a torneira e removendo com os dedos uns restos grudados.

— Bem, isso é culpa sua, por ser tão teimosa. Você poderia ter tudo o que quisesse, Lila. A vida perfeita. Mas você continua estragando tudo para si mesma. Em vez de fazer o que eu digo, voltar para casa e morar conosco até reorganizar a vida e encontrar um rapaz bom e rico que tome conta de você, você está vivendo na pobreza, provavelmente até andando de ônibus.

— Eu não estou vivendo na pobreza – respondo. — Não ainda, pelo menos. Graças ao meu amigo normal, que está me deixando ficar, porque ele é bacana. Dinheiro e carros e roupas chiques não são tudo, mãe. E não quero sacrificar o convívio com gente de quem eu gosto só para levar uma vida glamourosa – uau, quando foi que atingi este ponto? — Quero estar com pessoas com quem eu me importo e que se importam comigo. E isso é tudo o que quero da vida.

Deus, eu me importo com o Ethan. Muito, muito mesmo.

— Bem, esta é uma maneira adorável de encarar as coisas. Mas talvez você devesse ir visitar sua tia Jennabelle para ter um gostinho real de como a vida funciona – ela diz, e acrescenta: — E, por Deus, que ruído é esse? Esse barulho de água, ao fundo.

— Água – ponho um prato no lava-louças.

— Ora, isso eu sei – ela retruca. — Mas de onde vem?

Desligo a torneira e fecho a porta do lava-louças.

— Da pia – aperto o botão de ligar e seco a mão em uma toalha. — Acabei de cuidar da louça.

— Você o quê?! – Ela grita tão alto que a minha orelha apita de novo. — É o fim, Lila. Esse tipo de comportamento é inaceitável.

— Por quê? Porque eu estou limpando a minha sujeira?

Vou para a sala e me jogo no sofá. Acendi umas velas com aroma de baunilha e a casa toda tem uma aparência brilhante e caprichada. Está bem bonita e espero que o Ethan aprecie, quando voltar do trabalho.

— Os Summers não limpam a própria sujeira – ela dá a resposta como quem estala um chicote. — Nós contratamos empregados para isso.

— Bem, considerando que estou falida, uma empregada não se apresenta realmente como uma alternativa – volto a me sentar em uma cadeira e ajeito o cabelo com os dedos. Ainda está comprido e perfeitamente cortado, exatamente como fui ensinada a mantê-lo. — Meu Deus, do jeito que você está agindo parece que acabei de contar que estou envolvida com drogas ou coisa assim.

Ela solta uma gargalhada.

— Pare de agir como uma pestinha e sinta gratidão por tudo o que fiz e dei a você. Sem mim, você estaria ainda pior do que está. E mesmo isso está prestes a terminar, pois estou a caminho de ir buscá-la.

— Boa sorte para me encontrar – respondo, procurando pontas duplas. Eu deveria cortar o cabelo curtinho, como queria quando era criança. — Vegas é uma cidade bem grande.

— Mas o que há de errado com você? – Ela grita. — Você está sendo grosseira e sem consideração. Eu não compreendo. Aliás, não compreendo coisa nenhuma a respeito disso tudo, como, para começar, por que você está morando em Vegas.

— Porque foi o primeiro lugar onde o meu dedo caiu no mapa – murmuro para mim mesma, lembrando como vim parar aqui.

— Do que é que você está falando? – Ela está fervendo de raiva. — Você está escutando o que estou dizendo?

— Não. De verdade, não.

— Bem, mas deveria. Se você me ouvisse, pararia de estragar sua vida. Estar com um rapaz porque ele se *importa* com você não vai trazer nada de bom, especialmente se ele for de um nível social inferior, como os que sua irmã namora. Ele vai se aproveitar de você e então abandoná-la. Você estará sozinha e, provavelmente, grávida.

— Isso não vai acontecer, então pare de ser dramática.

— Vai sim. Espere e verá. Você vai engravidar e ele não vai ajudá-la. E eu, com absoluta certeza, também não.

— Eu não quero a sua ajuda – respondo, fumegando de raiva. — Quero estar exatamente onde estou, morando com o Ethan. Não quero estar com mais ninguém. Nunca.

Jessica Sorensen

Uau, essa conversa com a minha mãe está ficando produtiva de um jeito bem assustador, e com uma cara de que pode mudar minha vida.

— Você está começando a me irritar – minha mãe diz, com rudeza.

— E você está irritando a mim!

Desligo e jogo o aparelho sobre a mesa de centro. Estou me sentindo muito estranha. Leve, mesmo depois de falar com ela, por causa do que a conversa revelou. Quero ficar aqui. Com o Ethan. Não quero sair jamais, ao menos até o ponto do meu futuro que consigo enxergar.

— Quero fazer alguma coisa excitante – vou falando alto sozinha, enquanto enrosco o dedo em uma longa mecha loira. Uso o mesmo corte há muitos anos e nunca descolori o cabelo, apesar de sempre ter sentido vontade. — Quero uma mudança.

Mudança. Quero mudar quem eu sou. Quero ser melhor. Quero ser uma pessoa que eu possa amar, não apenas odiar e desprezar. Sorrindo, eu me levanto, pego a bolsa de cima da mesa e vou para a porta sabendo que vou precisar pegar um ônibus, mas hoje isso não me incomoda, o que é uma mudança em si mesma. Eu me pergunto quantas mais estão por vir.

***

Estou começando a cometer loucuras, ao menos o que é loucura para mim. Cortei o cabelo em um salão popular, e não foi só aparar as pontas ou coisa assim. Cortei bastante. Agora ele está na altura dos ombros e com umas mechas pretas. Sempre tive basicamente o mesmo corte de cabelo e sempre frequentei salões exclusivos e caros na região nobre da cidade. E eis que os cabeleireiros populares não são tão ruins.

A tentação de Lila e Ethan

Sheila, a moça que me atendeu, era muito simpática. Ela me contou como acabou se tornando cabeleireira, como frequentava a faculdade de Direito para ser advogada, porque era o que os pais dela queriam. Mas um dia ela estava na aula, ouvindo a lenga-lenga do professor sobre leis, e percebeu que não poderia se importar menos com as leis: prefeririaa quebrar algumas a aprender sobre elas. Então ela saiu da classe, trocou seu carro seminovo por uma moto e saiu dirigindo país afora. Simples assim. Daí, quando voltou, ela decidiu tentar a escola de beleza, apenas porque foi o primeiro lugar que ela viu quando entrou na cidade. Os pais nunca a perdoaram por estragar o que eles consideravam uma vida perfeita para ela, mas Sheila não se importou. Ela estava feliz. E continua feliz. E isso é tudo que importa.

Eu amei a história dela e tive esperança de um dia descobrir o que quero. Apesar de já saber ao menos uma coisa que eu quero: o meu ultrassensual companheiro de apartamento/baterista/salvador. Embora ele nunca vá admitir, o Ethan me salvou. Muitas, muitas vezes. Se eu pudesse tê-lo, agora, a minha vida seria ótima. Porque eu o desejo. *Eu o quero.* Muito mesmo, de verdade.

Depois que a minha cabeça fica cheia e parece que vai explodir de tanto eu pensar, resolvo telefonar para a Ella, para me distrair e para, quem sabe, ouvir alguns conselhos femininos sobre as minhas questões com os caras.

— Oi! – Ella atende depois de alguns toques. — Eu estava me preparando para ligar para você!

— Ah, é? – Olho para a rua através da janela do ônibus. Estou impregnada pelo cheiro de comida que sai da embalagem para viagem apoiada no meu colo. — Então você leu os meus pensamentos.

Jessica Sorensen

— Pode ser – ela faz uma pausa. — Olha, eu estava tentando achar um jeito de fazer a pergunta, já que toda vez que eu menciono você e o Ethan a sua reação é negar, mas vou simplesmente ser grosseira. Você está morando com ele? Porque o Micha falou que você estava.

— Hum... – Solto um suspiro, insegura sobre o motivo que sempre torna tão difícil para mim falar em voz alta sobre o meu relacionamento com o Ethan. — É, moro, faz um tempinho.

— Por que você não me contou? – Há uma nota de diversão em seu tom de voz. — Vocês estão... Vocês dois estão juntos?

— Não juntos desse jeito – respondo depressa. — E não contei porque a razão que me levou a ir morar com ele não é o tipo de coisa que costumo discutir.

— Tudo bem – ela diz. — Mas você poderia ao menos ter me dado um aviso.

— Um aviso? – Respondo, em tom provocativo, e ela ri. — Sinto muito. Da próxima vez que eu tiver uma grande notícia, você será a primeira a saber.

— Muito bem – ela pigarreia, parecendo nervosa. — E, agora, as minhas novidades.

— Meu Deus, você está grávida? – Eu me endireito no banco, tentando não rir da minha piada.

— O quê? Não! – Ela faz uma pausa prolongada. — Por que você pensou nisso?

— Por que eu não pensaria nisso? Você e o Micha estão sempre fazendo aquilo, até quando não estão juntos. As paredes eram bem finas no nosso apartamento, e aquelas longas conversas que vocês tinham de madrugada, quando ele estava viajando, soavam bem, bem altas.

— Meu Deus – ela diz, mortificada. — Você deveria ter dito alguma coisa.

— Tipo o quê? "Para de fazer sexo telefônico tão alto com o seu namorado"? – Eu rio e me aproximo da parede, erguendo a mão para proteger os olhos do sol. — Enfim, seja como for, qual a novidade?

Ela toma um longo fôlego.

— O Micha e eu vamos nos casar.

— Eu já sabia disso.

— É, eu sei... Mas em, tipo, uma semana.

Meu queixo cai e minhas mãos desabam no colo.

— Tem certeza de que não está grávida? – Desta vez, estou falando um pouquinho mais sério.

— Para de ficar repetindo isso, você está me assustando – a respiração dela é tomada pela ansiedade. — Eu *não* estou grávida. Nós só quisemos nos casar e eu pensei "bem, por que não, já que estamos morando juntos". Nós moramos juntos praticamente desde os quatro anos.

Sorrio, apesar de estar enciumada, mas eles formam um casal tão fofo que o ciúme é justificado.

— O Micha fez aquele discurso?

Ela ri.

— É assim tão óbvio?

— Hum, bom, é. Sempre é, quando se trata dele.

Enrolo no dedo uma mecha bem mais curta de cabelo. Faço uma pausa, porque, mesmo tendo sido uma grande incentivadora do namoro deles desde o começo, como melhor amiga da Ella, eu tenho que me certificar.

—É isso que que você quer?

— É. Muito – ela soa tão feliz. O ciúme cresce dentro de mim.

— Pois bem, então eu vou – digo. — Mas quero ressaltar que detesto San Diego, de modo que a minha ida até aí é um sinal de que eu te amo muito.

Ela fica em silêncio por um instante e, nela, isso indica um verdadeiro raciocínio em andamento.

— Obrigada, Lila – ela diz, afinal. — Por tudo.

— Que nada. Eu nem fiz de verdade alguma coisa.

— Ah, fez sim – ela insiste. — Se não fosse pelos seus pequenos empurrões, seus alertas sobre eu estar abrindo mão de um amor que nem deveria existir, mostrando para mim mesma que sortuda eu sou, eu não sei o que teria sido de mim, mas com certeza eu não estaria me preparando para me casar com o amor da minha vida.

— Não é bem assim – digo. — As coisas ainda poderiam ter dado certo para você.

— Eu duvido, mas pode ser... Talvez no fim eu tivesse conseguido pôr a cabeça no lugar sozinha e parado de me esforçar tanto para me tornar tão infeliz e desgraçada – ela parece prestes a chorar, o que na Ella é bem atípico. Ela faz uma pausa e limpa a garganta, antes de continuar: — Bom, mas você vem, não é? E vai ser a minha madrinha?

— Claro. Eu sempre quis ser madrinha de casamento – vacilo, ponderando se devo perguntar, já que família é um assunto tão delicado para ela. — Ella, quem mais vai?

— Você e o Ethan.

— E o seu pai?

Ela hesita.

— As coisas têm estado bem entre mim e meu pai e até entre mim e meu irmão, mas isso eu quero manter simples. Só o Micha e eu, você e o Ethan, claro. Assim não vai haver nenhum drama.

Suspiro, triste por ser assim que ela se sente. Por outro lado, se eu me casasse, também não tenho certeza de que iria querer a minha família por perto, especialmente se o noivo fosse alguém abaixo de seus padrões e critérios.

A tentação de Lila e Ethan

— Bem, com certeza eu vou, mas você vai ter que convidar o Ethan.

— O Micha já convidou.

— Quando?

— Alguns dias atrás – ela responde, hesitante. — Ele respondeu que viria.

Fico meio magoada. Por que ele não mencionou nada para mim?

— Tá. Então acho que eu vou – normalmente eu sou muito boa em parecer feliz quando não estou, mas desta vez a dor transparece na minha voz.

— Você está bem? – Ella pergunta. — Quer dizer, com o Ethan... Está tudo bem entre vocês dois?

— Por que eu não estaria bem? – Eu me levanto do assento conforme o ônibus chega ao meu ponto, ficando cada vez mais nervosa com a ideia de o Ethan ter dito alguma coisa sobre nós.

— Não sei... É que vocês dois têm uma relação estranha.

Eu me agarro à barra quando o ônibus freia com bruscamente.

— O Ethan falou isso para o Micha?

— Não – ela parece estar mentindo.

— Ella, por favor, me conta se ele disse alguma coisa – salto do ônibus para a rua me sentindo muito insegura.

— Lila, relaxa – ela diz, e ouço alguém chamar, ao fundo. — Olha, eu preciso desligar agora, mas me liga depois de conversar com o Ethan para me dizer quando vocês chegam e outros detalhes.

— Tá – olho para a esquerda e para a direita e atravesso a rua correndo em direção ao apartamento. — E me espera para comprar o vestido!

— Espero, mas vou avisar desde já: não existe a menor chance, possibilidade ou hipótese de eu usar um vestido branco cheio de bordados e babados – ela diz. — Tem que ser um modelito bem *rock'n'roll* ou coisa assim.

— Tenho certeza de que encontraremos um que seja a sua cara – subo na calçada e entro no condomínio pelo acesso que fica entre uma cerca quebrada e uma parte arenosa desolada. O sol está se pondo e o ar já não está mais tão quente quanto ao meio-dia, mas ainda pinica e eu começo a transpirar. — Sou uma excelente compradora.

— Combinado – ela se despede alegremente. — Falo com você mais tarde.

— Tá, tchau – eu desligo, e segundos depois percebo que não cheguei nem perto de abordar o motivo que me fez telefonar.

Suspirando, pego as chaves de casa no bolso, frustrada comigo mesma porque eu realmente poderia fazer bom uso de um conselho feminino sobre mim e o Ethan e ela provavelmente teria me dado, se eu tivesse sido corajosa o suficiente para pedir, mas os meus instintos básicos sobre manter a boca fechada levaram a melhor, desta vez. Por outro lado, eu me lembro muito bem de onde fui parar ao seguir os conselhos femininos que recebi no internato. "Durma com ele. Vai ser gostoso e tornar menos provável que ele rompa com você. Sexo significa compromisso. Sexo significa que você é mais velha. Sexo. Sexo. Sexo". Eu nunca sequer soube se elas estavam sendo sinceras ou se estavam apenas jogando comigo.

Quando entro no apartamento, o Ethan ainda não voltou do trabalho. Eu me jogo no sofá, com a comida para viagem sobre a mesa de centro à minha frente, tentando não pensar demais no passado, porque do contrário sei bem onde vou acabar – e o que vou acabar fazendo. Ponho para tocar uma das músicas do Ethan, com as quais ainda estou me acostumando, me sentindo nervosa por alguma razão, como se eu

A tentação de Lila e Ethan

sentisse que estou prestes a fazer ou dizer alguma coisa muito idiota. Porque estou considerando seriamente a possibilidade de dizer que eu meio que gosto dele. É hora de ser direta e reta. É hora de ele saber como me sinto. Que eu gosto dele. Que posso até amá-lo. Os meus olhos se arregalam quando me dou conta de que talvez eu realmente faça isso, e depois se arregalam ainda mais quando corro os dedos pelo meu cabelo, agora na altura dos ombros e que, na nuca, está ainda mais curto. E, como se isso não fosse mudança suficiente, eu ainda fiz mechas pretas.

— Quem eu sou? – Murmuro.

Eu realmente não sei mais. Uma garota que retalha o próprio cabelo? Que sente coisas pelo Ethan? Que quer contar ao Ethan sobre seus sentimentos? E isso é muito, muito assustador.

Estou decidindo o que fazer, se fugir ou aguentar firme e enfrentar os meus medos, finalmente ser corajosa, quando alguém bate à porta. Eu me levanto para abrir e prontamente recuo.

— Parker?

Ele me olha e torce a cara quando nota o meu novo corte.

— Que merda você fez com o cabelo?

— Cortei – dou de ombros, rezando a Deus para que ele não esteja aqui por causa do comprimido, apesar de, no fundo, saber que isso nunca poderia ser verdade. — O que você está fazendo aqui?

Ele está usando uma camisa polo azul-marinho, calça comprida e um Rolex.

— Não finja que está surpresa em me ver – sua voz é cortante e a postura é muito rígida e ameaçadora.

De repente, caio em mim e lembro que estou sozinha no apartamento.

— Como você descobriu onde eu moro? – Pergunto, segurando a maçaneta com força.

— Perguntei por aí – ele dá um passo na minha direção, aproximando-se da porta. — Você roubou o meu bagulho, Lila, a porra do *meu* bagulho. Sei que você sempre arrancou o que quis de mim, mas isso é diferente. São negócios.

Dou um passo para trás tentando fechar a porta, mas ele bate a mão nela.

— Desculpa, Parker – digo, tentando ficar calma, mas minhas mãos começam a suar e meu coração dá coices em meu peito. — Eu não tinha a intenção. De verdade. Eu só estava tendo um dia difícil e meti os pés pelas mãos.

Ele chega ainda mais perto, dando um passo adiante até o batente, e pisando sobre o pedaço lascado do linóleo da entrada.

— Não me venha com as suas historinhas melodramáticas. Não tinha a intenção? Fala sério. Foi o quê? – Ele começa a mover as mãos animadamente enquanto fala, e eu estremeço. — Você acidentalmente abriu o frasco escondido na gaveta do meu criado-mudo e acidentalmente pegou uma pílula. Eu fui conferir depois que você saiu, Lila, e tinha um comprimido faltando. Você sabe como eu controlo aquela merda. Você me viu contando, depois de fechar uma transação. Apesar que até me surpreende que você tenha pegado um só, considerando que eu já te vi tomar quatro de uma vez sem pestanejar.

Chacoalhando a cabeça, recuo aos tropeções até contornar a mesa de centro, sabendo que estou seriamente encrencada.

— Olha, o que você quer que eu diga? Desculpa, tá? Fiz merda, mas não tenho como trazer a pílula de volta. Posso pagar por ela – apanho a carteira, que está perto da televisão.

A tentação de Lila e Ethan

Ele dá uma gargalhada sombria e entra completamente no apartamento.

— Você vai me pagar pelo maldito comprimido, Lila – ele diz, batendo a porta com o pé e mantendo os olhos fixos em mim. — Mas não com dinheiro. Você sabe que eu não aceito dinheiro como pagamento pelo remédio.

Olho de relance para o corredor, ponderando se corro para o banheiro e me tranco lá. A coisa está feia. Muito, muito feia. Sinto que algo terrível está para acontecer e não sei como escapar.

— Nem pense nisso – ele diz, e abre o zíper da calça. — Agora, você pode trepar comigo ou me chupar, mas alguma coisa eu vou ganhar com esta história. Não vou deixar você me roubar e sair andando como se nada fosse acontecer. Você me conhece.

— Você tem razão, eu te conheço – respondo com voz trêmula enquanto olho ao redor procurando o telefone. Onde foi que eu deixei?

Um monstro horrível e perverso está prestes a sair de dentro dele. Eu sei porque já vi acontecendo com vários outros caras. Tente não dar o que eles querem e eles quebram você no meio. Dê o que eles querem e eles vão arrancar tudo que você tem e depois largarão você na lama.

Aperto firmemente os lábios sentindo um estremecimento no coração, mas, no fundo, eu sei que provavelmente consigo fazer isso, se for necessário. Trepar com ele e esquecer. Eu já fiz antes, mas foi quando eu não sentia nada. Mas agora parece pior do que errado. Parece nojento e aberrante e pervertido. Estou apavorada, exatamente como fiquei quando o Sean me amarrou à cama, com cordas em volta dos meus pulsos, tornozelos e até na barriga. Eu não queria fazer aquilo. E falei para

Jessica Sorensen

ele que não queria. Uma vez. Mas uma vez não bastou e ele fez o que quis.

— Acho que eu... – Começo, batendo o quadril na quina do suporte da TV quando tento recuar.

Ele avança na minha direção com a braguilha aberta e, antes que eu consiga me mover, agarra um punhado do meu cabelo, puxando as raízes com tanta força que o meu couro cabeludo arde.

— Agora fica de joelhos e faça como a puta que você, eu e todos os caras por aí sabemos que você é.

Eu levanto a mão para bater nele, mas ele agarra o meu pulso, crava os dedos na minha pele e com a outra mão me dá um tapa na cara. Lágrimas surgem nos meus olhos enquanto ele me força a baixar até o chão, pressionando os meus ombros até que eu fique agachada aos seus pés. Protesto pateticamente conforme o carpete áspero arranha os meus joelhos e o meu pescoço é torcido em uma posição esquisita.

— Para, Parker... Você está me machucando.

— Que bom – com a mão na parte de trás da minha cabeça e ainda agarrando violentamente o meu cabelo, ele puxa o meu rosto em direção à sua calça aberta. — Abre a boca e chupa, como a puta que você é.

Eu lembro que quando namorava o Parker jamais senti uma gota de emoção. Minha cabeça e meu corpo eram um grande vazio, como, aliás, em qualquer outro encontro sexual. Quero aquele vazio agora, suplico por ele. Mas ele não vem. O meu interruptor interno permanece teimosamente ligado. Sinto excessiva clareza vergonha, terror e constrangimento. E começo a chorar, porque isso é real. Não estou bêbada nem dopada e não quero fazer nada com o Parker, assim como não queria realmente fazer com o Sean. Eu só estava com medo demais

A tentação de Lila e Ethan

para admitir isso e preocupada demais que, se eu fosse embora, ele não me amaria. E eu queria – e ainda quero – ser amada uma vez na vida.

Mas nunca disse não. Todos esses anos e nem uma só vez eu rejeitei alguém que me quisesse. Eu achava que nenhum cara iria levar a sério a minha negativa e, de verdade, não me achava boa o bastante para recusar. De um jeito doentio e perverso, nunca me achei boa o suficiente para ninguém. De modo que eu simplesmente tomava as bolinhas e fazia as coisas que achava que os outros queriam que eu fizesse, esperando que alguém me aceitasse e me amasse; no entanto, isso nunca aconteceu. Eu pensava que o Sean me amava, mas ele me machucou e agora eu tenho cicatrizes internas e externas. Estou marcada e não quero estar. Quero me sentir uma pessoa inteira de novo. Quero voltar aos meus catorze anos e não tomar decisões estúpidas, não fazer sexo com um cara mais velho que me amarra à cama depois de eu dizer que acho que não quero aquilo, que acho que não consigo, para depois ele me violentar com tanta brutalidade que a corda corta a minha pele e eu sangro na cama toda. Em seguida, sou largada me sentindo culpada por deixar as coisas chegarem até aquele ponto, e sempre vou sentir que não resisti nem lutei como deveria. Mas eu estava perdida. Confusa.

Uma onda de dor percorre o meu corpo enquanto o passado desaba sobre os meus ombros. Eu não quero mais ser essa garota. Essa menina solitária e vazia. Eu quero sentir que mereço as coisas e não me odiar tanto. Estou decidindo se abro a boca e grito ou se dou uma mordida bem forte quando a porta se abre e o Ethan entra, carregando o cinto de ferramentas.

— Ah, graças a Deus – digo, com alívio, e percebo que estou melhor.

Jessica Sorensen

O Parker se vira, olha sobre os ombros e imediatamente solta o meu cabelo. Caio de bunda no chão conforme tateio a bochecha que ele golpeou.

— Cara, ela que quis – ele fala para o Ethan, estendendo as mãos diante de si.

Eu me levanto, acarinhando o rosto quente, enquanto o Ethan avalia a situação, observando primeiro o Parker com a calça aberta, depois olhando para mim e o meu rosto inchado, em seguida pousando o olhar no Parker de novo. Ele ainda está com a roupa do serviço, bermuda *cargo* rasgada, camiseta preta manchada de tinta e botas de trabalho. Ele parece um desses delinquentes de subúrbio que batem em caras como o Parker por pura diversão. E eu estou adorando.

— Isso é verdade, Lila?

Ethan olha para mim conforme lentamente retira o martelo do cinto, como se fosse usar a ferramenta contra o Parker. Eu sei que ele não vai, assim como sei que ele não acredita no que o Parker falou, mas ele está fazendo isso para confundir o Parker.

— Você queria que este filho da puta abrisse a calça e forçasse você a se ajoelhar?

Parker se encolhe, observando o martelo na mão do Ethan, mas não diz uma palavra e recua até encostar na parede, tentando deslizar até a porta.

Limpando as lágrimas dos olhos e da minha bochecha inchada, sacudo a cabeça.

— Não, eu não queria de jeito nenhum.

Verbalizar isso me dá uma estranha sensação de liberdade, como se um segredo há muito escondido fosse revelado, mesmo que eu seja a única a compreender.

— Ela é uma mentirosa e uma vagabunda – Parker argumenta, me encarando, antes de voltar a olhar para o Ethan,

A tentação de Lila e Ethan

desta vez inseguro. — Qual é, cara? Você conhece a gata, deve saber como ela é.

Ethan sacode a cabeça e atira o cinto de ferramentas na mesa, mas continua segurando o martelo, batendo com ele na palma da mão.

— A Lila que eu conheço não é uma vagabunda.

Parker arregala os olhos e cruza os braços.

— Bem, a que eu conheço é.

— Puxa, que pena para você – diz o Ethan, jogando as chaves na mesa, mas sem se afastar da porta.

Eu amo o Ethan. De verdade. Eu sinto a coragem crescendo dentro de mim quando dou um pequeno passo à frente.

— Parker, por mais que eu adorasse ficar aqui olhando para este seu pinto minúsculo, tenho certeza de que o Ethan não. Portanto, faça o favor de fechar a calça.

Seu olhar desce até a braguilha e ele rapidamente recolhe o pênis e sobe o zíper.

— Que se dane – ele diz, penteando o cabelo com os dedos, tentando se recompor. — Vou embora daqui e vocês dois que vão para o inferno – ele dá um passo para a direita para contornar o Ethan, mas o Ethan acompanha o movimento e bloqueia a passagem para a porta.

— Você não vai embora daqui porra nenhuma, até a Lila dizer o que quer fazer com você – ele me encara e a intensidade queima em seus olhos, enquanto apoia a mão no batente. — Você quer que eu arrebente o cara ou prefere chamar a polícia? – Ele pergunta, levantando o martelo em direção ao Parker.

— Vai se foder – o Parker responde, mas não se atreve a mexer um músculo.

É evidente a facilidade com que o Ethan poderia acabar com o Parker, mesmo sem o martelo. Ele é mais alto, mais forte, mais

Jessica Sorensen

bruto e tem uma aparência muito, muito mais intensa, como se já tivesse passado por muita coisa, o que é verdade. O Ethan foi espancado pelo pai e viu o pai espancar a mãe enquanto ele tentava defendê-la. Ele é real. E eu quero a realidade, não a decepção que às vezes vem com a riqueza e o dinheiro. Eu não vou sacrificar a minha vida como a minha mãe sacrificou a dela, só para ter roupas bacanas e um teto sobre a cabeça. Estou perfeitamente feliz com o que tenho acima da minha agora, mesmo que ele apresente uma ou outra rachadura.

Sorrio, sem intenção, quando o Parker faz um barulho parecido com o de um gato sendo estrangulado.

— Não tenho certeza do que eu quero que você faça.

O Ethan dá de ombros e pisca para mim.

— Você decide, linda.

Posso apenas supor o tamanho do meu sorriso neste momento, porque isso é algo que nunca tive: proteção. Nunca na vida eu tive alguém que me defendesse e que me dissesse que estava tudo bem, que as pessoas cometem erros, mas não precisam pagar por eles eternamente. Olho para o Parker, que está esperando ansiosamente que eu intervenha e salve seu rabo. Eu o analiso por uma eternidade, até que ele faz careta e parece à beira de se mijar todo.

— Lila – ele pede, me pressionando com os olhos. — Dá uma força aqui.

— Por quê? – Pergunto, cruzando os braços. — Você parecia bem capaz de lidar com tudo sozinho, agora há pouco.

Ele olha de relance para o martelo na mão do Ethan e faz uma careta para mim.

— Lila – ele apela –, você sabe que eu detesto brigar.

Reviro os olhos.

— A menos que seja com uma garota, claro.

Ele estreita os olhos.

— Porra, Lila, eu juro por Deus...

E a frase fica em aberto, enquanto o maxilar dele se contrai diante da aproximação do Ethan, que voltou a dar pancadinhas na mão com o martelo.

Eu balanço a cabeça e suspiro, sabendo que não vou realmente deixar que o Ethan bata nele, mas só por causa do Ethan. O Parker é o tipo de cara que iria ou abrir um processo e formalizar uma acusação ou voltar com um bando de amigos para socar o Ethan. E se eu chamasse a polícia, o pai do Parker provavelmente conseguiria livrar o filho sem grandes dificuldades, já que é advogado.

— Tá. Enfim. Que se dane. Ethan, deixa o cara ir.

Mas o Ethan nem se mexe. Seus olhos estão cravados nos meus e ele estica os braços para o lado quando o Parker tenta avançar em direção à porta.

— Tem certeza?

Confirmo, envolvendo o corpo com os braços.

— Tenho. Ele não vale a pena.

Seu olhar continua firmemente preso ao meu enquanto ele dá um passo da porta para o sofá, liberando apenas uma passagem bem estreita pela qual o Parker precisa se espremer.

— Muito bem, mas eu estou deixando você sair daqui sem nenhuma marca apenas graças a ela – ele diz para o Parker, apontando com a cabeça na minha direção.

Daí o Parker estreita os olhos para o Ethan, mas não diz uma palavra, enquanto se vira de perfil e se aperta entre ele e a porta. Cada músculo do Ethan está retesado, as juntas brancas de tão forte que ele está segurando o martelo, e sei o quanto é difícil para ele deixar que o Parker simplesmente saia andando.

Quando o Parker sai, vai embora praticamente correndo, e o Ethan chuta a porta com força, como se fazendo isso estivesse trancando toda a maldade do lado de fora. Ele se vira e me encara, atirando o martelo de lado, então se inclina e me encara de braços cruzados.

— Então, o que foi que houve, na realidade?

Ele me estuda atentamente, absorvendo cada centímetro quadrado do meu corpo, e isso faz a minha pele se arrepiar. Seu olhar pousa em meu rosto e sei que ele está se perguntando: *Ele bateu em você?* Isso faz a minha bochecha esquentar ainda mais, porque enxergo em seus olhos que ele se importa.

É apenas uma sensação leve, um calor muito suave em todos os lugares certos, mas basta para me fazer notar a diferença entre o modo como me sinto perto do Ethan e o modo como eu me sentia com o Parker. Perto do Parker a minha pele ficava fria como gelo, basicamente entorpecida. É o que eu senti com a maioria dos caras com quem saí.

— É uma história comprida e idiota, como quase tudo na minha vida.

Sento na quina da mesa e descanso as mãos no colo, concentrando-me nelas e não no Ethan, porque me sinto envergonhada pelo que acabou de acontecer, pelo que ele acabou de ver, porque não foi a primeira vez que me meti em uma situação dessas e a culpa é toda minha por ter acontecido.

— Ele veio cobrar o pagamento pelo comprimido que eu roubei. Falei que pagaria, mas como na casa dele eu tinha prometido que transaria com ele pelo remédio, era esse o pagamento que ele queria. Daí ele... Bom, você viu.

Seus músculos do braço se retesam e sua mandíbula se contrai.

— Você fala como se não fosse grande coisa.

A tentação de Lila e Ethan

Dou de ombros, olhando para as unhas, mais uma vez sentindo que ele está vendo aquele meu lado real e raro que eu estou tão acostumada a esconder de todo mundo.

— Não é nada com o que eu já não tenha precisado lidar antes. Você sabe disso... Você sabe como eu sou.

Sacudindo a cabeça, o Ethan vem até mim e se ajoelha à minha frente, pousando as mãos no alto das minhas coxas. A pele dele é sedutoramente quente, mas reconfortante ainda assim.

— Mas você quer parar de pensar em si mesma desse jeito?! Tá, você transou com alguns caras. E daí? Pessoas fazem sexo, isso não faz de você uma vagabunda. E, mais ainda, isso não dá a nenhum coxinha rico o direito de estuprar você nem de obrigá-la a fazer o que você não queira!

— Ele não teria me estuprado – eu digo, com o queixo encostado ao peito. — Eu teria cedido antes que a coisa descambasse para um estupro.

Ele contorce o rosto e fica vermelho de raiva. Depois de soltar um longo suspiro, ele acolhe o meu rosto entre as mãos:

— Nunca mais diga isso. Se uma garota diz "não", mesmo que uma única vez, o cara tem que parar. Mas que merda, mesmo que ela só *demonstre* um ligeiro sinal de não querer, o cara tem que parar. Você não deve nunca, jamais, fazer sexo com um cara quando você não quiser.

Sei. Agora repete isso para todos os caras com quem saí ao longo da vida.

— Tá bom.

A careta dele se aprofunda.

— Lila Summers, onde foi parar a garota esperta e cheia de vida que eu conheci?

— Acho que a certa altura do campeonato ela morreu.

— Pois traga de volta.

Eu suspiro, desanimada.

— Não consigo. Ela toma muitos comprimidos e me toma muita energia. E, sinceramente, eu nem sei se ainda quero ser aquela garota.

— Tudo bem. Seja quem você quiser, mas por favor, por favor, pare de pensar tão mal de si mesma. Você quase não ri mais, e eu... – Ele me dá um sorriso adorável. — Eu tenho uma saudade do cacete da sua risada. A sua risada é linda.

Eu nem sei o que é que me derruba. Suas palavras. A beleza crua e realista do momento. Ou se é ele, pura e simplesmente. Seja lá o que for, eu me inclino rápido para a frente, deixando que as minhas emoções me conduzam até ele, o que é inédito para mim. Pressiono os lábios contra os dele e é incrível. Não diluído. Eu sinto tudo, cada coisinha, desde a minha pulsação se acelerando até o meu sangue subindo em correnteza para a cabeça, o calor do nosso contato e a umidade macia dos lábios dele.

Eu já beijei mais caras do que consigo contabilizar, mas as emoções liberadas neste beijo são novas, porque existe um sentimento *real* por trás. Apesar de antes eu ter tido dificuldade em decifrar a sensação, porque tenho razoável certeza de jamais ter sentido amor por ninguém ou de ter sido amada por alguém, agora eu sei do que se trata.

Amor. Eu, completamente, cem por cento e verdadeiramente amo o Ethan.

Ethan

Precisei de um autocontrole extremo para não socar a cara do Parker. Eu queria tanto, tanto, tanto. Eu me lembro de algumas vezes em que entrei no meio, enquanto meu pai

A tentação de Lila e Ethan

espancava minha mãe. Meu pai era um cara grandalhão, de braços largos e pescoço grosso, mas ele ficava tão patético batendo até que ela caísse e depois descendo as costas da mão na cara dela.

Um momento em particular ficou gravado na minha memória, porque foi a primeira vez que eu me dei conta de como as coisas estavam podres entre eles.

Eu tinha acabado de chegar em casa, vindo da escola um pouco mais cedo do que o normal, e deixei cair a mochila no piso da cozinha quando vi minha mãe encolhida no chão e meu pai erguendo a mão para bater nela.

— Pai, para!

Eu nem raciocinei, só corri até a minha mãe pronto para protegê-la.

— Ethan, para! – Ela gritou de volta, enquanto meu pai levantou o braço sem nem olhar para o lado e me atingiu na cara.

Ele não me batia desde que eu tinha oito anos, então meio que fui pego desarmado, embora eu não tenha ficado tão surpreso assim. Isso que é engraçado quando se apanha de alguém que supostamente deveria lhe amar: fica difícil enxergar como aquilo é errado, porque a ideia do amor pode deixar você cego. Era exatamente o que acontecia com a minha mãe.

Ela se levantou do chão e correu para mim, enquanto eu esfregava a bochecha.

— Ethan, o que você está fazendo aqui? O horário da escola ainda não terminou.

Olhei primeiro para ela e depois com fúria para o meu pai, que estava esfregando a própria mão.

— A aula terminou mais cedo hoje. Eu te entreguei o aviso na segunda-feira.

— Ah, é.

Lágrimas escorriam pelo rosto dela e a bochecha estava inchada. Por um minuto minha mãe pareceu um pouco perdida, mas então, dando uma palmadinha no meu ombro, ela disse:

— Vá fazer a lição de casa no seu quarto.

Olhei para o meu pai, que parecia arrependido. Ele sempre parecia. Era como se ele fosse capturado pelo calor do momento e transformado em um monstro, com os olhos esbugalhados de raiva. Quando tudo acabava, ele sempre sentia muito e pedia desculpas para todo mundo vezes sem conta.

— Talvez eu devesse ficar aqui com você – eu disse para a minha mãe, desejando ser grande o bastante para conseguir defendê-la contra o meu pai.

Ela balançou a cabeça e remexeu no meu cabelo como se estivesse tudo bem. Como se nada disso fosse problema. Como se a cara dela não estivesse inchada e todas as cadeiras da cozinha não estivessem reviradas e as veias do meu pai não estivessem pulsando no pescoço.

— Ethan, vá para o seu quarto e faça a lição de casa. Está tudo bem.

Engoli o nó da garganta e recolhi a mochila, jogando-a por cima do ombro. Os dois ficaram me observando enquanto eu andava para a porta. A situação toda me parecia errada. Eu estava confuso, com medo e apavorado, embora não entendesse por quê.

Chegando à porta, espiei por cima do ombro e olhei para ambos.

— Tem certeza, mamãe? – Afastar-me dela não parecia ser a coisa certa, mas ao mesmo tempo eu não sabia mais o que fazer.

— Ethan, a sua mãe está bem – o meu pai respondeu. — E eu sinto muito ter atingido você... Não percebi que você estava lá.

A tentação de Lila e Ethan

Sinto muito. Sinto muito. Sinto muito. Ele sempre sentia muito. Concordei com a cabeça, saí dali e me tranquei no quarto. Poucos minutos depois eles começaram a gritar um com o outro de novo e eu aumentei o volume da música até que suas vozes desaparecessem.

Ao deparar a cena entre a Lila e o Parker, senti o mesmo tipo de receio e fúria que eu sentia quando era mais novo. Aquela visão – o controle que ele exercia sobre ela – foi uma paulada no estômago. Entretanto, ao contrário de quando eu era criança, desta vez eu sabia que poderia facilmente bater no Parker. E eu queria tanto que cheguei a sentir a raiva encharcando a minha corrente sanguínea. Quis bater, socar e esmurrar o Parker de tal forma que depois ele não conseguisse nem enxergar direito. Fui tomado por essa descarga de emoções não apenas porque ele estava forçando uma garota a fazer algo que ela obviamente não queria, mas porque ele estava obrigando *a minha Lila* a fazer uma coisa que ela não queria. Assim que vi a cena soube que, seja lá o que for que eu venha tentando negar que esteja acontecendo entre nós, é evidentemente que não vou conseguir fugir. Mas fico preocupado, porque o volume de cólera no meu corpo equivale ao volume de cólera que eu vi nos olhos do meu pai.

A ira continua a crescer e a queimar o meu peito por dentro até que de repente, e de forma completamente inesperada, a Lila me beija. E aquele beijo, o simples toque dos lábios dela, a ligeira subida de temperatura no meu corpo e a inundação de emoções misturadas apagam a minha raiva e mudam a minha vida, apesar de eu não saber se quero que ela mude.

Eu não reajo imediatamente, em parte por estar em choque e em parte por estar com medo. O relacionamento turbulento entre meu pai e minha mãe está fresco na minha cabeça, assim

Jessica Sorensen

como o receio de acabar como eles. Não se trata de sexo. A coisa toda vai muito além. Nós temos uma ligação. Desde o dia em que nos conhecemos. Eu só vinha me recusando a sentir, mas agora a conexão está abrindo caminho e chegando até mim, me controlando, me possuindo – a Lila está me controlando e me possuindo –, o que significa que sou dependente dela de várias maneiras.

Estou à beira de entrar em pânico, mas quando ela começa a se afastar eu percebo que não quero que ela se vá, então abro a boca e roço a minha língua na dela enquanto, com a mão, trago sua cabeça de volta para perto de mim, e todas as minhas preocupações rapidamente vão se dissipando.

Puta que pariu. Isso é tão diferente de tudo que conheço. Estou curioso e apavorado de mergulhar mais fundo. Mas o tesão me empurra para a frente e eu enrosco os dedos no cabelo loiro dela, agora curto e com mechas pretas.

— Você mudou o cabelo – murmuro. — Gostei...

Gentilmente, apanho e puxo algumas mechas, conforme exploro sua boca com a língua, massageando, acariciando, tateando cada centímetro. Ela fecha os olhos com força.

— Ethan... – Ela sussurra, agarrando os meus ombros, as unhas me espetando através do tecido da camiseta e entrando na minha pele.

A intensidade desse toque me surpreende e joga ainda mais combustível no meu corpo já em brasa. Sem muita consciência do que estou fazendo, eu me levanto, interrompendo nosso beijo.

A respiração dela falha e suas bochechas ficam cor-de-rosa quando ela abre os olhos, como se estivesse com vergonha. Antes que ela diga qualquer coisa, eu a agarro pelo quadril, pressionando os dedos em sua pele, e rapidamente a ponho de pé. Nunca fui do tipo que carrega garotas de um lado a

A tentação de Lila e Ethan

outro no colo, mas com ela eu me sinto diferente. Quero segurá-la, abraçá-la, mantê-la tão perto de mim que seja impossível distinguir onde ela termina e eu começo. Cada centímetro do meu corpo arde de desejo, a adrenalina explode enquanto corre pelas minhas veias. Estou com a cabeça leve, em chamas, desejando-a como nunca desejei ninguém. Dentro de mim os sentimentos levantam voo, sentimentos que eu sabia que existiam, mas que me recusava a sentir totalmente. Selo nossos lábios antes que qualquer palavra possa ser verbalizada e antes que eu comece a analisar o que tudo isso vai significar.

Eu a beijo profunda e apaixonadamente enquanto a carrego para o meu quarto, tateando o caminho às cegas ao longo do corredor, batendo nas paredes e contra as portas. Cruzo os dedos das duas mãos nas costas dela, sustentando seu peso enquanto ela se agarra a mim cruzando os tornozelos atrás das minhas costas. Ela continua ronronando, sua língua formando um nó com a minha, jogando o meu corpo em uma espiral enlouquecida de volúpia, excitação e, por fim, medo – do quanto eu quero estar com ela, e não mais com a London. Eu desejo a Lila mais do que qualquer outra coisa no momento. Tropeço em umas bagunças no chão do meu quarto e consigo bater o quadril em um dos pratos da bateria antes de finalmente tombar na cama. Nós afundamos quando atingimos o colchão e ela ri contra os meus lábios, mas mantém os olhos fechados.

Eu recuo um pouco e seus cílios vibram quando ela abre os olhos. Ela parece estar perplexa e perdida, entre milhares de outros sentimentos que, provavelmente, coincidem com os meus.

— Quê? – Ela pergunta, muito autoconsciente. As pernas dela continuam cruzadas em volta do meu tronco e seus braços ainda estão agarrados ao meu pescoço. — Tem alguma... Alguma coisa errada?

Um milhão de coisas estão erradas, é o que quero dizer. Estou sentindo coisas demais por você, Lila. Não posso fazer isso. Estou me envolvendo demais com você e se eu continuar com isso nós vamos acabar nos odiando. Eu vou partir seu coração. Vou arruinar você – vou arruinar nós dois. Mas minha voz se recusa a sair e, portanto, em vez de falar, eu a beijo. Com vontade. Com força. Com calor, desejo e fome nos sufocando a ambos, enquanto mergulhamos fundo nos sentimentos um do outro. Nossos corpos se alinham e se pressionam enquanto eu a beijo com toda a energia que represei desde que a conheci. Perdi todo o controle sobre as minhas ações. Regras não existem. O passado e o futuro se dissolvem e apenas este momento existe.

Entre beijos profundos e gemidos guturais, consigo tirar minha camiseta imunda puxando-a pela cabeça. Jogo-a no chão e Lila abre os olhos, e quando me abaixo até ela, ela meio que se engasga. Conforme ela desliza os dedos pelo meu peito, noto seu tremor e percebo como está nervosa. Talvez ela não queira fazer isso, talvez ela só esteja fazendo porque está com medo de dizer que não. Fico preocupado que ela vá se trancar de novo como da última vez em que acabamos na cama.

— Lila – eu começo, no meio de um enorme conflito, porque, se ela me rejeitar, vai doer. — Está tudo bem? Você... Quer dizer, você quer isso?

Os lábios dela se abrem e a respiração oscila enquanto ela arqueia o corpo na minha direção, um mar de emoções inundam seus olhos.

— Eu quero... Mas se você... Se você não quiser, pode parar – ela parece estar lutando com as palavras, enquanto se perde em seja lá o que for que está sentindo.

Não é a resposta que eu estava esperando. E ela parece nervosa no último grau, quase como se estivesse fazendo sexo pela primeira vez. Fico sem saber o que fazer, mas então ela se ergue nos cotovelos, aproxima a boca da minha e suga o meu lábio inferior, fechando os olhos. Sinto todo o seu corpo tremer sob o meu.

— Ah, Lila... – Gemo, quando ela roça os dentes no interior do meu lábio.

Meus olhos se fecham involuntariamente quando eu abaixo a cabeça e nossos lábios se chocam com alguma força, a ponto de eu me perguntar se nós vamos ficar com manchas.

Sustento meu peso nos braços abertos, um de cada lado dela, enquanto ela continua pressionando o tronco contra o meu, como se estivesse faminta – como se tivesse passado fome a vida toda. Nossas línguas continuam enroscadas enquanto deslizo o joelho entre suas pernas, fazendo-a se agarrar à parte de cima dos meus braços. Suas unhas penetram na minha pele quando ela escorrega um pouco para baixo ao encontro da minha perna. Ela começa a se esfregar, com os olhos vidrados e uma expressão chegando a um nível de euforia. Eu paro de resistir e enfio a mão em sua camiseta, deslizando por baixo do sutiã. Passo o polegar em seu mamilo e ele imediatamente fica duro. Ela geme e seu corpo todo se agita, enquanto ela continua se esfregando na minha perna. Eu perco a cabeça. Nunca apreciei ver uma garota reagindo tanto assim ao meu toque, mas talvez isso seja porque o modo como me sinto em relação à Lila, agora, é muito diferente do modo como eu me sentia antes. É diferente. Nós estamos diferentes. Eu estou diferente.

Continuo massageando seu mamilo enquanto ela se contorce contra mim, a cabeça pendendo para trás, e sei que ela está quase lá. Eu também. Porra. Muito, muito perto.

Jessica Sorensen

— Mais forte – ela diz, com a respiração entrecortada, na beira do precipício.

Eu lhe dou o que ela quer e aperto o mamilo com mais pressão. Ela geme alto em resposta, o corpo todo se erguendo enquanto ela soluça, em êxtase. Eu também estou no limite e preciso me esforçar muito para manter o controle. Depois de um momento ofegando, ela se deita sob mim. A pele dela está empapada de suor, sua expressão é de contentamento e ela está mais linda do que nunca, com o cabelo espalhado, o corpo molhado e a respiração falhando.

— Isso foi bom – ela diz, e respira alto, o peito subindo e descendo. — Meu Deus, bom mesmo.

— O melhor que você já teve?

Tento fazer piada, mas minha voz sai meio fraca em reação ao fato de que o meu pau está tão duro que está começando a doer. Ela balança a cabeça de um lado para o outro.

— Nem dá para comparar... Nunca senti nada assim antes.

Ainda estou com a mão no seio dela e sinto seu coração acelerado, eu conto os batimentos para me acalmar.

— Não sei se entendi o que você quer dizer.

Ela sacode a cabeça.

— Eu também não, mas isso não tem a menor importância – ela se ergue para me beijar e seu corpo começa a estremecer antes que ela chegue aos meus lábios.

Fico preocupado que ela entre em choque ou coisa assim por causa do que acabou de acontecer com o Parker. Desloco a mão do seio para a bochecha dela.

— Talvez devêssemos parar – digo.

Busco seu olhar para saber o que ela está realmente pensando, mas ela arregala os olhos com horror:

A tentação de Lila e Ethan

— Ai, meu Deus, você não quer! – Ela diz, e começa a rolar de lado para se afastar, mas ponho o braço bem perto, de modo que ela não consegue ir muito longe.

— Não é isso o que eu estou dizendo – esclareço, quando ela vira a cabeça na minha direção. — Eu quero, Lila... Cacete, quero muito. Na verdade, tenho certeza de que você está sentindo o quanto eu quero.

O rosto dela fica um pouco avermelhado, o que de novo me surpreende.

— É, dá para sentir.

Eu respondo com um sorriso.

— Só estou preocupado que você esteja em choque por causa do que aconteceu com o Parker e talvez não esteja pensando com muita clareza.

— Estou pensando com mais clareza do que em qualquer outro momento da minha vida – ela insiste. — Eu quero isso. Eu quero você.

— Tem certeza? Porque eu não...

Ela me interrompe, deslizando os dedos pelo meu peito.

— Sim, por Deus, sim, eu tenho certeza – sua voz sai alarmantemente desafinada. — Por favor, não me faça implorar, Ethan. *Por favor.* Eu não posso... Eu não... Eu nunca desejei *tanto* alguém. Nunca.

Solto a respiração lentamente, um fôlego carregado de tensão, enquanto combato a urgência de arrancar suas roupas, querendo me certificar do que ela quer. E do que eu quero. Onde diabos nós dois estamos?

— Eu só estou tentando ser um cara legal, Lila, mas você está tornando isso muito... – A frase morre enquanto seus dedos roçam o fecho da minha calça. — Muito... Muito... Difícil.

— Que bom – ela responde, e em seguida se apoia nos cotovelos e gruda a boca na minha.

Jessica Sorensen

É um gesto bastante sentimental e inexperiente, o tipo de beijo que embute uma série de dúvidas. Ela está se jogando, se arriscando livremente bem aqui na minha frente, e eu, apesar de estar apavorado com o que todo esse movimento vai significar para nós, decido fazer o mesmo e beijá-la de volta com o mesmo desejo, se não maior.

Nós nos beijamos até que nossos lábios estejam inchados, e nossos corpos, cobertos de suor. Eu me ponho sentado, mas apenas para tirar a camiseta dela e abrir o fecho do sutiã. Então eu me afasto para absorver melhor a visão. Ela é linda, incrível e quase perfeita, exceto pela cicatriz na barriga. Mas de certa forma isso a torna mais perfeita, porque mostra que ela pode falhar, e, portanto, é real. Eu só gostaria de saber como ela conseguiu essa marca, gostaria de entendê-la melhor.

Passo o dedo ao longo da cicatriz e ela fecha os olhos como se estivesse sentindo dor. Então minha mão viaja para cima até seu seio e envolve o mamilo, e a Lila inspira ruidosamente.

— Ah, isto é tão bom – ela sussurra, meio sem fôlego, enquanto aproxima as mãos dos meus ombros.

Deslizando-as pelas minhas costas, ela me puxa para baixo em sua direção de modo que nossos peitos se encostem. Ela inspira e expira como se estivesse saboreando o momento e eu me inclino e beijo seu pescoço, primeiro suavemente, mas depois, conforme ela fica mais excitada e ofegante, com mais aspereza e força. Faço uma trilha de beijos até o seio e sugo o mamilo, traçando círculos com a língua. Ela grita o meu nome, o que faz meu coração dar pulos por causa da adrenalina. Eu não consigo mais me segurar. Ela está enlouquecendo o meu corpo e o meu coração. Eu me afasto, atiro a bermuda e a cueca para o lado, abro o botão do *short* dela e praticamente o arranco de seu corpo. Alcanço um preservativo no

A tentação de Lila e Ethan

criado-mudo enquanto observo essa sensação crescer dentro de mim.

Eu quero a Lila. Só ela. Ninguém mais. Quero ficar com ela.

Em segundos, deslizo para dentro dela, sabendo que o que tínhamos antes está mudado para sempre. Sei que quando isso acabar a Lila vai significar para mim mais do que qualquer outra garota jamais significou. E o mais surpreendente é que, na real, eu não me importo. Na verdade, isso me deixa até contente.

Capítulo 14

Lila

Não sei se é o fato de ter percebido que eu amo o Ethan ou se é porque estou sóbria, mas cada carícia e cada beijo, toda vez que nossas peles entram em contato, me fazem quase chegar ao clímax. Estou à beira da combustão, sentindo como se estivesse mergulhando rumo a um lugar maravilhoso, divino, desconhecido. Começo a me perguntar se alguma vez já tive um orgasmo de verdade. Provavelmente, claro, mas nunca fui coerente o bastante para senti-lo por inteiro.

Eu não consigo respirar direito e cada um dos meus nervos pulsa de antecipação, desejo e alegria. Nunca me permiti ficar tão exposta antes, não desde o Sean, e mesmo então eu não me conhecia bem o suficiente para demonstrar quem eu era de verdade. Estou começando a me conhecer melhor, quem eu sou, o que eu quero, do que eu preciso. E tudo isso leva ao Ethan.

Mal consigo raciocinar com clareza enquanto ele massageia e suga os meus mamilos, me toca no corpo inteiro, me sente por dentro e por fora, da cabeça aos pés e me enche de beijos. Não sei quanto mais vou aguentar antes de explodir, e o Ethan deve estar sentindo a mesma coisa, porque de repente ele começa a arrancar o resto das nossas roupas e a atirar as peças no chão. Quando ele desliza para dentro de mim, grito seu nome, enquanto o calor toma o meu corpo em ondas, meu interior vibrando conforme ele me preenche.

Seus músculos estão rijos, ele colocou um braço de cada lado da minha cabeça e avança com ímpeto dentro de mim, enquanto eu curvo o tronco em sua direção e me aproximo dele querendo mais, precisando de mais. Nossos corpos estão conectados, em sintonia, e juro por Deus que nada disso parece bastar. A maneira como ele me olha a cada vez que eu gemo faz com que eu me sinta linda, não suja; desejada, não usada. Eu gostaria de continuar assim para sempre, mas ao mesmo tempo quero chegar ao fim, porque sinto que vou gozar. Quando ele dá uma última pressionada forte, eu me sinto derretendo e me desprendendo de tudo, do passado, da vergonha, das preocupações, tudo tão absurdamente intenso e poderoso que enfio as unhas em suas costas, porque tenho necessidade de canalizar essa energia e lhe dar vazão de algum modo. Sinto seu corpo explodir enquanto me agarro a ele, sabendo que estou deixando que o meu lado mais selvagem se revele, mas pela primeira vez na vida eu o aceito, aceito quem eu sou. *Esta sou eu.*

Ele dá um gemido profundo, a expressão retorcida de prazer e dor, e ver o efeito que provoco nele me leva a alturas inimagináveis até que, por fim, quase perco totalmente o contato com a realidade. Quando eu finalmente volto à Terra, o Ethan ainda está dentro de mim. Ele está entre as minhas pernas, com a cabeça abaixada e apoiada em mim, e sinto seus batimentos pulsando no meu interior.

Ele permanece imóvel por uma eternidade, respirando contra o meu peito, e quanto mais tempo isso dura mais nervosa e insegura eu vou ficando, enquanto espero para ver para onde tudo isso está nos levando. Ele vai me abandonar, como o Sean fez? Será que eu deveria me levantar e ir embora antes que ele faça isso? Mas eu não quero. Eu quero ficar com ele. Talvez para sempre.

Quando ele ergue a cabeça, vejo em seus olhos algo que nunca vi nos olhos de nenhum outro cara. O Ethan se importa comigo e parece tão nervoso quanto eu.

— Isso foi... – Ele inspira e expira enquanto tira meu cabelo da minha testa encharcada. — Demais.

Concordo, apenas mexendo a cabeça, porque estou sem palavras e com o fôlego curto. Ele sorri, me beija delicadamente na boca e escorrega para fora de mim, deitando-se de costas ao meu lado, com um dos braços ainda encaixado sob a minha nuca.

— Você tem certeza que está bem? – Ele se vira de lado e pousa a mão sobre a minha barriga. — Em relação àquele assunto do Parker?

Inclino a cabeça para o lado e absorvo seu tórax firme, a pele tatuada coberta de suor, os olhos castanhos que olham para mim, e não através de mim.

— Estou sim, de verdade. Acho que... Você me fez me sentir melhor. Muito, muito melhor.

Ele sorri, parecendo nervoso, e tento não pensar em como ter feito sexo vai mudar a nossa relação. As coisas podem acabar mal. Ou bem. Eu gostaria de estar otimista, porém, tudo o que eu já vi acaba mal, seja entre o meu pai e a minha mãe, seja entre mim e todos os caras que já conheci. A única exceção a isso é o caso do Micha e da Ella. Gostaria de ter o que eles têm, mas será que é possível para alguém como eu ter um amor tão lindo e puro?

— Em que você está pensando? – O Ethan sussurra, enquanto afetuosamente penteia meu cabelo com os dedos.

— O que vai acontecer conosco? – Pergunto, honestamente, e ele pressiona meu punho, sentindo os meus batimentos. Bem abaixo do dedo dele está uma das minhas cicatrizes.

A tentação de Lila e Ethan

Ele faz uma pausa e analisa meus olhos, procurando não sei o quê.

— O que você quer que aconteça?

Engulo com dificuldade, muito relutante em me expor, com medo de ser rejeitada.

— Eu não sei. O que você quer?

Ele inspira devagar e solta o ar pela boca.

— Você sabe dos meus pais. De como eles eram, não sabe? Eu contei.

— Sei, você me contou algumas histórias. Sinceramente, eles se parecem muito com os meus. O meu pai não batia na minha mãe, mas ele a trai e grita com ela o tempo todo.

Ele fecha os olhos e respira de novo antes de tornar a abri-los.

— Eu não quero que a gente acabe como nenhum deles. Eu amo estar com você, mesmo que você às vezes seja bem chatinha – ele tenta fazer graça, mas não dá certo. — E se um relacionamento estragar isso que nós temos? E se nós arruinarmos um ao outro?

O meu peito se aperta e sinto dificuldade de respirar. Parece que a cicatriz na minha barriga está ficando mais nítida e eu me pergunto se ele consegue vê-la com mais clareza.

— Mas e se não for assim? E se... – *Por Deus, Lila, respire.* — E se acabarmos tendo alguma coisa bem boa, de verdade, como o Micha e a Ella?

Ele pressiona os lábios.

— Mas e se um relacionamento nos destruir? E daí? Vamos simplesmente sair andando da vida um do outro? Eu, com toda a certeza, não quero você fora da minha vida. Fora isso, eu... Eu me preocupo com você. O que você passou... É tudo muito recente, e relacionamentos podem ser muito perigosos.

Jessica Sorensen

Lágrimas brotam dos meus olhos e a sensação de estar sendo rejeitada cresce dentro de mim. Eu poderia aguentar firme e deixar esse sentimento me invadir, como fiz da última vez, porém, ao contrário do Sean, pelo Ethan vale a pena lutar.

— Eu não quero que o que estou sentindo agora acabe.

Ele abre a boca, prestes a dizer algo, mas eu o interrompo, decidindo que é hora de o Ethan saber quem eu sou de verdade por dentro, sem remédio, sem doses de Bacardi, sem maquiagem e sem roupas bacanas.

— Quando eu tinha catorze anos, fui para um internato, e lá conheci um cara – começo, reunindo cada grãozinho de coragem que havia trancado dentro de mim.

— Na verdade, eu meio que forcei o encontro. Eu me sentia profundamente sozinha e tinha um grupo de meninas, as Beldades Preciosas – reviro os olhos diante de como isso soa ridículo –, que disseram que seriam minhas amigas se eu abordasse um dos caras ricos e mais velhos que, por algum motivo, gostavam de passear na biblioteca.

Sinto o anel no meu dedo pesando cem quilos. O anel que o Sean me deu dizendo que me amava, murmurando falsas promessas de me amar para sempre. De repente, não quero mais esse anel no meu dedo, me assinalando e marcando o que nós dois fizemos juntos. Eu não quero mais me lembrar do amor dele. Nem dele. Ou de quem eu era quando estava com ele. Eu quero seguir adiante, me tornar uma pessoa diferente – mais forte –, então arranco o anel e o atiro no criado-mudo.

O Ethan me observa com curiosidade, deslizando o dedo suavemente para cima e para baixo na minha barriga.

— Você está bem?

Confirmo com a cabeça e apoio o punho de volta na mão dele, enquanto continuo com a minha história.

— Eu me aproximei e ele pareceu interessado. No começo as coisas foram bem devagar, umas mensagens de texto e *e-mails*, mas depois nós nos encontramos e tudo mudou. Nós nos beijamos e, pela primeira vez na vida... Eu me senti amada.

Faço uma pausa para recuperar o fôlego. O Ethan parece que quer dizer alguma coisa, sua testa está enrugada e ele engole com dificuldade, mas continuo falando porque preciso colocar tudo para fora.

— Enfim, para resumir uma longa história, eu era muito boba e faria praticamente qualquer coisa que ele dissesse, porque achava que ele me amava – faço uma nova pausa. — Da primeira e única vez que fizemos sexo – levanto o pulso livre, cuja cicatriz é idêntica à do outro pulso –, ele me amarrou à cama com umas cordas, apesar de eu não querer, de verdade.

Aponto para a barriga e ele segue o meu olhar até a sutil cicatriz que contorna a parte inferior do meu abdome.

— E daí... Bom, tenho certeza de que você consegue imaginar o que houve.

A pele dele fica branca enquanto ele observa a cicatriz na minha barriga e então volta a olhar para mim.

— Isso é de *corda*, porque um filho da puta amarrou você na cama?

Confirmo e dou de ombros.

— Foi culpa minha. Eu disse "não" uma vez, mas ele respondeu que tudo ficaria bem, eu acreditei e fui em frente.

Lágrimas queimam meus olhos conforme eu me lembro de como me senti confusa, perdida, enojada e, ao mesmo tempo, amada.

— No começo eu meio que até gostei, mas depois, quando ele...

Solto a respiração de um fôlego só, permitindo que as palavras saiam em cascata.

— Bom, ele se tornou bruto de verdade e eu estava assustada demais para pedir que ele parasse, e com muito medo de perder o amor dele.

Eu fungo e engulo as lágrimas, forçando-me a não demonstrar toda a enorme vergonha que estou sentindo. *Mantenha-a presa.*

— Depois ele me abandonou e eu nunca mais o vi. Acho que a namorada dele, que sinceramente eu nem sabia que existia, descobriu sobre mim, mas, seja como for, tenho certeza de que ele já tinha terminado comigo... Quando ele terminou de me comer eu vi nos olhos dele que estava tudo acabado – faço uma pausa e tomo um longo fôlego. — O que tornou tudo muito pior foi que todo mundo na escola descobriu e começou a dizer que eu era uma vadia.

Dou ao Ethan um momento, porque parece que ele vai ter um troço.

— Já chega, não? É coisa demais – começo a me sentar, pronta para levantar e dar a ele um respiro da minha história vulgar e deprimente.

— Que idade ele tinha? – Ele me pergunta por entre os dentes cerrados, enquanto, com toda a delicadeza, me empurra para que eu deite de novo. — Esse cara.

— Vinte e dois – respondo, e vejo o Ethan tremelicar e se encolher. — Enfim, seja como for, isso tudo foi há muito tempo e tenho certeza de que a esta altura ele já me esqueceu completamente. Eu só estou tentando te contar quem eu sou e como eu sou. Passei os últimos seis anos tomando bolinha e

A tentação de Lila e Ethan

transando aleatoriamente por aí porque realmente sinto que não mereço nada melhor.

Estou prestes a chorar e me odeio por isso. Eu me sinto tão feia neste instante, mas o Ethan merece saber quem eu sou e onde ele vai estar se metendo, caso decida ficar comigo.

— Eu estou tão fodida, Ethan. Eu nunca me sinto amada, mas mesmo assim continuo procurando o amor, esperando que de algum jeito ele exista de verdade.

Ele me observa por uma eternidade.

— O cara que tinha vinte e dois é que estava fodido. Ele nunca deveria ter ficado com você, que dirá amarrar você à cama na sua primeira vez.

— Eu que provoquei a nossa relação... Não foi inteiramente culpa dele.

— Estou cagando para quem instigou o quê. Você tinha catorze anos e não tinha como saber.

Reviro os olhos, mas é mais para evitar que as lágrimas escorram, porque ele está dizendo tudo que eu desejei que a minha mãe tivesse dito quando contei para ela, só que, ao invés disso, ela falou que era culpa minha, e me fez sentir como a puta que todo mundo estava dizendo que eu era.

— Eu não lutei com muita força quando ele estava me amarrando.

Ele se aproxima e pousa a mão sobre o meu peito.

— Lila, tudo nessa história foi errado da parte do cara. Ele era velho demais para andar com uma menina de catorze anos. É perturbador, errado e ilegal.

— Minha mãe não achou – digo.

Estou falando mais para o teto do que para o Ethan, meus olhos fixos na rachadura que vai do canto superior da parede até o ventilador no centro. Minha visão ainda está borrada por causa das lágrimas, mas pelo menos não há mais nenhuma tentando sair.

— Ela falou que não esperava outra coisa de mim e daí me deu um remédio para que eu não sentisse mais a culpa e a vergonha que eu estava sentindo.

Ele rola de lado e posiciona o corpo sobre o meu, de modo que seu rosto fica exatamente na minha linha de visão.

— Você está falando sério? – O ódio brilha em seus olhos. — Foi a sua mãe que iniciou você nesses comprimidos?

Concordo com a cabeça, chocada com a fúria nos olhos dele.

— E-Ela achou que estava me ajudando a me sentir melhor.

— A sua mãe é uma idiota – ele diz, abanando a cabeça. — Sério, Lila, isso não é minimamente normal. Deus, eu odeio isso. Odeio como os pais supostamente são os adultos, mas agem como crianças, e levam seus filhos junto quando afundam. Acontece o tempo todo e é ridículo.

Não sei bem o que fazer, a única coisa que eu sei é que estou preocupada que agora ele vá me abandonar por minha família ser tão podre.

— Eu... Foi culpa minha ter aceitado o comprimido.

Ele nega com a cabeça, resolutamente, e põe a mão em concha na minha bochecha, enquanto desliza o polegar sobre minha maçã do rosto e me encara com grande intensidade.

— Não, não foi. Nada do que aconteceu foi culpa sua.

Ele me observa por uma eternidade e eu não tenho a menor ideia do que ele está pensando, se vai me abandonar, o que vai dizer. Ele desliza a mão pelo meu ombro abaixo, pousa-a na minha cintura, me puxa em sua direção e se vira, me abraçando contra si, pressionando nossos corpos. E é tão maravilhoso simplesmente ser abraçada, saber que alguém se importa comigo, que ele não vai sair correndo e me deixar.

— Você merece tanto mais do que você tem – ele sussurra contra a minha cabeça. — Merece mesmo.

Umas poucas lágrimas escorrem dos meus olhos, não apenas pela minha mãe ou pelo que o Sean fez comigo, nem mesmo pela forma como passei os últimos seis anos da minha vida. Choro porque o Ethan está se agarrando a mim, e pela primeira vez em toda a minha vida eu sinto que alguém quer me abraçar tanto quanto eu quero estar agarrada a ele.

Capítulo 15

Ethan

Eu nunca teria adivinhado. Ao olhar para a Lila, o que eu sempre via era uma garota bonita, que tinha sido mimada ao longo da maior parte da vida. Ela parecia sempre conseguir o que desejava e ter qualquer coisa que quisesse. Sim, houve um ou outro momento em que enxerguei tristeza nos olhos dela, mas nunca, jamais pensei que se tratava de uma coisa tão sombria quanto a que ela me contou.

Eu detesto a mãe dela por induzi-la ao vício em remédios e odeio, odeio com todas as forças o tarado filho da puta que começou tudo isso. Há muito ódio flutuando em mim, agora. Isso me preocupa, porque o meu pai também tem muito ódio dentro de si, e isso por pouco não ferrou totalmente a minha mãe. Entretanto, no momento em que a Lila e eu nos beijamos, percebi que seria muito difícil me separar dela depois. Quando fizemos sexo, soube que eu estava perdido. Mas o que me pegou mesmo foi quando ela me contou a história dela, quando vi em seus olhos a dor e o medo de que ninguém a amasse nem a quisesse. Naquele instante, soube que queria arrancar toda a dor de dentro dela. Acho que agora eu finalmente consigo entender por que o Micha ficava tão exaltado quando eu questionava por que ele não rompia com a Ella, apesar dos problemas que ela vivia. Acho que é porque estou começando a amar a Lila. Amar de verdade.

Existe uma coisa que eu preciso fazer, no entanto, antes de seguir em frente com a Lila. Preciso ir ver a London, não para

A tentação de Lila e Ethan

tentar trazê-la de volta ou para me agarrar a ela, mas para me despedir direito, como nunca fiz, para a partir daí seguir adiante. A esta altura, já faz anos que estou preso a ela, à ideia dela, à minha culpa por abandoná-la e ao fato de que eu a quis e quebrei as minhas regras por ela, mas nunca a compreendi de verdade, mesmo tendo me esforçado muito. Agora, porém, estou pronto para dar um adeus definitivo à London e à Rae. Pronto para ir adiante com a minha vida, ao invés de ficar empacado. E ir adiante com a Lila.

Eu deveria estar reservando um voo para San Diego, para o casamento da Ella e do Micha, mas enquanto procuro eu mudo o destino de Califórnia para Virgínia. Enquanto analiso as alternativas, sinto um nó se formar na minha garganta, e ele só cresce quando seleciono um dos voos mais baratos.

Eu vou realmente fazer isso. Eu vou me desprender dela.

E, se tudo der certo, ir em frente com a Lila.

Lila

É hora de dizer adeus ao anel. Eu não o coloquei de volta desde que o tirei, enquanto estava deitada com o Ethan, e não tive vontade. Agora eu quero que ele suma. Para sempre.

Decidi ir à loja de penhores mais próxima, que fica bem perto do meu apartamento. Entro no imóvel decaído, com sua fachada de tijolos, tremendo diante da ideia de pousar o anel sobre o balcão, não porque eu esteja com medo e sim porque estou excitada por me livrar dele e de tudo o que ele representa.

Soltei o cabelo, que mal chega aos meus ombros, e estou vestindo regata e *shorts* puídos. Eu sou tão diferente da garota

Jessica Sorensen

para quem o anel foi dado, e não só porque estou mais velha, mas porque sou mais forte. Não sou mais uma menina perdida procurando o amor nos lugares errados. Sou uma garota crescida que encontrou o amor no lugar certo.

Coloco o anel sobre o tampo de vidro do balcão com os dedos trêmulos, e o cara do caixa me olha como se eu fosse uma viciada em *crack*, mas está tudo bem, porque vou me livrar deste maldito anel.

— Quanto você pode me dar por isto aqui? – Pergunto, secando a mão suada na lateral do *short*.

Ele pega e analisa o anel como se estivesse apenas um pouco interessado. Na verdade, apesar de precisar de dinheiro, eu provavelmente teria aceito mesmo que fosse só um dólar, porque significaria que o anel estava saindo da minha vida. Mas, por sorte, ele me dá o suficiente para que eu possa pagar uma parte do aluguel, comprar comida e uma passagem aérea para San Diego.

Enfio o dinheiro no bolso e vou para a porta com um grande sorriso. Quando saio e a luz do sol me atinge, o meu sorriso se alarga ainda mais, e é o sorriso mais real que eu já dei, porque eu estou finalmente livre do meu passado.

Ethan

Volto para casa depois do trabalho na tarde em que a Lila e eu supostamente vamos tomar o voo para San Diego, preparado para contar a ela quem é a London e que eu vou para a Virgínia antes de ir para a Califórnia para encontrá-la. Normalmente, neste tipo de situação, eu simplesmente arrumaria as minhas coisas e partiria. Não estou acostumado a dar satisfação a ninguém sobre o que eu faço, mas deixar a Lila às escuras não é uma opção. Eu não quero magoá-la e quero que ela entenda e fique à vontade com isso, e que saiba que quero ficar com ela.

— Oi – Lila diz, quando entro em seu quarto, todo suado do calor do deserto, onde o sol bateu em mim ao longo do dia inteiro.

Ela está com a mala aberta sobre a cama, dobrando e acomodando umas roupas. O cabelo está amarrado e ela está usando uma regata que se ajusta às suas curvas e por um momento eu só fico parado ali, olhando para ela, embasbacado com sua beleza.

— Você deva ir tomar banho e fazer a mala. Nosso voo sai em, tipo, cinco horas.

Avanço até o pé da cama enquanto a observo andar para lá e para cá. Ela é deslumbrante, e ainda tão triste, mas a tristeza desaparece um pouco a cada vez que eu a abraço e a beijo. Faz um tempão desde que passei tanto tempo com a mesma garota, ou com a mesma pessoa de qualquer sexo, para falar a verdade. E a sensação é boa, nova e um pouco desconfortável.

— Eu tenho uma coisa para te dizer – começo, cautelosamente.

O pânico imediatamente inunda os olhos dela quando ela olha para mim, e eu me apresso em pegar sua mão.

— Não é nada de ruim. Na real, acho que é uma coisa boa. Mas você vai ter que confiar em mim.

— Tá... – Ela soa bastante cética, mas senta comigo quando a conduzo até a cama, entrelaçando nossos dedos. — O que é?

Tomo um longo fôlego.

— Eu não comprei a passagem para San Diego, como disse que tinha comprado.

O rosto dela desmorona.

— O quê? Mas por que não? – Ela faz uma pausa, parecendo incomodada. — Foi porque você não tinha dinheiro? Ainda tenho um extra da joia que vendi.

— Não, não foi por isso. Eu tenho algum economizado – com a mão livre, esfrego o rosto de cima a baixo, e deixo escapar um suspiro tenso. — Você lembra que eu contei que tinha parado com as drogas de repente, mas nunca disse o motivo?

Ela confirma com a cabeça, enquanto perscruta meu rosto.

— Lembro...

— Bem, o motivo foi algo que aconteceu com a garota com quem eu estava saindo – digo, massageando a nuca. — O que nós tínhamos era uma coisa séria. Na verdade, fora você, ela foi a única garota que eu considerei minha namorada.

Faço uma pausa, enquanto a Lila se esforça para não sorrir. Primeiro eu não entendo, mas depois penso no que acabei de dizer e saco tudo. Eu acabei de declarar que ela é minha namorada, e não foi nem de propósito. Eu poderia retirar o que disse, mas seria uma coisa muito besta e oposta ao que quero fazer.

— Ela se drogava – continuo, tentando permanecer focado. — Droga pesada, tipo heroína – engulo seco, conforme imagens daquele dia vêm à superfície. Agulhas. Tristeza. Súplicas. Eu indo embora. — Da última vez que eu a vi, ela estava se picando... Tentei fazer com que ela largasse, mas uma vez que a London metia uma coisa na cabeça, era muito difícil fazê-la voltar trás.

Eu inspiro e expiro umas mil vezes antes de conseguir continuar, as emoções que mantive trancadas de repente transbordavam para fora de mim.

— Na manhã seguinte a mãe dela me telefonou, contando que ela havia despencado da janela de uma casa de dois andares. Teoricamente, ninguém na casa sabia o motivo, se ela

A tentação de Lila e Ethan

havia pulado ou caído. Ela sofreu traumas sérios na cabeça... Amnésia, para ser exato, mas a mãe estava muito esperançosa de que fosse um dano temporário.

Faço uma pausa, recordando como me senti ao saber que a London estava viva, mas que não conseguia se lembrar de nada sobre mim – sobre nós. Doeu mais do que apanhar, mais do que se gritassem comigo, mais do que ver sua mãe ser torturada só para poder ficar ao lado do marido. Era como se a London tivesse morrido, mas o espírito dela ainda vagasse, me assombrando.

— Só que não foi temporário, e ela nunca voltou a se lembrar de mim e nem de várias coisas sobre si mesma.

A Lila engole com dificuldade e arregala os olhos azuis, enquanto aperta a minha mão com força.

— E ela ainda... Ainda está deste jeito?

Aceno, confirmando, sentindo ou o meu coração ou o dela pulsando na ponta dos meus dedos.

— O nome dela é London, tenho certeza de que você se lembra, depois de me flagrar murmurando enquanto dormia. A Rae, mãe dela, fica me pedindo para ir lá, achando que depois de quatro anos eu vou poder ajudar a London a se lembrar de alguma coisa, apesar de os médicos terem dito que é praticamente impossível, pois o dano é irreversível.

A Lila fica me encarando por uma eternidade e isso me deixa doido, porque preciso saber o que ela está pensando e como se sente em relação ao que acabei de dizer, porque, honestamente, eu estou passado com o que estou sentindo. É estranho, porque eu me sinto como que liberado, como se estivesse finalmente colocando para fora tudo o que senti.

— Ela deve ter significado muito para você – a Lila finalmente diz, sustentando o meu olhar.

Jessica Sorensen

— Significou – admito, deslizando o dedo na face interna de seu pulso. — Ela foi a primeira garota que eu achei que poderia amar.

Ela engole seco de novo, mordendo o lábio, parecendo prestes a cair em lágrimas. Quero lhe dizer que acho que posso estar apaixonado por ela. Quero que ela saiba como eu me sinto e que ela significa o mundo para mim. Não quero que ela chore nem que fique magoada. Quero que ela seja feliz, como a Lila que eu conheci, só que desta vez com uma felicidade real, e não induzida por comprimidos.

— Você vai visitar a London como a mãe dela quer que você vá? – Lila pergunta, nervosa, e sinto sua mão se contrair dentro da minha.

Comprimo os lábios e confirmo.

— Eu acho que preciso, por uma série de razões. Uma delas é que eu nunca me despedi da London. Eu sempre estava meio que com medo demais, para fazer isso.

A Lila aperta os lábios com tanta força que eles ficam roxos.

— Tá... – Ela responde, verbalizando a palavra ao mesmo tempo em que solta a respiração. — Eu entendo.

Balanço a cabeça, ergo a mão livre até o rosto dela e removo uma mecha de cabelos de sua bochecha.

— Lila, não é o que você está pensando. É só uma coisa que eu preciso fazer. Eu tenho que me despedir dela porque nunca disse tchau. Eu fiquei preso a ela, o que é um dos motivos pelos quais eu me sentia tão paralisado na vida. Se eu for vê-la, talvez eu consiga parar de viver no passado e seguir adiante – tomo um longo fôlego. — Com você.

E aí está. A verdade.

Dá para ver que ela está lutando para decidir se fica feliz ou triste. Ela inclina a cabeça para trás, tentando não chorar.

A tentação de Lila e Ethan

— Mas você vai para o casamento da Ella e do Micha, certo? Porque é daqui a, tipo, uns poucos dias.

— Claro. O Micha me daria um pontapé na bunda se eu não aparecesse – respondo, desejando que ela olhasse para mim, desejando saber o que ela está pensando. — Além disso, sou parcialmente responsável por aqueles dois estarem se casando. Se não fosse por mim, eles ainda estariam tentando agradar um ao outro em vez de dizer como se sentiam de verdade.

Isso a faz olhar para mim e rir, e o som de seu riso é tão incrível. Juro que eu poderia encher mil páginas descrevendo a beleza que há nele.

— Provavelmente você tem razão. Eles dois são muito teimosos.

— Nós também – digo, pensando na força com que lutei contra os meus sentimentos pela Lila.

Ela acena, concordando.

— É, nós também.

— É, somos mesmo...

Deixo a frase incompleta enquanto me inclino em sua direção para beijá-la, desejando sugar e morder todo o seu corpo mais uma vez, querendo estar dentro dela como na outra noite. Nós não transamos de novo desde aquele dia, mas não porque eu não tenha desejado. Na verdade, quero tanto que o meu pau fica duro só de pensar. Só que, depois do que a Lila me contou, não quero forçar as coisas até ter certeza de que ela quer. Além do mais, quero ir dizer adeus à London antes para, se tudo der certo, ficar com as ideias totalmente claras.

Ela também se inclina e me encontra no meio do caminho, roçando os lábios nos meus e gemendo enquanto me agarra.

Jessica Sorensen

Quando terminamos de nos beijar, estamos deitados na cama, o meu corpo pressionando o dela, e eu ainda mais suado do que estava ao chegar do trabalho.

— Vou tomar banho e fazer a mala – digo, os meus lábios pairando sobre os dela. Mordo e sugo seu lábio inferior antes de me obrigar a levantar da cama.

— Tem certeza? – Ela pergunta, batendo os cílios e agarrando o meu braço, tentando me puxar de volta. — Nós podíamos continuar nos beijando e ver no que vai dar.

— Ah, mas eu sei no que vai dar – eu asseguro a ela. — Mas eu sei também que preciso fazer a mala e que, se começar a beijar você de novo, não vou conseguir parar. Vou querer continuar a noite toda, de novo e de novo e de novo – minha voz baixa para um tom gutural, e ela fica corada.

Fingindo que não está toda inquieta e excitada, ela fica de pé e volta a se ocupar da mala.

— Você vai para a Virgínia hoje?

Ela dobra e ajeita um par de *shorts*, e eu, da porta, aceno confirmando, com a mão apoiada no batente.

— O meu voo parte mais ou menos na mesma hora que o seu, e daí eu vou para San Diego na sexta-feira.

— Então você vai passar dois dias na Virgínia? – Ela pergunta, tentando não fazer careta, enquanto dobra uma camisa.

— É.

Evidentemente, ela está pouco à vontade com a ideia, e eu me sinto mal por isso. Mas é algo que eu preciso fazer. Sei que vai ser difícil finalmente me libertar da London e da culpa, depois de tantos anos me agarrando a ambas. Mas eu sei que consigo, porque quero a Lila, e quero dar a ela o que ela merece e precisa, mais do que já quis qualquer outra coisa na vida.

Lila

Estou tentando ser forte, mas é difícil. Eu finalmente me abro com alguém e daí ele me conta sobre essa única namorada, que aparentemente está com amnésia. Vejo em seus olhos que ele ainda se importa com ela e me pergunto se ele ainda a ama. Meu coração parece que está se quebrando, até que ele me chama de namorada. Isso ajuda um pouco. Por mais que eu queira sentir segurança a respeito da nossa relação, ainda estou enfrentando os demônios internos da dúvida. Ainda estou tentando descobrir quem eu sou e quem eu quero ser. Só o que eu sei de verdade é que amo o Ethan e que ainda não lhe disse isso. E agora ele vai visitar a ex-namorada.

Estou me sentindo muito derrotada e deprimida quando chegamos ao aeroporto. Hoje não está tão cheio e passamos rapidamente pelos procedimentos de segurança. O voo do Ethan sai meia hora antes do meu, então ele me acompanha até o meu portão de embarque e se apronta para partir.

— Bom, você sabe que pode me ligar para qualquer coisa – ele diz, enquanto ajeita a mochila no ombro.

Aceno em concordância, tentando não fazer um biquinho amuado. Estou perto das cadeiras de espera, com a mala entre os pés.

— Eu sei.

Ele anda de costas, desviando-se para o lado para não esbarrar nas pessoas.

— Especialmente se você sentir necessidade.

Forço um sorriso, tentando demonstrar que estou melhor do que realmente me sinto.

— Para de se preocupar comigo – digo. — Eu vou ficar bem.

Jessica Sorensen

Ele sorri de volta, mas está preocupado comigo, dá para ver em seus olhos.

— Bom, então eu te vejo em dois dias – ele vira de costas e vai embora, e fico ainda mais triste, porque ele nem me deu um beijo.

Com uma careta gigante, eu o observo se afastar. Ele está usando um *jeans* desbotado preso com um cinto rústico, uma camisa xadrez escura e várias pulseiras de couro. Seus cabelos escuros estão totalmente bagunçados, porque ele demorou demais no banho e tivemos de sair de casa correndo e ele não teve tempo de arrumá-los, apesar de ele realmente não se importar com isso. Ele é tão lindo e eu gostaria de saber com certeza que ele é meu, mas ainda não sei. Essas coisas levam tempo.

Uma vez que ele está fora do meu campo de visão, eu me viro em direção à área de embarque e seguro a passagem. Estou acostumada a viajar de primeira classe, mas desta vez não tive como pagar.

Estou prestes a cair no choro quando sinto alguém me agarrar por trás. Abro a boca para xingar, mas braços circundam a minha cintura e sinto o aroma familiar da colônia, e relaxo ao toque do Ethan.

— Esqueci uma coisa – ele cochicha na minha orelha, me virando para si.

Seus olhos estão escuros, o cabelo caído sobre o rosto, e ele me olha devagar, absorvendo deliberadamente a minha aparência. Eu me esqueço de respirar quando ele se inclina para me beijar. E eu quero dizer *beijar* mesmo, o tipo de beijo que arranca minha respiração diretamente dos pulmões e me faz esquecer quem eu sou e onde estou. O entrelaçar das nossas línguas faz como que tudo o que eu enfrentei até aqui valha a

A tentação de Lila e Ethan

pena, porque foram esses combates que me trouxeram até este momento, me trouxeram até o Ethan.

Ele passa a mão pelos meus cabelos e eu inspiro seu perfume, enquanto me agarro a ele desejando que ele não estivesse me deixando. Quando nos soltamos, estamos os dois ofegantes, meu coração está aos pulos dentro do peito e todo mundo está olhando para nós com um sorriso bobo na cara, como aposto que é o meu também.

— Vejo você em alguns dias – ele me beija na bochecha antes de se afastar.

Concordo com a cabeça, corada e sem fôlego.

— Combinado.

Ele sorri, ajeita a mochila, vira de costas e vai embora, desta vez de verdade. Ainda me sinto triste, mas estou vinte vezes mais leve agora, sabendo que consigo me aguentar por três dias.

— Eu te amo. Muito, muito, de verdade – digo, tão baixinho que ninguém escuta.

Quero dizer isso a ele. Quero dizer porque acho que vai ser diferente de quando eu disse ao Sean que o amava, mas ainda não consigo. Mesmo assim sinto que estou no caminho certo e isso deve significar alguma coisa e me dá esperança de que, quando eu contar para o Ethan, as coisas vão ser diferentes, porque ele é diferente.

E eu também.

Capítulo 16

Lila

A casa da Ella e do Micha é adorável. Eu pensei que não iria gostar, já que é um imóvel pequeno, empoleirado no fim de uma rua bem decadente, que perpassa um bairro onde cada casa é diferente da outra. É bonito, porém, o modo como as janelas amarelas se destacam de tudo o que há em volta e o modo como o gramado está repleto de flores que não combinam nem um pouco entre si, dão ao conjunto um ar colorido e jovial. É manhã de quinta-feira e o sol está quente, de um jeito suportável, e não como o ar sufocantemente desértico de Vegas.

— Adorei mesmo a sua casa – observo, provavelmente pela terceira vez, enquanto a Ella e eu nos sentamos ao sol na varanda de trás.

Estamos de *shorts* e regatas. Meu cabelo está solto e ainda não passei maquiagem, mas não há ninguém por perto, então realmente não tem importância.

— Obrigada – ela estica os pés à sua frente. — Foi ultrabarato, graças à mãe do Micha – quando olho de um jeito engraçado, ela completa: — Uma velha amiga dela trabalha aqui como corretora de imóveis, e nos colocou em contato com este lugar. A proprietária é uma senhora já bem idosa que provavelmente comprou isto na década de 1940, quando foi construído, então não estava pedindo muito. Nós realmente demos muita sorte.

— Fico contente – respondo. — Vocês bem que precisavam de um pouco de sorte.

A tentação de Lila e Ethan

— Precisávamos? – Ela franze a sobrancelha de um jeito inquisidor.

— Todo mundo precisa – respondo, torcendo para que em breve eu também tenha sorte, e consiga finalmente reunir a coragem necessária para contar ao Ethan como me sinto em relação a ele. Esta seria a maior sorte de todas. — Então – digo, mudando de assunto –, você vai mesmo se casar no sábado.

Ella concorda com a cabeça enquanto dá um gole no café e observa além da cerca que divide o jardim dela e o do vizinho, que aparentemente coleciona móbiles de mensageiros do vento, já que tem vários deles pendurados em toda a parte dos fundos da casa.

— Vou mesmo. Estranho, não? – Ela pergunta, parecendo um pouquinho nervosa, mas a Ella é assim. Quando confirmo, ela acrescenta, com um discreto olhar de esguelha: — Tão estranho quanto esse seu novo cabelo.

Toco as pontas, franzindo o nariz.

— Não está assim tão ruim, está?

Ela balança a cabeça e pousa a caneca no chão, junto aos pés.

— Não, eu gostei... – Seus olhos verdes me varrem de cima a baixo enquanto ela ajeita o elástico nos cabelos ruivos. — É só que está diferente; *você* está diferente.

Examino as unhas, fingindo indiferença.

— Como assim?

Ela dá de ombros e me observa com um olhar enigmático.

— Você está se vestindo de outro jeito... Menos arrumadinho e mais parecido comigo. E, não sei... Você está diferente. Mais feliz ou algo do tipo.

Isso me pega um pouco de surpresa.

— Mais feliz? Isso é esquisito, porque um monte de gente já me falou que eu era a pessoa mais feliz que elas já conheceram.

Ela se inclina e apanha a caneca, enfiando os pés sob as pernas enquanto leva a borda até os lábios.

— Sim, eu entendo que várias pessoas tenham dito isso, mas sei lá... – Ela dá um golinho e balança a cabeça. — Você está diferente por alguma razão. Só não consigo identificar qual.

Ela gira a caneca entre as mãos e aperta os lábios, e parece que está fazendo um grande esforço para não sorrir.

— Quê? – Eu pergunto, finalmente, enquanto alcanço o meu café. Uma risadinha escapa da minha boca, porque parece que ela está se divertindo muito e eu não tenho a menor ideia do que está acontecendo. — Por que você fica me olhando desse jeito?

— Tem alguma coisa que você queira me contar? – Ela pergunta.

Dou de ombros e tomo um gole do café.

— Que você tem uma casa bem legal.

Ela me lança um olhar condescendente.

— Lila.

Reprimo um sorriso, embora ainda não saiba o que está havendo.

— Ella.

Ela primeiro torce a boca, mas depois agita a cabeça e cai na risada.

— Bom, se você não vai desembuchar, então eu mesma vou dizer – ela faz uma pausa e pega a caneca pela alça. — Ouvi um rumor segundo o qual alguma coisa pode finalmente estar rolando entre você e o Ethan.

Seguro a caneca em uma mão e com a outra brinco com o vime do apoio de braços da cadeira. Não falei com o Ethan desde que nos separamos no aeroporto. Mandei algumas

A tentação de Lila e Ethan

mensagens de texto, mas todas as respostas dele eram de uma única palavra, então decidi lhe dar um pouco de espaço, entendendo que ele provavelmente está muito ocupado com a London. Meu Deus, só de pensar nisso já dói um pouquinho.

— Por "rumor" você quer dizer que o Micha contou sobre nós.

Ela dá de ombros e faz uma careta divertida.

— Pode ser.

— O que ele disse, exatamente? – Pergunto, curiosa, um pouco preocupada com o que ele disse, mas o simples fato de ele ter dito já significa alguma coisa, não? Que ele se importa comigo o bastante para contar ao Micha. — Ou, melhor dizendo: o que o Ethan contou ao Micha?

Ela me olha com uma expressão maliciosa.

— Por que você não me conta a sua versão, e daí eu posso comparar?

Pouso a minha caneca no chão de novo, enquanto ela dá mais um gole.

— Tá. Nós trepamos.

Ela toma uma longa inspiração e em seguida rapidamente afasta a caneca da boca, enquanto cospe o café como um chafariz sobre os pés.

— Puta merda, Lila – ela pressiona a mão no peito, tossindo e tentando recuperar o fôlego. — Eu não esperava que você fosse tão direta.

Eu não me contenho e abro um grande sorriso.

— Nem eu, mas preciso agir assim mais vezes, porque é muito, muito divertido.

Ela enxuga os respingos de café no rosto com as costas da mão.

— Você está começando a falar como eu.

Jessica Sorensen

— A você nova e divertida ou a você antiga e tediosa que eu conheci pela primeira vez? – Brinco. — Preciso de um esclarecimento, aqui.

Ela posiciona a mão para proteger os olhos do sol.

— A nova eu, que é a melhor. Pode confiar em mim.

— Eu confio em você – digo. — Mas a Ella que eu sempre conheci, tanto a antiga quanto a nova, é uma pessoa ótima, e é ótimo ser comparada a ela.

Ela abana a cabeça, reprimindo um sorriso.

— Será que vamos criar um momento ternurinha, aqui?

— Talvez – respondo. — Nós nunca tivemos um, em dois anos de amizade. Quem sabe é a hora. Nós podemos nos abraçar, chorar e dizer quanto amamos uma à outra.

— Eu não sou de choro – ela diz, pousando as mãos no colo. — Nem de dizer à toa a palavra com A.

— Eu sei, estava brincando. Mas ainda assim nós poderíamos criar um momento de intimidade feminina. Você poderia me perguntar como é o sexo com o Ethan, e podíamos comer pipoca e ver um filme bem bobinho.

Ela faz uma cara engraçada e pressiona a mão no peito como se achasse a minha ideia divertidíssima.

— Jamais quero ouvir você falar sobre como é o sexo com ele. Nunca – ela dá de ombros. — Que nojo.

Ainda brincamos e rimos disso um pouco, antes de mudarmos para assuntos mais leves como, por exemplo, a vida dela e do Micha nos últimos meses. Ela me pressiona por mais detalhes acerca do Ethan, perguntando por que ele não tinha conseguido sair do trabalho para voar comigo. Aparentemente, o Ethan nunca contou a ninguém sobre a London, então eu resolvo manter isso em segredo, imaginando que ele tenha lá seus motivos. Fora isso, não tenho muito mais o que contar,

A *tentação de Lila e Ethan*

a não ser que beijá-lo é incrivelmente maravilhoso, mas ouvir isso a faz fingir ânsia de vômito. Ela compreende a minha necessidade de falar apenas vagamente sobre a maior parte das coisas, porque é basicamente a pessoa mais vaga que eu conheço, e então para de me pressionar, o que me deixa muito grata por tê-la como melhor amiga. Eu nem tinha notado quanta saudade havia sentido dela, e estou feliz por ter esse tipo de amizade com alguém, mas ao mesmo tempo fico um pouco triste, porque sei que isso só vai me fazer sentir ainda mais a sua falta quando eu voltar para Vegas.

— Bom, e quanto ao seu vestido? – Pergunto, enquanto voltamos para a cozinha, decidida a mudar de assunto. Quero falar sobre alguma coisa feliz, e roupas sempre fazem isso por mim.

Ela põe nossas canecas na pia e as lava.

— Quer ver? – Pergunta, fechando a torneira.

Aceno afirmativamente várias vezes e junto as mãos.

— Claro! Adoro coisas de casamento, e o vestido é a melhor parte.

— Eu sei – ela faz uma careta enquanto contorna a pequena ilha no centro da cozinha. — O que me torna um pouco relutante em mostrar para você.

— Por quê? – Ergo as sobrancelhas. — Ella, o que você aprontou?

— Não *aprontei* nada – ela suspira. — E é por isso que você não vai gostar dele.

Olho para ela confusa, sem reação nem expressão, o que a faz suspirar de novo e então acenar para que eu a siga, enquanto ela avança em direção ao corredor. Chegamos a um quartinho. As paredes azuis estão cobertas de trabalho artístico e a cama de ferro forjado está cheia de folhas de papel, preenchidas e borradas com letras de música.

Jessica Sorensen

Pego uma das folhas de papel do pé da cama.

— O quê! Vocês dois simplesmente sentam e ficam escrevendo e desenhando o dia inteiro?

— Meio que isso – ela diz, abrindo a porta do guarda-roupa. — Quer dizer, no momento eu não estou estudando, e trabalho só meio período em uma galeria de arte no centro, então tenho que preencher o dia com alguma coisa.

Concordo e coloco o papel sobre uma cômoda.

— Eu estou procurando emprego – admito. — Mas não estou dando sorte.

Ela está conduzindo uma busca por entre as roupas penduradas, mas faz uma pausa e me encara por cima do ombro com os olhos arregalados.

— Sério?

— É. Sério.

Sento na ponta da cama e cruzo as pernas, mas logo faço uma careta e recolho as mãos para o colo.

— Ei, é seguro sentar aqui?

Ela continua remexendo nas poucas roupas que tem no armário.

— Na minha cama? Por que não seria?

— Porque só Deus sabe o que vocês dois fazem nela.

Ela revira os olhos.

— Está tudo bem, basta manter as mãos no colo.

Rindo, eu me inclino e examino algumas letras de música nos papéis sobre a cama.

— O Micha trabalha todo dia?

— Às vezes – ela responde. — Às vezes, ele tira uma semana inteira de folga. Às vezes, passa a semana toda na estrada. Agora, ele está gravando um disco em um estúdio na cidade.

A tentação de Lila e Ethan

— E isso não é difícil para você? – Pergunto. — Ficar longe dele desse jeito? Porque eu me lembro que era bem complicado para os dois, no começo.

— Eu estaria mentindo se dissesse que não, mas vou com ele a todas as apresentações que posso e, quando não estamos trabalhando, passamos todas as horas juntos.

Eu me sento ereta, apoiando as mãos atrás das costas.

— Sabe, eu não estou surpresa por vocês estarem se dando bem.

Ela tira um cabide do suporte e se vira.

— Jura? Mesmo? Porque eu meio que estou.

— Eu já falei que vocês dois têm a relação mais maravilhosa que já existiu na face da Terra. E você pode ser meio doida, mas não é burra, e eu sabia que cedo ou tarde tudo daria certo.

Faço uma cara de profundo êxtase e inclino a cabeça de lado, pondo a mão sobre a testa.

— Vocês formam um casal dos sonhos!

Ela revira os olhos.

— Tá, Senhora Espertinha. Mas talvez eu devesse estar te pressionando mais.

Eu deixo cair a mão.

— Em relação a quê?

— Em relação a você estar ou não apaixonada pelo Ethan – ela arqueia as sobrancelhas, à espera da minha resposta.

Estou! É o que quero gritar, mas não falei para o Ethan ainda, então contar para ela antes parece meio errado.

— Bom, mas e quanto ao vestido? – Pergunto, tentando mudar de assunto e estendendo a mão para que ela me entregue a peça que está segurando. — Deixe-me ver esse.

Ela aceita a minha abrupta mudança de assunto e lentamente estica para mim um vestido preto sem mangas.

— Eu detesto branco – ela diz, encostando-o ao corpo. — Então pensei que este poderia servir.

Ele chega até a altura dos joelhos e não tem absolutamente nenhum detalhe. Fora isso, o decote é bem alto e as alças estão claramente desgastadas.

— Você vai a um enterro? – Faço uma careta diante do vestido horroroso. — Ou a um casamento?

Ela suspira, derrotada, pondo o vestido de lado.

— Olha, eu não gosto de roupa extravagante, tá? Além do mais, um vestido chique seria caro.

— Não precisa ser extravagante – eu me ponho de pé. — Mas isto... – Toco o tecido e me encolho diante da aspereza; ele parece ter sido lavado milhares de vezes. — Ella, sério, você não pode se casar vestindo *isto*. É pavoroso.

— Bem, mas então o que você sugere? – Ela pergunta. — Eu não tenho montes de dinheiro e não tenho ninguém para me ajudar, a não ser você.

Fico ruminando essa resposta por um momento, perguntando-me se realmente quero fazer o que pensei em fazer. Quanto eu me importo com a Ella? Muito, óbvio, já que estou considerando o que estou considerando. Quer dizer, ela é a minha melhor amiga e merece um vestido que seja bonito de verdade.

— Eu tenho uma ideia, mas você vai ter que confiar em mim.

— Por quê? – Ela pergunta, precavida. — O que você está armando?

— Não estou armando nada – respondo, indo em direção à porta. — Só não quero que você fique chocada.

Seus lábios se curvam para baixo enquanto ela aperta o passo atrás de mim.

A tentação de Lila e Ethan

— Tá, vou confiar em você, mas tenho algumas regras – ela enumera, usando os dedos. — Nada de babado, nada de puramente branco e nada de bufante.

Estou às gargalhadas quando saímos pela porta.

Ethan

É quinta-feira de manhã, apenas cerca de doze horas desde que eu deixei Las Vegas e a Lila para trás. Descubro que sinto a falta dela mais do que achei que sentiria. Ela me mandou algumas mensagens de texto e eu bem que quero telefonar e conversar, mas prometi a mim mesmo que não faria isso até ter conversado com a London. Assim, eu estaria com a cabeça em ordem. Quem sabe. Tomara.

Estou na casa da tia da London, que é onde ela mora a maior parte do tempo, por ser mais perto do consultório do médico. Faz mais ou menos uma hora que estou sentado em uma sala de estar que cheira a comida de gato, contando os tique-taques em um antigo relógio de parede e tomando chá gelado, enquanto ouço a Rae falar sobre esperança e nós dois aguardamos que a London volte da consulta. Estou ficando um pouco inquieto com essa espera e me pergunto qual será a aparência da London, e uma parte idiota de mim acredita que haja uma pequena possibilidade de que ela entre na sala e me reconheça. Isso está fazendo com que eu me arrependa de ter vindo e me dá vontade de pegar o primeiro avião e voltar para a Lila, só para poder abraçá-la.

Estou prestes a dizer para a Rae que não vou conseguir fazer isso, quando a porta se abre e a London entra. Ela parece mais velha, porém, a mesma. Vê-la de novo é estranhamente esquisito. O cabelo preto permanece na altura do queixo e com

Jessica Sorensen

mechas roxas e ela ainda tem a cicatriz no lábio e o *piercing* no nariz. Ela também tem uma cicatriz discreta na cabeça, onde ela bateu na pedra quando caiu da janela, que foi o que causou o dano cerebral. Eu poderia jurar que de alguma forma voltei quatro anos no tempo.

Por um momento fugaz, juro que os olhos dela se iluminam do mesmo jeito como costumavam se iluminar sempre que ela olhava para mim, mas o brilho desaparece tão rápido que fico me perguntando se foi apenas a minha imaginação. A London olha para a mãe, que ela reconhece, mas não da infância. Ela não se lembra de nada do passado, exceto funções básicas como andar, falar e respirar.

— Quem é ele? – Ela pergunta à Rae, em um tom de voz robótico.

A Rae está com a mesma aparência que tinha da última vez que a vi, logo depois do acidente da London. Continua sendo a imagem exata da filha, só que vinte anos mais velha. Ela se levanta.

— Este é um antigo amigo seu.

London olha fixamente para mim e eu me lembro de que algumas vezes ela costumava ficar assim, só me encarando com um ar pensativo, como se estivesse memorizando a minha aparência. Só que agora, bem, ela tem uma expressão perdida, como alguém que tivesse saído a perambular pela floresta e não conseguisse encontrar o caminho de volta.

— Eu não me lembro dele – ela diz, recuando um passo em direção à porta. — Por que ele está aqui?

Rapidamente, a Rae contorna o sofá e segura a filha pelo braço, para impedi-la de fugir.

— Ele veio conversar com você. E veio de bem longe, aliás. O mínimo que você pode fazer, portanto, é sentar e ouvir o que ele tem a dizer.

A tentação de Lila e Ethan

A London me olha e eu forço um sorriso. É bizarro. Eu só fico pensando em todo o tempo que passamos juntos e em como eu consigo me lembrar de tudo e ela não. Sou um estranho para ela, mas agora percebo que ela foi meio que uma estranha para mim durante todo o nosso namoro.

— Qual é o seu nome? – Ela finalmente me pergunta.

— Ethan – eu fico de pé e ando até ela com as mãos enfiadas nos bolsos. — Ethan Gregory.

Ela me analisa por um tempo.

— Eu não tenho a menor ideia de quem você seja – ela diz, e depois dá de ombros como se não soubesse mais o que dizer. — Sinto muito.

— Eu também sinto – respondo, mas não saberia dizer pelo quê.

Se sinto muito por ter ido embora da casa naquele dia, se é por não ter arrancado a agulha da mão da London quando ela estava prestes a se injetar ou pelo puro e simples fato de que não consigo fazê-la se lembrar de mim. Ou talvez seja porque, apesar de estar aqui com a London, eu não pare de pensar na Lila, em seu sorriso e sua tristeza, e no fato de que agora eu só queria estar lá com ela, e não aqui.

— Por que vocês dois não se sentam? – A Rae aponta para os sofás. — E eu vou buscar um chá gelado.

A Rae me sorri com um olhar esperançoso, quando passa ao meu lado a caminho da cozinha. Fico sozinho com a London, que balança a cabeça e suspira enquanto se senta no sofá.

— Não sei por que ela se esforça tanto – ela enfia as mãos sob as pernas. — Eu mal me lembro dela, e ela é minha mãe.

— Ela quer o seu bem – eu me acomodo em uma poltrona em frente. — Isso é uma coisa boa.

— Ou uma coisa idiota, dependendo de como você olhar – ela me encara enquanto se recosta no sofá. — Qual é mesmo o seu nome?

— Ethan – digo, apanhando o copo de chá gelado que a Rae deixou ao meu lado. Ela desapareceu na cozinha de novo, e não posso evitar de pensar que gostaria de estar lá com ela. — Ethan Gregory.

— E nós namoramos?

— É, meio que isso.

— E transamos?

Estou no meio de um gole e quase cuspo o chá todo pelo chão.

— Acho que se poderia dizer que sim.

— Eu era boa? – Ela pergunta, com curiosidade, enquanto se inclina na minha direção. — Quer dizer, eu devo ter sido, ou você não viria me visitar.

Sua irritação me faz lembrar tanto da antiga London que é difícil de aguentar.

— Era – admito, limpando a boca com as costas da mão.

Ela ergue as sobrancelhas.

— A melhor que você já teve?

Abro a boca para responder, mas imediatamente fecho, porque a resposta é negativa. A melhor que eu já tive está lá em San Diego fazendo sabe-se lá o quê, mas espero que seja sorrindo e sendo feliz.

— Ah – ela solta, relaxando as sobrancelhas e voltando a se recostar. — Tem outra pessoa.

Confirmo, lenta e tristemente.

— Meio que isso.

Ela parece se divertir, e os cantos de sua boca se torcem para cima.

— E você está apaixonado por ela?

A tentação de Lila e Ethan

Eu me inclino, apoiando as mãos nos joelhos.

— Sabe, você faz muitas perguntas.

— Só sobre as coisas que não lembro – ela responde. — É um puta saco não se lembrar de nada e as pessoas ficarem olhando para você torcendo para que se lembre.

— Você não se lembra de nada? – Sei a resposta, mas faço a pergunta mesmo assim.

— Não. De nada.

— Mas você parece calma, apesar disso.

— Calma não. Eu só aceitei. Eu me lembro dos últimos quatro anos, então já é alguma coisa. Não estou totalmente no escuro e, pelo que entendo, quer dizer, pelo fato de ter me atirado da janela enquanto estava chapada de heroína, talvez eu precisasse disso.

— Acho que eu não iria tão longe – respondo, pouco à vontade. — Esquecer o próprio passado não é uma coisinha à toa.

— Quem sabe – ela diz e faz uma pausa, cruzando os braços sobre o peito.

Tomo um longo fôlego e me preparo para dizer o que vim dizer.

— Sobre aquele dia... O dia em que você...

— O dia em que pulei da janela – ela termina a frase por mim, bruscamente.

Eu concordo.

— É... Eu queria dizer... – Brinco com a manga da minha camisa. — Queria pedir desculpas e dizer que eu sinto muito. Eu nunca deveria ter deixado você naquela casa.

— Você me deixou? – Ela pergunta. — Por quê?

Dou de ombros.

— Você estava me frustrando porque estava evidentemente aborrecida com alguma coisa, mas não queria conversar a respeito. Você nunca queria. Ao invés disso, você queria injetar heroína, e eu não queria que você injetasse.

Ela ajeita o cabelo para trás da orelha, enquanto me observa analiticamente.

— E você me disse para não me picar?

Concordo com a cabeça de novo.

— Algumas vezes, mas eu deveria ter me esforçado mais. Eu deveria ter obrigado você a parar.

— E como é que você teria feito isso?

— Sei lá... Arrancando a agulha da sua mão ou coisa assim.

Ela arranha o descanso de braço do sofá com as unhas enquanto rumina algum pensamento.

— Sabe, se tem uma coisa que eu aprendi com toda esta provação é que algumas vezes você não consegue fazer uma coisa acontecer, mesmo que queira. Você não pode mudar as coisas e nem forçar as pessoas a fazerem coisas que elas não querem ou não conseguem.

Engulo seco, compreendendo totalmente o que ela está falando.

— Ainda assim, eu poderia ter me esforçado mais.

— Mas no fim eu tenho certeza de que acabaria enfiando a agulha no braço – ela diz. — E pulando da janela.

— Talvez não.

— E talvez sim – ela faz uma pausa. — Nunca saberemos. E não é para você ficar se sentindo culpado, quando eu sequer me lembro de você.

Abano a cabeça. Ela ainda é tão ela mesma, e isso é tão louco.

— Quem sabe você tenha razão.

Eu entendo o que ela quer dizer, entendo mesmo. Mas é difícil de aceitar, porque jamais saberemos o que poderia ter

A tentação de Lila e Ethan

acontecido e o que poderia não ter acontecido se eu tivesse conseguido que ela não enfiasse a agulha.

— Mas não quero mais falar de mim – ela diz, gesticulando como quem afasta o assunto. — Eu estou o tempo todo falando de mim mesma: com a minha mãe, com os médicos, com todo mundo que eu encontro e que me conhecia antes. É megacansativo e estou de saco cheio disso.

— Do que você quer falar, então? – Pergunto, voltando a me recostar.

Estou me sentindo um pouco mais leve, mas ao mesmo tempo um pouco mais triste, porque sei que só resta isso. É assim que as coisas vão ficar entre nós e não tenho como mudar.

— Você – ela cruza as pernas e me olha tão fixamente que juro que ela está tentando abrir um buraco na minha cabeça. — Diga-me, Ethan Gregory: essa garota, que é a melhor que você já teve, você a ama?

— Amar? – Pergunto. — Você quer falar sobre amor?

Ela confirma.

— Quero.

Dou de ombros, constrangido sob esse questionamento. Que porra é amor, afinal? Entregar seu coração completamente a outra pessoa? Dizer "pronto, aqui está, é todo seu"? Deixar que outra pessoa ame você, abrace você e seja seu dono? Deixar que alguém grite com você e diga que você é um inútil? Deixar que prenda você e diga que você é importante? Qual é a definição de amor? Quem é que sabe?

Abro a boca e decido me jogar, soltando a primeira resposta que me veio à mente.

— Acho que amo.

Minha cabeça está a milhão diante do que acabo de dizer e é tudo bem difícil de processar, especialmente porque acabei de dizer isso pela primeira vez na frente da minha ex-namorada, que tem amnésia. Ela inclina a cabeça de lado e me estuda.

— Você me amou?

Pondero sobre a pergunta, sabendo a resposta, mas é duro admitir.

— Acho que sim, mas de outro jeito.

— Como assim?

— Nosso amor era meio caótico e descuidado e nós não nos conhecíamos bem o bastante para nos amarmos completamente – tiro do bolso a pulseira que ela me deu, aquela com as nossas iniciais entrelaçadas. — Mas acho que de um jeito ou de outro nós tínhamos, sim, algum tipo de amor.

Eu me inclino sobre a mesa e estico o braço para entregar a pulseira para ela.

— Mas não tanto quanto essa outra garota? – Ela pergunta, pegando a pulseira da minha mão. — O que é isto?

— Você fez para mim – respondo, voltando a me recostar. — Você disse que iria me ajudar a sempre me lembrar do tempo que passamos juntos.

Ela passa o dedo ao longo da tira de couro.

— Eu ia terminar com você quando te dei isto? Porque é o que parece.

Dou de ombros e balanço a cabeça.

— Você poderia estar pensando nisso, mas, honestamente, eu não sei. Em metade das vezes eu não sabia o que você estava pensando.

Ela faz um misto de sorriso e careta.

— E agora não vai saber nunca mais.

Deixo para a London esse senso de humor meio doentio e meio esquisito sobre a coisa toda. Mas ela está certa. Eu nunca vou saber o que ela estava pensando, como se sentia de verdade, porque nunca chegamos nem perto de contar um ao outro. Eu tinha tanto medo dos meus sentimentos que mantive tudo guardado, e agora a oportunidade passou. Ela nunca vai saber se eu a amava ou não. O quanto eu me importava com ela. Eu nunca vou saber se ela se sentia da mesma forma, se ela me amava a ponto de ficar comigo se alguma coisa me acontecesse e eu já não fosse parte da vida dela. Eu nunca vou saber de várias coisas sobre o nosso relacionamento e não há como mudar isso. Está feito. Pronto. Fim.

— É, acho que não – digo, e lhe ofereço um pequeno sorriso.

Ela continua a olhar para a pulseira, parecendo mais triste a cada momento. Finalmente, ela suspira e a pousa sobre a mesa.

— Então, conta alguma coisa feliz – ela diz, mudando de humor no intervalo que eu levo para recuperar o fôlego. — E que não seja sobre o meu passado.

Inspiro profundamente e começo a contar sobre os últimos quatro anos da minha vida, que não são de verdade felizes nem tristes, são neutros, porque basicamente fiquei mentalmente preso, jamais avançando, sempre pensando no passado. Exceto por este preciso instante, em que quero avançar até o outro lado do país e estar com outra pessoa. Quando terminamos de conversar, já é o meio da tarde. O meu voo é só na manhã seguinte, mas a ideia de esperar até lá parece impossível. Eu preciso ver a Lila agora e preciso dizer a ela agora como eu me sinto, para não perder a chance mais uma vez.

Capítulo 17

Lila

— Estou chegando à conclusão de que exerço uma influência bem negativa sobre você.

Ella diz isso enquanto vagueia pelo meu antigo quarto na mansão de três andares dos meus pais, na região mais arborizada e luxuosa da cidade. O oceano banha a costa para além da janela e o sol brilha nas paredes pintadas de um suave tom rosado.

— Parece que sim.

Abro a porta e entro no *closet*. O espaço imenso é quase perturbador, porque faz muito tempo que o vi pela última vez. Sou tomada por muitas memórias, algumas cheias do desprezo dos meus pais por mim, outras repletas de autoaversão. Por um momento, sou capaz de jurar por Deus que as paredes estão se fechando sobre mim de novo.

Passo os dedos pelo tecido de cada vestido e de cada blusa, recordando como era ter uma quantidade infinita de roupas, dinheiro, qualquer coisa de valor material. Eu era banhada de coisas e, em troca, não recebia uma gota de afeto ou de amor. Eu faria qualquer coisa, poderia morar em uma caixa úmida no meio da rua, em troca de os meus pais me amarem de verdade.

Ella se aproxima por trás de mim e avalia o meu guarda-roupa.

— Tem certeza de que a empregada não vai contar à sua mãe ou ao seu pai sobre nós duas termos vindo xeretar aqui?

A tentação de Lila e Ethan

Dou de ombros e acaricio os vestidos, a visão de cada um provoca dores no meu estômago, porque todos carregam a lembrança de uma época que eu gostaria de conseguir esquecer. Todas as coisas horríveis que fiz vestida neles, as coisas horríveis que eu senti.

— Duvido. Ela odeia minha mãe e meu pai quase tanto quanto eu mesma. Seja como for, não faz diferença – de um dos cabides do fundo, seleciono um vestido que chega quase até o chão. — Quer dizer, o que eles poderiam fazer, me chutar para fora?

— Que tal obrigar você a ficar? – Ela diz, ainda atrás de mim. — Eu sei que você não quer ficar aqui.

— Não mesmo – olho para ela por cima do ombro e forço um sorriso. — Então acho que você vai ficar me devendo essa.

— Acho que isso meio que depende do motivo por que você me trouxe aqui – ela anda a esmo, arregalando os olhos diante da coleção de sapatos na parede do fundo. — Porque eu estou bem confusa.

Eu sorrio e lhe estendo o vestido.

— Estamos aqui para isto.

Ela examina o vestido com uma expressão confusa.

— O que é isso?

— Ai, você é tão besta às vezes. Sério mesmo – empurro o vestido em sua direção. — É para você. Pensei que você poderia usar no seu casamento.

Ela olha para o vestido, que é de seda preta na parte de cima, tem uma faixa vermelha que se amarra nas costas e uma saia esvoaçante cujas camadas são presas, aqui e ali, por rosas pretas e vermelhas costuradas. Tateando e hesitante, ela observa a peça com uma expressão de resistência, enquanto desliza os dedos por uma das flores pretas.

— Onde você arranjou isso? – Ela pergunta, passando a mão no bustiê de seda.

— Eu usei uma vez no... No dia das bruxas – respondo.

Afasto as imagens do que fiz usando o vestido. Bebi sem parar a noite toda e arrematei com comprimidos. É um espanto que eu não tenha acabado no hospital, embora provavelmente lá eu tivesse estado melhor do que dormindo com dois caras na mesma noite e depois vomitando sozinha no banheiro. Eu quase vomito só de pensar nisso agora, de lembrar quem eu era.

Ela levanta o rosto para olhar para mim.

— *Você* usou *isto* no dia das bruxas?

Confirmo.

— Mas na verdade é só um vestido que comprei em uma loja e depois transformei em uma peça de estilo vitoriano.

— Até aí eu estou vendo – ela deixa que seu braço caia ao longo do corpo. — É que parece tão... Tão improvável que você usasse uma coisa assim.

Dou risada, porque ela está certa, mas ao mesmo tempo estou ao lado dela usando uns *shorts* velhíssimos e uma camiseta de banda que roubei do quarto do Ethan.

— Sem dúvida, mas era dia das bruxas, então eu quis me vestir com algo bem atípico.

— Faz sentido – seu olhar se volta para o vestido e ela reprime um sorriso. — Posso experimentar?

— Claro – eu lhe entrego o cabide e vou para a porta, para que ela possa mudar de roupa no *closet*. — Mas você não está ofendida por eu ter oferecido uma antiga fantasia, está?

Ela balança a cabeça enquanto desliza as tiras para fora dos ganchinhos.

— Você está brincando? É, tipo, o vestido perfeito, Lila. Sério.

A tentação de Lila e Ethan

Sorrio.

— Achei que poderia ser.

— Lila?

— Oi.

Ela me oferece um sorriso genuíno que me faz sentir tão bem por dentro, como se eu tivesse feito uma coisa certa.

— Obrigada.

Eu devolvo o sorriso com todo o meu coração.

— De nada.

Encosto a porta e vou me sentar na cama de quatro mastros. Ainda exibe o mesmo acolchoado de cetim enfeitado com laço e ainda é decorada por várias almofadas macias. A longa cortina ainda pende sobre a porta-balcão. Tudo está limpo e arrumado. Tudo perfeito. Quando fiz treze anos, a minha mãe passou semanas redecorando este quarto como presente de aniversário para mim. Eu disse que queria uma festa na piscina com os meus amigos. Eu teria facilmente trocado os meus amigos aqui se divertindo em lugar de cortinas e almofadas que teoricamente deixavam o quarto muito bonito – mas que, no fundo, me parecia tão vazio e tão pouco aconchegante. Esta costumava ser a minha vida, e mesmo na época eu não gostava dela tanto assim. Contudo, segui em frente, porque era isso o que se esperava de mim. Esse estilo de vida, vistoso por fora e oco por dentro, foi enraizado na minha cabeça desde o dia em que cheguei ao mundo. Eu estava praticamente condenada a acabar ou como a minha mãe ou como a minha irmã, mas tive sorte. Sorte de ter encontrado o Ethan. Ele me salvou não só da dependência química, mas também de mim mesma. Ele me mostrou que valia a pena eu me limpar. Eu sou superior à autodestruição e ao vazio.

Gostaria muito de poder falar com ele agora. Eu só quero ouvir a voz dele. Ah, como eu queria poder beijá-lo de novo, sentir seus braços me envolvendo, ter o Ethan dentro de mim me levando ao limite, fazendo o meu corpo sentir coisas que eu nunca achei que fossem possíveis. Ele falou que eu poderia ligar a qualquer hora que precisasse, e parece que estou precisando, porque esta maldita casa está me influenciando, e a necessidade de um comprimido está vindo à tona. Este lugar afeta demais as minhas emoções, é onde eu enfrentei o meu pai me dizendo incontáveis vezes como sou uma inútil que não vale nada. Foi aqui que tudo começou, onde eu cheguei ao mundo, sentenciada a lutar pela perfeição, apesar de a perfeição não existir. Eu lutei e lutei, lutei com todas as armas que existiam dentro de mim, quase me matando para atingir algo que nunca poderia ser atingido, por ser inexistente. A vida que eu tenho agora, com o Ethan, com a Ella, é o que é real.

Decido aceitar a oferta que o Ethan me fez. Tiro o telefone do bolso, digito o número dele e ponho o aparelho junto à orelha.

— Oi! – Ele diz, apressado, depois de atender ao quarto toque.

— Oi, sou eu, a Lila.

É uma coisa idiota para dizer, e reviro os olhos de impaciência comigo mesma. Nós já falamos ao telefone milhares de vezes, mas parece diferente agora que fizemos sexo, e eu me sinto meio que nervosa.

— Eu sei – ele responde, com uma voz acelerada. — Seu nome apareceu na tela.

— Ah, claro. *Dã* – enrosco os dedos em uma mecha do meu cabelo curto, insegura sobre como reagir diante de uma atitude tão reservada como a que ele teve. — Desculpa, estou sendo um pouco invasiva, não estou?

A tentação de Lila e Ethan

Ele não responde de imediato e consigo ouvir uma voz ao fundo. Uma voz feminina. Da London, provavelmente.

— Você precisa de alguma coisa? – Ele pergunta, por fim, distraído.

— Na verdade não – respondo, soltando o cabelo. — Eu só estava aqui sentada no meu antigo quarto e de repente pensei em você.

— Você está no seu antigo quarto... Por quê?

— Porque... – Eu começo, mas há um barulho no fundo, que depois fica bem alto e se mistura a vozes e outros ruídos. — Desculpa. Você parece estar ocupado. Eu ligo depois.

Fico achando que ele vai protestar, ao menos um pouco, mas em vez disso ele diz rapidamente "Tá, falo com você mais tarde" e desliga.

Tento não ficar amuada e nem deixar que isso me abale. Eu já fui acostumada a levar o fora antes, mas não estava apaixonada pelos caras. E tinha os meus remédios. Conforme o choro sobe pela minha garganta e a indiferença dele me atinge totalmente, tudo o que eu quero é sair do quarto e vasculhar as coisas da minha mãe, porque ela tem comprimidos escondidos pela casa toda.

— Ai, Lila... – Ella me chama de dentro do *closet*. — Tem algum segredo para colocar este vestido? Porque eu não consigo amarrar a fita.

— Precisa de ajuda?

Ofereço e começo a me levantar, mas então a porta se abre e ela vem para fora, o vestido farfalhando conforme ela anda. Como não está amarrado, está frouxo na frente, mas ainda assim a Ella está linda. Eu imediatamente ponho a mão sobre a boca e abano a cabeça, com os olhos começando a marejar.

— Ah meu Deus, Ella, você está linda!

Jessica Sorensen

Ela engole seco e olha para o vestido que está usando, enquanto apanha uma parte da saia.

— É, acho que sim.

Eu tiro as mãos da frente da boca.

— Você não parece feliz. Você não gostou?

— Não é isso, eu gosto do vestido – ela me olha com uma expressão confusa. — É que parece que falta alguma coisa.

Dou um passo à frente e ajeito seu cabelo.

— Provavelmente é pela falta de maquiagem e porque você não está com o cabelo arrumado, mas podemos arranjar para que esteja no dia do casamento.

Mas ela balança a cabeça de novo, virando-se de lado e se olhando no grande espelho da parede ao lado da penteadeira. Ela se observa durante uma eternidade e sei que está prestes a chorar. Fungando um pouco, ela se vira em direção ao *closet*.

— Vou tirar – ela murmura, e desaparece fechando a porta.

Fico parada ali por um instante pensando se devo ou não entrar ali para tentar descobrir o que há de errado. Ela obviamente está magoada com alguma coisa e eu me pergunto se é com o Micha ou com a família. Meu palpite é que seja com a família, já que no passado eles sempre foram a causa central dos problemas dela.

Decidida a descobrir, dou um passo em direção ao *closet*, mas paro quando a minha mãe entra no quarto.

Ela está usando uma saia lápis impecavelmente passada e uma blusa de cetim prateado. Os sapatos de salto alto combinam com a saia e a bolsa em seu ombro, a bolsa que eu sei que tem remédio. O cabelo loiro está apanhado em um coque e faz algum tempo que não a vejo, mas a ausência de rugas em seu rosto indica que ela passou recentemente por uma aplicação de botox.

A tentação de Lila e Ethan

— Jesus – ela dá um passo para trás, surpresa por me ver, e o salto de seu sapato deixa um risco no piso de mármore preto e branco. — Como você entrou aqui?

Aperto o meu telefone, lembrando a última vez que vi minha mãe e meu pai. Os dois me disseram que eu era uma idiota por estar me mudando para Vegas. Que eu iria me tornar um nada e que para o meu pai eu já era uma nulidade, nada mais do que uma gigantesca decepção que ele gostaria que nunca tivesse nascido. Que ele não queria um lixo como eu nesta casa. Essas foram as palavras exatas dele e foi isso que me fez pular para dentro do carro e dirigir de volta até a Ella, decidida a nunca mais voltar a vê-los. E eu até que fui bem em manter a promessa, até hoje.

— Eu passei pela porta da frente – respondo.

Estou arrependida de ter vindo aqui, mas a Ella precisava de um vestido. Ela merece um que seja bom e bonito e que a faça se sentir especial no dia do casamento. Porque, quer ela admita ou não, quase todas as garotas desejam o vestido perfeito.

Minha mãe está parada junto à porta, olhando para mim, agarrada à maçaneta.

— Você está horrível, Lila. Esta camiseta... – Ela faz uma cara de nojo. — E que corte de cabelo mais pavoroso. Em que você estava pensando?

— Não estava pensando em nada – digo, olhando para seu rosto cheio de botox. — Além de estar de saco cheio das aparências artificiais.

— Olha a boca, mocinha – ela avisa, largando a maçaneta e dando um passo à frente. — Ou você não vai conseguir o que veio aqui para buscar.

Cruzo os braços e levanto as sobrancelhas, sem saber do que ela está falando.

— E por que foi que eu vim aqui?

Ela aguarda, como se esperasse que eu desse a resposta, mas a verdade é que não tenho a menor ideia do que está acontecendo.

— Então você finalmente aceitou meu conselho e está de volta. Honestamente, não sei como me sinto em relação a isso, Lila – ela anda pelo quarto com a cabeça arrogantemente erguida, enquanto absorve a minha aparência como se eu fosse uma atração de segunda categoria em um maldito circo de horrores. — Você pode imaginar como seu pai e eu ficamos frustrados diante das suas últimas escolhas?

— Provavelmente tão frustrados quanto ficaram com todas elas, desde que eu nasci – digo, e minha voz sai um pouco mais agressiva do que eu tinha pretendido.

Ela pressiona os lábios e põe as mãos no quadril, conforme vem na minha direção; fica bem perto, mas ainda assim seus olhos parecem mirar ao longe.

— Lila Summers, você conhece as regras desta casa. Você não vai falar comigo deste modo enquanto estiver aqui.

Sempre fui ensinada a obedecer, no entanto, ao vê-la assim, com a minha visão nítida, sinto como se enxergasse pela primeira vez não só ela, mas também tudo o que ela fez e falou ao longo dos anos.

— Sim, mãe, eu conheço. Nada de se expressar, não é? Ao menos não de um jeito saudável.

— E o que isso quer dizer?

— Você sabe.

— Não, não sei – ela corre até mim e pega meu rosto. — Se você vai se mudar de volta para cá, comigo, haverá regras.

Sorrio educadamente, compreendendo de súbito o que ela acha que vim fazer aqui. Estou prestes a responder alguma coisa quando a porta do *closet* se abre e a Ella sai, trazendo o vestido no braço, com os olhos vermelhos de quem acabou de chorar. Ela estanca ao olhar para mim e para a minha mãe e se contrai, espiando a porta como quem pretende fugir. Eu não a culpo. Estou pensando exatamente a mesma coisa.

— Quem é você? – Minha mãe pergunta de um modo cortante, enquanto olha Ella de cima a baixo, demorando-se nos *shorts* puídos e na regata roxa desbotada.

Daí a Ella olha para mim com cara de "que diabos devo fazer agora" e vejo a tensão crescer em seu rosto. Ela não se dá bem com os pais, e, apesar de eu não entender direito o motivo, suponho que seja porque o pai dela é alcoólatra e provavelmente não foi muito bom para ela.

— Ela é minha amiga – respondo, circundando a minha mãe e pegando a Ella pelo braço. Eu a empurro em direção à porta com um pouco mais de força do que havia pretendido, mas estou tentando demonstrar minha força interior, embora seja difícil senti-la sempre que a minha mãe está por perto. — E nós já estamos saindo.

— Com os diabos que estão.

Minha mãe agarra meu cotovelo e puxa meu braço com força. A lateral de sua bolsa roça meu braço e não consigo evitar de pensar como seria fácil roubá-la e tomar posse de seu frasco de remédio, sabendo que no instante em que um comprimido descesse pela minha garganta eu iria me sentir melhor, mas seria um falso bem-estar.

— Você não vai sair daqui, especialmente com essa aparência.

— Aparência de quê? – Eu dou um puxão e livro o braço de suas garras. *Não permita que ela atinja você. Mostre sua força interior.* Só que é difícil, sem os comprimidos. — De um ser humano normal?

Jessica Sorensen

Seus olhos se tornam gélidos conforme ela me espreita.

— Eu não vou permitir que você estrague a sua vida, embora você esteja determinada a fazer isso. É hora de recomeçar – ela desvia o olhar para a Ella. — E de se afastar de pessoas que não são adequadas para você.

É quando a Ella arregala os olhos e abre a boca para responder, porém, por mais que eu tenha curiosidade de saber o que iria sair dali, decido que é hora de colocar a minha mãe em seu devido lugar, porque preciso fazer algo em defesa própria.

— É isso que estou fazendo neste exato instante – eu lhe lanço o meu mais belo sorriso, agarro a mão da Ella e saio correndo para a porta da rua.

Um pé depois do outro. Sair daqui e de todo o vazio que este lugar representa.

Minha mãe começa a gritar coisas horríveis sobre mim e sobre a Ella, e até tenta pegar de volta o vestido, dizendo que nenhuma de nós duas está à altura de usá-lo, já que ambas parecemos dois montes de lixo. É aí que a coisa pega. Ela pode me agredir, estou acostumada, mas não pode falar assim com a minha amiga. É ridículo e patético. Quando chegamos à saída, eu giro sobre os calcanhares e a ameaço com a única coisa que eu sei que vai fazê-la parar.

— Me deixa, mãe, senão eu vou contar os seus segredos para todo mundo – aviso, em um tom de voz baixo, caminhando na direção dela. Absorvo sua expressão, surpreendendo a ela e a mim mesma. — Vou me certificar de que todo mundo fique sabendo exatamente o tipo de pessoa maravilhosa que você é, por fora e *por dentro* – sorrio, conforme ela se contorce e seu rosto empalidece, enquanto por dentro eu faço uma dancinha de prazer.

A tentação de Lila e Ethan

— Olha a boca – a voz dela é trêmula, mas a expressão é estática.

— Ah, eu vou olhar – e dou uma gargalhada aguda. — Vou olhar bem para a minha boca enquanto estiver por aí, anunciando a quem quiser escutar, que tipo maravilhoso de pessoas você e o meu pai são por trás das portas fechadas.

Seria seu pior pesadelo. Parte de mim quer continuar, dar-lhe um tapa na cara, gritar que ela é uma inútil, agredi-la como ela me agrediu durante tantos anos; só que eu não quero me transformar nela. Portanto, a Ella e eu simplesmente saímos da casa e juro a mim mesma, em silêncio, que nunca, jamais vou voltar, nem para ela, nem para o meu pai, nem para este estilo de vida, nem para os comprimidos. Não há nada para mim ali. Nunca houve. Agora que a minha cabeça finalmente está limpa e clara, eu enxergo isso. Enxergo o que eu quero.

Eu quero uma vida própria.

Capítulo 18

Lila

Depois de deixarmos o vestido na casa da Ella, colocamos roupas melhores e eu a levo até uma boate, para uma espécie de despedida de solteira. Perguntei se ela gostaria de chamar mais alguém, mas ela disse que não, e que, exceto pelo Micha, eu era a única pessoa com quem ela queria estar no momento. Não é uma boate tão bacana quanto as que eu costumava frequentar, fica espremida na esquina de um bairro decadente, mas a entrada era barata e as bebidas à base de gelatina e vodca custavam apenas dois dólares.

— Está tudo bem? – A Ella tem que gritar por cima da música para se fazer ouvir.

Ela cruza as pernas e gira sem parar na banqueta do bar. Ela está usando um vestido verde curto e o cabelo está solto, com cachos nas pontas. O Micha fica mandando mensagens de texto e a cada uma ela faz aquele olhar suspiroso e apaixonado que eu tanto invejo quanto desejo.

— Você parece triste – ela continua.

— Não, eu estou bem. Por que não estaria?

Estou com um vestido preto e branco que fica um pouco acima dos joelhos e deixa as costas à mostra. Parece caro e refinado, mas a verdade é que o comprei em uma loja bem popular.

Ela dá um gole na bebida, parecendo pouco à vontade.

— Por causa da sua mãe?

Dou de ombros e tomo um gole. Prometi a mim mesma que não iria beber tanto, mas estou em terreno sensível neste momento, tendo feito o que fiz com a minha mãe e sem ter notícias do Ethan desde a nossa conversa curta e estranha.

— É, mas eu não quero falar sobre isso, se para você estiver tudo bem.

Ela ajeita o cabelo sobre um dos ombros e se abana com a mão. A boate não tem ar-condicionado e há gente demais para um espaço tão pequeno.

— Tudo bem, mas o que você quer fazer, então? – Um sorriso travesso surge em seu rosto quando ela dá um gole. — Falar sobre o Ethan? – E pousa o pequeno copo plástico sobre o balcão.

Nego com a cabeça. Tenho tentando não pensar muito no Ethan desde a ligação. Fico dizendo a mim mesma que ele provavelmente está passando por momentos difíceis. Quer dizer, claro que deve ser duro quando você se importa com alguém e essa pessoa não tem a menor lembrança sua.

— Não quero falar sobre ele também – digo, mexendo a bebida com o canudo.

A Ella suga as últimas gotas da bebida, rindo enquanto caça o restinho de álcool no fundo do copo, por baixo do gelo.

— Por que não? Você nunca foi tão fechada em relação aos caras. Na verdade, você me contou coisas sobre o Parker que eu não fazia a menor questão de saber.

— O Ethan é diferente do Parker – dou de ombros enquanto me voltam à memória lembranças do que houve com o Parker, mas eu rapidamente as afasto. — Além disso... Eu não sei... Acho que o Ethan e eu talvez devêssemos ser só amigos.

A testa dela se franze e ela apoia o cotovelo no balcão.

— Por quê?

— Não sei – digo. — Tenho medo de que ele não esteja tão na minha quanto eu estou na dele.

A Ella se diverte ruminando o que acabo de dizer, com um traço de sorriso nos lábios e uma expressão embriagada nos olhos.

— Você acha?

Eu inclino a cabeça de lado e analiso o estranho olhar dela.

— Você sabe de alguma coisa, não sabe?

— Eu sei de várias coisas – ela gira na banqueta e fica de frente para a pista de dança lotada. — Por exemplo o fato de que o Ethan nunca falou tanto de uma garota quanto de você.

Também giro no meu banco, deixando o copo sobre o balcão.

— Quando ele falou de mim?

Ela sorri, e as luzes da pista de dança iluminam o seu rosto.

— Durante, tipo, o último mês. O Micha contou que ele não para de falar de você.

— Provavelmente para dizer como eu sou chata – digo. — Tenho certeza de que estou deixando o Ethan louco, morando com ele.

Para não falar em todo o drama que eu trouxe para a vida dele.

— Ele tanto reclamou quanto falou maravilhas – ela diz, revirando os olhos e fazendo uma expressão teatral. — Mas quer parar de se preocupar? Jesus! Você nunca foi assim com os caras antes. Normalmente você não liga a mínima.

— Mas eu não ligo *mesmo* – minto, mas soa tão patético que desisto, e resolvo simplesmente dizer a verdade. — Tá. Quer saber? Você está certa. Eu me preocupo com o que o Ethan sente por mim, mas eu nunca me senti assim com nenhum cara antes.

— Assim como? – Ela pergunta, toda interessada, conforme se inclina na minha direção para conseguir escutar, apesar da música alta.

A tentação de Lila e Ethan

— Não posso contar para você porque preciso contar para ele em primeiro lugar – e lhe dou um sorriso meio sem graça. — Será que podemos mudar de assunto agora? Para um que, de preferência, não tenha a ver comigo e nem com a minha vida? – Raspo as unhas no balcão. — Por exemplo, quem sabe você me conta o que te deixou toda chorosa antes, lá na minha casa.

Sua expressão desaba de tristeza, ela toma um longo fôlego e, em seguida, balançando a cabeça, agarra minha mão e me puxa em direção à pista.

— Vem dançar, vamos nos divertir – ela diz, conforme vai nos manobrando por entre a multidão.

Ela está agindo de um jeito bem estranho e fico me perguntando por que, mas depois resolvo desencanar dos problemas, dos dela e dos meus, e me divertir. Dou risada quando tropeço no salto e abro caminho até o centro da pista. Começo a rodopiar e a balançar o quadril, aproveitando o momento, mas no fundo da cabeça alguma coisa me incomoda cada vez mais. Ethan. Não consigo parar de pensar nele. Nunca me senti tão consumida por um cara antes. Nem com o Sean. Com o Ethan é tudo tão diferente. Em primeiro lugar, eu conheço o Ethan, ao contrário dos demais, que entraram e saíram da minha vida como o vento. Ele é um cara bom, doce, mesmo que finja ser o oposto disso. Ele me apoiou mais do que qualquer outra pessoa na minha vida. E se ele não me quiser da mesma forma como eu o quero? Eu vou voltar para as bolinhas? Não tenho certeza de qual é a resposta e isso meio que me apavora. Entretanto, existe um fio de esperança. Eu não voltei para o remédio, mesmo quando estava na casa da minha mãe e sabia que tinha acesso total a eles. E *isso* me faz sentir, tipo, meio que forte e autoconfiante.

Jessica Sorensen

Eis que de repente a Ella solta um guincho, porque um cara se aproximou por trás e colocou os braços em volta da cintura dela. Daí ele dá a volta e vejo que é o Micha, e ele está gargalhando enquanto a Ella tenta recobrar o fôlego. É a primeira vez que o vejo desde que ele se mudou. Eu me lembro de como achei o Micha atraente quando o conheci. Ele tinha olhos azuis-claros e um cabelo muito macio, cor de areia. E um *piercing* no lábio, também, e eu me lembro de ter pensado que nunca havia beijado um cara com *piercing* antes, e a ideia de experimentar isso me fazia sentir meio que aprontando, quebrando as regras, como se eu estivesse saindo com um cara meio marginal. Mas daí eu vi o jeito como ele olhava para a Ella, vi o amor nos olhos de ambos, por mais que ela não admitisse, e soube que jamais eu chegaria perto sequer de flertar com ele. Eu me lembro de como fiquei frustrada com isso, porque estava indo para casa e estava mesmo com vontade de fazer alguma coisa com um cara que fosse diferente dos caras com quem eu costumava andar. Daí conheci o Ethan e me lembro de ter pensado que ele era incrivelmente *sexy*, e quis muito sair com ele. Pensei que iria ficar bêbada, transar com ele e voltar para casa me sentindo contente e meio entorpecida. O problema foi que o Ethan não era como os caras com quem eu saía normalmente, e não quis transar comigo. Ele insistiu que seria apenas meu amigo.

— Oi, Lila – o Micha sorri para mim e dá um beijo no pescoço da Ella. — Tudo bem? – Ele me pergunta, enquanto continua a salpicar o pescoço dela de beijinhos.

Ela treme ao toque dele.

— Para, isso faz cócegas – ela protesta, entre risos, mas dá para ver pela expressão que ela gosta.

A tentação de Lila e Ethan

Então o Micha morde a nuca dela e ela ri de olhos fechados, enquanto protesta mais ainda. Ele lhe dá um beijo suave e carinhoso na bochecha e então volta o foco para mim.

— Você está bonita, Lila, especialmente o cabelo. Gostei.

O Micha sempre teve um jeito charmoso de ser. A Ella me contou que antes dela ele dormiu com várias garotas, e dá para entender o porquê. Por outro lado, o Ethan também transou bastante por aí, e ele pode ser tudo, menos charmoso. Na verdade, ele é meio bruto na maior parte do tempo, mas acho que isso também pode ser interessante, já que funcionou comigo.

— Obrigada – grito por cima da música, tocando a ponta do cabelo. — Foi um corte de impulso.

Ele pisca para mim.

— Foi um corte de impulso muito bom. Funcionou bem em você.

Eu sorrio e olho para a Ella, que está com uma expressão estranha, olhando não para mim, mas por cima do meu ombro.

— Porra, mas dá para maneirar um pouco nos elogios? – A voz do Ethan se eleva atrás de mim, e no segundo em que o som chega aos meus ouvidos, calor, desejo, insegurança e excitação percorrem o meu corpo. — Sério, dá para parar por, tipo, dois segundos? Isso é ridículo, cara.

— Mas eu não estou fazendo nada – o Micha responde, com uma voz inocente. — Só elogiando.

— Tá, mas chega – o Ethan diz, e põe a mão na minha cintura.

Eu praticamente morro de infarto. Meu coração enlouquece e pula no peito como se quisesse voar. Viro a cabeça para trás e olho para o Ethan por cima do ombro.

— Eu pensei que você não vinha até amanhã!

A expressão dele é ilegível: os olhos estão escuros, o cabelo, todo bagunçado, e a barba já começa a crescer. Eu

Jessica Sorensen

adoro essa aparência dele, mas a relutância em seu olhar me faz estremecer.

— Podemos ir conversar em algum lugar? – Ele pergunta.

— Eu... – Olho para a Ella, que acena afirmativamente. Olho de volta para o Ethan e o vejo alisando a camiseta cinza, tentando disfarçar o amarrotado do tecido. — Sim, acho que sim.

Ele sorri, mas há preocupação por trás do sorriso, e de repente a minha cabeça entra em parafuso e é invadida por um milhão de pensamentos. Ele acabou de ver a ex-namorada. E se disser que ainda a ama? E se ele veio para me dizer isso? O que eu vou fazer? Desmoronar? A ideia de voltar para o remédio parece tão fácil e ao mesmo tempo tão difícil. A simples ideia de voltar a ser a garota que confiava nos comprimidos e no sexo para se sentir melhor já me dá vontade de vomitar. Eu não quero ser ela. Eu quero ser a Lila que vem se desenvolvendo no último mês: livre da química, com as ideias em ordem, que pode viver sem dinheiro e sem roupas caras. Aquela que aproveitou intensamente cada minuto da experiência com o Ethan e que depois não teve vergonha e nem se sentiu suja.

Eu não quero morrer por dentro. Não quero que a beleza e a riqueza me definam. Quero vencer. E isso é o que eu vou escolher fazer.

Capítulo 19

Lila

Fazia tempo que eu não ficava tão nervosa. Logo depois que a coisa com o Sean aconteceu, uma das Beldades Preciosas contou para a escola inteira. Eu me lembro de ficar sentada no meu quarto no dia em que isso aconteceu, congelada de morte de ir à aula, com medo do que todo mundo iria dizer. O meu estômago se revirava, embrulhado. No fim eu tive de ir para a classe e todo mundo ficou me encarando e me xingando de puta. Para eles, era uma grande piada. Eles me isolaram, me fizeram em pedacinhos, mas nada doeu tanto quanto o fato de que o Sean nunca mais telefonou. Ele simplesmente desatou as cordas, puxou a calça para cima, apanhou o casaco e murmurou um "isso foi uma delícia", antes de ir embora do quarto.

Quando o Ethan e eu nos sentamos na cama do pequeno quarto de hóspedes na casa da Ella e do Micha, sinto que estou indo pelo mesmo caminho, mas não sei por quê. O Ethan, na verdade, não falou nada. Foi reservado ao telefone. Preciso parar de ser tão analítica.

— E aí, como correram as coisas nesses últimos dias? – O Ethan pergunta, se encostando à cabeceira e parecendo cansado, com bolsas sob os olhos, como se não dormisse há algum tempo.

Dou de ombros e ajoelho na cama perto dos joelhos dele.

— Correram bem... Embora eu tenha ido até em casa e encontrado a minha mãe.

Ele se endireita um pouco, os músculos se contraem.

Jessica Sorensen

— E por que raios você foi lá? Você deveria manter distância deles. Seus pais são uns escrotos – ele faz uma pausa e me avalia como se temesse que eles tivessem me agredido fisicamente ou coisa assim. — Você está bem?

Confirmo com a cabeça.

— Tão bem quanto sempre estou.

— O que eles disseram?

— *Eles* não disseram nada. O meu pai não estava.

— Tá, e o que a sua mãe disse, então? – Ele pergunta, com uma aparência infeliz.

Dou de ombros e não consigo evitar de contorcer o rosto.

— Nada que ela já não tenha dito antes.

Ele aperta os lábios e balança a cabeça.

— Você precisa ficar longe deles... As coisas que você me contou que eles disseram para você... Eles não te merecem.

Eu te amo. Meu Deus, eu te amo. Eu me sento, cruzando as pernas, e o vestido sobe um pouquinho.

— Eu sei, mas não fui lá para ver nenhum deles. Eu fui roubar um vestido do meu *closet*.

Ele ergue uma sobrancelha.

— Um vestido?

Dou de ombros e conto tudo sobre o vestido e o que aconteceu com a minha mãe, surpresa por ser tão fácil contar a verdade para ele, inclusive sobre como eu me senti sabendo que os comprimidos estavam tão perto. Eu quis arrancar a bolsa dela, pegar e engolir todos. Eu queria fazer alguma coisa para me sentir melhor, mas não fiz isso. Agora eu sei que eles não me fazem sentir melhor. Eles só me fazem não sentir.

— É normal – ele diz, quando acabo o relato. — Querer os comprimidos quando você sabe que eles estão ao alcance. Mas o que importa é que você não tomou.

A tentação de Lila e Ethan

Concordo, tentando entrar no clima, mas o Ethan está frio e isso me frustra.

— E você? Como foi... – Deus do céu, como isso é difícil. — Como foi ver a London?

Ele leva um momento para responder, me olhando de cima a baixo com as sobrancelhas franzidas, como se estivesse perplexo.

— Não foi como eu achei que seria.

Inspiro profundamente, receosa da resposta, temendo pelo pior, mas em todo caso dizendo a mim mesma que preciso lidar com isso, porque não vou voltar a ser quem eu era.

— E como você achou que seria?

Ele continua me encarando sem dizer nada e isso me deixa doida, a tal ponto que eu acho que vou explodir.

— Ethan, você poderia, por favor, me dizer o que está pensando? – Eu me ajoelho na frente dele, plenamente consciente da carência no meu tom de voz.

Ele solta a respiração devagar e põe as mãos no meu quadril, me surpreendendo ao me pegar firme com os dedos e me puxar em sua direção, até eu ficar aninhada em seu colo.

— Estou pensando que senti sua falta – ele franze a testa. — Na real, fiquei meio que espantado com o quanto pensei em você o tempo todo.

Não sei se devo ficar feliz ou ofendida.

— Você não estava planejando pensar em mim?

Ele sacode a cabeça e me olha como se estivesse perdido.

— Sinceramente, achei que iria para lá e ficaria completamente focado em dizer adeus à London e me desprender dela, mas acabou que eu já tinha feito isso, de certa forma... Acho que aconteceu no momento em que decidi ficar com você – ele faz uma pausa, contemplativo, os lábios curvados. — Estou soando bem brega agora, não estou?

Jessica Sorensen

Tento não sorrir, mas fracasso.

— Mas brega pode ser bom. É como nos filmes, todo mundo termina junto e feliz.

— E você acha que nós vamos terminar juntos e felizes? – Ele parece estar sendo bem cauteloso.

— Honestamente não sei dizer, mas... – eu junto a minha coragem com a minha respiração e pouso as mãos em seus ombros. — Mas eu meio que gostaria de descobrir.

Prendo a respiração enquanto espero que ele responda. Ele fica brincando com uma mecha do meu cabelo, enrolando-a no dedo e ajeitando atrás da minha orelha.

— Eu não quero acabar como os nossos pais... Eu não quero machucar você.

— Eu também não – respondo. — Quero que nós dois sejamos felizes.

— Relacionamentos podem ser feios. Já vi acontecer.

— Eu também – faço uma pausa, sem querer perguntar, mas precisando saber. — Mas, Ethan, eu não entendo. Você diz que não quer entrar em um relacionamento, mas você já teve um com essa garota, a London...

Ele continua olhando nos meus olhos, olhando profundamente, enquanto põe as mãos em concha no meu rosto e com o polegar acaricia a minha bochecha.

— As coisas com a London eram sempre intensas e fáceis porque na verdade nós nunca conversávamos sobre nada. De um jeito estranho, ela fazia com que eu me sentisse muito livre, porque era como se eu não precisasse dar nada para ela. Nós dois meio que só coexistíamos.

Faço uma careta.

— Seu sonho de consumo.

Ele nega com a cabeça.

— Pensei que era, mas eu estava enganado. Eu nunca soube nada a respeito dela. Era fácil e divertido estar com ela, mas acho que era porque estávamos sempre dopados. Acho que eu gostava da ideia que tinha sobre ela, mas você... – Ele deixa a frase inacabada, enquanto seus cílios descem um pouco e ele parece estar escolhendo cuidadosamente as palavras. — Deus, metade do tempo você me deixa louco. Você me provoca. Me irrita. Me faz sentir umas coisas... Este é o ponto, Lila. Você me faz sentir coisas por você, mesmo quando eu tento combater essas coisas. Ninguém nunca fez isso comigo.

— Então você quer ficar comigo? – Estou tão confusa. — Apesar de às vezes entrarmos em conflito?

— Eu te disse isso há um tempão – ele responde, tirando o cabelo dos meus olhos.

— Quando?

— Lá no deserto. Quando eu falei que nós deveríamos cair na estrada juntos.

— Eu pensei que era brincadeira.

Ele abana a cabeça lentamente, sem tirar os olhos de mim.

— Na época eu disse a mim mesmo que era, mas bem lá no fundo já fazia tempo que eu sabia que jamais poderia deixar você para trás – o peito dele sobe e desce conforme ele inspira profundamente. — Eu... Eu te amo, Lila.

Meu coração fica imóvel no peito. Eu ouvi essas palavras muitas vezes, no calor do momento, de um cara após o outro, quando eles queriam transar. Eu nunca conheci tanto alguém antes de fazer sexo. Nunca fui, primeiro, amiga.

Lágrimas começam a brotar dos meus olhos conforme os últimos seis anos passam pela minha cabeça. Tantos anos me sentindo inútil, não amada e não digna de ser amada. Meu Deus, isso doía tanto. Ainda sinto a dor, e o peso de cada decisão que tomei, me rondando e me assombrando por dentro. Mas acontece que tudo isso é passado, e, ao avançar, eu preciso parar de me fixar tanto nas coisas que aconteceram e focar as que eu quero que venham a acontecer.

— Eu também te amo – explodo, sabendo que estou exagerando, mas sem me importar. — Te amo muito.

Ele solta a respiração e sorri.

— Jesus, por um segundo eu achei que você ia me rejeitar ou coisa assim.

— Nunca – digo, e o beijo suavemente na boca. — Eu nunca rejeitaria você.

Começo a me afastar, mas ele põe a mão atrás da minha cabeça e me beija com força. Nossos lábios se fundem enquanto nos beijamos apaixonadamente, as mãos dele passeando por todo o meu corpo, pelas minhas costas nuas, percorrendo minha coluna de cima a baixo. Ele me saboreia e rouba o meu fôlego enquanto eu me comprimo mais contra ele, desejando que pudéssemos ficar assim para sempre.

Meu coração dá um pulo quando ele desliza as alças do vestido pelos meus ombros abaixo. Eu sinto e acolho cada carícia que ele faz em mim. Durante todos esses anos eu estive morta por dentro, trancada em um caixão que eu mesma tinha construído, e agora eu estou finalmente livre. O contato das nossas peles provoca uma descarga elétrica no meu corpo e uma fome toma conta de mim. Quero sentir o que senti na noite em que fizemos sexo. Preciso. Agora. Eu me afasto e ele me observa, confuso, enquanto faço o vestido escorregar pelo meu corpo, incapaz de esperar nem mais um minuto que seja. Preciso dele perto de mim mais do que preciso de ar.

Depois que chuto o vestido para o chão, volto a me aninhar no colo dele. Antes de reconectar nossos lábios, eu tiro a

A tentação de Lila e Ethan

camiseta dele pela cabeça, enquanto ele continua me olhando o tempo todo com uma expressão indecifrável. Atiro a camiseta ao chão e passo o dedo pelas linhas de seus músculos abdominais e pelas tatuagens que os recobrem. Tenho certeza de que cada tatuagem conta uma história e um dia, no futuro, no nosso futuro, vou pedir a ele que me conte todas. Espalmo a mão no peito dele e sinto seu coração pulsando contra a minha mão. Bate forte, do mesmo jeito irregular e nervoso que o meu.

— O que você está pensando? – Sussurro, levantando o olhar de seu peito para seus olhos.

Ele passa a língua pelos lábios, então põe a mão sobre a minha e a leva até a boca.

— Estava pensando em como senti saudade de você – ele toca meu pulso com os lábios e beija a minha pele delicadamente.

— Você já falou isso.

— Eu sei, mas achei que isso era algo que precisava ser dito duas vezes.

Não consigo reprimir um sorriso diante da exibição desse lado bom e doce que eu sempre amei em Ethan Gregory. Eu diria isso a ele, mas ele provavelmente rebateria, então decido simplesmente beijá-lo. Primeiro os beijos começam bem suaves, mas de repente o ritmo aumenta e o Ethan abre o fecho do meu sutiã e o atira de lado, para depois me deitar de costas. Deixo escapar um murmúrio de prazer quando seus lábios viajam da minha boca para meu maxilar, pescoço e, finalmente, seio. Ele beija meu mamilo com força, sugando e lambendo de um jeito que quase instantaneamente leva o meu corpo ao limite. Minhas costas se arqueiam e mordo o lábio para segurar um grito, enquanto enrosco o dedo em seus cabelos e trago sua cabeça mais para perto, querendo

Jessica Sorensen

mais e mais. Ainda não estou acostumada a isso, a sentir tudo tão intensamente sem estar medicada. Eu gostaria que nós fôssemos sempre assim. Gostaria que nós quiséssemos um ao outro como queremos agora. Quem sabe? Talvez tenhamos sorte. Seja como for, vale o risco.

O Ethan vale o risco.

Ethan

Eu disse que a amava e ela respondeu que também me ama. Estou indo contra tudo aquilo em que acredito, e não me importo. Eu quero a Lila. Quero ficar com ela. Quero fazer tudo na companhia dela e essa é uma sensação estranha, louca, nada natural em mim; ainda assim, estou contente.

Conforme os meus dedos passeiam pelo corpo dela, o contentamento se transforma em paixão. Tento ir devagar, para que ela não pense que só estou atrás de sexo, mas o desejo de senti-la, de estar dentro dela e de pressionar nossos corpos um contra o outro é avassalador. Eu removo o sutiã, deito-a de costas e cubro seu corpo com o meu. Sugo seus mamilos e ela geme e agarra o meu cabelo e isso só aumenta a minha urgência em penetrá-la. A certa altura, não aguento mais. Crio uma trilha de beijos por sua barriga abaixo e afasto suas pernas com as mãos. Ela solta uma sequência de grunhidos quando deslizo os dedos para dentro dela e então a acaricio até que ela grite o meu nome. Quando eu os retiro, ela protesta, até que eu enterre o rosto entre suas pernas e deslize a língua pelo lugar de onde os meus dedos acabaram de sair.

— Jesus... Ethan... – Ela geme sem fôlego, com o quadril arqueado, enquanto agarra os meus cabelos e puxa até a raiz.

A tentação de Lila e Ethan

Eu a beijo e lambo até que ela estremeça e o meu pau fique a ponto de explodir. Em seguida eu subo os lábios em direção à sua boca, mas ela se põe sentada.

Os olhos azuis dela estão vidrados, no momento em que ela chega ao cós da minha calça; ela abre o botão com dedos trêmulos, e tenta me despir. Eu a ajudo e escorrego para fora do *jeans* e da cueca, atirando-os para o lado. Baixo sua calcinha e a deslizo por suas pernas, enquanto ela se contorce em sacudidelas. Jogo a calcinha no chão e alcanço uma camisinha no bolso de trás da calça. Estou prestes a penetrá-la, mas paro. Ela está tremendo ainda mais e eu começo a ficar preocupado.

— Está tudo bem? – Pergunto, sentindo necessidade de me certificar, porque sei pelo que ela passou e a última coisa que quero no mundo é pressionar a Lila.

Ela move a cabeça vigorosamente para cima e para baixo, com as pernas afastadas e eu ajoelhado entre elas, seus cabelos espalhados pelo travesseiro.

— Estou bem.

— É que você está tremendo.

— Eu sei... É que eu quero isso... Quero você... Tanto, tanto, tanto.

O alívio me inunda conforme me deito sobre ela, alinhando nossos corpos e apoiando um braço de cada lado de sua cabeça. Eu a beijo com ternura, tentando acalmá-la, mas ela continua a tremelicar, e isso só se amplia quando eu lentamente escorrego para dentro dela.

— Ai meu Deus... – Ela grita, e remexe o quadril para acompanhar os meus movimentos, quase me levando ao limite antes da hora. — Isso é tão bom... Tão bom... Deus, eu amo você...

O êxtase em seus olhos faz com que seja muito difícil segurar o gozo, e o som das palavras saindo de sua boca só torna

Jessica Sorensen

a sensação ainda mais intensa. Eu a penetro, e de novo e de novo, pensando exclusivamente nela, sentindo cada mínima parte de nossos corpos conectados. Eu sempre acreditei que o amor não valia a pena. Que se eu amasse alguém nós acabaríamos destruindo um ao outro, mas isso tem que ser diferente. O que eu estou sentindo agora tem que significar algo mais. Isso tem que ser amor verdadeiro.

— Eu também te amo – murmuro, selando nossos lábios e nossos corações.

Epílogo

Lila

Ella parecia estar bem nervosa quando a deixamos em casa para terminar de se arrumar. Mas tenho certeza de que isso é normal, já que ela está prestes a se comprometer com uma pessoa para o resto da vida. Eu teria ficado com ela, mas quis decorar a área que leva à encosta onde eles vão se casar. Apanhei algumas flores e velas a caminho do local, torcendo para conseguir ajeitar tudo da melhor maneira possível. O Micha e o Ethan me ajudaram e nós pegamos um táxi até o rochedo, de modo que a Ella pudesse ficar com o carro. Por sorte não está ventando, ou as velas não permaneceriam acesas e as flores poderiam sair voando. E ainda bem que, ao menos hoje, o clima decidiu colaborar e está quase perfeito, especialmente para dezembro: o céu quase azul, as ondas tranquilas e o ar morno.

Ethan e eu estamos próximos à beirada de um pequeno desfiladeiro, com o oceano à nossa frente. Os raios do sol poente se refletem na areia e iluminam a minha pele. O Micha está de pé perto do sacerdote, esperando a chegada de Ella. Tem sido incrível acompanhar tudo o que eles superaram para chegar até aqui, e eu me pego pensando se algum dia eu mesma também chegarei. Talvez. Um dia. Tomara. Mas por enquanto eu estou apenas concentrada no Ethan e no fato de que ele me faz feliz, um dia de cada vez. E quero dizer genuinamente, livremente e sem fôlego de tão feliz.

Jessica Sorensen

— Você sabe que eu detesto casamentos, não sabe? – Ethan comenta, me olhando com o canto dos olhos. — São muito melados.

— Eu pensei que você gostasse de coisas meladas – eu provoco, dando-lhe um cutucão com o ombro, e ele se desequilibra.

Ele revira os olhos e passa o dedo pelo colarinho, incomodado com a camisa que o obriguei a vestir.

— É bom você saber que terei os meus momentos românticos e legais, mas na maior parte do tempo eu provavelmente vou ser um babaca.

Reviro os olhos em resposta aos olhos revirados dele, e aliso as rugas do meu vestido.

— Você é tão mentiroso. A verdade é que houve bem poucos momentos em que eu achei você um babaca.

Ele vira a cabeça na minha direção e entrelaça nossos dedos.

— Nem quando eu disse que você deveria vender as suas roupas?

Nego com a cabeça, sustentando seu olhar.

— Talvez eu tenha achado na hora em que você falou, mas agora eu agradeço. Você me transformou, Ethan Gregory, de um jeito bom.

Ele revira os olhos, mas depois se abaixa e beija a minha bochecha.

— Eu amo você.

Eu sorrio.

— Eu amo você também.

— Você sente que está prestes a ver uma coisa que foi você quem criou? – Pergunto, apoiando a cabeça no ombro dele, enquanto observo o Micha e o religioso conversando. — Quer dizer, se não fôssemos nós a encorajar esses dois a ficarem juntos, eles provavelmente não estariam aqui.

Ele se inclina e repousa a bochecha na minha cabeça.

— Você tem razão. Nós somos incríveis, juntos.

Fecho os olhos e saboreio o que ele acaba de dizer. Juntos. Ele já falou muito isso, mas a cada vez eu me sinto quente e zonza por dentro.

— Somos sim.

Estou aproveitando o momento, me aconchegando no perfume do Ethan, na sensação de tê-lo perto de mim e no jeito como ele me faz sentir completa ao invés de vazia. Não estou sequer com ciúme porque a Ella vai se casar dentro de alguns minutos, mas bem que ela poderia chegar logo. Na verdade, estou feliz por ela.

Estou levando realmente a sério a possibilidade de manter os olhos fechados para sempre e permanecer neste instante pelo maior tempo possível, mas o som da voz do Ethan me faz abrir os olhos.

— Aonde você está indo, cara? – Ele pergunta, enquanto o Micha sai correndo em direção ao recuo para conversões onde o táxi nos deixou.

Ele sacode a cabeça, segurando o telefone.

— A Ella acabou de telefonar, mas o sinal aqui é ruim e a ligação caiu.

Ele não aparenta estar tenso nem nada, mas eu só consigo pensar em como a Ella parecia preocupada quando a deixei em casa. Nós esperamos durante algum tempo, e o sacerdote começa a parecer preocupado também.

— E se tiver acontecido alguma coisa? – Pergunto, olhando para trás em direção à área de manobra dos carros.

— Tenho certeza de que está tudo bem – o Ethan responde, dando de ombros.

Mas há um traço de dúvida em sua voz; nós dois vimos coisas demais acontecerem com os dois, e também com nós dois, para sabermos que nem tudo dá totalmente certo em cem por cento das vezes.

— Ei, pare de se preocupar – o Ethan diz, pondo o dedo sob o meu queixo e me forçando a olhar para ele. — Vai dar tudo certo.

— Como você pode saber? Quer dizer: e se não der?

— Vai dar – ele insiste, observando o mar. — Agora, dá para relaxar?

— Estou tentando – suspiro, inquieta, remexendo no cabelo.

A luz do sol bate em seus olhos enquanto ele contempla alguma coisa muito profundamente.

— Quer saber de uma coisa? Tenho uma ideia que vai fazer você se acalmar – ele dá um passo em direção à escarpa, agarrando o meu braço e me arrastando com ele. — Nós deveríamos dar um salto, igual a Ella e o Micha fizeram antes que ela mudasse o anel de dedo.

Olho para ele, incrédula.

— Eles saltaram de um precipício antes de ficarem oficialmente noivos. Quem te contou isso?

Ele dá de ombros.

— O Micha.

Eu suspiro, desejando que a Ella tivesse me contado pessoalmente.

— Bem, não há nenhuma chance de eu fazer isso.

Ele sorri para mim enquanto enfia a mão no bolso, tira a carteira e o celular e os joga na grama.

— Por que não?

Eu olho cautelosamente para o despenhadeiro, observando como as ondas rebentam contra a praia rochosa.

— Porque parece perigoso e eu poderia me afogar.

— Eu nunca permitiria isso – ele me assegura, sério. — Eu nunca deixaria que nada acontecesse com você.

A tentação de Lila e Ethan

— Eu sei que não – respondo, com sinceridade. Quer o Ethan admita ou não, ele me salvou, e não só das drogas, mas de mim mesma. Ponho a minha mão na dele, confiando nele totalmente, e nós nos aproximamos mais da beirada. — Vamos ficar molhados para a cerimônia – digo. — E se a Ella ficar brava?

Ele revira os olhos.

— Duvido que ela ficaria brava por você estar ensopada no casamento dela. Na real, ela provavelmente vai te amar por você se arriscar a fazer uma coisa tão perigosa quanto saltar de um desfiladeiro.

Ele está certo. Ela provavelmente vai, mesmo, então concordo com a cabeça e agarro a mão dele. Nenhum de nós conta em voz alta, entretanto, ainda assim conseguimos saltar ao mesmo tempo, como se estivéssemos com os pensamentos em sintonia um com o outro. Quando batemos na água, ele ainda está segurando a minha mão, e nadamos juntos para chegar à superfície. Subimos à tona como uma explosão e eu ofego em busca de ar, enquanto olho para cima em direção à encosta.

— Deus, eu não acredito que fiz isso – digo, erguendo as mãos acima da cabeça, meu corpo pingando de ensopado. Eu me sinto tão liberta.

— É bom ser má – ele sorri e pisca para mim.

A água escorre dos cabelos e pelo seu rosto, formando gotas nos cílios. Ele move os braços para se manter boiando enquanto as ondas se movem tranquilamente em direção às rochas.

— Acho que sim – digo, nadando em sua direção e boiando à frente dele.

Ele para de se mexer e sorri para mim.

— Então, qual é o próximo item na sua lista de travessuras? Você já abandonou aquelas roupas sufocantes, já tem um novo corte de cabelo e está procurando emprego.

Jessica Sorensen

Penso no que ele falou, enquanto a água embala o meu corpo.

— Que tal pegar a estrada?

A água bate em suas costas e ele me encara com uma expressão neutra.

— Você acha que consegue encarar uma coisa dessas?

Dou de ombros.

— Se você achar que consegue *me* encarar numa dessas.

A ausência de expressão só dura um segundo, antes que um grande sorriso surja em seus lábios.

— Eu encaro isso e muito mais.

Ele me agarra pela cintura e me puxa para si, esmagando nossos lábios com a mesma força que as ondas têm quando batem na areia. Eu retribuo o beijo, me afastando um pouco apenas para dizer "então está combinado".

Reaproximo a minha boca da dele e o beijo enquanto o sol vai se pondo, lançando raios rosados e alaranjados no céu. O momento é perfeito, mesmo para uma garota que nunca acreditou realmente em perfeição, mas que meio que acredita, agora. O Ethan é a perfeição, de uma maneira um pouco estranha, se eu parar para pensar, porque ele é verdadeiro comigo e eu o amo. Ele não é artificial e não é o que eu deveria ter. Na verdade, se a minha mãe estivesse aqui, ela listaria mil razões pelas quais ele é inadequado para mim, a começar pelo fato de ser tatuado e a terminar pelo fato de ser pobre. Ele é o oposto de tudo o que eu era, mas não do que sou agora, e isso é tudo o que importa.

Ele é o que eu quero. É do Ethan que eu preciso. Ele é o único cara que me tornou digna do amor. Ele me transformou do melhor jeito possível e me mostrou que era bom amar alguém. Que nem todo mundo vai me ferir ou partir o meu coração. E, o melhor de tudo, o motivo pelo qual sempre vou amá-lo, é que ele me mostrou que eu mereço ser amada.

A tentação de Lila e Ethan

Quando terminamos de nos beijar, nadamos até a praia e escalamos a trilha acima até voltarmos à escarpa de onde saltamos. Eu estou tão feliz que não consigo parar de sorrir, até que chegamos ao topo e a minha felicidade se encolhe.

O religioso foi embora e o Micha está sentado sozinho em uma pedra, com o telefone na mão. Os ombros dele estão caídos e sua cabeça está tombada para a frente.

— O que aconteceu? – Pergunto, correndo em sua direção.

Ele levanta os olhos e parece à beira das lágrimas.

— Não consigo falar com a Ella. Acho que ela não vem.

— É claro que vem – digo, torcendo a barra do vestido para tirar o excesso de água. — Ela provavelmente só está atrasada.

Ele balança a cabeça.

— Mas isso não explicaria por que ela não está atendendo. E ela estava agindo de um jeito estranho hoje de manhã.

Mordo o lábio inferior, porque eu também tinha notado a estranheza da Ella. Viro-me para o Ethan com a mão esticada.

— Me dá seu celular.

Ele franze a testa enquanto recua alguns passos e pega o telefone da grama.

— Por quê? O que você vai fazer?

Alcanço o aparelho da mão dele e sorrio.

— Fazer a Ella vir até aqui para que esses dois possam finalmente terminar o que já deveriam ter começado muito tempo atrás.

Ele sorri e se abaixa para me dar um beijo profundo e apaixonado, que me aquece da cabeça aos pés e me inunda da certeza de que a Ella e o Micha vão dar certo juntos assim como o Ethan e eu, tomara, também daremos. Porque ele me faz feliz e me ama, assim como o Micha faz a Ella feliz e a ama e, no fim das contas, a felicidade e o amor são as coisas mais importantes, as que fazem valer a pena viver.

Leia também!

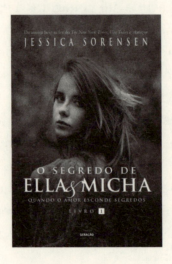

Que terrível segredo separa Ella, uma garota que foge do passado, e Micha, um rapaz apaixonado e disposto a tudo para reaver o seu amor?

Ella e Micha se amam desde a infância, mas um trágico acontecimento muda o rumo de suas vidas, afastando-os. Ella adota uma nova personalidade para fugir de seus conflitos, mas não vai conseguir enganar os outros e a si mesma por muito tempo, fingindo ser quem não é e negando o amor que sente por seu amigo.

O passado de Ella contém Micha, mas Micha não quer só o passado de Ella, e sim seu futuro.

Nessa história envolvente, que empolgou jovens no mundo todo, Jessica Sorensen ilustra de modo sensacional o universo dos conflitos juvenis, onde há rebeldia, problemas familiares, traumas e solidão, mas também o prazer das descobertas sexuais, a vivência do amor e a superação.

Da autora de *O segredo de Ella e Micha*

Jessica Sorensen está de volta com o segundo volume da série, três vezes mais hot!

Ella e Micha começaram a namorar. Ella está na faculdade em Las Vegas.

Micha saiu em turnê com sua banda de rock.

Tudo parece se encaminhar para uma relação estável. Mas não é o que acontece. Pesadelos começam a assombrar Ella. O medo de ser abandonado persegue Micha aonde quer que ele vá. Tudo o que enfrentaram antes não pode ter sido em vão... eles não podem perder um ao outro.

Ou podem?

"As pessoas se magoam o tempo todo". Os dois irão sentir essa verdade na pele quando a distância começa a se revelar mais destruidora do que eles poderiam imaginar.

Ciúmes, segredos e fantasmas do passado ressurgem ainda mais ferozes, enquanto as vivências sexuais se incendeiam, apimentadas por jogos sensuais, bebedeiras e muita velocidade nas estradas do oeste americano.

INFORMAÇÕES SOBRE A
GERAÇÃO EDITORIAL

Para saber mais sobre os títulos e autores
da GERAÇÃO EDITORIAL,
visite o site www.geracaoeditorial.com.br
e curta as nossas redes sociais.

Além de informações sobre os próximos lançamentos,
você terá acesso a conteúdos exclusivos
e poderá participar de promoções e sorteios.

geracaoeditorial.com.br

/geracaoeditorial

@geracaobooks

@geracaoeditorial

Se quiser receber informações por e-mail,
basta se cadastrar diretamente no nosso site
ou enviar uma mensagem para
midias@geracaoeditorial.com.br

GERAÇÃO EDITORIAL

Rua Gomes Freire, 225 – Lapa
CEP: 05075-010 – São Paulo – SP
Telefax: (+ 55 11) 3256-4444
E-mail: geracaoeditorial@geracaoeditorial.com.br